山霞

萧克寒 著

任岁月多久,
每朵山花都可以回响,
或是沉静与梦的定数。

云南出版集团
云南美术出版社

图书在版编目（CIP）数据

山霞 / 萧克寒著. -- 昆明：云南美术出版社，2023.6
ISBN 978-7-5489-5374-6

Ⅰ.①山… Ⅱ.①萧… Ⅲ.①长篇小说—中国—当代 Ⅳ.①I247.5

中国国家版本馆CIP数据核字（2023）第112646号

责任编辑：方　帆
责任校对：庞　宇　胡国泉
装帧设计：新梦渡

山　霞

萧克寒　著

出版发行：云南出版集团
　　　　　云南美术出版社（昆明市环城西路609号）
印　　刷：武汉鑫佳捷印务有限公司
开　　本：787mm×1092mm　　1/16
印　　张：24.25
字　　数：390千
版　　次：2023年6月第1版
印　　次：2023年6月第1次印刷
书　　号：ISBN 978-7-5489-5374-6
定　　价：98.00元

目 录

小引 …………………… 1	第二十四章 …………… 159
第一章 …………………… 5	第二十五章 …………… 166
第二章 …………………… 13	第二十六章 …………… 173
第三章 …………………… 25	第二十七章 …………… 178
第四章 …………………… 31	第二十八章 …………… 182
第五章 …………………… 38	第二十九章 …………… 192
第六章 …………………… 45	第三十章 ……………… 200
第七章 …………………… 53	第三十一章 …………… 207
第八章 …………………… 57	第三十二章 …………… 217
第九章 …………………… 64	第三十三章 …………… 220
第十章 …………………… 72	第三十四章 …………… 224
第十一章 ………………… 79	第三十五章 …………… 237
第十二章 ………………… 86	第三十六章 …………… 240
第十三章 ………………… 92	第三十七章 …………… 245
第十四章 ………………… 95	第三十八章 …………… 250
第十五章 ……………… 100	第三十九章 …………… 256
第十六章 ……………… 105	第四十章 ……………… 262
第十七章 ……………… 113	第四十一章 …………… 266
第十八章 ……………… 120	第四十二章 …………… 269
第十九章 ……………… 128	第四十三章 …………… 272
第二十章 ……………… 134	第四十四章 …………… 277
第二十一章 …………… 141	第四十五章 …………… 281
第二十二章 …………… 148	第四十六章 …………… 287
第二十三章 …………… 155	第四十七章 …………… 294

1

第四十八章……………… 301	第五十七章……………… 344
第四十九章……………… 308	第五十八章……………… 348
第五十章………………… 312	第五十九章……………… 354
第五十一章……………… 315	第六十章………………… 360
第五十二章……………… 320	第六十一章……………… 364
第五十三章……………… 323	第六十二章……………… 368
第五十四章……………… 330	第六十三章……………… 373
第五十五章……………… 334	第六十四章……………… 376
第五十六章……………… 338	尾声……………………… 379

小引

  小酒店在大山脚下。它是古老驿道边一间很旧的农家铺式堂屋改成的。

  堂屋木门取下来叠着竖在两边,晚上再把它合上;堂屋里也就一张小方桌和一张大八仙桌,大八仙桌红漆斑驳,却还锃亮耀眼。

  小酒店前面有一条小溪,沿着竹篱茅舍、山林冈峦流向远处。远处有条叫石马江的大河,在静静流淌……

  下午,几个人,挤在这爿乡间酒店里,拼酒——

  "搞、搞、搞过两斤了……"

  "两、两斤算个鸟,你咯(这)只'铁公鸡',难得抓到你请回客,今天硬、硬、硬要过把瘾……"

  "咯(这)种懵脑壳酒,好下喉——就、就是醉人……"

  "哈哈哈哈,酒不醉人算么子酒。来来来,喝寡酒冒(没)味,冒味,来点荤的……"

  "咯(这)种懵脑壳酒"并不是常见的瓶子酒,是这山区特有的"重阳酒",而且是那种用"藤勾子"——学名"金樱子"浸泡的"重阳酒",黏稠而略甜,烈性被伪装了,下喉顺溜,醉倒人当然是不知不觉的。店里也只摆着这种酒,用一个圆柱似的大玻璃缸装着,黄澄澄的,搁在前台柜子上,既诱人又有气势,客人想喝多少老板娘就用一个竹筒削成的小提子在里面舀多少。喝酒的杯子呢,也不是小酒盅,而是平时用来喝茶的粗白瓷杯。

  座上饮者虽然识得"重阳酒"酒性,却显然都不在乎,一看就知道全是"酒鬼",他们就是来醉一回的。这山里的男人们几乎都是如此,一旦跟酒较上了劲,个个血脉偾张,就不再在乎什么。可不,从午后开始,酒桌上几个

老的或半老的男人早就喝得脸红脖子粗，舌头都有点打卷了。

好多年都在唱么子'上山九十九，下山九十九。金山九十九，银山九十九。梅山神开眼，想有样样有'，自从盘古开天地，也、也没见梅山神开过眼。到底有没有梅山神只有天晓得。人家说靠山吃山，我们住在后龙山下，除了咯（这）壶'重阳酒'，一条卵都没得到过……来来来，干！"

几个粗白瓷杯又"当"地碰在一起。

"一条卵都没得到？那你帮谭公子提鞋都放错了地方嘛，人家可是一采两朵金花，全是顶呱呱的黄花妹子！哈哈……"

"还提那桩伤心的丑事！人家命都没了，小、小心吴家两个老兄弟磨快刀子来剐你的舌头……"

"梅山神开眼，想有样样有，那、那话，多半是些鬼话！那我想要一个两个三个婆娘也就、就、就有了？哈哈哈哈……"

"要一个两个三个婆娘有么子难。干脆，你再敬我三杯，师傅教你一手如、如何？嘿嘿嘿……"

"你、你那都是邪术。我晓得，无非是看上了哪个女人，在她走过的路上，画一道'心'符，只要这个女人一踩着你这个符，就会中了邪跟着你走——邪术嘛，神是神，用不得，用了是要断子绝孙的！听说当年谭、谭公子就是学了他父亲的'邪术'画了符才迷倒那两个黄花妹子的。"

"咯（这）个只怕是鬼话。莫坏了谭公子的名声……"

"'邪术'嘛，总是邪门邪道……哈哈哈……"

"是啊是啊，邪门邪道……划不来……我们这座后龙山下有好几个断子绝孙的了。下一个，该是你了……"

"哈哈哈哈哈……"

"哈哈哈哈哈……"

"放屁！我又不是'独眼龙'。他学的是邪术，我的都是梅、梅、梅山神的正宗法术！踩过刀梯翻过神坛的！我们的后龙山上有个梅山神，哪个不知，哪个不晓！你个老单身汉，白天没卵事，夜里卵没事，还想讨、讨、讨一个两个三个婆娘，除了去找头黄牛婆，冒（没）得卵法！"

"你是师公，那当然是有两家伙的。"

"呸！么子卵师公啰！也是个'独眼龙'呢。'独眼龙'那冒良心的一身

2

骚、骚气，骗吃骗喝也就算了，平时贼眉鼠眼油嘴滑舌，专门勾引良家妇女，吃过他亏的还少、少么？是个偷人的精呢！后龙山方圆百、百、百把里，哪个不是看到他要躲三里路。偷人偷、偷多了，人家说总有一天要打断他的狗腿的！"

他们口口声声的"后龙山"，指的是这里的大山"天龙大界"。

"那倒也是，天龙大界山上本来就有鬼唱歌。要是夜路走多了难保不碰到鬼。你还这么偷下去，只怕当年那个谭公子就是你的下场！"

"哈哈哈哈哈哈哈……"

咚！拳头砸在桌子上："夜晚走路要敲竹响把呢，免得碰到野狗子拖鸡，冲了好运气……你爷你娘不骚？不骚还有你们咯（这）些人来咯里喝酒？"

竹响把是山里的一种农具，截一段齐肩高的竹筒，将四分之三长的部分剖开成一绺一绺竹条，状如锅刷，然后手握另一端，扬起落下敲打在地上，发出噗噗声，用来吓赶鸡鸭之类家禽。

几个男人中有人干脆用筷子当、当、当敲着碗沿，摇头晃脑、怪声怪气地唱起来："酒色财气四道墙哎嗨嗨，人人都在里边藏，哎嗨嗨，哪个跳出四道墙哟哟，哟哟，不是神仙也寿长哎嗨嗨……"

"要是哪天、天龙大界真的出金出银了，还怕讨不到好婆娘？"

"出金子也不难噢，山神开了眼就有。只怕是山神开了眼，人不识货，白白浪费了咯（这）座宝山……"

"哎，说真的，识货的人总会有的。那年看见有人扛着仪器，在山上插小旗子，以为是要来挖矿了，后来才晓得是搞测量。不出金矿银矿，测了干啥！"

"有了青山不愁柴烧么。"

"嘿，听说后龙山西边的人早就在那里搞开发了！晓得还有好多人在打后龙山的主意。天龙大界确实是个藏龙藏虎之地。咯条龙只怕真的要翻身了……"

"翻、翻、翻个鸟！翻也是鬼画符！"

"呵呵呵呵……"一只酒杯被衣袖拂倒了。

"哈哈哈哈……"一个烟头掉进酒杯里了。

"莫吵了！四斤了！今天老子请客，都是伙计，来来来，天色不早了，干

了咯一杯各自回、回家！"

"哎，哎，各位莫急，听说'独眼龙'又跟那个'仙女'勾上了……"

"哈哈哈，你难受了？眼红了？"

不知谁在咕哝："要我说呀，天天天龙大界，迟早会翻身的；梅山神，迟、迟早会开、开、开眼的……"

第一章

　　夏天。在这座叫作"天龙大界"的高山上。

　　上午九点多，阳光炽烈，令人目眩。峰峦参差、岩石兀立的山岭，就像是用一支画笔通过"雨点皴""披麻皴""卷云皴""解索皴""牛毛皴"等技法勾勒出来的山水画。这山水画如此细致而生动，当然不是出自凡人之手。在"山水画"北面那千层万叠的褶皱之间，可以看见一个很小的"虱子"般的人影正一点一点地往上爬，爬……

　　所谓"天龙大界"，主要是因为其山势纵横如盘龙，而且一山踞着三县，大山就像个大界子，才有了这个名字的。三县是哪三县？全是"龙"字打头：龙兴县、龙回县、龙化县。从整体框架上看，矗立的大山大致像个"人"字：西边起笔点是龙化县，"撇"的西南角是龙回县，主体落在龙兴县境内。白眉毛白胡子的老人们说，天龙大界这座山是座"神山"。为什么是神山？因为它是一公一母两条天龙下凡；为什么天龙下凡就飞到了这里？因为这里不仅风景好，而且水路好，围绕这座大山，远一点有条叫资江的大江，南北山脚有条小江石马江和小河龙溪河。双龙下了凡，这里更成了一块宝地。何以见得是块宝地？古谣里这么唱着传着：

　　　　"上山九十九，
　　　　　下山九十九。
　　　　　金山九十九，
　　　　　银山九十九。
　　　　　梅山神开眼，
　　　　　想有样样有。"

古山谣为什么要这么唱这么传？白眉毛白胡子的老人会烦了，横你一眼："你自己扛把锄头到大界上挖树根去吧！"要是碰上个有趣的老者，或许会笑笑："你娘巴爷（方言，此处读"压"音）呃，这两条天龙是下凡来偷情的，看到这里风光好，水路好，就降落了，绞成个'人'字再不肯回天上去！所以山上山下山前山后的男人女人自古以来都骚得很呢！"因为长年累月"骚气"冲天，所以天龙大界又成了一座远近有名的"骚山"。许是"骚气"重，山上的花儿开得特别旺盛。尤其是那千重万叠的红杜鹃，像是天上织女或者七仙女为偷情的天龙送来一床千重万叠、斑斓绚丽的锦被，平日里这床锦被云蒸霞蔚，变幻莫测。白眉毛白胡子的老人们说："反正那山谣也不晓得在天龙大界流传好多年好多代了。山上有一尊两眼点过金的用玉石做的倒立状的梅山神像，只要找到了它，这座山就会变成金山银山。山里人都在盼，但至今没有人找到过。"白眉毛白胡子的老人们是听比他们更老的白眉毛白胡子老人们说的。

　　古山谣，唱着唱着就进入了21世纪之初。

　　现在，再回到"国画"般的大山北面看那只爬着的"虱子"吧。那只"虱子"移动着，像是古山谣里走出的一豆音符。

　　那只"虱子"是从北面山脚下坝湾村谭家院子后面的护林消防便道爬上来的。远远望去，多年前修建的消防便道曲里拐弯，在山间时隐时现，一会儿绕过一栋山里木屋，一会儿穿行于已经退耕还林栽满了喜树的梯土之间，一会儿窜到山涧流水潺潺的小溪边，藏进了青黑色的松树林里，一会儿出现在崖壁下，钻进有山鸟鸣叫的竹丛中去了。但不论山路如何盘旋坎坷，那只"虱子"一直是在坚定地往上蠕动着。

　　由于有了这只"虱子"的游移，整个大山的这个夏日的时空仿佛都有了一种宽阔而又深沉的动感，动感又赋予整个大山一些细微的充满神奇的生机。

　　这是2009年农历五月中旬的一个上午。

　　传统的端午节和大端午节过后，大片的雨水好像都下够了，天气开始格外的晴朗。太阳仿佛是一块烧红的烙饼贴在天空中央。有几个山头的上空都飘着几片似有似无的白云，山林间震颤着冒着汗气的蝉鸣，像是在拉响高热的警报。如果把视线放近再放近，就会看见还有一条路与那盘旋飘忽的消防便道交错而行，隐约其间。那是一条已经废弃的有些地段镶有青色石板的路。

那条路就是从前的茶马古道，古道上尚有遗存的残碑断碣，其中有驱邪的阿弥陀佛碑，有为"夜哭郎"小孩专立的指路碑以及山界碑之类，还有土地菩萨小石庙和山神小屋……像是一个个无声的岁月的见证。

那只"虱子"，并不是一只"虱子"，乃是一个攀登上行的小伙子。

小伙子二十出头，比较结实的中等身材，略显长条的脸，一头粗黑挺拔的头发，两撇黑墨似的短秀浓眉下，嵌着一双目光锐利的单眼皮眼睛，鼻尖有点上翘，显示出一种山里人常见的倔犟与傲气。他戴着一顶有些粗旧的黄色草帽，穿件同样略显粗旧的有白色条纹的海蓝色T恤衫，蹬着一双磨损得有点厉害的运动波鞋，右肩上挎着一台老式的单反相机，右手攥着一把弯刀，外裤屁股上的袋子里塞着小瓶矿泉水。不明底里的人，还会以为小伙子是一位上山采风的乡文化站工作人员，其实不是。

小伙子行走在便道上，有时也会岔到交错而行的古道上去，时而用弯刀扫开一些倾向道中的荆条，时而在有残剩古迹的地方蹲下来拍摄照片。看样子他对拍摄并不熟练，但拍得很认真，有时在一块残碑前不断变换角度，摆弄好一阵，然后掏出那个崭新大气、棕色封皮的本本记录些什么。从谭家院子的后山一路走上来，小伙子经过了枞树坡、蛇头冲、栗木坳、磨石，终于到达了茶盘印垭口，这里俗称"茶亭界"。朝前望去，前面一截消防便道新近作了一些修整，还有新鲜的叩石垦壤的印记，如果再继续沿着消防便道前行，大约两三里路远，即可抵达国有天龙大界林场观音山工区场部了。

小伙子决定小憩一下。他在茶盘印垭口拣了个鹰嘴般的崖头地方坐了下来。崖头上有一棵矮而苍劲的马尾松，向崖外伸展出的松枝像是一只遮挡着的手臂，在崖石上辟出了一块簸筛宽的荫凉地面。

坐在鹰嘴崖头上的松枝下，小伙子取下屁股上的矿泉水咕嘟咕嘟地喝了大半瓶后，开始举起他的单反相机拍摄眼前的风景。可能因为对拍摄不太熟练，老是摆弄着相机。

这架单反相机，是他受山上那位朋友之托捎上来的。

天龙大界属于湘中偏西南地区雪峰山的一支余脉。这支余脉像是从半空中落下的一道青翠的闪电，虽然主体上呈"人"字形，但"闪电"枝丫却多。许多小的山头腾挪参差，莽莽苍苍，使得云天之下的"天龙大界"，似被万山层层簇拥着，更显其盘踞雄姿。

山霞

鹰嘴崖头正在天龙大界"人"字的"捺"头，观音山工区场部的那栋青瓦木屋坐落在"捺"的正中间。小伙子操弄着单反相机，找着角度从镜头中眺望天龙大界的山影，像是看到龙在舞动，不禁心潮起伏。他发现，天龙大界北面的山群走势曲折浩然，看见了茶马古道梦幻般地穿行于崇山峻岭之间，看见了"千年鸟道"经过的狭长山谷，感受到了洋溢在山群之间的磅礴大气。他拍着拍着，两道黑墨似的短秀浓眉蹙缩起来。没有人知道他此刻的心境。但是，从他有些欣慰的眼神来看，分明感觉到这天龙大界是理解他的。应该说，他今天决定从山下谭家院子来到山上时，天龙大界就已经张开双臂深深拥抱了他……

但在一个月之前，他只是应山上那位朋友之邀来"考察"的。准确地说，那次上山"考察"，他主要还是为了抚慰那位朋友苦闷的心。

这座大山虽然是他家乡的大山，但因为太高，从一个放牛娃到一名大学生，一般也只在山腰以下活动，很少上到大山来，即使好不容易上得山来，也是惊鸿一瞥，来去匆匆，因而总觉得自己还从未真正领略过这座"神山"，正如苏东坡诗所言："不识庐山真面目，只缘身在此山中。"

不过，此次上山确是他的一个完全属于自己青春时节极其重要的也是最坚决的抉择。

这个抉择在一般山里人看来，甚至包括除他爷爷以外所有的亲人看来，都是有点草率而荒唐的，怀疑他是否着了魔。但是，这确确实实是21世纪初，在中国的南方，一个出生于山村、好不容易走出山村却又折回故乡山村的年轻人的抉择，而且那么勇往直前、义无反顾。

是的，他决意不按套路出牌，要跟着自己的感觉前行。

这抉择说起来很简单，就是在大学毕业后，回到故乡，回到这座让他抵挡不住其诱惑的"天龙大界"上来进行创业实践，认认真真再当一回学生，进修他走入社会的"第一课"。他要在这"第一课"中，做一个地地道道的"山古佬"，过一把"山民瘾"。地点已定，至于时间也许是半年，也许是一年，也许更久。在他特意准备的那个崭新大气、棕色封皮的笔记本上，扉页标记着"山课笔记"四个字，第一页赫然写着几行文字，既堂皇醒目，又近乎浪漫，甚至有点偏执、可笑——

"山课"明白卡

身份：大学毕业生，当代山民

目的：以山为师，砥砺前行

时间：由大山和自己商定

课程：创业实践，养殖黑山羊

兼修：大山人文研究

励志：山为虎世界，云是鹤家乡

在冥冥之中，他感觉到，这座大山眼下不仅能养活他，更能养活他的这些向往，这些属于他的青春梦想。这里，应该成为他真正走入社会的启航点。

小伙子毕业的大学就在S市内，叫作S大学。他在大学里所学的专业是历史。他除了学习中国通史、世界通史和研究法，除了对专门史中的人文史学、社会生活史格外感兴趣，其他方面涉猎也比较广泛，尤其是加入过文学社。他平时也创作并投寄过故事稿件，只是没有被采纳过，但在学校举办的"青年故事征文大赛"中得过并列一等奖，并且平时对记载故事始终保持着兴趣。他也听过不少美术、旅游管理甚至音乐方面的讲座，加入过社会调查小组，还当过小组长。就在加入社会调查小组那段时间里，他第一次递交了入党志愿书。即将毕业的时候，该校历史系的"校宝"胡宗同教授看到他才华出众，可塑性强，就告诉他，学校打算留他在大学工作，这可是不少学子的梦想，但他既没有立即答应，也没有马上回绝，说要思考一下。不久，市区和市属各县教育局以及几所重点高中的校长们，在市政府和市教育局相关官员的率领下来到大学寻找对口的稀缺老师，他一下子被盯上了，开出的条件还十分优裕，不仅提供一套过渡性住房，还答应补助部分安家经费，他最后也只笑了笑，不作答复。尤其令人不解的是，沿海有一所气象兴旺的大学从一本全国性的历史学术期刊上读到了这位小伙子的一篇学术性文章《关注地域历史需要留"神"》，文章不长却颇有深度，仔细打听后，多次透露意向，希望他毕业后去那边工作，他犹豫一番后决定放弃。这些，连低他一届的"准女朋友"姜明花都心生疑惑和遗憾——

"你呀，硬是被什么勾走魂了……"姜明花说。

姜明花说的不是也是。事实上，小伙子早已被一次讲演和自己那次在天龙大界的"考察"勾走了魂魄。

关于讲演，他又记起那令人难忘的场景——

讲演是 S 大学专门为这一届即将毕业的学生组织的，主题是"人生与社会"，为学生们进入社会"壮行"。

请来的主讲者是一位企业家。

这位企业家最初就是 S 大学毕业的高才生。他本来有希望留校任教，也有希望继续深造，但他最终战胜自己，选择了生养他的穷乡僻壤，通过选调当上了一名与所学专业毫不相干的乡村公务员。这也是他从大学校园走向社会的"第一课"。他的初心是：挑战自我，创造人生。在初入乡村公务员的前两年里，他凭着青春勇气和智慧，带领乡亲们搞基础设施建设，寻找致富之路，其中吃了不少苦头，但也得到了很多校园无法得到的最珍贵的磨炼。几年之后，他不断得到提拔，当上了副乡长、乡长、县开发办主任。但是，就在这个节骨眼上，他又毅然放弃了仕途上的大好前程，甚至辞去了公职，又回到了最初的穷乡僻壤之地。他决定第二次从头开始，实践全新的又一堂"第一课"。只是这次回到老家，他不幸受伤失去一臂，落下了残疾。但他没有屈服流言与伤痛。经过思考，他决定利用红丘陵特有的自然条件，搞油茶产业，终于又闯开了一条属于自己的路子，现在拥有了一个达三千多亩的油茶基地。面对这个基地，他没有停止在传统的油茶种植上，而是尝试立体式开发，套种特色作物，美化周边环境，朝着休闲农业的方向挺进……

"我认为，作为一个当代大学生，选择什么作为进入社会的'第一课'对自己以后的人生之路至关重要。在做出选择时，需要见识，更需要勇气和信念。我以为，生命的意义与快乐就在于永远处于'第一课'的状态。充满活力的人生，必然是不断抉择的人生。也只有饱经磨砺的人生才是最为丰满无憾的人生。我的口号是：生命不息，折腾不止！"企业家的睿智、诙谐和豪情赢得了大学生们热烈的追捧。在与大学生们合影时，企业家郑重地举起自己仅剩的手臂，像是展示一支人生的"路标"，更像是一声无畏的宣言。

小伙子当时就站在企业家的旁边，他仰望着企业家的独臂"路标"，陷入沉思……

从那以后，小伙子开始注意从媒体上搜寻那些有关大学生走出校园后的新闻故事。果然不断有新的惊喜。譬如，他发现进入新世纪后，国家逐渐把鼓励大学生创业提到了重要位置，相关政策越往后面越为完善；譬如，他看到一位学物理专业的，开起了餐馆连锁店，在同行业中一枝独秀。在具有一定的经济基础后，他又拾起了物理特长，重新创业；学会计的搞起了物流；一位学计算机的竟然鼓捣起了水果生意，做得风生水起，之后又毅然重新回到计算机专业，干得出类拔萃。

当然，他也看到有的大学生进入社会之后，由于缺乏勇气和自信，因困惑而彷徨，第一步就走向了沉沦……

"路有千条，虽然各有艰险，但作为年轻大学生，决不可墨守成规，第一步就是要敢闯。敢闯才有路，敢拼才会赢，美丽人生路，风雨见彩虹！"那位企业家的话，铿锵有力，一次又一次地撞击着他的心扉，他的思想更加成熟……

之后不久，他就接到了一个特殊的"考察"邀请。

那个邀请他"考察"的人不是别人，是他初中时的一个同学。他们过去虽有联系，但也不算频繁，几年没有见面，不久以前才相聚过一次。同学从省林业学校毕业后，想做一个"弄潮儿"，短时间里练过地摊，去过广州、深圳，随心所欲，瞎闯一圈后，伤痕累累。那天晚上，他请那个初中同学吃夜宵，喝啤酒，聊得很深。初中同学的心好像被他的话语熨平了许多……后来在家人的压力之下，那位初中同学通过县林业系统事业单位的招考，进入林业部门工作。但这个同学也有点类似这位小伙子的"倔"，虽然进入了"体制"，那颗躁动的心并没有从此安分，反而苦恼重重。由于他的老家也就在天龙大界脚下北麓的圳上院子，所以在林业局安排工作时坚决不听从家人劝告，主动放弃在机关搞文秘的岗位，要求去国有天龙大界林场观音山工区长驻，理由不是别的，竟然是"想去那里读点书"。有人笑他是不是患上了"自闭症"，有人笑他想去那里"出家"成仙，他一概缄默不答，我行我素。面对家人的软硬兼施，他扬言，如果有谁再要干涉他，辞去工作的可能性都有。

那观音山工区的老队长，因病下山去了，一般不上山来，工作全交给了这个想"出家"成仙的年轻人。可是有一天，这个"想去那里读点书"的年轻人忽然就给眼前这位上山的小伙子发了信息："我最近好烦好烦啊……简直要崩溃了！你能来山上一聚么？"记得那位"想去那里读点书"的同学在最初上山时，眼下这位上山来的小伙子似乎明白了他的心思，同时也似乎预料到了什么，赠送了他一副不算工整的对联——

> 山为虎世界
> 云是鹤家乡

上山才多久时间,"想去那里读点书"的同学就不停地在山上呼唤:"来吧,老同学!我有个感觉,天龙大界真的是块神奇的宝地,只要有能力,一定可以在这里做点什么。但我是心比天高,力比纸薄,根本没有你那胆识,整天两眼茫然,惶惑无助。多么希望你来带领我一起干点大事!有没有兴趣,先来考察一下吧,眼下满山杜鹃花正开,我在天龙大界上等着你!你不来,我真的会崩溃的——!"小伙子收到信息后,反复琢磨着一句句"我在天龙大界上等着你"的呼唤,怦然心动——这,或许是一个机遇?如果是,与那位企业家的演讲不正是异曲同工吗?

"路有千条,虽然各有艰险,但作为年轻大学生,决不可墨守成规,第一步要敢闯,敢闯才有路,敢拼才会赢,美丽人生路,风雨见彩虹!"那位企业家掷地有声的话响彻在他耳畔。于是他决定不管如何,先亲自去考察论证。

小伙子前去考察,与他那位初中同学相聚在观音山工区场部。这是他们相别多年后的第二次相聚。

那次考察,他在山上待了一天一夜。就是那一天和一个晚上的经历,一点一点地颠覆了他很多的念头……

那一天和那一个晚上,到底发生了什么?是什么使他下定了扎根天龙大界进修走向社会"第一课"的决心?

第二章

观音山工区场部那栋青瓦木屋渐渐出现在眼前。

这栋简陋的工区住房,一排有三个主房间,主屋两边各有一间偏厦。除了主屋,两处偏厦屋墙全是用山上的老土采用干打垒的方式一层一层夯筑成的,显得硬实。正屋上盖的全是青鳞瓦,两边偏厦屋顶上披着的是一些杉木皮或石棉瓦。屋前拓开一块小坪,有一两床晒簟那么宽。面对木屋望去,靠着右边偏厦屋的坪边,码着些干枯的柴禾,有劈柴,有成捆的栗柴,一只褐黄色的前半身粗壮后半身轻捷的十分健硕的黄狗,静静地卧在柴禾旁边,像是守护木屋的卫士。柴禾边还有一棵高高的李树,李树有两个粗大的枝丫,站在那里像个倒栽的"人"字。左边偏厦屋前歪搁着一台已经陈旧也没怎么清洗的普通摩托车,屋旁边有一棵不很高大的油桐树,从一侧山涧里用一片竹枧架过来的泉水晾在油桐树枝丫上,水量不大,只有大拇指那么粗的一绺,却是这里的生命线。木屋的后面,有几块梯土,编着竹篾篱笆,生长着一些苞谷和南瓜、茄子、豆角等各种蔬菜,也种着叶秆呈红色的薯类。

当小伙子走近工区木屋的时候,黄狗以它特有的警觉,低沉地猜了一声,然后就用疑惑的眼光死死地盯住小伙子看,看了一会,似曾相识,便缓缓摇起了尾巴……

这时候,从靠近左边偏厦屋的那间木屋里,走出那个向小伙子下发邀请的初中同学来,同学对着黄狗亲昵地叫了一声"老豹","老豹"的尾巴立即摇得更加欢快。

小伙子的那个同学个子不高,略显瘦薄,眉眼却小而灵动,声音清亮。他一见到攥着弯刀、挎着老式单反相机的小伙子,兴奋地高叫了一声:

山霞

"宝哥！"

"孙猴子！""宝哥"也高兴地叫了一声。

"我就有这股狠气，算准你一定会来的，来领头共举大计的！本来，想骑着我那部'老哈'摩托来接你，你没同意，说从今天开始每一步路要自己踏踏实实走，我只好算了。我也晓得'老哈'太差，不够档次，嘿嘿……你这次若不来，我们上次的想法就是个空梦，我也会下山来找你的——哟，那相机宝贝当真带来了呀，好啊！好啊！"被称为"孙猴子"的同学噼里啪啦说了一大串之后，就搓着手，呲着牙笑。

这是他们今年以来的第三次相见了。

"宝哥"，本名叫谭宝山。谭宝山笑了笑，回答："你咯个孙猴子，活生生地把我的魂给勾来了！勾是勾来了，你莫要学那个梁山水浒的白衣秀士王伦容不得人呀！容不得我会劈了你的！"

"哈哈哈，哪里是我勾你的魂，是山上的梅山神召唤你来的呢！我哪里敢当寨主，你又不是不晓得我的老底，这个位置是天龙大界早已给你留着的呢！嘿嘿……"孙猴子眉眼儿尽是喜悦和灵动，一边接过了老式单反相机。

两人说笑着进了木屋……

虽然正是农历五月中旬，山下已经暑气逼人，这观音山工区却依旧有几分清凉，进了木屋内更觉凉爽。孙猴子住的这间木屋与隔壁住的那间木屋相通，是孙猴子的卧室兼工作室，仅仅搁着一张简陋的写字小木桌和一张同样简陋的仅可容下一人休息的木床。木桌上摆着几包"山茶"牌纸烟和一摞书籍，有关于林业方面的教材，有文学的，也有一两本关于山羊和肉牛养殖的。木床靠里面的墙上，糊着一些发黄的旧报纸，报纸上贴着几张明星彩照。

"这些天你都是一个人在场部值班？好大的胆子哟！"谭宝山端着孙猴子给他倒来的茶，一边噗噗地吹着热气，一边关切地问。

"宝哥，我没吃豹子胆呢！上次我不是告诉你还有个'虎哥'吗？那次你们没有相见。'虎哥'今日上午到野猪坑巡山去了，我跟他讲了你今天会上山来的事，他下午才回呢。"

孙猴子说着，递给谭宝山一支"山茶"烟，谭宝山推开了。

关于"虎哥"，谭宝山上次确实听孙猴子说起过，因为那次"虎哥"临时有事没有回来，所以尚未见面。

孙猴子那次告诉谭宝山："虎哥"常说天龙大界顶上雷公崖有神，所以到了中秋节前总会带点酒肉去祭祀。谭宝山当时想，为什么会是中秋节前去呢？那一般不是祭祀的节日呀，奇怪。那"虎哥"，到底是怎样的一个人呢？

孙猴子本名叫孙志侯，外号"孙猴子"。他家所在的天龙大界北麓的那个圳卜院子，与谭宝山家所在的谭家院子相隔只有三四里路。读初中的时候，孙猴子和谭宝山同在天源中学读书，而且同在一个班。初中毕业后，孙猴子随父去了湘西读书，后来考上省里那所唯一的林业专科学校。

"宝哥，你既然铁心到这里来进修'第一课'来了，现在可以敞开谈谈你胸中的韬略了！我好想洗耳恭听哟！"孙猴子望着谭宝山，喝着茶，有点磨拳擦掌，迫不及待。

谭宝山笑了笑说："猴子，你这不是要我交投名状吗？嘿嘿，初登山门，我们还是先别说这个。喝足水，我想还是再去看个山景，正式向大山拜个码头如何？你上山后一直苦恼，主要是没有正式拜过码头呢！"

"要得要得，我听宝哥的！"孙猴子笑了笑，连连点头。

一会儿，谭宝山喝完了茶。谭宝山一边说"走吧"，一边从墙上取过刚才挂上去的那顶粗旧草帽。孙猴子也将自己那顶油渍渍的鸭舌太阳帽戴上。

"还是你走前面吧！"谭宝山说。

"好！"孙猴子意气满满。

孙猴子和谭宝山一前一后走出了木屋。"老豹"呲着牙，晃着尾巴，忠诚地跟在后面。

应该说，一个月以前那次应邀"考察"，谭宝山第一次听到了自己与一座大山共鸣的"心音"。

那是农历四月初的一个晚上。

白天，谭宝山与孙猴子在附近的山沟里走了一圈，也说了一天的知心话。孙猴子本来十分郁闷的心结通过谭宝山许多含有哲理的话逐渐打开。原来，"想去那里读点书"的孙猴子决意来到天龙大界之后，虽有一番雄心壮志，却又不知从何下手，跨出自己坚实的第一步，心事重重又极少有人理解。

谭宝山说："孙猴子，我感觉被这满山的霞景迷住了！这次来，可以好好

欣赏一下。"

"宝哥,你说的什么霞景?"孙猴子问。

"看,就是你说的那漫山遍野的如霞似火的杜鹃花呀。"谭宝山回答。

孙猴子点点头。的确,那无边的杜鹃花仿佛刹那间照亮了孙猴子心头的重重荒莽……

夜深了,孙猴子响起了阵阵的鼾声。谭宝山却无论如何睡不着。

他终于虚掩了门,走出木屋,披着淡淡的星光月影,伫立在山坪前那棵李树下。

现在想来,那真是一次夜的"山浴"。

大山里如此寂静,只有挂在油桐树上的那绺山泉花花花地响着。白天他和孙猴子说的话此时就像那泉声依旧回响在耳畔。

孙猴子说,他之所以选择天龙大界,也不完全是冲动,因为他总是奇妙地感觉到故乡这座大山是一个栖息心灵的最佳港湾。孙猴子对谭宝山说,从大学毕业之后,他感觉到自己的心一直在漂泊。他心里总像有一个人在提醒他:不能这么随波逐流了!一踏上天龙大界,他的心仿佛就平静了许多。孙猴子说,他感觉到,自己可以考虑在这里创业。但他仔细思量后,感觉到自己真的无法独当一面,极其需要一个强有力的同龄人带领他去走这条路子。这个更强的人,他经过反复思考,觉得只有老同学谭宝山最合适。孙猴子说,他感觉到这座大山不仅美丽无比,更有丰富的梅山文化。讲到这些,谭宝山不禁想起那次独臂企业家的动人讲演,想起不久前发生在S大学的一起大学生自杀事件,想起某位著名人士放弃优渥生活而退隐终南山苦行的新闻等等。其中的一些"负面"新闻事件对谭宝山来说虽有很大的冲击,但不仅没有让他消沉,反而更让他深思,觉得自己对这个世界如此陌生,因而更加激起他探索体验的信念。他越发觉得一个年轻人是必须有自己的崭新追求的,尽管有着追求的人总会与滚滚红尘格格不入。在天龙大界上,谭宝山觉得漫山的红杜鹃就像是这座大山的精气神。在这样的地方,按照孙猴子的说法,找到一块心灵的栖息之地,放飞自己的梦想,淬炼自己的人生,应该是浪漫而又真实不虚的。

孙猴子还是过去初中同学时的性子,话多,鬼点子也蛮多,一个一个的想法不断地撞击着谭宝山的脑际。

他们在交流中渐渐一致认准，放飞梦想，这天龙大界确是一个真正的"试飞"的绝佳之地，就看有没有这个勇气。

谭宝山说："一位高才生当了卖肉的屠户最后闯出一条路子，这除了智慧，首先还是勇气。猴子，你说是么？"谭宝山认为一般人只看到了这位高才生屠户最后获得了财富，但他们没有看到高才生获得的更为宝贵的是人生的经验。

孙猴子说："宝哥，你这么一说，我们完全可以有这种勇气！"谭宝山觉得，他们的想法不是偶然的，应该是他们这一代年轻大学生身上具有的敢试敢闯的热血性情，也是天龙大界梅山风格的烙印。有多少当代年轻人因为追梦，历经艰险终有所成。当然，这需要很大的勇气与毅力……

天上，那弯上弦月在闪着光，星星不断地眨着眼睛。谭宝山忽然记起佛祖睹明星而悟道的典故。此刻，他蓦然觉得那弯弯的月亮像是山的眼睛，自己在月亮和星星的启示下，心灵豁然开朗了。而且，月亮和星星好像在为他有所感悟而热烈鼓掌。这之间，他仿佛听到了满山红杜鹃的熊熊燃烧的声音，那是一片多么辽阔的青春的火焰啊！他隐约看到内涵无限丰富的天龙大界在向他昭示出一条崎岖而又闪光的人生道路。就是这个夜晚，他毅然做出了一个决定，实际上已经迈出了奔向"第一课"的脚步……

观音山工区，对于谭宝山来说并不十分陌生。不仅仅是观音山，对整个天龙大界，谭宝山还是有所了解的，但那只是极其肤浅的印象。这观音山工区只是天龙大界北面的一个山群。这个山群又由几座小山组成：羊牯垴，野猪坑，枫木冲，鸡公岭，狗爬岩。这几座小山，谭宝山小时候跟着大人上山捡竹枝摘板栗野果去过一两次，但至今没有去过天龙大界顶上传说中的雷公崖和梅山殿，只听大人说那梅山殿早已毁灭，留下山草萋萋。现在看起来，山上的景致与过去有些不同。那时候每个小山头都有一两棵古树，很高大，如羊牯垴上曾有几棵大禾树，野猪坑有一棵很大的野樟树，现在已经没有几棵。漫山遍野的是人造林和部分飞播林。在飞播林和人造林之间的沟壑，生长着竹子、杂树和各种野草、灌木。山林间偶尔蠕动着从东面娘娘洞那边上来的黄牛和山羊……

谭宝山边走边眺望着观音山群，两撇浓墨似的短秀眉毛下，那双有些锐利的单眼皮露出激动、惊喜的光芒。

他们一会儿就爬上了羊牯垴顶。

"猴子，我们歇会儿吧。"谭宝山说。

"好，听你的！"孙猴子回答。在谭宝山看来，这孙猴子个子虽小，却利索得像是一只野獾。

于是，谭宝山、孙猴子以及"老豹"都在羊牯垴顶一块天然的形似蛤蟆的石头边停了下来。谭宝山和孙猴子登上了蛤蟆石顶，顺手摘了几片大叶子垫着，坐了下来。孙猴子习惯性地掏出了他那"山茶"牌烟，看了看，忽然又把它塞进口袋里去了。

谭宝山对眼前这位同学的性格很了解，虽然有性格，有思想，有点子，办事也灵活，但关键时候缺乏胸怀和胆量，这必然是成不了大事的。他觉得自己和孙猴子既然决定在这里进修"第一课"，孙猴子又把他当作"定海神针"，作为孙猴子最亲密的战友，就有必要为他这种性格的人鼓鼓劲，甚至做好"战前动员"。于是，谭宝山问——

"猴子，你说我们该怎样向大山拜码头呢？"

"怎么拜呢？我可没什么底呢……反正听你宝哥的呗！"

谭宝山沉思了一会儿，说："猴子，你看，那远处的风景怎么样呀？"谭宝山眉眼儿笑着，望着孙猴子。

孙猴子极目远眺，只觉得一幅无边的山水画卷在眼前缓缓地铺展开来，一直铺向远处的云朵下。在这幅壮美的画卷上，天龙大界像是群龙之首。由此往东，是大明山、莲花山、板竹山，甚至还可以望见七子山。山叠着山，山套着山，山衬着山，虽然沉静，却也显示着一种潜在的骚动……七子山过去，就可以望见湘中古城 S 市了。

"猴子，风景怎么样呀？"谭宝山又追问了一声。

"了不得呀！虽然生在山下，又在这山上住了一段时间，但平时并没有深刻领会过。你这一提醒，倒觉得天龙大界真的像是两条天龙下凡，统领群峰，大界风光无限呀！说真的，过去在脑海里，天龙大界的风采一直是模糊的。现在经你一提，如梦初醒，感觉大不相同。"孙猴子感慨地说。

"那你看到最多的是什么？"

"当然是山呀！"

"山挨着山，山外有山，的确是大风景。不过，那都是远景。你还没有看到最美的风景。"谭宝山说着就站了起来,两手叉着腰,凝望着远方。微风吹着他的海蓝色T恤衫,那波纹条线仿佛有了动感。

"看到了呀。远方是S市的影子；近一点是龙兴县县城沙溪镇；再近一点是象口镇,再近一点是龙溪河和坪山镇。大界山下由东往西是老湾里、烟竹坳、打虎坪,然后就是坝湾村,村里有你们谭家院子和我们的圳上院子……"

"再近一点呢？"

"再近一点……再近一点就是你宝哥和我了！"孙猴子笑了笑。

"哈哈哈哈……"谭宝山爽声笑了起来,"你和我对于天龙大界来说,不过是一草一木而已！我觉得,那才是真正的风景,你看——"

孙猴子朝着谭宝山手指的方向望过去,他看到了一只从远处山坡上冉冉升起的岩鹰。

"你看到了那只岩鹰下的山路了吗？那条湘黔茶马古道,也就是你我都走过来的那一条路！"

孙猴子神情贯注起来,开始注目那条若隐若现的湘黔茶马古道。过一会儿,他说："宝哥,说实话我还从来没有这么认真注意过。"

对于这条茶马古道谭宝山是比较熟悉的。但把它放在大山这个大画框里欣赏这也是头一次。小时候,他在父亲的带领下翻过天龙大界的一些山岭沿着茶马古道去过一次南面和西面乡镇的集市,其中最有印象的集市应该是天龙大界西南面的桃花坪镇。谭宝山记得,桃花坪镇的集市连起来有几里路长,前来赶集的人有好多属于少数民族,有瑶族的、侗族的、苗族的,其中"花瑶"人又相对较多。"花瑶"是瑶族的一支。那些瑶族女人喜穿各种花色的服装,戴着手镯。很多花瑶山民在集市上摆开摊子,推销山上的药材,有很多是切成丁子的治疗风湿和跌打损伤的药材。在天龙大界西面,是另外一个大县龙化县,语言和风俗习惯都属于梅山文化的重要区域。对于梅山文化,谭宝山在大学历史系学习专门史学时有所了解。梅山,并没有这样一座具体的山,"梅山"一词只是对湘中以及其他偏西南区域文化民俗的概括,相当于一个标签。现在,谭宝山眼中这条茶马古道像是一条穿越大山般厚重历史的天龙大界的演变轨迹。

"猴子,你是比我先上山来的,我倒想请你重新认识一下这条生命线。"谭宝山说。他看见孙猴子又摸出那包烟,嗅了嗅,仍然放进口袋里去。

孙猴子咀嚼着谭宝山的话，若有所思。

"其实，在这天龙大界，那条看不见的生命线更为神奇……"谭宝山自言自语。

"你是说我们上次谈论过的那条千年鸟道吗？我的确没有深想过……"孙猴子问。

"猴子，此刻我在冥冥之中有一种感悟：那不仅仅是一条鸟道啊！"谭宝山仍然双手叉着腰，结实的腰板显得硬朗大气。

孙猴子咀嚼着谭宝山的话，陷入了沉思。

"我是学历史的，知道什么叫作岁月的力量。我们看见的这两条路，从某种意义上来说，实际上是一种昭示：无论是人还是自然，总是冒着风险在探索与跨越中前行。我虽然刚来这观音山工区，但我已深深感觉到天龙大界的神奇力量。尽管我也是天龙大界山下的人，但和你一样，从未如此深刻感受过。由此我也对自己的抉择重新进行了深刻的反思。我坚定地想，就从天龙大界出发，扎扎实实走出一条真正属于自己青春生命的第一步！也就是'第一课'，走出属于自己的一条'千年鸟道'！"谭宝山说。

孙猴子听了谭宝山一番话，不禁想起了之前谭宝山发给他的对联："山为虎世界，云是鹤家乡。"现在听了谭宝山宣言般的指点，觉得自己对这副对联的理解远远不够！于是心头更加豁亮了：就从天龙大界起步，哪怕冒着风险也要做一点真正属于自己的实打实的事业！

"宝哥，我明白了！"孙猴子热切地说。

上次考察时，谭宝山就已经想到了可在山上发展实业，具体说来就是尝试搞养殖，而且是从养山羊入手。谭宝山想养羊也不是偶然的。他向孙猴子说起一桩小事。那年他家一位亲戚生病，父亲决定带着他去探望亲戚，便从山上人家买了一只黑山羊杀了，给亲戚带了一半去，另一半卖掉了，结果卖掉的那一半不仅把买黑山羊的钱弄了回来，还赚了一点。这桩小事当时就给了谭宝山以启发：养黑山羊是有经济价值的。

"猴子，说实话，回到家乡的大山来锻炼自己，进修'第一课'，虽然决心很大，但我也和你一样，的确一点把握也没有。毕竟我只是个学历史的大学生。不过我也和你一样，冥冥中总是感觉到，自己与天龙大界的缘分很厚。你的召唤提醒了我，更加觉得这一切都是注定。不管人家怎么看，这里，必定有我的希望和力量。猴子，上次我们谈到了养殖，我回到学校后反复思考，觉得确实很有潜力，完全可以一试。你能先说说你的一些见解吗？"

"我以为，这完全是顺应时代潮流的事。一是当前政府对发展农业特别是发展特色农业在各方面政策上比较宽松；二是，国家现在鼓励大学生自主创业；三是从黑山羊市场来看，初步了解到是比较稳健靠谱的；四是据我所知，这观音山区过去一直是我们本地人管理的范围，现在林场管理仍然离不开当地人，所以当地人在山上利用山地资源养羊是不会有多少障碍的……"

这时候不知从哪里远远传来了"发南风，发北风，好凉快呀么——哦嗬——"的吆喝声。

谭宝山知道，这声音在大山里常见。大山里的人在最寂寞甚至恐惧之际，总是用这种声音驱赶寂寞无聊，同时也为自己壮胆。这种吆喝声是人与大山的一种默契方式，是人从大山获取力量的一个途径，就好像黄土高坡上的人们常常用山歌来进行自我陶醉，从而迸发出原始的动力。谭宝山了解到，在"梅山文化"里，这种吆喝叫作"喊山"。"喊山"还有一种形式是"骂山"。

"是'虎哥'在喊山。"孙猴子说。

谭宝山隐隐感到，"虎哥"像是大山的一个精灵。

他听孙猴子介绍过，"虎哥"本姓晏，叫晏甫，大家叫他"虎哥"，当初老队长也是这么叫他。据"虎哥"自己说，他的老家正是梅山文化中心地区。"虎哥"早年从老家来到天龙大界西边龙化县的奉家镇，成过家，后来仍然是单身一个。他年届六十，相当于孙猴子和宝山两个的叔辈。一个偶然的机会，"虎哥"被工区老队长看中，成了观音山工区临聘的生态保护员，辅助工区事务，并负责为工区做饭，梅山风格的饭菜十分拿手。他比孙猴子早一年来到工区。林场改革后，老队长一直舍不得他，经过林业局批准，继续留他在林场，职责一律不变。后来老队长因病下了山，他便与孙猴子一起留在场部。孙猴子说，别看"虎哥"矮额头，大嘴巴，沉默寡语，其实他江湖走得宽，有一肚子故事。"虎哥"时常带着一把旧二胡，没事时拉一拉。孙猴子说，他书没读多少，却特别能干，二胡也拉得像模像样，尽管不识谱，却晓得拉好多乡里曲子，据说全是他无师自通在外面做工夫时偷学的。

"'虎哥'还会吹木叶，随便拿片青叶子都可以吹出调调来，山鸟都喜欢听他的木叶呢。

"我也跟他学了一下木叶。'虎哥'真是个谜……"

"哪天我也跟他学学吹木叶。"谭宝山兴致盎然。

说着，远处又是一声悠长的"哦嗬嗬"传来……

"宝哥，我初步的想法是，"孙猴子又摸出"山茶"烟，嗅了又嗅，再一次把它放进口袋里，然后说，"可以一边搞实业，一边静下来研究这座大山。天龙大界是一座富矿，有自然资源更有人文历史，值得好好探索。这实业，具体说来，也就是上次你提到过的，搞养殖，就养黑山羊试试。我想我们可在山上建立一个自己的'独立王国'，一边根据市场和山里的情况试着养黑山羊，一边静下心来提升我们各自的专业特长或爱好，比如我自己，除了养羊，除了日常的林业工作，还喜欢摄影，用自己的心眼好好读一读天龙大界……"

"我初步了解过了，"谭宝山说，"观音山一带的地貌属中山深切割峡谷山区，地形复杂，山体雄伟，适合黑山羊喜欢攀高的特性。加之空气好，草原宽广，草质优良，又有涧水，开阔、高燥的位置适宜建设羊舍。而且地广人稀，多少年以来没有听说有人在这里养过较多山羊，所以特别适宜搞山羊特色养殖试验。如果能成功，做大了，捞到了第一桶金，我们也可以做其他的事业，那就不一定还是养羊了。反正路在脚下！"

"我当初就知道自己胆识不够，更害怕孤单，不敢往做大事这方面想。现在听你宝哥这么一说，我就什么都敢做了！"

"我也没多少把握，但我们就是应该闯一次！"

"宝哥，我都掐算过了，你的属相是猪，猪是有福的。嘿嘿……"

孙猴子的小眉眼儿闪动着。

就在这一瞬间，两颗年轻骚动的心似乎又贴近了许多：我们都是来上这"第一课"的，转来转去，我们又做起同学来了！

谭宝山想起与孙猴子在初中同学时的许多趣事。

那时候，他俩同在初八班。班主任老师姓吴。孙志侯因为个子小，又瘦薄，加上姓名的缘故，很早就被班上男生女生喊作"孙猴子"。上体育课时，高个子男生欺负他，不让他打篮球，他只能守在场外偶尔捡一捡篮球；打乒乓球时谁也不肯与孙猴子一边。那时候谭宝山在班上当副班长。孙志侯属鼠，他属猪，比孙志侯大一岁，不仅个子较高，两臂又有力气，每天回家与孙猴子同路，两人十分相投。孙猴子虽然瘦薄却毕竟是精灵的。他把谭宝山当成了自己的保护伞，竭力奉承，平时一口一个"宝哥"。上学的时候，他有时会从书包里摸出一把煨熟的板栗或一个烤得喷香的苞谷塞给谭宝山。放了学，谭宝山有时要开班干部会，孙猴子就在校门口死等。风雪天，孙猴子总是自觉走在谭宝山的后面，谭宝山个子高，可以挡风。

但孙猴子毕竟是孙猴子，鬼灵鬼灵的，有时也会搞一些恶作剧。譬如，他知道班上有个高个子男同学喜欢一位漂亮女同学，漂亮女同学有两根长长的扎着蝴蝶结的辫子。高个子男同学欺负过孙猴子，孙猴子知道那漂亮女同学并不喜欢那高个子男同学，于是从中捣鬼，让他们"火拼"。有一天，孙猴子用一张白纸画了一个女孩子像，大眼睛，长脖子，嘴巴上还用红墨水点红了。他把这幅画像先给谭宝山看了，谭宝山嘻嘻一笑，撂到了一边。孙猴子接着把画像给那位欺负过他的高个子男同学看，请他欣赏，男同学一看，哈哈大笑，骂了一声"骚里骚气！"孙猴子马上谦恭地请他"题字"，在上面写下"骚里骚气"几个字，高个子男同学不假思索，随手就题上笔迹特征十分明显的"骚里骚气"几个字。孙猴子暗喜，立即将画像加了工，为图上的女孩加勾了两根长长的扎着蝴蝶结的辫子。这一下，女孩画像就有了那位漂亮女同学的几大特征：大眼睛，长脖子，红嘴巴，长辫子。孙猴子瞅个空子将画像夹在那女同学的语文书里。女同学发现后暴跳如雷，立即走到老师那里告了一状。老师立即进行了笔迹检测，尽管孙猴子后来主动承认画是自己画的，但"骚里骚气"几个字的笔迹老师是清楚的。老师将孙猴子和高个子男同学痛骂了一顿，高个子男同学吱声不得，脑壳只差没勾到胯下去。漂亮女同学从此更加厌恶高个子男同学，孙猴子虽然挨了老师批评，心里却十分畅快。

谭宝山和孙猴子的话题又重新回到养山羊上来了。

"我也读过一些养殖方面的书，请教过几个业内人士，也了解过一点市场。内行人说，那观音山上，由于海拔高，草料丰富，污染少，羊不易感染瘟疫，肉质好，发展起来了，市场是不愁的。"孙猴子慢慢悠悠，把那"山茶"烟掏出来摩挲着，俨然一个老谋深算的专业户似的说。谭宝山接过话头："我也了解到，长沙有一家山羊养殖基地，名气很大，我打算在确定发展养山羊之前，先去那里考察一下；另外，我们县内板竹山也有个山羊养殖基地，是县里重点扶植的农业企业……"

孙猴子沉浸在养黑山羊的憧憬里。谭宝山继续发表了自己的看法——

"其实我们小时候都养过山羊。天龙大界一带养过山羊的人也多，不过我们养的数量都不多，但是多少还是有点基础。不过，如果有规模地养羊，那可没有那么简单了。猴子，我很赞同你刚才的一些想法。我还是觉得，我们不论干什么，重重阻力将是必然的。年轻的时光贵在敢于尝试新的东西。我之所以不去那些眼下看起来待遇较好的地方，高调一点说，就是觉得作为当代年轻人还是要有更远大的抱负，要有点敢闯精神，尽量不走别人走过的老路，哪怕有风险也值得。这样才可能真正体验社会，丰富人生——反正摸着石子过河吧！……"

孙猴子说："宝哥，谈到研究天龙大界，你还记得那个在天龙大界流传了很久的'谭公子'谭艳华的故事吗？"

"你是说'雷公崖惨案'么？怎么不记得，只要是天龙大界人，就会记得那个恐怖的故事。很多人说，那故事至今还是个谜……"

"这故事不管真相如何，我觉得也是极有梅山文化内涵的。"孙猴子说。

"肯定的。应该也是当今世相的折射吧！"

"其实，我们的底气还有'虎哥'，他养羊也是个行家里手！"

"那就更好了！"谭宝山喜出望外。

谭宝山一把抓住孙猴子的手说："猴子，读初中的时候我就晓得你是个诸葛亮式的人物！关于养黑山羊的一些细节我们回屋里再仔细商量方案！走，今天我们干脆爬到天龙大界最高最险处——雷公崖去！我们先把天龙大界踩在脚下！"

"老豹"似乎听懂了他们的话，低沉地吼了一声，像在为他们鼓劲或赞叹。

于是，谭宝山、孙猴子加上"老豹"转身又朝天龙大界的极顶攀去。很快，天龙大界顶上像是突然出现了三只"虱子"。

俗话说："一只虱子拱不起一床被子。"那么，几只虱子这床大被可以拱得起来吗？

耀目的太阳下，天龙大界起起伏伏，连连绵绵，就像一片骚动的大海波浪。

第三章

这天，因谭宝山需要做些驻山养羊的前期工作，孙猴子骑着"老哈"把他送到了山下，然后自己又折回到山上去。

谭宝山忙完几桩小事后，便来到了坝湾村村部的阅览室查阅着资料。

两大墙书籍多半是相关部门尤其是文化部门有针对性地送来的，有很多"三农"书籍。但是，这些书籍上都落上了一层薄灰。谭宝山不禁叹息"明珠暗投"。他希望在这里找到一些关于黑山羊养殖的资料。他还真的找到了一些：《黑山羊养殖百问》《山羊疫病防治》《养殖百事通》……

谭宝山翻着翻着，一本内部赠阅的龙兴县政协文史委编辑的文史资料《龙兴县梅山文化摭拾》突然跳入他的眼帘。谭宝山从书架上取下来翻了翻，发现这是一本关于龙兴县县域历史文化演变的资料。其中有一章，涉及天龙大界的介绍。

作为重要风情文化区域的古梅山，从来就有"梅山峒蛮"之称。虽然对这个文化区域的具体划分至今有不同看法，但对湘中及其西南一带属于这个区域之内则是没有任何分歧。

谭宝山从资料中了解到，"梅山峒蛮"有三大核心居住区，这天龙大界西部的龙化县和龙化县西南的"板仓诸峒"是其中一个重要核心。如果以天龙大界的最高点雷公崖为圆心，方圆百余里都属于"板仓诸峒"。

谁也不会想到，这里曾是一处千年的古战场。谭宝山仔细阅读起来……

据地方志记载，北宋初年，大将李继隆会同另一位大将石曦率兵去袁州（江西宜昌）攻打南唐军队，不料有闻讯而动的成千上万山民在长沙南面埋伏，截断了宋军的去路。

喊杀声震天动地，血雨腥风中日昏月暗。在大战中，李继隆身先士卒，十分英勇。突然，如蝗飞箭射来，李继隆应声倒下，他的手脚均被箭头射中。经军医认定，这些箭支带有恶毒，只有古梅山一带才有这种毒箭。如若中箭，非死即伤，李继隆所率士兵死伤了三分之一。宋主得知奏报，震怒不已，决定剿灭。北宋在平定南唐之后，马不停蹄，立即派名将石曦领兵挺进"梅山峒蛮"。石曦不愧是智勇双全的猛将，他在征剿中，细察梅山风情，软硬兼施，多管齐下，终获全胜。

对此一战，在《宋史·石曦传》中只有寥寥几笔记载："平梅山板仓诸峒蛮寇，俘馘数千人"，但字字句句浸透了血泪。朝廷对"梅山峒蛮"的征剿，虽然暂时扑灭了梅山山民的气焰，却激起了更加久远的仇恨和骚乱。"头如鸡，割复鸣，发如韭，剪复生。""梅山峒蛮"后来多次攻郡占县，一直没有停息。

《宋史》上载："梅山峒蛮""寇边界，朝廷累遣使诏谕，不听。"至今，在天龙大界所在的板仓区域仍然可以从一些地名上发现历史的蛛丝马迹，如"蛮园里""鬼嶜里""城墙冲"……这是一个个蘸着风云血泪的地名。

所以，人们把天龙大界称为"骚山"，实际上也有骚动不安的意思。

这些历史，谭宝山在大学期间翻阅宋史时是有所接触的。研究宋史时他还写过一篇《章惇开梅山策略浅探》的论文，得到了胡教授的肯定。

这苍莽得有点原始的"骚山"天龙大界，一草一木都有故事。

《龙兴县梅山文化撷拾》记载的最为传奇的故事是"鬼嶜里"大白天鬼唱歌的故事。据说老一辈人不仅亲耳听到那歌词就像是在呼唤："兰儿——孤——，兰儿——孤——"，而且在阴雨天还分明看见有怪影。人们说，肯定是个情缘未断的山鬼。山鬼不仅在鬼嶜里唱，有时在山北面的山窝里也能听到。有人不信，说这不过是山上的怪鸟在唱，但谁也没见过怪鸟，自然也说不清是只什么怪鸟。至于其他，很多都是谭宝山听来的，当然也包括一些男人和女人之间的荒诞事。有人夸张地说，上天龙大界，最好带只竹响把走路，不然说不定会在哪里碰上偷情的野鸳鸯。天龙大界仿佛成了野鸳鸯的伊甸园，但这里的人们，对碰上野鸳鸯偏又十分忌讳。

天龙大界上发生的那个"至今还是个谜"的"雷公崖惨案"，《龙兴县梅山文化撷拾》中自然没有任何记载，但谭宝山从小听老家人绘声绘色讲过很多次。在谭宝山心里，这个故事算是天龙大界最令人刻骨铭心的同时也富有梅山风情的当代故事了。

谭宝山决定上山养羊，他的爷爷是一个坚定的支持者。这使谭宝山觉得爷爷是他的知音。但他发现爷爷平时有个特点，自己从不说起那个故事。一有人说起那个"至今还是个谜"的故事，总是从不插言，而且神情异常沮丧。这使谭宝山产生一种感觉：在这个故事中，爷爷还有很多无人知晓的"谜"……

谭宝山觉得，那个故事，是天龙大界除了古战场故事外的另一场血腥风雨……

后来，谭宝山对"雷公崖惨案"专门进行过一番记录、整理……

20世纪70年代末。中秋节眼看到了。天龙大界正是一年中最为美好的时光。

但是，突然间，一个霹雳在晴空里炸响了！这个霹雳最先炸落的地方，是天龙大界南面山脚下梨花坪大队的叫"吴家墩"的院子里。

这院子里有个人外号叫"刘疤子"，甲字脸，留着一撮山羊胡子。他从小没了父母，好不容易找了一个老婆，却是个两手经常打颤外号"颤颤"的哑巴，没有生下一男半女，后来"颤颤"又被人拐跑了，"刘疤子"从此成了单身汉。"刘疤子"凭着一身气力养活自己，专门上山挑柴卖。砍柴他是有两把刷子的，他知道天龙大界上的栗柴最好，专门拣那些栗柴砍，栗柴上火，耐烧，烧完后的"火屎"封存后还能卖到山外去。天龙大界上栗柴虽多，但数靠近雷公崖一带的栗柴岭上的最好。他砍下栗柴，一捆一捆地摆在山间的坪地里，晒干后才挑下山送到需要的人家去，这样又轻松又可卖个好价钱。"刘疤子"卖柴，人家或者给几角钱，或者给点粮食之类的东西，他都需要，都会收下来。只有送柴给大队支部书记吴康生时，柴是最好的，但他什么都不会要，顶多喝一大碗书记娘子亲自给他舀来的兑了甜酒的井水解渴。

这天一清早，吴家墩的人们就看见"刘疤子"扛着杉木扦担上了天龙大界。将近中午，去雷公崖旁边栗柴岭砍柴的"刘疤子"，不知为何突然神色仓皇地从山上飞也似的跑了回来，一直走进大队支部书记吴康生的家里，见到吴康生，"刘疤子"上气不接下气地喘着："书……书……"，怎么也说不全话。

"刘疤子，莫急啰！"有着一双"虎眼"的吴康生，虽然十分威严，但对"刘疤子"一向是看顾三分的，此刻不停地安慰着"刘疤子"。书记娘子见状，急忙用甜酒兑了一海碗井水给刘疤子压惊。

"刘疤子"的惊慌情景引起了当过兵的吴康生的警觉。他知道"刘疤子"虽然是个单身汉，但平时为人还算朴实，乡邻们从没另眼看待过他。

"刘疤子"就是说不全话。吴康生便要"刘疤子"坐下来，并让他先喝完那碗甜酒井水。

（关于"刘疤子"吓得说不全话这个细节，谭宝山听到的几个版本都没有什么区别。）

"刘疤子"喝完一碗甜酒井水，终于缓过神来了。他吐出的第一句话是："我……杀……杀……杀……人了！"

吴康生"虎眼"一瞪："刘疤子，你、你、你杀人了？"

"不……不……不是，"刘疤子"的喉结像是活塞在上下抽动，"我看见……山……山……山上有人……杀死了两个女人！"

觉悟极高的吴康生，感觉如雷击顶："刘疤子你快讲！你看见哪个杀人了！"

"反、反、反动派……杀人了……""刘疤子"不愧是吴康生调教过的人，也有点觉悟。

从"刘疤子"的有些混乱的叙述中，吴康生终于弄明白了一个极其恐怖的事件：栗柴岭上，一位不明男子强奸了两个年轻妹子，并且将两个妹子用柴火"焚尸毁迹"！"刘疤子"因为站得远，又特别恐惧，没有看清那两个年轻妹子面貌。杀人的男子已经潜入山深之处。

毫不犹豫，吴康生呼呼呼地摇通了公社的电话。

不到两个小时，公社派出所的公安人员和几个干部乘着一台有些陈旧的警车颠簸着来到了吴家墩。

随着警笛的尖叫，很快，在吴家墩院子前面的大白果树下，聚集了越来越多的村民，黑压压的。

关于罪恶的信息把天龙大界脚下这个偏僻的小山村震得喊哩咔嚓摇动起来。

根据"刘疤子"提供的线索分析，加上与天龙大界北面坝湾大队联系，公安人员初步判定，杀人者就是天龙大界一带的本地人。很快又确定，两位被害者就是离吴家墩不远处的桑树坳的吴姓女子，而杀人者就是天龙大界北面山脚下坝湾大队湾里院子的"谭公子"。

很快，在天龙大界周边三个县公安部门的配合下，中秋时节的天龙大界上拉开了一面搜捕罪犯的大网……

"谭公子"，本名叫谭艳华。单从姓名上看，很难让人想到这是一个男人，更不会想到他会是一个连杀两位年轻妹子并且敢于焚尸毁迹的男人。

这个男人，其实长得十分英俊。一张越剧里书生般的脸，自然的略略卷曲并带点黄色的头发，白里透红的山里人特有的皮肤，尤其是那条挺直的狮鼻，更使得他显得帅气。他是天龙大界北面山下坝湾大队湾里院子"谭梅山"谭青安的儿子。"谭梅山"之所以叫"谭梅山"，一是因为他是位地地道道的师公，擅长演绎梅山傩戏，唱得一堂好"梅山"，还懂些草药，常被山里人家请去做法事、治病。彼时正值"破四旧"，"唱梅山"被定性为封建迷信活动，受到一定限制。但天龙大界山高皇帝远，"谭梅山"并没有失业。尤其是因为医疗条件差，几个大队干部的家里有些为难之事都是通过"唱梅山"和草药解决的，所以坝湾大队更加不好限制"唱梅山"。二是因为"谭梅山"心善，喜做好事。譬如，他给那些家境贫寒的人唱一堂"梅山"，一般只吃两餐小菜饭，不收一分钱工钱；帮大队干部唱一堂"梅山"有时连饭都不吃。"谭梅山"本人生得相貌平平，甚至有点丑陋，两只眼睛一只大一只小的，生下个儿子却是百里挑一，人们说这应该归功于"谭梅山"早逝的老婆。他老婆是天龙大界北面山下十里八里闻名的"一枝花"，谭艳华完全遗传了母亲的基因。"一枝花"嫁给"谭梅山"时已经是一个寡妇。也有人说，歪树发了直根不完全是"一枝花"的功劳，还有"谭梅山"好事做得多积了德的缘故。

（关于"积了德"这种说法，谭宝山听很多人都讲过，他因此认为人们对"谭梅山"是认可的。）

谭艳华因为相貌好，在学校读书时老师就十分喜欢，不仅让他当班干部，而且搞文艺活动时总要他扮演角色。那时候他是在天源中学读初中，班主任老师就是老民办教师谭仕玉，也就是谭宝山的爷爷。谭仕玉把谭艳华当作自己的亲儿子一样看。谭艳华要是与同学吵了架，谭仕玉有时还要偏袒他一点。谭艳华不仅长得好，还十分的聪明伶俐，逢年过节总会千方百计给自己这位

班主任老师送一些土特产如腊肉、猪血丸子、熏干的山老鼠肉之类，当然这也是"谭梅山"的意思。但是，每当农忙时，主动去班主任老师家帮助做农活就不一定是"谭梅山"的安排，完全是谭艳华的主动了，譬如春节前后种洋芋，暑季插田割禾，收黄豆，搬砖砌屋，几乎都会看到谭艳华的影子。所以谭艳华和谭仕玉的师生之情很深很深。

可惜的是，谭艳华读初三就转了学，转到了天龙大界南面龙冈公社龙冈中学。初中毕业后，谭艳华没有继续读高中，回到了湾里院子，"谭梅山"准备培养儿子当师公。那年谭艳华一转学，谭仕玉也放弃了当民办教师回到坝湾大队担任了支部书记。现在的坝湾村是后来才叫"村"的。那时候大队有宣传队，在谭仕玉的栽培下，谭艳华自然而然地成了宣传队的骨干，经常在台上演戏。有时演一两段古装戏，谭艳华扮演了几回"相公"。由于扮相美，大家就给谭艳华取了个绰号"谭公子"。"谭公子"成了十里八里有名的美男子。只要听说他要上台演相公，山里十里八里的年轻女人和姑娘都会放下手中的活计去痴痴地看上半天。所以有人说，看完"谭公子"演戏，走山路要带个"竹响把"，因为山里的男男女女都出来了。"竹响把"本是山里人用来赶鸡的，人们怕在路上碰到苟合之事特意敲响"竹响把"提醒那些"狗男女"。因为人们担心碰上这种事情人会走霉运。这种事在天龙大界一带本来就不少见，"烂鞋""孤老"几乎个个院子有。

"谭公子"因为长相好，为人也厚道，十里八里有好女的人家都托人做媒，但居然没有一个让"谭公子"动心的。

后来隐隐有人说，"谭公子"可能有了对象，是天龙大界山那边的，读初中时谈上的。到底是谁家闺女，却不得而知。

杀人惨案发生后，山北十里八里极其震撼，像是受到了原子弹冲击波的冲击……

第四章

　　湘中及偏西南山区的农家，21世纪以前，最常见的住房建筑是"偏正式"，即一栋主屋，两边带着偏厦，或者一边带着偏厦。这些偏厦，大都是猪圈和牛羊栏，或者磨房，有的在二层上堆放稻草和玉米秆之类，以及老人们漆得发亮的棺材。稍微富有一点的，往往主屋左右都有偏厦，前面左右又列有两栋偏屋，形成"三合"。偏屋比偏厦好，实际用途更大，可以作为人居之所。偏厦前往往栽有桃树、梨树、李树和枇杷树、石榴树。小院前面一般辟有一汪小水塘，周围编有篱笆，防止小孩玩水。谭宝山家属于一栋主屋左右分列偏屋的"一担柴"式的那种。

　　谭宝山被窗外老梨树上的晨雀儿吵醒。他呼地坐起来，一看手机，已经快六点了。

　　谭宝山一跃而起，匆匆进行洗漱。

　　洗漱之后，他从提包里拿出那个崭新大气、棕色封皮的记事本，趴在书桌上准备记下一些什么。因为他有了一些感觉。打开扉页和第一页，那"山课笔记"几个字和"山课明白卡"的几行文字，字体金钩铁画，虎虎生风，自己很是满意。他想了想，就在第二页上抄录了一段警句："人生的道路虽然漫长，但要紧处常常只有几步。特别是当人年轻的时候，没有一个人的生活道路是笔直的，没有岔道的……"

　　写完这些，谭宝山觉得还不过瘾，又在下面添上了一行文字："山为虎世界，云是鹤家乡。"写完这一行文字，谭宝山望着"虎"字不禁自嘲地笑了笑。在他看来，"虎"字没有写好，像个"猪"形，自己是属猪的，猪也能成虎吗？但转念一想："这个世界万事皆有可能。"

第二页上，他拧开笔，记下与孙猴子在天龙大界"风云际会"时初商大事的主要情况。

笔尖划着纸页，发出沙沙的声音——

"作为天龙大界人，我隐隐感觉到这座大山有着巨大无比的隐秘的魔力。我有一种感觉，我和我的许多东西必将成为大山岁月的一部分……"

"我和孙猴子决定打造自己的理想王国是经过了一番推敲的。这个王国的名字就叫作'天龙部落'，还要正式挂一块简易的牌子，牌子上的字用一些树根拼成。孙猴子不敢当酋长，让我当，我也当仁不让了。谁叫他小眉小眼，精灵精灵的，只配当左右手，哈哈哈哈……他自封'二当家的'，这让我觉得他有点像剿匪片里那个专出坏点子的'阴险家伙'。孙猴子说他喜欢这个称号。我们这个王国，实行耕读制度。'耕'嘛，主要是耕山创业，搞养殖，目前就是养黑山羊，搞出一个养殖小基地，力争捞下第一桶金；另外就是在山上开荒种菜，做到蔬菜自给自足；'读'嘛，就是学习，他钻研摄影，我钻研天龙大界和梅山文化的历史渊源及发展。我们二人都是立足天龙大界，放眼古梅山区域，创作出自己的作品。无论是'耕'或者'读'，对于我们都是一种全新的事业。当然，眼下以'耕'为重。我们也都是护山员。我们靠山耕山，耕山读山，读山护山，也许有一天时机成熟，把这座神秘大山推向全新的世界。这也是'天龙部落'的基本宗旨了。我们一切都准备好了，包括针对失败和嘲笑，从目前来看，我们的行动进展还算顺利……"

谭宝山入神地写着，一只羽色黑白间杂的花喜鹊跳到窗棂上盯了他好久，他也不知。写完，他掷下笔，准备去龙兴县县城参加一个会议。

这个会议叫作"梅山论坛"，是省级梅山文化研讨会，在S市督促有关工作的省委宣传部主要领导将要到会场讲话。

谭宝山是前天接到S大学历史系胡宗同教授的电话通知的，省里点名要胡教授参会并作主讲之一，胡教授当然知道谭宝山是龙兴县人，而且准备以故乡的大山为师，开启社会人生，就点名让谭宝山去参加学习。

这已是农历六月下旬的一天。整个会议连去带回也就两天时间。计划散会那天，谭宝山还要和孙猴子一起去县畜牧局和工商局咨询相关手续。

谭宝山坐着孙猴子的"老哈"下山时将有关事情交代给了"虎哥"。

谭宝山收拾好东西，正准备去谭家院子门口的中巴车停靠点搭车，忽然父亲走进房间叫住了他："宝山——"

谭宝山的父亲谭仁民，五十出头，也是和谭宝山一样略长的脸，两撇浓眉，不同的是眼睛里放着精明得有点世故的光。他在上谭下谭是个有名的多面手，这也跟他的老子谭仕玉的聪明基因有关。谭仕玉因为当过民办老师，从小对谭仁民严格要求，希望能够"山窝里飞出只金凤凰"。但谭仁民偏偏对读书兴趣不大，成绩也一般，倒是对山里各种工匠活很能感悟，谭仕玉只好不勉强他。于是，谭仁民初中毕业后就当了泥水匠，后来又学篾匠、木匠，最终什么都懂，却什么都不很精。他知道自己不可能再有什么大出息，就把所有的希望寄托在儿子谭宝山身上。谁知，谭宝山虽然顺顺当当考上了S大学历史系，而且学业优秀，毕业后却着了魔似的放弃一个一个大好机会，立志先要在天龙大界搞出点名堂来，实在令他百思不得其解。难道这就是所谓的"有其父必有其子"？

"宝山，这就去县里去开会么？"父亲问。

"是的，开'梅山论坛'会。我们胡教授也来的。"谭宝山望了父亲一眼，只管收拾东西。

"咯（这）样的会有卵用吗？"谭仁民用疑惑的眼光望着谭宝山。

"你真是瞎操心。这是个学术会议。我的老师胡教授特邀我参加的。怎么能说没用呢？"

谭仁民摸出一支烟叼上："开什么会我也不反对，我还是那句说了上百遍的老话，你要找条合适可靠的路子，寻碗饭吃，不要瞎闯，耍鬼把戏。虽然现在开放得很，样样有人干，但还是要踏实谨慎，免得走弯路浪费青春！"

"爹，你别老是说我耍鬼把戏耍鬼把戏，我就是在寻找适合自己的路子呀！世上的路有千条万条，我想走的路你也未必能体会得到，你怎么就知道我走的是弯路呢？再说，走点弯路算什么，人生多经历一些不是坏事！"谭宝山只管收拾着东西。

父亲默然半晌，并不甘心罢休："你知道你爷爷的意思吗……"

"我和爷爷早就交流过。他说人只要肯动脑筋，不愁没碗饭吃。他还说，人生不能把目标就定在一碗饭上，走什么路最终是我自己的事，自己觉得合适就行！但所学的知识决不能放弃，只能不断丰富。除了书本知识，通过实践得来的经验才是路子中的路子！天龙大界是座宝山，你也听过那支古山

谣的……"

"唱是这么唱：金山九十九，银山九十九……我就不相信天龙大界真的就是座金山银山！"

"你不相信，我自己现在也不相信呢。但我凭感觉，天龙大界就是一座非同凡响的大山。有了知识，有了实干，就是金山银山。也许有一天，它真的就会像天龙一样飞起来！"

谭仁民摇了摇头，长长地叹息了一声。

这声叹息中所包含的内容，谭宝山也不一定能全部理解，因为谭仁民就是这天龙大界的典型山民。

对于天龙大界的一切，可以说，谭仁民就是一本活的字典。想想当年，父亲谭仕玉把美好希望寄托在他身上时，他的梦却在天龙大界。但是，多年过去，他终于发现，自己是走了弯路的，而且没有机会转过来。天龙大界没有让他圆梦，他也没有什么为天龙大界增添光彩，他不过是生在天龙大界脚下，长在天龙大界的怀抱里，像一株草一样最后静静地回归到天龙大界的世界里去。

谭仁民发现，谭宝山是自己的影子，但这影子完全让他无法捉摸。

"梅山论坛"的会场设在县委春晖宾馆二楼的会议室。

这间会议室不是很大，但还算精致，室外刷着淡黄色墙漆，室内灯光璀璨。会场有百来个包了红色广告外套的软座椅，分做两大列；两边窗户垂挂着暗红色的绒帘，顶上吊着几盏款式新颖的玉兰花灯。主席台旁边设有带鲜花的发言席，正上方的电子屏幕滚动着"第一届湘中地区'梅山论坛'会场"字样。整个会场的气氛显得规模不是很大却档次较高。

上午九点钟，谭宝山走进会议室时，人差不多来了大半。他一眼看见了头发花白的胡宗同教授。胡教授此刻坐在台下前排靠左的位置，正与一位盘着"公主辫"的年轻女士在交谈什么。谭宝山看他们交谈得十分投入，就没有过去和他打招呼，只是选了一个离他们较近的位置坐了下来。

这时候，谭宝山忽然听到了他们谈话中竟然涉及了"天龙大界"。于是竖起了耳朵——

"天龙大界我早听说过的。根据你的这些介绍，天龙大界的风情习俗肯定属于'梅山文化'范畴，而且比较典型。你说的师公道士，他们所演绎的大都是傩戏的内容。傩戏其实就是一种富有代表性的地域文化，它是一个地域的生活和人文的生动折射……"

谭宝山一边听，一边朝那位女士望了一眼，尽管只是侧面，但他马上感受到了她的美丽，这种美丽带有一种生动而骄傲的质感。他不知道那位美丽的女士到底是什么人，为什么会对天龙大界感兴趣。

正在沉思之际，谭宝山看到主席台上已经有人落座了，知道会议很快就会开始，考虑到自己坐得可能靠前了一点，便站起来往后面走。刚落座，他忽然看到那位盘着"公主辫"的女士和胡教授握了一下手，便从胡教授身边站起也往后面走来了，经过谭宝山身边时，因走得急，手中摩弄着的一个钥匙串掉到了地上。谭宝山几乎不假思索就捡起钥匙串交给了她。他发现扣上挂着一个U盘。女士朝他灿烂地笑了一下："谢谢！"谭宝山说："不用谢。"女士好像朝着他的脸打量了一零。这时候他才看清女士的正面，果然如他所料，很美，一张鹅蛋脸白嫩俏丽，尤其是一双丹凤眼和一只略有鹰气却又纤秀的鼻子让她的美平添了几分霸气。这种霸气使谭宝山心中有点痒痒的、慌慌的。

谭宝山很想再搭讪一下，担心人家怪他轻浮，便罢了。

女士坐在离谭宝山不远的一个座位上。

室内忽然掌声大作，谭宝山抬头朝门口一看，只见一位个头不高、满头银发、戴着金边眼镜的官相十足却又和蔼可亲的老头儿走了进来，后面跟着几个气宇轩昂的领导模样的人。这几个人在掌声中走上主席台后，会议就开始了。主持人是S市社科联主席，他先对莅临论坛的几位领导进行了介绍，这时谭宝山才明白那个白发老头是一位省委宣传部副部长，其他几个人也来头不小，有中国民间文艺家协会会员，有省文联和省文艺家协会的，也有S市文联和社科联的。龙兴县的县长先致了欢迎辞，接着省委宣传部副部长简短讲了几句话，挥挥手就匆匆走了。再下来是专家学者发言。

谭宝山觉得专家们讲得一个比一个精彩。最后轮到胡教授发言了，谭宝山不禁全神贯注地倾听起来。

"我们知道，"胡教授从容不迫，侃侃而谈，"世界上有多种富有自己特色

的文化，这些文化是人类思考和追求的结晶，譬如我们今天正在共同探索的梅山文化。说起来，'梅山文化'其实是一种古老的祖源文化。我们知道，在人类文明史上，古希腊、古罗马文化是辉煌的文明瑰宝。而梅山文化正是与这两种文化遥相辉映、灿烂多彩的楚文化的一部分。它是具有原生态内涵和色彩的文化遗产，是梅山文化地区广大民众的性格特点与精神品格的重要表征。就现在所掌握的情况分析，它是发源于湘中，流传于西南各省并辐射到东南亚和欧美各国的一种独特的民族、民间、民俗文化，不但保留了丰富的人类原始思维特征、行为方式等文化信息，而且其鲜明浓郁的地域性、民族性以及表现形式的独特性、影响力使它具有十分重要的文化遗产抢救价值、学术研究价值和经济旅游开发价值……"

"文化遗产抢救价值""学术研究价值""经济旅游开发价值"，这三个短语不断撞击着谭宝山的耳膜，有着振聋发聩的作用。胡教授的讲话无论是条理性还是学术性总是那么严谨有力。这是谭宝山在大学时就清楚的。这时，他又望了望那位"公主瓣"女士，只见她雕塑般凝望着报告席上的胡教授，右手娇巧地托着腮帮，似乎在跟着胡教授的思路做着深沉的思索。谭宝山觉得这位女士的这个姿势特别经典，有着潜在的魅力。

上午共有三个专家作了关于梅山文化的简要发言，时间拖到了下午一点钟。谭宝山觉得各有深度，而胡教授的演讲尤其有力度有新意，让他收获不少。他觉得胡教授的话好像是专门为他、为天龙大界而讲的，因而决定在合适的时候专门登门向胡教授讨教"三个价值"。

临近散会时，谭宝山忽然接到了孙猴子发来的信息："下午去板竹山黑山羊养殖基地，已与基地朱鸿伟经理约好。等你在春晖宾馆吃完中餐后我来宾馆门前接你。"因为下午的会议内容主要是参会者围绕专家们的讲话组织讨论，谭宝山也觉得无所谓了。

在餐厅，谭宝山终于与胡教授匆匆见了一面。

"公主瓣"此刻就坐在胡教授的旁边。胡教授见了谭宝山十分高兴，当听完他扼要介绍了几句自己准备在天龙大界观音山工区建立自己的"天龙部落"，养羊创业，同时研究山俗，耕山读山，将此作为走向社会的"第一课"时，不禁朝着谭宝山举起了大拇指："年轻人闯一闯是好事！好事啊！大学过去专门组织过一次'社会与人生'的演讲，你还记得那位独臂企业家吗？那是个了不起的人！"谭宝山点点头："当然记得那位奇人……"

"公主辫"一直没有说话，但她显然也被谭宝山的理想吸引住了。听了胡教授的夸赞后，她那双眼睛一直停留在谭宝山那两道坚定有力的短秀浓眉上。当她发现谭宝山也在注意观察她时，她的脸霎时红了起来，头不由自主地勾了下去……

因为胡教授被安排在小包厢的专家席，谭宝山没有去与他作更多交谈。吃完饭，他匆匆往门口走，在约定的地方等孙猴子。

孙猴子上午在县林业局办完了几桩小事后，先后去了县工商局和县畜牧局了解了有关政策及手续，出来后又和他那个在县疾控中心工作的女朋友李小娜见了一面，然后开着从朋友那里借来暂时一用的二手捷达车早早地等候在春晖宾馆门口了。

在车上，谭宝山将在会上获得的一些感受分享给孙猴子，孙猴子不禁激动起来："宝哥，看来天龙大界的时机真正来了！我们养羊其实还只是个小小的信号，看来好戏就在后头呐！"

谭宝山被孙猴子按捺不住的兴奋感染了，不禁也有些激动。

孙猴子一边开车，一边说他上午在几个局办事的情况。孙猴子说，林业局的主要负责人比较开明，很支持他在观音山工区进行山羊养殖尝试，认为只要不影响护林工作和注意环保，这也是扎根天龙大界的"屯山护场"的一个实践，更是将来林场面向市场、解决职工生存问题的先期探索。孙猴子说，坪山镇和农业局畜牧局对这种山区特色养殖明确表示支持，政策放宽。好几个同事都笑孙猴子野心不小，准备当"山大王"了，而且开着玩笑说如果孙猴子搞得风生水起，他们也会去加盟"天龙部落"，请他一定要收留。孙猴子连忙说我不是"天龙部落"的"真命天子"，"真命天子"是我的老乡、老同学谭宝山！

"他们那些龟崽子，缩在家里，还幻想着'一人得道，鸡犬升天'！"孙猴子沉浸在他的亢奋中。

这时候，谭宝山望着孙猴子舒展开来的小眉眼，眼前却浮现出那位鹅蛋脸、"公主辫"的影子。

第五章

　　谭宝山并不知道，那位"公主奔"就是天龙大界南面山脚下的梨花坪村的。他们的第一次相见，好像是天龙大界冥冥之中的安排……

　　梨花坪这个村子，从前叫梨花坪大队，现在叫作梨花坪村。

　　村前弯弯的小河，是梨花坪村的"长江""黄河"，当地人叫它作"铁锁河"。为何叫作"铁锁河"？因为它从天龙大界南面"张郎庙"下龙头岩峡谷里发源，汇入到龙冈乡乡政府门前那条很早以前就响彻着石工号子的石马江，一路走来共有大弯小弯二十四个，也叫"二十四把铁皮锁"。铁锁河边的人们说，有了这"二十四把铁皮锁"，山里的好风水不会流失，这里的人就会平安。但是也因为这"二十四把铁皮锁"，山里的人才也走不出去，读书当官的人必然会少之又少。当地人这些话语虽然几近虚妄，但现实还真是那么回事。

　　梨花坪村沿铁锁河大小有三四个院子：尖家院子，桑树坳院子，吴家墩院子，梨花坪院子，至少近百年来都是平平安安，盗贼不生。各个院子里长寿的也多，几乎每个院子都有九十岁以上的老人。甚至，在这一带出生的女子水色也不一般，被人们称为"桃花窝"。但是，这几个院子里读出书来的少之又少，正式考上本科大学的目前还只有三四个人，其中包括吴家墩老支书的孙女吴彩霞，在外当官的一个也没有，只有一两个在乡政府机关上班的，其中一个是管食堂的，另外一个是管环境卫生的。有人请教过风水先生，风水先生勘测一番后说，关键是二十四把铁皮锁锁得太凶，不砸开锁链是永远也出不了人才的。而要砸开这道锁链，也不难，吴家墩院子有两个锁链的"桩子"，必须从这两个"桩子"下手。人们问，"桩子"具体在哪里呢？节骨眼上，风水先生却默而不答，再问，便是那句人们经常听到的话："天机不可泄漏。"于是砸锁链的事也就不了了之。

在老支书吴康生心中，他是知道"桩子"在哪里的。他认为这"桩子"实际上有两个，一个是那棵大白果树，一个是那块兀立的"将军石"。这两个桩子在吴家墩院子的人们看来是镇院之宝。大白果树有多老了？吴康生快七十岁了，他小时候看到这棵白果树就要两个成年人才能合抱，现在自然更大一些；那时候就有三四层农家楼屋高，现在当然更高一些。吴康生听老一辈人传下来的话说，这棵白果树是康熙年间才有的，到底是后人栽的，还是哪里飞来的种子都不得而知。反正这棵树后来成了精，遇到过仙人，仙人告诉树精，吴家墩这个地方是块宝地，将来要财有财，要人有人，要好好守护在这里。于是白果树成了吴家墩甚至整个梨花坪村的神树。"将军石"在铁锁河对岸，与大白果树斜对。这块"将军石"有一丈多高，形状崔嵬像个将军。关于这块"将军石"，有三个传说，一个说是天龙大界上梅山神"砍"在这里的一把大刀；一个说是宋朝大将石曦带兵征战"梅山峒蛮"时留下的遗迹，是他的一件兵器天长地久变化而成的，竖立在这里镇压"梅山蛮子"；第三个说法是当地"梅山峒蛮"寨主战败后的魂魄变化而成的。寨主因为不甘心失败，一点精魄化作坚石长守此方。不论是哪种传说，"将军石"都是为了镇守天龙大界脚下的这方宝地。吴康生更相信"将军石"是"梅山峒蛮"寨主的魂魄。不知为何，在他的内心深处，那"梅山峒蛮"寨主是属于他们的先辈，梨花坪人们的身体里永远流淌着"梅山峒蛮"的血。所以当他听到风水先生要砸掉"桩子"的话语时，不禁冷冷地哼了一声。

吴康生常常端着他的那根短短的竹根烟管，望着两根"桩子"发呆。这个时候，他一般都是坐在院子大门口那株老石榴树下翻扣着的废弃的石臼上。坐在石臼上，眼睛总是瞄着大白果树和"将军石"。他在想：铁锁河锁住了这么多好风水，平安是有了，老不死的寿星也多，可就是没有几个读书的发大财的和当官的。没有当官的倒也罢了，当官是一时风光，做个好官也难，读书发财却是人人所盼，代代所求，至少出几个小财主也好呀！看人家村里，由于有了"财神爷"，修学校、修路、架桥总是一呼百应，梨花坪村由于少了当财神爷的，明显就寒碜了许多。那栋村小学因为年久失修，在撤并中并入了潘家湾小学。梨花坪村的人不服，想吵事，龙冈乡和县教育局的人答复："人家潘家湾村的大老板多，捐了几百万修学校，学校的规模和建筑质量比县城的小学还强，你们梨花坪村有这个家底么？有这个家底就并到你们这里

来！沾了人家的光不说，还有什么脸面吵事啰！"梨花坪村的人看到吴家墩吴康生的一对"虎眼"暗了下去，也就一个个垂头丧气灰溜溜的了。

但吴康生话是没说了，心里却在嘀咕：我就不信梨花坪的人没有翻身的那一天！

潘家湾村在梨花坪村的南边，离龙冈乡乡政府所在地比较近，姓潘的占大多数。潘家湾村近些年牛气冲天，不仅人口繁衍快，财老板也出了不少。按说，潘家湾村和梨花坪村的人聪明也差不多，走的路子也大同小异，都是从走四方的篾匠开始，慢慢地甩下了篾刀，开始贩卖袋子；贩卖袋子从挑箩串担到开批发专店，再到开办公司。但潘家湾村发财的人多得多，家当大的人也多得多。近年来又听说潘家湾村的人已经把生意做到了缅甸越南老挝柬埔寨，都跨出国门了。这些差异，梨花坪村的人也着实进行了反思，反思的结果就是二十四把铁皮锁不仅锁住了人才，也锁住了梨花坪村的财路。

这个反思的结论虽然是梨花坪村的人包括吴康生在内共同反思出来的，但更是吴康生那位宝贝孙女吴彩霞的论断。

吴彩霞，原来的名字叫吴秀英，不知什么时候就为自己修改了名字：吴彩霞。她认为秀英两个字太土气，彩霞与天龙大界上绚烂的杜鹃花相似，更有生气，象征意义更深一些。对名字的修改，得到了她那位有"才子"之称的"准男朋友"——潘家湾村的潘进桂的高度赞赏。

吴彩霞是吴康生大儿子吴志顺的女儿，今年刚从长沙的一所大学毕业，学的是旅游管理专业。学过的主干学科有经济学和工商管理，主要课程有十几门，如旅游学概论、旅游经济学、旅游资源与开发等。毕业前的半年里，她去过省内外的几个著名风景名胜区短暂实习，当过导游，也参与了管理层面的工作见习。吴彩霞身材窈窕，日常盘着"公主辫"，鹅蛋脸上那双丹凤眼配着一条纤美而又有点鹰气的鼻子，使得她浑身上下洋溢着一种超凡脱俗的坚毅的气质，无论走到哪里都格外引人注目，是梨花坪村公认的最漂亮的女孩子。在实习期间，几乎每一个风景区都向她伸出了橄榄枝，但她总是一笑婉谢。

那次在"梅山论坛"上谭宝山对她一见倾心，除了她的美貌，其中就有她那显出几分高雅不俗的气质。

同城就读重点大学中文系的老乡潘进桂对她一直紧追不放。有一次潘进桂问吴彩霞："毕业后，你的意向到底是去哪里呢？"

吴彩霞嫣然一笑，回答："去一个能让我心安和快乐的美丽的地方。"

潘进桂觉得她这个回答既简单也深奥，让人想入非非却又琢磨不透。这使他想起了苏轼《定风波·南海归赠王定国侍人寓娘》里的句子："万里归来年愈少，微笑，笑时犹带岭梅香。试问岭南应不好，却道，此心安处是吾乡。"当他把这首词背给吴彩霞听时，吴彩霞掩着嘴巴笑了起来。

一头厚发、天庭饱满、下巴略尖、戴着一副眼镜的潘进桂并没有因此而放弃对吴彩霞的执着追求。他公开对吴彩霞说："你心安而快乐的美丽的地方，也将是我心安而快乐的美丽的地方！不论是在天涯海角还是在眼前身边！"吴彩霞说："你是大才，可别先把话说得这么硬，也别说得这么早。"潘进桂昂一昂头，铿锵地回答："那就让时间作证！"吴彩霞扑哧笑了。

潘进桂万万没有想到，吴彩霞竟然选择了回到天龙大界山脚下的老家吴家墩去。

吴彩霞说："怎么样？你想不到吧？"

"这……这不是转了一个大圈又回到了原点吗？"潘进桂说，"你认为这样有意义吗？"

"你刚才还宣了誓呢！是的，也许没有多少意义。但是，我说过，我毕业后要去的地方必然是一个能让我心安和快乐的美丽的地方！这个地方除了故乡梨花坪和故乡的大山天龙大界，再也没有第二个地方！"

"这只怕连天龙大界都不会同意。"

"从学校走入社会，我把第一课就选在这里，早已与天龙大界交流过了。"吴彩霞笑了笑，毫不犹豫地说。

潘进桂沉默良久，不由得想起"人各有志"的话。

但潘进桂并不甘心。他说："天龙大界也是我的故乡。我熟悉它并不比你少。我相信天龙大界哺育了我们，却并不希望我们再回到那里去。我更不相信你真的就会按你现在的选择走下去！"

"我有一个梦，觉得天龙大界将是我人生的最大舞台。"

"那……好吧……在那个舞台上，只要有你的身影，我潘进桂也总有一天会出现在那里！"潘进桂说是这么说，但他认为也许时间会改变一切！

"那就一言为定？"

"当然一言为定！"

山霞

胡教授在谭宝山向他告辞后，毫不掩饰地在吴彩霞面前表现出他对这位学生的赞赏。当了解到谭宝山大学毕业后，毅然选择在天龙大界养羊创业，进修走入社会"第一课"，谭宝山的那两道短秀浓眉深深地留在了吴彩霞的记忆里。

两道短秀浓眉像是青春画屏上浓墨重彩的两笔。

大学即将毕业的时候，吴彩霞的班主任老师与她谈了一次话，语重心长地对吴彩霞说："作为一个有志于旅游事业的人，首先要尽可能提升自身素质，把自己打造成一个文化符号，才有可能真正融入旅游事业中去。追求文化、融入文化，开掘文化、享受文化、传播文化，这才是旅游工作者的精髓所在。"吴彩霞听后，郑重地把这一席话写在她的日记本的扉页上。如果说老师的这一席话是对一个即将走向社会且有志于旅游事业者的特别嘱咐，那么她在"梅山论坛"上听到的胡教授对梅山文化的阐述更是像一盏灯，照亮了她前行的双眼。

"梅山论坛"会议，还是潘进桂提供信息后，她自己主动"寻求"参加的，感觉效果极好，收获满满。

在胡教授讲座的"灯光"中，她再一次看到了天龙大界的身影。

吴彩霞对于天龙大界的最初记忆，是奶奶讲给她的关于天龙大界的传说故事。

奶奶说，天龙大界这一带从前都是海，没有山。吴彩霞现在想起来，奶奶是个普通农妇，讲出的话居然暗合"沧海桑田"的大自然知识，真不简单。但后来一想，奶奶肯定是知道龙与海有关的。奶奶说，天庭里一座大殿的柱子上盘着一公一母两条龙，有一天看见天龙大界这一片大海，不知怎么动了凡心，意欲下凡一游。在一个清风明月的晚上，两条天龙终于相约着腾云驾雾从九天之上飘然而下。在波涛汹涌的大海里，天龙怡然自得，乐不思返。鸡鸣之时，天龙仍然没有返回天庭。玉帝发觉此事后，十分震怒，派遣天神前来捉拿，天龙奋起搏斗，最后被天神擒拿住，用锁链锁住在这里，吩咐二郎神的好友梅山神镇守，让它们永远无法返回天庭。从此天龙变成人间凡龙。这两条龙盘伏于此不知多少年，最后化成了天龙大界。禁锢它的锁链就是流经梨花坪村的"铁锁河",二十四道弯就是二十四把铁皮锁。

尽管类似的传说故事,吴彩霞在其他地方也听说过不少,但她就是相信天龙大界是两条下凡的龙。

听母亲和奶奶说,吴彩霞出生在牛年的中秋节的清晨,也就是辰时时分。辰时属龙,吴彩霞在听说了天龙下凡的故事后,总觉得天龙大界与出生时辰属龙的她有着深厚的缘分。事实上,从懂事的那天起,她就在天龙大界的世界里自由而快乐地生活着。

儿时的她,常常穿着妈妈给她买的新衣服在铁锁河边与院子里的小伙伴们嬉戏。春天,她会在粉红的桃花和雪白的梨花间与伙伴们追逐,银铃般清脆的笑声像是春天的音符。油菜花一畦一畦的,她和伙伴们在河边追逐着翻飞的蝴蝶,自己也变成了蝴蝶,咯咯的笑声河水般清亮。夏天,她会在铁锁河里用簸箕捞鱼虾。特别是夏天的雨后的傍晚,她会在河边的小水坑里捉那壳色火红的螃蟹。秋天,院子前的大白果树下有她拾白果的身影。踏着金黄的落叶,她好像走在金色的地毯上。冬天,白雪皑皑,她毫不服输地和男孩"狗伢崽""猛子""石头"们打雪仗,多少次打得男孩子们低头认输。

这些还不算,天龙大界这座山,更为她增添了无穷的乐趣。

她虽然没有去过山上更高的地方,但常在山间放牛、砍柴、摘三月范、扯野蘴头、挖葛根、捉蚂蚱,无所不为。特别是春天,山上的杜鹃花开了,那真是铺天盖地,犹如彩霞,犹如熊熊烈焰,几乎映红了半边天!这个时候,也是她和小伙伴们最感快乐和幸福的时候。他们看着开在山沟山崖的杜鹃花,搂了一捧又一捧。娇嫩的杜鹃花是可以吃的。她们有时嚼着沾有山露的杜鹃花瓣,只觉得微微的酸甜,在她脑海里镌下了深刻的记忆。

而今,吴彩霞仰望着故乡的天龙大界,一个念头在她脑海里闪过:她是天龙大界的女儿,从现在开始,应该为大山做一点实事。这些实事,包括探索天龙大界的"梅山峒蛮"文化元素,利用天龙大界得天独厚的自然资源,发展天龙大界旅游事业。这些实事的一项基础工作就是挖掘、整理天龙大界的人文历史及自然景观资源。所有这些思考,也就是胡教授所说的"文化遗产抢救价值""学术研究价值""经济旅游开发价值"。

这时候,她想起了甲字脸、一头厚发、天庭饱满、眉清目秀、架副眼镜的潘进桂。

这时候，她更想起了那个叫谭宝山的有两道短秀浓眉的年轻大学生。她在心里问：住在同一座山下，又是同龄人，谭宝山这个时候在想些什么呢？

说实话，潘进桂在她的印象里是一个很有才气也比较率真的年轻大学生。应该说，他们都是属于天龙大界人家的佼佼者。潘进桂家境贫寒，由于自己刻苦终于考上了重点，在大学里十分活跃，老师和同学们都很喜欢他。特别是他还担任学校枫叶文学社社长兼《二月花》文学内刊的总编。按理，在他的周围，有的是才子靓妹，可他偏偏对吴彩霞情有独钟。他甚至为吴彩霞写了不少诗，其中有些诗句把她比作天龙大界上彩霞般的杜鹃花，这杜鹃花蘸着山露，格外娇艳，当然也有几分野气。而最打动他的正是那几分"野气"。但吴彩霞更认为自己有几分"牛气"。的确，她从小就很倔犟、执拗。小时候，要是受了大人的委屈，她可以整天坐在地上哭哭啼啼，大人们不向她"认错"，她就会一直在地上"横"下去。但她怕一个人，那就是她的爷爷吴康生。幼时，爷爷对她是喜爱的，把她当成掌上珍宝，含在嘴里怕化了，捏在手里怕碎了，但如果她无法无天地淘气，爷爷生气了，只要把他那对"虎眼"一瞪，她霎时服服帖帖。不过，爷爷对她也没有生过几次气。相反，爷爷对这位脾气很犟的孙女越来越欣赏，觉得遗传了他的优良基因。

吴彩霞觉得要创业，眼下正是用才之际，便想找一下潘进桂。也没有其他更多的想法，就是想和他在近日联手搞一个天龙大界旅游资源初步调查。在学校，她参加过几项调查，对各类旅游资源调查的要点当然比较熟悉。眼下她已经完成了初步调查计划。这个计划叫作《天龙大界旅游资源初查计划》，以后还会根据计划做出普查和详查计划。调查的内容主要是环境调查，包括自然环境调查和人文环境调查、政策法规环境调查等，下一步还将开展存量调查。对于天龙大界人文环境的调查，吴彩霞决定把重点放在历史沿革和历史景物上。吴彩霞虽然策划了很久，但一直没有足够的勇气和能力去实施。

她拨通了潘进桂的手机，可是，潘进桂一直没有接电话。

过了好久，潘进桂回过电话来了。他说他正在参加一个由大学生组成的社会调查，刚才在开会凑情况。

"大才子，什么时候回老家呀？"吴彩霞含着笑问。

"从接到你这个电话起，我就开始做准备返回！你信不信？"潘进桂在电话里笑着，显然是喜出望外。

第六章

板竹山山羊养殖基地在板竹山青枫坪一带的山谷里。

总经理朱鸿伟，五十开外，田字脸微胖，两个灵活而微灰的"羊眼"转个不停。见到谭宝山和孙猴子后，甚是高兴，他说他最喜欢年轻人尤其是敢闯敢试、自主创业的大学生了，从前他也接待过一些前来学习的大学生，外县的都有。他先让办公室那位姓林的美女向他俩简要介绍了一下情况，然后亲自带他俩去参观他的山羊大本营。

谭宝山像走入一个奇特的童话般的世界。

朱鸿伟修建的羊舍，都属于楼式羊舍，以煤矸空心砖和竹木为基本建材，依山而建，坐北朝南，散而不乱，一共有十来座。这里与居民区相隔有一定距离，一条便捷公路直通省道。办公区和生活区位于上风位置，生产区与办公区、生活区的距离较近。每座羊舍的水源都是从山涧里架引过来的。这些砖木小屋，像是坐落在山间的古城堡，朴实而又布局严谨。据朱鸿伟介绍，他最多时拥有近两千只黑山羊。

"养山羊除了要有好山好水好草，更要有好的羊舍。"朱鸿伟领着谭宝山和孙猴子，边走边说。

谭宝山听得聚精会神，便问："羊舍有很多讲究吧？"

"我们这里的气候特点，干湿季是很分明的，80%左右的降雨量集中在每年农历的11月到来年的5月，加之山羊喜欢干燥，厌恶潮湿，喜好清洁，所以应建设高床羊舍。这里山高，坡陡，平地较少，高床羊舍适合建筑单列式……"

"你们的羊都有些什么品种，从哪里弄来的？"谭宝山问。

"这个要多说几句了。我国现在列入《中国羊品种志》的山羊品种有20多个。近年来又发现了30多个优良的地方羊品种和品种群。具体说来，我国地方肉山羊品种就有黄淮山羊、陕南白山羊、马头山羊、宜昌白山羊、成都麻羊、建昌黑山羊、板角山羊、贵州白山羊等等。我国自己培育的肉山羊品种只有一个，那就是南江黄羊。我这里的羊主要是南江黄羊，这种羊是我国山羊品种中产肉性能最好的品种，它产于四川省南江县，是以努比山羊、成都麻羊、金堂黑山羊为父本，南江县本地山羊为母本的新品种……我们平时所说的黑山羊是个比较笼统的称呼，并不都是些纯黑色的山羊。"朱鸿伟一只手端着只精致的小烟斗，一只手做着手势，兴致勃勃："云南曲靖的黑山羊也很不错，肌纤维细密，硬度小，肉质鲜嫩，味道鲜美，膻味极少，营养价值高，蛋白质含量在22.6%以上，脂肪含量和胆固醇含量低……"

听朱总这么如数家珍，谭宝山佩服得五体投地。他的眼前仿佛打开了一个广阔无垠的羊的世界……

"你养羊的方式主要是采取什么饲养方式？"谭宝山觉得朱总像是一座宝库，恨不得一下子把这座宝库的宝藏全部掏挖出来。

"一般说来，饲养的方式主要有三种：放牧加补饲，半放牧半舍饲，舍饲。我养羊的方式是半放牧、半舍饲。至于为什么不完全采用放养，因为放牧的山地有限。这个，你现在还没入行，一下子也说不清楚，除了山地条件和规模的制约，还有其他诸多因素。放养有放养的优势，圈养有圈养的优势。圈养的山羊生长发育快。其他好处更多呢：积肥多，疾病少，产羔成活率高。放养属于'风餐露宿'，如果不是环境相对封闭，容易感染疾病。再者，在很多地方，羊的数量一多，圈养可以促进植被的恢复，解决林牧矛盾，有利于饲草业商品化，带动草食动物生产向集约化、规模化发展……当然，你们才起步，没有规模，如果环境较好，应该采取放养方式，而且放牧的饲养方式经济效益要高于舍饲饲养方式。至于以后到底以什么方式为妥，你们会慢慢地积累经验的。我也是这么摸索着一路走过来的……"

谭宝山和孙猴子听到朱老板满腹经纶，不禁连连夸赞："朱总不愧是养羊大佬！"

孙猴子眨动着小眉小眼，对谭宝山说："俗话说得好，师傅领进门，修行在自身。朱老板是师傅，是领头羊，很多事还得靠我们自己去摸索的……"

"那是那是。你们两位年轻有为，等你们做起来了，我到时候还要向你们讨教呢！"朱鸿伟眨着微灰的"羊眼"，田字脸泛着兴奋的光彩。

朱老板显然对这两位未来的大学生羊倌颇感兴趣，领着谭宝山和孙猴子转悠了好久，从羊舍看到他的"草园"，从羊场又看到他的井水鱼塘、鸡场和大棚蔬菜，然后就在他那办公室里喝茶聊天。

林美女秀丽的身影像是一只飞来忙去的蝴蝶。

谭宝山说："我们初步的设想是在天龙大界搞养殖，从黑山羊开始。我们想过了，那里不缺的是大自然的资源，山上羊草丰茂，由于地处大山之上，环境也比较卫生。我们不缺的还有信心。但我们至少有三缺：一是资金，二是技术，三是市场信息。以后很多方面还要仰仗朱总多指点！"

"当然，我们的最终目的，也还不只是养殖……我们也还有其他副业考虑……"谭宝山耸了耸两道短秀浓眉，锐利的单眼皮眼睛洋溢着只有年轻人才容易出现的自信和亢奋。

朱老板望着谭宝山有点俊俏的脸，不太明白谭宝山的"其他副业"是什么，沉思了一会。

"年轻才是最大的资本，也是最大的优势！"在接待室，朱老板给谭宝山和孙猴子斟上"铁观音"，举起茶杯说，"来，我用这杯茶预祝两位前程远大，创业成功！"

三人又聊了一阵，然后将泡出来的"铁观音"茶连饮几杯。

品着茶，接下来他们谈引种的问题。

朱老板说他最近将用栏杆车去外地进一批黑山羊，到时候可以考虑为谭宝山和孙猴子提供一些，能提供多少，朱老板反复说："现在还不好定，百来只应该没什么问题，反正一定尽力支持你们！我们现在是战友了嘛！至于种羊，以后再看情况，先做起来吧！"

孙猴子说："你去外地进羊，可以把我们也带去走一趟见识见识么？"

朱老板没有回答。这时，朱老板的手机响了，忙着到办公室外面去接手机。谭宝山对孙猴子说："客不走，主不安。来日方长，我们还是就此告辞吧！"

朱老板进来了，说："真不好意思，我要赶到外县一个朋友那里去办点事，不能奉陪你们了！我这里有一些资料，要小林找一找，你们可以带走一

些。哪天有空了，我也去你们天龙大界上看看。那地方我早就知道的，风景很美。"

朱老板送了谭宝山和孙猴子两册《板竹山养殖基地介绍》，两本《山羊养殖必读》以及其他一些相关宣传资料。

"你们要记住，养黑山羊，防疫是第一桩大事！"朱老板忽然转过身来，又叮嘱了一句。

林美女十分高兴谭宝山和孙猴子的到来，虽然是初见，但他们很融洽地谈了许多年轻人才有的话题。

从板竹山养殖基地出来，已是暮色苍茫时分。山中有晚风拂动。一阵接一阵的晚蝉给大山平添了几分静谧。

在车上，孙猴子讲起了朱老板创业的一些故事：高考落榜，深圳受挫，收卖废品起家……

孙猴子说，朱老板最大的特点是有主见，有远见，敢闯敢试，从不被困难吓倒。即使处于低谷，依旧信心满满。

谭宝山对此很感兴趣，催着孙猴子说下去。

孙猴子说："据我了解，朱老板是县内一个很有争议的乡土企业家。在做公益这一块，显得被动了一点。而被人指责最多的则是忘恩负义抛弃最初和他一起收废品的老婆。给我们介绍情况的那位林美女就是他现在的老婆，现在这位老婆比他小二十多岁，大学毕业才一两年。怎么样，漂亮吧……人家就是被朱老板身上焕发出的奋斗魅力吸引的。"

听孙猴子这么一说，朱老板的"羊眼"和田字脸又在谭宝山眼前浮现出来。从校园走向社会，他有点眼花缭乱甚至迷茫，但又觉得生机勃勃。他很喜欢这种状态。

谭宝山忽然说："刚才我的脑海里确实晃过一句话：难道那位女大学生缺少父爱吗？现在思考一下，觉得一切都是正常。"

"是的，她不缺少父爱。她的父母亲都是知识分子，据说母亲是一所中学的校长，父亲是医生，奇怪的是，他们对女儿在婚姻上的选择竟然一直是支持的态度。"谭宝山的两道短秀浓眉耸了耸，暮色中眼里掠过一缕大山一样的迷离。

"宝哥，朱老板的故事证明了一个问题——"

"什么问题?"

"地上的路都是人走出来的,走多了走好了也就成了路。而且正如但丁说的,路只管走过去,鲜花自然会在路上开放……"

谭宝山回到那"一担柴"式的农家小院时,看到爷爷谭仕玉坐在小池塘边的棕树下吸烟。

爷爷就像是在特意等候着他。

七十出头的谭仕玉,一张略显长条的脸,虽然背有了一点佝,头发花白,两道浓眉也有了几根白,但面色红润,狮子头鼻子依旧威武。这位当过民办教师的老支书虽然卸任支部书记已有几年,但那种稳重和凌厉的气势依旧在他身上焕发着魅力。现在,他不仅是身边这个"一担柴"式的农家小院的"镇宅之宝",也是上谭下谭乃至整个坝湾村里的"泰山石"。

但是,随着年龄增长,谭仕玉变得越来越缄默了。

谭仕玉看见了谭宝山。他看见谭宝山从那条弯弯的青石板路上走过来了。看见谭宝山,他的内心深处不觉动了一下。他觉得孙子谭宝山的身影与那个年轻的身影很像。

那个身影就是湾里院子亦即"下谭"的"谭公子"谭艳华。

谭公子是谭仕玉心头永远的痛。谭公子被关押后,谭仕玉去探望了他一次。如果说谭公子杀人令谭仕玉痛恨和惭愧,那么谭公子留给谭仕玉的一句话更令他愤怒。

谭公子大部分时候缄口不言。对谭仕玉,他始终说:"老师,我从来、从来没有想过杀人!"

谭仕玉一听,立即回击:"没想过杀人?你罪大恶极还想狡辩!谭艳华,你记住,我今天不是来看望一个十恶不赦的杀人犯,我是来看望我从前那个学生谭艳华。从今以后,你就把我这个老师永远忘记!下辈子,我也不愿意再见到你!"

没想到谭公子静静地说了一句:"我知道自己有罪,但不论老师愿不愿意再见到我,我永远也不会忘记您是我的老师。如果真有下辈子,我一定还来做您的学生!"

谭仕玉回想起谭公子说的话，不禁独自淌泪。他本想再去探望一次谭公子，使自己有所解脱，经谭公子这么一说，他再也无法解脱。因为无法解脱，他再也没去看过。之所以无法解脱，也许是应了那句话："爱得越深，恨得越深。"回到天龙大界脚下的小院后，他开始变了个人似的，大家感觉到他的两个眼睛里有了一些冷漠。尽管如此，人们发现，谭仕玉并未真正甘心自己教育的失败，也并未对天龙大界彻底失望。他对天龙大界山脚下这一带的年轻人总是不失时机地进行诱导。虽然时势变化无常，他的思路并不古板落后。在担任支部书记期间，他组织村里人办过企业，规划过以天龙大界为依托的乡村梦想，做过一些当时人们还不敢做的事。在年龄偏大后，他不顾坪山镇党委、政府的挽留和坝湾村人们的要求，义无反顾地卸任支部书记的担子，将它交给了年轻人廖时富。那时候，廖时富刚刚三十出头，在社会上东奔西闯，也没什么建树，村里人叫他"廖天使"。谭仕玉隐隐感觉到这个时代将来就是要廖时富这样有活力的人。在谭仕玉看来，天龙大界要跟上时势也必然需要这样的人，他们是天龙大界的"龙"的传人。

现在，对于孙子谭宝山，谭仕玉更是这么想的。

应该说，谭仕玉对孙子谭宝山的了解是从他儿时开始的。

儿时的谭宝山在院子里是出了名的顽皮。爬树掏鸟窝，上山捅马蜂窝、熏竹鼠，下水库摸鱼，都是他的拿手好戏，而且十分容易得手。他的胆子大到什么程度？他竟然和几个同样顽皮的伙伴从采石场去偷来人家秘藏的雷管炸药，然后带到山上去玩"放炮"的试验。在一次试验中，炸死了人家两只山羊。他还会点燃一挂鞭炮猛地扔在正在走路的有眼病的老人脚下，吓得老人跳起脚来骂娘，得到的回应是谭宝山一干顽皮小子的哈哈哈的快乐的笑声。有时他还会主动去为唱梅山傩戏的师公扮演"土地公公"，戴着副面具演得有模有样。除了顽皮就是倔犟了。那一次他们因为偷炸药放炮炸死了人家的两只山羊，父亲谭仁民将他捆在柱子上毒打，他竟然咬着牙一声不吭，眼泪都没有掉下一滴。谭仕玉尽管不认为谭宝山顽皮倔犟就有出息，但他喜欢谭宝山肯动脑子也敢于尝试。谭仕玉有一种属于天龙大界主旋律的思想：在21世纪，不敢于思考和行动的年轻人是没有什么出息的。

"爷爷，又在跟鱼聊天呀？"谭宝山走近谭仕玉，笑吟吟地打招呼。谭宝山平时喜欢跟爷爷开玩笑，爷孙俩比较相投。

这口池塘还真的寄托着谭仕玉的一个梦想。他喜欢吃鱼，于是几年前就把池塘进行了清淤，又特意从远处水库的尾巴上引来了一股活水。一般来说，池塘水体中都有各种浮游植物和动物以及一些水草和底栖动物，饵料来源较广。谭仕玉又将塘边的小片荒地开垦过来种上了鱼草。连鱼苗都是从水库网箱养鱼专业户那里购置来的。鱼苗主要是草鱼，也有其他的鱼，譬如青鱼、鲢鱼、鲤鱼、鲫鱼等。他喜欢吃水库里的大雄鱼，于是池塘里就有了很多雄鱼。雄鱼也是谭宝山最喜欢的。

自从有了这口鱼塘，谭仕玉好像突然多了一个伴侣。老伴去世多年，他是有很多空虚寂寞的。

在池塘边，谭仕玉不仅常和鱼儿"说话"，更是常常和自己的孙子谭宝山说话。

谭宝山挨在谭仕玉身边的石头上坐了下来。

"宝山，你决定到天龙大界上去当羊倌不会后悔吗？那时候你就天天可以跟羊说话了。"谭仕玉调侃着孙子。

谭宝山说："爷爷，你说错了，我可不只是当个羊倌，严格说来是以当好羊倌作为步入社会的'第一课'，我们还要去认识这座大山……"

谭仕玉望了望孙子，笑着问："认识了大山再当寨王老子？天龙大界从前就有过大寨子，藏过梅山蛮子，后来也藏过土匪。"

池塘上泛起一圈圈涟漪。有几只红蜻蜓在池塘上飞来飞去。

"宋朝时候，天龙大界上的营寨，尽是反抗朝廷的梅山峒蛮兵将。"谭仕玉说，"那些兵将都是天龙大界方圆几百里内的勇士。尽管起事失败了，但天龙大界也因此长高了。"谭仕玉摸出一支烟，点上后，慢悠悠地追述着历史，谭宝山既像是在听历史，又像是在听一个老诗人抒情。爷爷讲的这些天龙大界的往事，作为一个历史系毕业的大学生是了解一些的，但那只是故纸堆里的一鳞半爪。

"你知道吗？在山上养羊其实从那时就开始了的！山上驻军，不可能没有吃穿呀，而天龙大界养羊养牛又是最合适的地方。山上有好多小地名都与牛羊有关。如羊牯垴、犀牛寨……"谭仕玉吐出一个烟圈。

谭宝山倒从来没有想到这一层。

"宝山，我晓得你是个有点野心的人。天龙大界其实是另一个历史系。这

些历史，识货的人总有一天会把它当作财富……"谭仕玉吐着烟圈，在谭宝山的眼里，那一个一个的烟圈就是一座一座山岭，一幕一幕历史。

"爷爷，您也是我的教授。等我彻底读懂了天龙大界，我再来向您交论文，作答辩！"

爷孙俩相互注视了一会，会心地笑了起来。

爷爷站起来，谭宝山陪着爷爷绕着池塘散步。西边天际上的晚霞，映在池塘里，像是开着一朵朵灿烂的红花。

"宝山，想弄懂这座山的人，绝对不会只是你一个人。你其实有许多同行和伙伴的！"爷爷意味深长地说。

这句话让谭宝山心头激灵了一下。他的眼前，马上又浮现出那鹅蛋脸、"公主辫"的影子。

"和胡教授探讨天龙大界文化的她到底是什么人，想干什么呢？总不会她也会和我一样自主创业养羊吧？"想到这里，谭宝山无声地笑了。

忽然，谭宝山看到爷爷的眼睛里闪过一丝半缕的迷失。他立即想起每次问起"雷公崖惨案"时爷爷那不可捉摸的神情来……

第七章

关于"雷公崖惨案",谭宝山越是往下记录越是沉重……

案发那天,"谭梅山"正在木山垴谢木匠家做法事。

木山垴离湾里院子有好几里山路,很偏僻。这又正是中秋节前一天。"谭梅山"是昨天下午去木山垴的。昨天早上,儿子对他说可能要去同学家玩,于是"谭梅山"独自吃过午饭就去了谢木匠家。谢木匠是因为家里老是不顺才把"谭梅山"请来做法事消灾祛邪的。"谭梅山"干得很卖劲,但不知为何,这天他的右眼皮老是跳,为谢木匠家打卦时连打了三四个"胜卦",总是碰不上"阴卦",好不容易才打了个"保卦"。岔卦意味着不吉祥,谢木匠紧张,"谭梅山"更紧张,"谭梅山"使出浑身解数与梅山神"沟通",额头上渗出了豆粒大的汗珠。最后合家总卦时,两个卦片竟然竖起来靠在一起屹然不倒!这诡异的一卦使"谭梅山"更加心惊肉跳不已。

就在不可开交之际,有从山下来的人匆匆走进谢木匠家,告诉"谭梅山"一个惊雷般的消息:"谭公子"杀人了,而且杀了两个女子,还将她们焚尸灭迹,自己逃进山里藏起来了!天龙大界已经被公安人员包围了!

"谭梅山"双膝一软,手中的卦片掉在地上。

而此时和"谭梅山"心情差不多的另一个人,就是谭仕玉。他不仅接到了"谭公子"犯罪潜逃的消息,而且被龙兴县公安局"抓捕罪犯行动小组"指定为天龙大界北面搜捕队的队长。

谭仕玉遥望着耸入云天的天龙大界,神情凄然:"完了,完了,就咯样——完了!"他说的"完了"不知是说"谭公子"完了还是说其他什么完了,反正几声"完了"之后就颓然坐在堂屋前的矮竹椅上,用双手抱住了

脑袋……

（谭宝山问过爷爷：是这样吗？爷爷始终缄默不答。即使回答也就是那么一句"那些丑事还提它做么子"。）

"谭公子"所在的湾里院子在谭家院子的西北面，两个院子相距只有几里路程。这两家院子的谭姓是同一个家族，而且湾里院子是从谭家院子迁出去的，还不到一百年。谭家院子称为"上谭"，湾里院子称为"下谭"，都属于坝湾大队。这两家院子关系密切，家族观念很强，碰上什么大事，常常是牵一发而动全身。

那湾里院子谭宝山是经常去的。而且对湾里院子的迁徙史也早已听大人们说起过的。

"杀人焚尸"惨案发生后，上谭下谭的人们极为恐慌。在天龙大界北麓，谭姓人家占了一大半，其他才是孙姓、张姓、谢姓。各姓氏之间，虽没有大的矛盾，但姓氏间比出息比名气的风气还是十分盛行。这里的谭姓人家出了小土豪，也出了几个干部，算是几姓中最有威望的。没想到突然出了个杀人犯"谭公子"，一下子让孙姓、张姓和谢姓人家白眼相看了。他们与谭姓人家闲聊时总是冷不丁地来一句："没想到出了个谭艳咯样的畜生！"或者是："把谭氏祖宗的世现完了！"

大搜捕进行了一天一夜，全无所获。

公安部门要求天龙大界周围各乡各村，继续组织群众进行地毯式搜捕，同时告诫各乡各村，提高警惕，防止罪犯狗急跳墙，流窜作案。

中秋节时节的天龙大界笼罩着浓厚的恐怖气氛。

随着大搜捕的展开，无数有头有尾、有头无尾、无头有尾的传闻也在天龙大界飞飘。

谭宝山听到的一些传闻版本是这样的——

传闻之一：出事的前三天，有人在天龙大界的鬼嶂里大白天听见有鬼在追赶叫喊："兰儿——孤——兰儿——孤——"不仅在鬼嶂里有鬼叫，山北的树林也有人听见鬼叫："兰儿——孤——兰儿——孤——"据说那山鬼是古代战死的人，或许是梅山峒蛮山民，或许是北方来的宋朝战士。他们死后，阴魂不散，一直在寻找替身。

传闻之二：天龙大界上有很多无名岩洞，凶手是找不到的。

最真实的一个传闻，也最令人毛骨悚然。

桑树坳两位被害女子的父亲吴丙生和吴木生，自从知道女儿惨死后，两人各持一把杀猪刀，守着一块绿豆色磨刀石，你磨一阵我磨一阵，磨得疲倦了便互相递烟，默默地抽。家人喊他们吃饭，他们都会大吼一声："我不恰（吃）饭！我要恰（吃）那个姓谭的心肝！"

"我要把天龙大界姓谭的人的心肝都给挖了！挖了！"

…………

一天一夜之后，凶手"谭公子"被锁定在雷公崖的山洞里。这个山洞本来早就搜索过，没有发现什么，但后来证实罪犯还是藏到这里来了，不知是怎么藏的。有人说，本来"谭公子"一直藏在这里，他父亲教过他梅山法术，能够起一阵山雾隐身，一般人是看不到的。

雷公崖在天龙大界最高处。站在雷公崖顶，可以看到天龙大界东西南北各个方向的远景。

此刻，雷公崖顶四周，已经围满了人。

"谭公子"龟缩在崖洞里不肯主动出洞。由于不明底细，担心"谭公子"铤而走险，参与追捕的人们也不敢轻举妄动。这时有人提醒说，不如用火烧。

山南姓吴的山民立即大喊："放把火，烧死姓谭的！"

喊了一声，马上激起一片回声："烧死姓谭的！"

公安予以制止："莫乱喊！不准说姓谭的。一人犯法一人当，不能乱来！"

现场很多姓谭的山民显然被吴姓山民的喊声激怒了：我们姓谭的怎么了？有种的就来搞一架！"

"对，有种的就搞一架！"群情激愤。

吴姓山民更加愤怒起来："想搞架？好呀！看我们的刀长不长眼睛！"

眼看吴、谭两姓山民对立起来，领队的干部大喝一声："大敌当前，你们还好意思吵架！谁敢动手就把谁抓起来！"

领队的干部终于同意了用火熏洞，当即指挥山民将崖洞外用柴刀扫出一条宽阔的火路，以防山火蔓延，然后将一些白茅堆在崖洞口准备烟熏崖洞。

"烧死他！"吴姓山民义愤填膺。支部书记吴康生挥手制止："上级领导在这里！你们莫要乱吼！"

有人朝着崖洞大喊:"谭艳华!你已经跑不了了!早点走出来是唯一的出路!"

崖洞内没有回音。

(谭宝山经常想起"没有回音"那一幕,觉得那个时候也许只有大山才知道其中的内涵。)

"点火,烧!"有人高喊一声。

"烧!烧死这个阶级敌人!"山凹里回荡着令人毛骨悚然的回音。

这时,谭仕玉说:"先莫烧,他会听我的,还是等我来喊一声吧!"

人们望了望谭仕玉,半信半疑:"那你还不快喊!"

"艳华——"谭仕玉刚用双手握成喇叭状朝着崖洞喊一声,眼泪就刷刷流满老脸,"我是……你老师……谭仕玉!你自己快点出来吧!我在这里等你——你放心!"

话音一落,洞里忽然传来号啕哭声。

这时,有人说:"看,那两个磨刀的人上来了!"

领队干部挥了挥手说:"派出所的人注意他们两个,不准靠近山洞!"

"艳华,我……是你老师……"谭仕玉又喊了一声。

"谭老师——呜呜……呜呜……"

随着这一声声哭声,人们终于看见,一个蓬头垢面满脸憔悴的男人缓缓地走出了洞口。

公安民警一拥而上,将谭艳华捆住了。

这时,远远传来哭闹:"我要恰(吃)你的心肝!我要把你们姓谭的杀光!杀光!杀光!"是吴丙生和吴木生在奋力嘶喊、跺脚、挣扎,要闯过来砍死谭艳华。

谭艳华被押解着迅速下山了……

天龙大界上,渐渐恢复了往日的平静。

第八章

　　为什么一见之后就会如此关注起在山上养羊的谭宝山来？吴彩霞自己也不明白。

　　她开始从网上搜索"谭宝山"这个名字，发现叫这个名字的有数十个。经过筛查，她确定了自己想要了解的"谭宝山"大致是怎么样一个人。掌握的一些信息是：S大学历史系学生，出生于龙兴县坪山镇坝湾村。性格开朗，为人热情爽直，担任过系里的学生干部，递交过入党申请书，喜欢各种活动，爱好广泛……

　　而且她还发现谭宝山在大学期间得过故事大赛征文和太极拳比赛的奖励，发表过一篇很有影响的论文——《关注地域历史需要留"神"》……

　　肘子般弯曲的山道上，有两三个身影像几只虱子在狠劲地爬，爬。

　　农历七月的下旬，正是大山里逐渐厚实的季节。岭上的梯田里，一丘一丘的中稻熟了，黄澄澄的。山坡上，山民的菜园里辣椒已过了旺期，红红的辣椒串开始挂上各家各户的门框和楼上的栅栏，肥大的老南瓜趴卧在匍伏的老藤间。有的农妇在屋前晾着葵花盘。山里的男人们是没有空闲时候的，正好趁着这个时候上山去搬回那些晒干的柴捆。

　　这天是一个难得的时阴时晴的好天气。早饭后不久，从天龙大界南面山脚下梨花坪村的吴家墩院子里，走出了三个人，两男一女。男的一个是潘进桂，一个是刘疤子，女的就是吴彩霞。

　　应该说，这是一支天龙大界人文调查小分队。

　　刘疤子那撮山羊胡子没有修理过，穿件褪色十分厉害的长袖灰白衬衫，下着一条宽大的同样有些破旧的长裤，蹬着一双大码号的旧军用解放鞋，腰

间挎着一把又粗又长的柴刀,柴刀柄上刻着个"刘"字。他用一根竹棍旗杆似的挑着些矿泉水和干粮。刘疤子是吴彩霞和潘进桂特意请去上山引路开道的人。吴彩霞戴顶白色鸭舌太阳帽,背着个双肩背包,一身半旧的间杂着条纹的运动服裹着青春躁动、线条凹凸有致的身体,显得活力四射。潘进桂则戴顶草帽,穿着一身登山服,也是半旧的,蹬一双波鞋,背着一台单反。

小分队今天调查的最终目的地是天龙大界最高最险处的雷公崖及附近古战场遗址。

在此之前,吴彩霞和潘进桂已经联手调查了一个星期。随着调查的深入,天龙大界厚重的神秘越来越让他们震惊。

他们的调查分为两大块:自然环境调查和人文环境调查。自然环境包括天龙大界的山水气候、物产、风景等,人文环境包括这里的历史、地名索考、传说故事、人物等。潘进桂不愧是才子,每一大块都帮吴彩霞细细拟好了调查提纲。他们计划在农历八月下旬潘进桂回大学之前搞完全部调查,然后进行整理,并筹备宣传工作。

在风打庙,吴彩霞和潘进桂第一次掀开了相关民间传说的面纱。

风打庙是天龙大界南麓方圆数十里有名的古庙。这座古庙尽管离吴家墩不是很远,但吴彩霞很少去过。小时候她去过一次,是跟着大人们去的,也只在庙外面站一站。

此庙相传是与下凡天龙同行的风神的居地。因为是风神所居之地,所以这里一年四季有风,冬天寒风尤烈。庙前"铁锁河"上有独木桥一座,桥是一段剖开的栗木的一半,极窄,相传是风神考察人间善恶的地方。心善的人闭着眼都可以从这桥上安全走过;心中有亏的人一上桥就会被突然而至的狂风刮到桥下摔伤甚至摔死。据说很久前,有一个不孝媳妇在独木桥上被风刮到桥下摔死了。

"怎么样?要不要试试我对你的诚意?"那天,潘进桂在桥端对吴彩霞说。他那熠熠闪光的眼镜片后面,充满着纯真而又幽默的期待。

吴彩霞捂着嘴笑:"没有大风算什么。桥不是试金石,风才是神器。等冬天结了冰刮烈风了,可以考验……"

潘进桂也笑起来:"你爷爷是最坚定的老共产党员了,等到那一天把他请来试试忠心?"

"讨厌！你没有资格考验他！"吴彩霞从旁边捡起一根小竹枝往潘进桂头上抽打，潘进桂连连告饶，头上浓密的头发乱到了额际上。

他们在风神庙前盘桓。

这座庙与其说是一座庙，其实更像是一栋小小农舍，青瓦土墙，青松掩映，庙瓦上长着蒿草，宁静中有几分森冷萧杀之气。吴彩霞从小害怕的就是那几分肃杀之气。

一过独木桥走近风神庙，吴彩霞就感觉到在这燠热难耐的七月有一股寒气扑面而来，不禁倒抽一口冷气。

进入庙内，吴彩霞和潘进桂看到的是斑驳的墙壁和泥塑神像。他们俩都是第一次近距离观看庙神。吴彩霞看到形状诡异、彩绘斑驳的神像不由得牵住了潘进桂的手。潘进桂连忙握紧了她那柔软的小手，心里舒服得酥痒。

因为牵着吴彩霞的手，本来胆子不大的潘进桂胆子陡然大了很多。这时他有一个发现，龛上正中央的神像并不是风神而是龙神。

"怎么会是龙神呢？"吴彩霞不禁疑问。

潘进桂提醒吴彩霞："这说明我们这里的风跟天龙大界确有千丝万缕的联系。"

吴彩霞想了想，说："说得是，这里面或许大有学问呀！"

他们在庙内转悠了好久，最后来到庙后面的紫菊花树下读那一排字迹有些模糊的碑记。其中有一块碑记引起了潘进桂的注意。那块碑记上说，梨花坪一带自古以来多风患，并非风神有意作怪，乃本地地势使然。由于天龙大界山高，梨花坪一带形成狭长山谷，至风神庙处形成"风涡"。土民建庙祈祷龙神意在祈求天龙大界龙神护佑一方生灵。读到这里，吴彩霞与潘进桂方才幡然大悟风神庙的来由。

"给我们普及了科学知识。"潘进桂笑着对吴彩霞说。

"我虽然生长在天龙大界脚下，其实我对天龙大界是陌生的。不过，作为旅游资源调查，这里的风的变化规律以及到底有多大量，必须进一步弄清楚的。"吴彩霞说。潘进桂觉得很有道理。这时候吴彩霞突然意识到自己还牵着潘进桂的手，脸上一热，赶紧放开了手。

现在，三人小分队上天龙大界考察古战场遗址，又会有什么发现呢？

天龙大界在静静地注视着他们。

山霞

吴彩霞蓦然又想起谭宝山那张脸来，那位同住一座山的天龙大界人：脸庞略显长条，两道短秀浓眉，一双锐气逼人的单眼皮眼睛，特别是那鼻尖有点上翘，让人觉得既倔犟，又有些可亲可爱……

"拉着。"潘进桂把一只手伸给后面的吴彩霞。很自然地，他又一次牵住了吴彩霞柔软的小手。

牵着潘进桂的手，吴彩霞不知怎么思绪再一次飘忽起来，眼前浮现出谭宝山的身影——脸庞略显长条，两道短秀浓眉，一双锐气逼人的单眼皮眼睛，特别是那鼻尖有点上翘，让人觉得既倔犟，又有些可亲可爱……

一个没有什么交集的人总是挥之不去，吴彩霞自己都感到有点奇怪。

这是在一处叫作"摔死牛"的地方。

刘疤子已在前面砍出了一条毛路，毛路就在悬崖峭壁上。这样的危险地方刘疤子当然不太在乎，像他这样不在乎绝壁的人只有那些采药人。此处离雷公崖不远，只有从这条开出的毛路上才能翻到雷公崖附近的景观"牛角石"上去，才能站在"牛角石"上观察古战场的细致地形。"牛角石"像支翘着的"牛角"，是吴彩霞和潘进桂考察雷公崖要去的第一个景点。"牛角"是岩鹰小憩的地方。传说当年义军的号兵就是站在这里吹响号角，让"嘿呜嘿呜"的号角声响遍整个山谷。现在，当年那吹牛角的勇士已经远去了，"牛角石"依旧是岩鹰小憩的地方。

吴彩霞在潘进桂的牵引下，经过几次努力，终于登上了"摔死牛"。这时候，她那张本来俏丽的鹅蛋脸缀满了细密的汗珠，显得更加鲜艳，像一朵刚刚绽开的红杜鹃。

她从双肩背包里取出个笔记本开始记录着什么。

潘进桂望着眼前的吴彩霞，情不自禁地说："来，彩霞，让我为你拍一张照片。"

吴彩霞记完了，高兴地伸出两个指头："来拍吧，耶！"

她站在"摔死牛"上，摆了一个洋溢着喜悦的遥望姿势。可是潘进桂不知是为了通过镜头多欣赏一会吴彩霞还是真的一下子找不好最佳角度，好久没有按下快门。吴彩霞有点不耐烦了，突然张开双臂对着深山大谷长啸一声：

"喂——!"啸声未毕,潘进桂大叫"好!"快门就按下来了。

吴彩霞要过相机来一看图像,嗬,那么壮美,那么张扬,喜上眉梢。

过了"摔死牛",还要登几步崖蹬"天梯"才能征服"牛角石"。那几步崖蹬,都只能容下一只脚,崖壁上垂下几根古藤,缠附着一些灌木。崖下是绝危深涧,只看见一些从崖壁上伸展出的小松树和烟竹。吴彩霞望着深不可测的崖下,无论如何不敢踩上那些崖蹬。先登上崖蹬的潘进桂想了个办法,把几根古藤编成一根大藤,将它扔给了心惊胆战的吴彩霞,吩咐她:"揪住古藤,用藤缠住腰,眼睛朝上,然后用力……"

吴彩霞照着做了,终于一个崖蹬一个崖蹬地攀了上去。

他们站在了"牛角石"上。

"牛角石"不仅尖峭,也只有一张小方桌宽。潘进桂和吴彩霞站在"牛角石"上,看到了一幅绝景——

忽然变得瓦蓝的天空上,飘着几绺羽毛似的白云,白云形状不断变化,时而像条彩带,时而像柄玉如意,时而像是细碎的波浪。白云之下,是参差有致的山峰和丘峦,像是一座座布置严谨的偌大营寨。俯视山下,铁锁河弯弯曲曲像一根爬在山地间的藤蔓,而那尖家院子、桑树坳院子、吴家墩院子、梨花坪院子就像是结在藤蔓上的瓜果。吴家墩院子临河的地方,老碾屋更像一个孤独的老人在河边缄默着,似在守护一个千年之梦。山坡上是层层叠叠的梯田,也散落着一些新建的民居,民居像一个一个精巧的蜂巢。牛羊在田畴和溪涧出没,和空中划过的鹰影相呼应,构成了有静有动的风景。

"我想坐一会儿。"吴彩霞说。她被眼前的景象陶醉了。

"陪你坐坐。"潘进桂说。

"那年我带着她也来过一次这里,她怕得很……"刘疤子说,声音有点沉。

"她是哪个?是你从前的那个叔娘……'颤颤'吗?"吴彩霞问。

"是啊,好多年不见她了,也不知是死是活。我对不住她……"刘疤子显得有几分忧伤。

"咯个地方我常来呢。到了咯里我就要恰(抽)根烟。恰(抽)根烟还要拉泡尿。"过了好一会儿,刘疤子又说。说完,笑了笑。

"拉泡尿?"潘进桂惊讶了,对吴彩霞说,"刘老叔所说的,实际上是我们文学上极力表现的最原始也是最基本的人的本性,既有满满的征服感,但

同时也有一种潜在的自卑和恐惧……"

见吴彩霞有点疑惑，潘进桂接着说："我读过一篇小说，是写一处大河上的溜索的。说的是有一个老山民，最为胆大，经验最丰富，最为山里人钦佩，山民过河常常请他带着飞滑过去。有一次，小说中的'我'也要过河，碰上了胆大的老山民，就请他带自己滑过去。老山民答应了，领着'我'呼啸而过，溜索下是暴雨后汹涌澎湃的洪流。'我'一过河，就要尿尿，没想到此时那位老山民比我还先拉尿了，一边拉一边做着深呼吸……"

吴彩霞对什么"人性"理解不深，她想到的是另一个东西：翼行和滑翔。她在想："牛角石"可是一个起飞的好地方啊。于是，她站了起来，屹立在"牛角石"的边缘，打开双臂，闭上眼睛，山风把头发掠往后面，就像"泰坦尼克号"里那个女主角露丝的姿势……

疯狂之际，那张略显长条、有着两道短秀浓眉和翘鼻尖的脸此时再次浮现在她的眼前。她甚至感觉到了他的那双强有力的手从背后揽住了她的腰……

潘进桂惊叫："小心！这里可不是你耍酷的地方！"其实，潘进桂很想从后面搂住她的腰肢，作一回杰克·道森。但他不敢，骨子里毕竟有一点自卑和恐惧。吴彩霞爷爷是老支书，长着一对"虎眼"，在梨花坪村是说一不二的人，家道自然也比较殷实，而潘进桂家祖父和父亲都是篾匠，连他自己少年时都当过小篾匠，生计一直艰难，所以，此刻在潘进桂眼里，吴彩霞正像贵族女子露丝，而他自己，正像穷画家杰克·道森。他懂得艺术是生活的提炼和升华，但他有时会把艺术完全看成了生活。

在"牛角石"休息够了，各自吃了两个法饼，喝了几口水，补充体力。刘疤子要吴彩霞和潘进桂随他继续上行，趁早攀登雷公崖。

站在"牛角石"上仰望雷公崖，只见雷公崖耸入云中，顶有一石岿然如盘，崖角峥嵘，气势十分雄伟。潘进桂不禁记起《水浒传》第一回中描写大山的一段话，吟哦起来："根盘地角，顶接天心，远观磨断乱云痕，近看平吞明月魄。高低不等谓之山，侧石通道谓之岫，孤岭崎岖谓之路……崎峻似峭，悬空似险……"

吴彩霞像是有感应似的，也背诵起李白的《蜀道难》来："噫吁嚱，危乎高哉……"

潘进桂回望吴彩霞，两人会心一笑。

将近千年的"梅山峒蛮"古战场，会留下一些什么？吴彩霞眼中有一些疑虑和迷惘。

雷公崖一点点靠近了。

长到这么大，吴彩霞还是头一次来这里。吴彩霞在出发之前听爷爷说，雷公崖又高又险，但最奇特的还是崖下的雷公洞。相传这里是梅山神指挥雷神镇压天龙的地方。过去那里是个藏龙卧虎的地方，后来有烧木炭的郭氏兄弟在那洞里修炼成仙。"梅山峒蛮"营寨的头目也在那里面躲藏过，土匪也藏过。前些年"雷公崖惨案"中那个强奸焚尸的罪犯也是在洞里抓获的。爷爷说，崖顶附近有战壕，还保留有用来砌战壕的石头，前些年有人在那里找到过半截青铜剑……

关于抓强奸焚尸杀人犯的事，吴彩霞小时候听大人们多次提起过。大人们说，雷公崖一带过去是战场，死了不少人，阴气极重。有人在山上捡柴白日见鬼，"兰儿——孤——兰儿——孤——"地叫唤，还神乎其神地说看见空中过阴兵。尤其是抓了杀人犯以后，那里更是常听见鬼叫。要是在山上砍柴或者捡野菌子，一看到迷雾升起，听到鬼叫声，就要赶紧喊"哦嗬"或者大骂"倒毛鬼"，男人还可以从自己的生殖器官上拔下几根阴毛高高举起，这样可以镇邪……

但是，村里又有老人告诉吴彩霞，雷公洞是个仙洞，有神仙，有宝藏，古谣说："上山九十九，下山九十九；金山九十九，银山九十九；梅山神开眼，想有样样有。"梅山神就住在这里呢，但只有有缘人才得一见。那崖上每年除了艳成火焰的杜鹃花，背阴处更有一种矮小的野茶树，人们叫它桂仙茶，一年只能摘到不足三斤。那茶不仅滋补，而且能治多种病痛……

这些，吴彩霞都一一将它们记在笔记本里。那些神鬼传闻她大都不信，但她特别需要这些信息。

雷公崖褐黑色的影子越来越近。这时刘疤子在前头说："我们先去看雷公洞吧！"

第九章

"天龙部落"酋长谭宝山和"二当家的"孙猴子各居一室，谭宝山住在三间正屋中间的那间，用的是老队长下山时留下的木床，桌子上有一台小小的黑白电视机，由于信号不怎么好，屏幕上常常现出雪花点。除了木床，还有一张可以折叠的简易床。谭宝山把简易床搬到孙猴子房里支着，方便两个人随时商量"部落"大事。所以孙猴子的房间也相当于"天龙部落"的办公室，一些台账记录本就挂在这个房间的墙上。他们就是坐在这两张床上为自己初步列出了一张夏秋季生活作息表：6点，起床；6点至7:30，晨练、洗漱；7:30至8:00，早餐；上午，主要是羊事管理工作；午休一小时；下午读书，学习养殖和市场知识以及山史研究、摄影等；晚饭后沿山道散步。酋长和"二当家的"约定要互相严格监督，不准懈怠。

作息表是书写在一张白纸上的，贴在孙猴子床头的墙上。孙猴子在纸上写了一句话：严谨自律，不负青春。

谭宝山在大学里学过太极拳，在一次二十四式简化太极拳比赛中他得了亚军，所以每天晨练必然要打几路太极；孙猴子小时候随长辈学过棍术，每天要持一根杂木做的齐眉棍舞弄几番。后来两个又互相拜对方为师，打太极的学棍术，弄棍术的攻太极。"虎哥"没别的爱好，一清早起床就要吸一阵烟，有时去屋后的菜地里摘菜并为各种蔬菜浇水施肥，有时坐在坪前的李子树下拉拉二胡。谭宝山有时又向"虎哥"请教一下木叶的吹法。谭宝山初学木叶，总难成调，有时"虎哥"直接手把手教他。"老豹"时不时地叫上几声，不知是发现了什么还是特意为"天龙部落"渲染一点气氛。所以，观音山工区的这个"天龙部落"一时颇有些烟火生机。

谭宝山做事是很讲究计划的。他为"天龙部落"的创业实践制订了一个近期计划——

"天龙部落"工作计划（近期）

一、羊庄建设：用一个月时间，修建好简易羊庄一座；

二、山羊采购："一号羊庄"建成后，分批采购一批山羊。在经验不足、条件不很成熟的时候，小打小闹，稳打稳扎，数量暂时控制在100只左右；

三、相关管理：尽快建立台账，包括日常放牧、防疫、补料储备等工作；

四、市场研究：着手搜集资料、分析信息、对外联络等；

五、山情考察研究：重点是全面了解天龙大界，包括景点、历史、传说故事，考虑编撰相关资料；

…………

这天下午，孙猴子骑着"老哈"从山下办事上来时，接到朋友"老山羊"的电话，就好像夏日逢甘霖，冬月得木炭。

农历七月下旬，天龙大界观音山工区进入了一年中最美好的时节。天空始终晴朗，而且越晴越高，越晴越深。远眺，山下一圈一圈梯田绕着小山丘盘旋而上，至丘顶则有一丘较大的圆的或者方的大田。小山丘以下，庄户人家的房屋像是童话中堆积的小积木，更远的地方有水库的绿莹莹的影子，像一块温润的碧玉。近观，人字形的天龙大界上披上了一层这个季节特有的淡淡的金色。这金色在岩鹰的翅膀上滑翔成一条优美的弧线，在观音山工区的翁翁郁郁的速生杉林上，则铺成一轴碧翠耀眼的画卷。山路边，山溪边，山坡上，各种黄色的、红色的、橙色的野果子点缀其间，让人心生一种深厚的温馨。

谭宝山和孙猴子精心设计了羊舍。

以下是记录在谭宝山《山课笔记》里的一份羊舍设计清单——

采用模式：高床羊舍；单列式

羊床设计：宽3米，用漏缝木条铺成，在漏缝木条下设粪池，出粪口与运动坪场相连。出粪口宽1米，以便冬春季节根据气候的变化关闭出粪口，加强保温。漏缝木条距粪池高100厘米。选用优质松木木条，木条宽5厘米，厚3.8厘米，木条缝隙宽1.5厘米……

羊舍墙体用空心砖支砌，平墙高3.5米。

羊舍窗户：占地面的1/15，宽1.2米，高0.9米。

屋顶：采用铁皮瓦。

……

谭宝山和孙猴子把自建的羊圈称作"一号羊庄"。

"一号羊庄"建设首先遇到的问题是选址问题。

谭宝山仔细研究了一下有关资料，选址必须综合考虑到饲草、饲料、地形、地势、水源、气候、交通、能源、防疫、环境污染等因素。开始，他们准备把羊庄建在茶盘印垭口附近，那里有处几分宽的荒土，可以省去一些工夫，但后来考虑到那里正是消防便道和茶马古道交汇之处，不仅羊粪会造成一些污染，同时往来人杂，不便防疫管理，只得否定；后来又考虑到另外一处洼地，觉得通风不够，再次否定。后来才拍板定在离"天龙部落"西边不远处的一个小土坡上，小土坡下正好有一小坪可以作为羊群活动的场所。接踵而来的是建设经费问题。经费问题其实在决定修建羊舍之前谭宝山和孙猴子就讨论了多次。谭宝山没有什么钱，他决定在坝湾村的农村信用社信用点先贷款1万元，孙猴子决定把自己练地摊和在广州、深圳下海时攒下的2万元先拿出来。接下来，他们开始精打细算了——山下空心砖上山需要5毛钱一个，水泥加了运费需要500元一吨。还有用于屋顶的铁皮瓦货源紧俏。所有材料都得用小三轮车从护林消防便道运到山上来……

建设中的羊圈比山里人那些原料全部采用杉木、竹竿、树皮以及竹夹板建的小羊舍，质量要高多了。

"虎哥"显然对谭宝山和孙猴子设计的羊舍比较满意。他虽然言语不多，可自始至终为羊舍建设把关。他不时指点："这堵墙应该靠前一点"；"北边那个窗户开得大了，冬天不太暖和，羊是不能冻着的。"他那一手砌匠手艺，连从山下临时请来帮忙的泥水匠都很佩服。对养羊，他的确比较内行。

山羊采购的问题，谭宝山和孙猴子也早就有谋划。

原来，板竹山山羊基地朱老板原先答应优惠提供一百只山羊，等他从外地回来时只落实了三十只。好在事情又有了转机，孙猴子的那个同学"老山羊"电话告诉孙猴子，自己决定改行去搞产品展销，把本来养着的三十几只本地黑山羊全部优惠转让给孙猴子和谭宝山，而且同意等谭宝山和孙猴子建起羊场并初见效益后才支付转让费。孙猴子这位同学是农校毕业的，因为毕业后一直边搞产品展销边摸索养羊，被人称作了"老山羊"。"老山羊"这一转让，一下子为谭宝山和孙猴子缓解了两个难题，一是羊的问题，二是经费的问题。而且，更令谭宝山和孙猴子高兴的是，"老山羊"答应有时间时上山来将他积累的经验毫无保留地传授给他们。

谭宝山和孙猴子商量后，又辗转从山里人家收购了一批本地山羊，总量一下就达到了百来只。"老山羊"接下来的电话是询问谭宝山和孙猴子什么时候去运羊上山。

谭宝山对孙猴子说："猴子，现在天气好，尽早把所有的羊弄上来，正好可以先适应观音山的环境。"孙猴子对此表示认可。"虎哥"呲着牙笑了笑，认为应把"一号羊庄"工程包括排水处理全部扫尾之后下山接羊最好。

羊圈工程被谭宝山和孙猴子称为"天龙一号"工程，将百来只山羊全部运上山来为"天龙二号"工程。他们俩把编了号的工程方案一一装订好，就好像机关里的文件。

在羊圈工程建设中，谭宝山邀请爷爷来过两趟观音山工区。谭宝山将他和孙猴子的想法老老实实作了汇报。谭仕玉先是对谭宝山和孙猴子设计修建的羊圈表示满意，认为他们像个干事的样子，同时就防止大雨、山洪以及通风设施提出了几条小建议。他告诉谭宝山和孙猴子，天龙山上虽然还没有发生过特别大的山洪，但也不得不多考虑一点。谭宝山和孙猴子立即进行了修改，谭仕玉每次上山都要当半天砌匠义工。

将近一个月后，一栋有120多个平米面积的羊舍终于全面完工。

加班加点打扫了卫生，谭宝山和孙猴子先和"老山羊"约好，准备第二天下山接羊。

不到半月，黑山羊终于全部到位。

这些黑山羊，除了朱老板提供的那些黑山羊，其他山羊大部分属于湘东黑山羊这个大类。这些山羊是具有地方特色的优势畜种，山羊体形近似长方形，公母羊有须，有角，背腰平直，胸宽深，肋稍拱，腹大，尻宽稍斜，毛粗短，四肢结实，蹄坚而黑，善于攀爬。毛色以黑色为主，也有黑黄色、黄白花、黄色等杂色……

一下子有了这么多的山羊，谭宝山神情十分亢奋。望着那些活蹦乱跳的

山羊，谭宝山那两道短秀浓眉神采飞扬起来，一边唱起了《沙家浜》里的选段：

想当初老子的队伍才开张，

拢共才有十几个人七八条枪。

唱着唱着，他仿佛变成了一只快乐的山羊……

这快乐当然是有缘由的。

还在下山接羊的前一天晚上，有月亮，是一弯下弦月，有较为繁密的星光。

同样是在这天晚上，"虎哥"饶有兴致地拉起了二胡。琴声虽不十分专业，却也给这片山野增添了别样的情趣，像是为新建的羊圈庆功。细听去，悠悠琴声，时而如潺潺流水，欢快流动；时而如穿过山林的清风，轻灵飘逸，让人心旷神怡。

谭宝山耸耸浓眉，说："猴子，走，我们上山赏夜景去。"

孙猴子说："今晚月光不亮啊。"

"孙猴子，你错了！"谭宝山说，"今夜虽然没有什么月光，但更可以显现天龙大界的另一种美妙！那种美妙你还没有领略过。明天我们就要下山接羊了，有了羊，我们的'天龙部落'就算在天龙大界上真正拉起了一支队伍！你这位'二当家的'真正有家可当了！"

"你是酋长，家可是你当的。酋长就是家长。"孙猴子揶揄着。

"哈哈哈，你是说我从此成了一只真正的'领头羊'了吧！"谭宝山的锐眼望着孙猴子，此刻他总觉得孙猴子与其说是一只善于蹦跳的猴子，还不如说是一只可爱的山老鼠。于是谭宝山开玩笑说："我左看右看，你硬是天生一个土匪寨主身边的那个'二当家的'！"

两人捧腹大笑。于是准备上山。

"虎哥"留守在场部的青瓦木屋里。临行时，"虎哥"说："夜晚去山上莫玩久了！这是座神山，有时蛮蹊跷的。"

"不怕！有蹊跷我们就打哦嗬！"孙猴子平时常听"虎哥"说这大山上晚上蹊跷得很，但他就是不怕。

"不行，晚上千万莫随便打哦嗬！那样会招邪的！""虎哥"反复叮嘱。

谭宝山当然不怕，他是酋长呢。"老豹"也不肯留下，硬是跟着上山。

谭宝山、孙猴子向羊牯垴方向进发。

时令已是农历八月下旬。山下依然燠热难耐，山上的夜晚却明显变凉了。那弯下弦月不是很明亮，有时还隐去一半。星星较多，像是山上那星星点点的野果子。星光之下，大山上的山影树影和沟壑的影子影影绰绰，像是在酣睡。有时空中还会飘洒下一两点"玉露"……

谭宝山不禁想起了秦观的几句词："纤云弄巧，飞星传恨，银汉迢迢暗度。金风玉露一相逢，便胜却人间无数……"

此刻最动人的是满山的虫鸣声，伴着隐隐约约的山涧流水声，虫鸣声一阵儿重一阵儿轻，有时中间还有过门，使得观音山工区的夜晚格外静谧神秘，优美。

此刻，孙猴子摸不清谭宝山葫芦里到底卖的什么药，为什么如此坚决拉他上山看夜景。在场部看夜景不是也很好吗？再说，你谭宝山难道还没有看足天龙大界的夜景吗？

孙猴子像往常一样拿着把弯刀在前面开路。弯刀闪着寒光，碰到伸到路中的荆条一刀砍下，碰到掉到路上的枯枝一把撩开。他一边开路，一边念念有词："天上没有玉皇，地上没有龙王，我就是玉皇，我就是龙王，喝令三山五岳开道：我来了！"谭宝山听了不觉好笑，"你来了？你来了算个屁！一只猴子罢了。"

很快登上了羊牯垴顶。谭宝山和孙猴子像上次一样又一次坐在了蛤蟆石上。这时候，谭宝山举目远眺，霎时觉得来这里看天龙大界的夜景确实大不一样！

谭宝山像是坐在一个偌大的剧场里，演出开始，大灯突然关闭了，只留下星星点点的小灯。

在谭宝山看来，此刻的天龙大界仿佛正在展现一个无比巨大的童话世界。天上，那几颗稍大的星星显得格外温馨而慈爱，像是母亲的眼睛，围绕她的星星像是一群快乐顽皮的小天使。偶尔划过的流星恰似一个顽皮的小天使为了追赶一个皮球在奔跑。大山在月色里变得朦胧而优雅，像是一个披着轻纱的美女，展示着玲珑而柔和的曲线。远处更远处，灿烂的灯光像是夜神用彩

笔勾勒标注出的迷宫。站在蛤蟆石上，人就像浮在大海上，既缥缈又真实。谭宝山不禁想起了张孝祥的词来："满载一船明月，平铺千里秋江，波神留我看斜阳，放起鳞鳞细浪……"

"宝哥，我想喊！"孙猴子突然站起身来。

"我也想喊！但是，'虎哥'说过，喊不得。"谭宝山提醒。

"'虎哥'只说喊不得哦嗬的。没事！"

"那我们就喊吧，痛痛快快地喊！"

于是，他俩商量之后，就并排立在蛤蟆石上，对着苍莽横亘的天龙大界一齐大喊起来："哎——天龙大界——我爱你！"

大山里回荡着一片"我爱你、我爱你"的余音。

"老豹"狂吠了几声，仿佛也跟着喊了一声"我爱你……"

"宝哥，"孙猴子指着眼前的山景，忽然说，"说实话，你选择上天龙大界，不会后悔吗？"

谭宝山愕然："我为什么要后悔？"

"在很多人看来，我们是迷失了自我。特别是像你，有多少名利场可以挤进去收获，我当然也有挤进去的机会。但是，我们却选择了天龙大界。这里毕竟只是一片莽原。我们的青春将会在这里耗费很多时光，也许会一无所获……"孙猴子静静地说着，像是对着天龙大界倾诉。

"猴子，你是不是心里有点发虚了？"

"有时候，的确也发虚……"孙猴子并不隐瞒自己的观点。

"猴子，你这样的人是只能当老二的，有点'书生造反要三年'的味道了。我选择来天龙大界，严格说来，所想并不完全如送给你的那副对联所描述的那样：'山为虎世界，云是鹤家乡。'在我的内心深处，从来就有着一个情结。我是学历史的，因而我认为一个人在时间和历史的长河里找到真正适合自己的立足基点最为重要。找到这个基点必须敢于尝试。这个基点，既是现实的，也可以带有一定的幻想性，是对自己人生的一个严峻考验。我选择天龙大界作为走入社会的第一课，并不是没有想到过得不偿失。当年中国革命在井冈山时期就体现出这个特性：现实性和幻想性。从现实到幻想，需要无尽的信心和勇气。没有幻想，我们的现实才是真正的空虚……"谭宝山站在天龙大界的夜晚里，忽然发现自己变得和大山一样丰富起来，"再说，在当今社会，敢闯敢干的年轻人还少吗？大学毕业生卖起了猪肉，最后依然辉煌，谁又能想得到？著名神童有的出家成了佛子，这都是自己的追求。为了追求，是需要幻想的，更需要义无反顾的豪气！说实话，我不太喜欢毫无挑战的事业！"

"我感觉到你不像是学历史的，倒像是学政治的或者学哲学的，学文学的！"孙猴子笑了笑。

"猴子，跟你说实话，近一两个月来，我感觉到我们在天龙大界上听大山讲课，内容不仅仅是养羊，更多的还是我们对自己青春人生的整体的、深度的思考……"

孙猴子听了此话，深有同感。他为自己能有这样一个好同学，不，一个好知己，也不，一个带领他勇毅前行的好战友，共同走进天龙大界，由衷的欣慰。

"宝哥，你说的基点我认为可以理解为坐标。我认为，天龙大界它也是一个坐标。人生需要一个真正属于自己的坐标点。各自的坐标点并不相同，但往往同处于一个更大的坐标里。坐标既是抉择，更是宣言，既是幻想，更是现实……"孙猴子娓娓地说着，像是与谭宝山交流，又像是与自己交流，更像是与天龙大界交流……

"猴子，你说得对！"谭宝山应了一声。

他们就这样说着讨论着，在夜色中又不知谈了多久。

这也算是两个年轻人和天龙大界的又一次深谈。

那弯淡淡的下弦月终于又露出了新芽般的形象。朦胧月色中的天龙大界仿佛比白日的天龙大界更加博大而深沉。

这个夜晚，谭宝山做了一个梦，梦见天龙大界变成了两条龙，金闪闪的，同时也看到一个女子的身影，她有一双丹凤眼，盘着"公主辫"，一条有点鹰气的鼻子……

第十章

　　吴彩霞隐隐感觉到，那有着两道短秀浓眉的年轻人或许真的与自己的人生有一些缘分。这缘分，一是他们同时向往着天龙大界这座神奇的大山，二是谭宝山那两道短秀浓眉仿佛有一种与生俱来的强大的气场，无时无刻不在召唤什么……

　　在吴彩霞看来，天龙大界真是个藏龙卧虎之地啊！

　　这种感觉，在那次她和潘进桂一同探访雷公洞时，有了更深的体验……

　　雷公洞，离雷公崖顶，实际上还有一二十米的距离。

　　从外面看，那洞口并不是很大，却有点奇特，像一瓣竖着的莲花，外面时常飘着一绺有些神秘的山岚。高也不过一个高个男人加一臂长的高度。洞口，长着一蓬蓬细小的烟竹和绿色棕叶树，洞口上方倒挂着野松和藤萝。

　　这就是那个传得神神秘秘的雷公洞？吴彩霞从小听到它的名字，听到关于它的一些有点恐怖的传说，但直到长大从未见识过它的真实面貌。她有点不太相信自己的眼睛。在她的想象里，应该是一个很高很大的崖洞，像一间大屋子，像她见过的七星岩、黄龙洞、波月洞等等，不仅崖角嶙峋，而且气象万千。但是，不管她信不信，雷公洞就是这个模样静静地呈现在她的眼前。

　　"我以前一年少说也要来个三四次。"刘疤子握着柴刀，站在洞口，头发灰白，那撮山羊胡子稀稀疏疏，像是从洞里走出的雷公山神。

　　"你来这里做什么？寻宝还是看把戏？"潘进桂也登上了洞口。潘进桂的额头上有一小绺头发粘着，他一边把草帽端在手里扇凉，一边问刘疤子。

　　"不是。我春天来这里扯蕨，扯小笋子，夏天来这洞里喝'仙水'，洞里的'仙水'喝了就是不生疮。秋天再看一队队的雁鹅从雷公崖上排着'人'

字队飞过去，蛮好看呢。冬天来这里看有没有吃苦栗子的野猪，要是有，就请几个人来守洞。那时候野猪多，爱拱庄稼，上头也不像现在规定不准捕捉……"

"现在还有大野猪吗？"吴彩霞来了劲。

"山上肯定有，不一定碰得到。但是，我晓得如果有小野猪就一定会有大野猪，只是大野猪还没有出现而已。不过大野猪一旦出现，必定是穷凶极恶的。有一次我终于看见了小野猪，因为很害怕就赶忙离开了。下了山我把这个消息告诉给那几个爱打野猪的人，他们都说带崽的野猪打不得，打了不吉利，就没有上山来了。"

潘进桂就要进洞去，刘疤子阻止了："还是让我先进去看看吧。我都好久没来过了！"

于是，刘疤子拿着刀，熟练地进了洞。吴彩霞和潘进桂在洞口等着。

潘进桂看着吴彩霞红扑扑的脸蛋，感觉就像是这山上突然绽开了一朵杜鹃花。吴彩霞窈窕的身姿和丰满的胸脯，在这野性十足的荒野里挺立着，潘进桂不禁有了几分野猪般的冲动。

潘进桂的目光落在吴彩霞身上，吴彩霞就知道他有话想说。但是，此刻，吴彩霞的心思却依旧停留在那次"梅山论坛"会议上，那个有两道短秀浓眉的年轻大学生的身影总在她面前挥之不去。她甚至有点后悔，当初自己由于害羞和矜持，没能与那位大学生搭上一句话，更不好意思互留电话。但那两道短秀浓眉就像两道闪电从她的心中划过，留下灿烂的青春的光芒……

潘进桂说话了："彩霞，我想起了一桩事。"

"你想起了什么？"潘进桂的话使吴彩霞从沉思中清醒过来，笑吟吟地望着潘进桂。吴彩霞一笑，那笑容就像一弯新月。

"我想起过去的土匪头子上山以后总要下山抱一个美女来做压寨夫人。"

"呸！你就是整天想一些乌七八糟的事！"

"不是，我原来也搞不太懂，后来觉得这是一种土匪文化。"

"放屁！土匪也成了文化！即使是文化，也不过是一种愚昧的低劣的残渣文化而已！"

"彩霞，你这是片面的。土匪文化也可以照见历史，发现养料，从而成为旅游线索。我在想，土匪头子之所以那么迫切需要一位压寨夫人，主要还

是暴露了人性中的软肋。别看他们专门杀人放火，内心里总有他们温柔的一角。他们整天干一些昧良心的事，他们的内心也是恐惧而空虚的。而一旦有了压寨夫人，神情大不一样了。他们觉得过上了一种正常的生活，过上了一种为爱而无恶不作的生活。这可不仅仅是生理上的满足，更是一种人性的回归……"

"这都是你的奇谈怪论，狗屁思维！"吴彩霞抿着嘴巴笑。

潘进桂点了点头："眼前就是。譬如，在这样阒无人迹的大山上，面对一个貌美如花的少女，假如我是山匪，你说我会怎么想？"

"你爱怎么想就怎么想，关我屁事！"

"我之所想，就是我的人性。文学，要表现的就是人性，人性挖掘得越深刻，就越是成功的作品。像上次推荐给你看过的《挪威的森林》《老人与海》，汪曾祺的《受戒》和莫言的《红高粱》，你一定都看过的。特别是《红高粱》……"

吴彩霞望着远方出神，总是觉得远方有两道山脉像那两道短秀浓眉……

潘进桂就把话题调转了一下："我知道你一心想着把天龙大界的旅游资源开发出来的事，但是你有一点没有想到，人们已经不仅仅是需要看一些风花雪月、山水春秋，更注重看一个地方的人文景观，这个你懂的。像省城的岳麓山，论风景也不过如此，但论人文就有无可比拟的优势。还有一点你没有悟到的是，人最终喜欢看的还是——人！"

"你有什么好的思路？"吴彩霞似有所动，不禁回过头来问潘进桂。

这时候，刘疤子已经从洞里走出来了。他说："可以进去！里面凉快得很！我坐在这洞口等你们啰！"刘疤子说完就从衣袋里摸出一根纸烟，点燃了，吧嗒吸起来。

"那我们走！"潘进桂一听兴致提起来了。

还沉浸在"土匪文化"之中的吴彩霞迟疑着，问了一声："里头黑不黑？"

"有点黑。莫怕啰。那里有石床，我还在里面睡过觉呢！"刘疤子吧嗒着烟。

"一切有我呢！"潘进桂拍拍胸脯。

吴彩霞噘着嘴，小心翼翼地朝洞内走去。开始时，洞外的光线还能照进洞里，可以看见洞里有一个小房间宽的洞厅，可容十几个人，对着洞口的岩壁上竟然天生着一个像只山鹰一样的石头，扇着两个雄健的翅膀，俯视着洞内。吴彩霞不禁有了几分胆怯。潘进桂却指着洞壁上的山鹰石说："这块石头生在此地，真是天造地设，钟灵毓秀。它不仅像是雷公洞的主题，更是天龙大界的主题。彩霞，你说它像个什么？"

"当然像只山鹰。"吴彩霞说。

"实际上，它是雷公变化的呢。"潘进桂往上推了推眼镜，饱满的额头里显得有点光亮，"你看过《封神演义》吧？那里头有个雷震子，他有尖喙，有翅膀，就是雷神之子。"

吴彩霞当然知道那个让人恐怖的"雷震子"。她没有吱声，想着的仍然是"土匪文化"，生怕里面藏着个土匪把她劫去做了压寨夫人似的。

往右拐，光线明显暗了下来。吴彩霞不敢走，潘进桂毫不犹豫地牵起吴彩霞的手往前走去。他记不得这是自己第几次牵起吴彩霞的嫩手了。每牵一次，总觉得是享受一次。走不远，只有了微弱的光线，潘进桂咔地揿燃了打火机。

"哇噻，石床！"吴彩霞惊叫了一声。

这石床其实是一块长条形的石台，宽仅可容一人睡，长却有一米七八。潘进桂兴奋起来："彩霞，我们找到了花果山福地，水帘洞洞天！"说完，便熄掉了火机，往石床上一躺。

吴彩霞尖叫一声："你怎么躺下了？"

"真凉爽！"潘进桂惬意地说。

"当作神仙吧？"吴彩霞在半暗中笑了笑。

潘进桂享受了一两分钟，翻身爬了起来，对吴彩霞说："大美女，你也去躺一下吧！这可能是土匪头子睡过的呢！不能白来一趟。"

吴彩霞拒绝了。

于是继续往前走。借着潘进桂手中的打火机光亮，走几步后，他们又看见了钟乳石和滴泉、乌龟石。再往前，只有一个仅可容一人爬进去的小洞了，潘进桂和吴彩霞不敢再行。于是他们折回。

到了洞厅，吴彩霞有点恋恋不舍地走近石鹰。她从潘进桂手中拿过打火机，揿燃，反复探照，准备用相机拍下这一奇观。忽然，吴彩霞惊叫一声："进桂，有文字！"

潘进桂有点不敢相信自己的眼睛。他在吴彩霞的协助下，用手掌反复拭着这一行文字，没错，确实是人用石尖划下的文字，字迹歪歪扭扭，已经有点模糊："雷公爷，我不是坏人。"潘进桂让吴彩霞用相机把文字拍了下来。

"这是谁写的？为什么会留下这一行文字？"潘进桂大惑不解。

吴彩霞想起了爷爷说过的"雷公崖惨案"强奸焚尸的话，不禁浮想联翩，毛骨悚然：会不会是那个杀人犯留下的笔迹？此时的她，觉得这山洞，这天龙大界真是一个谜一般的世界。尤其是，那山鹰的两个强健的翅膀使她再一次想起了那两道短秀浓眉……

他们分明感觉到洞内生出一股森然之气，于是没有过久停留。

此次上山，他们最重要的考察点除了雷公崖，还有那残留的战壕。

从雷公洞出来，在刘疤子的带领下，吴彩霞和潘进桂开始往雷公崖顶走去。

"那战壕，就在顶上！"刘疤子边爬边说。

望着刘疤子灰白的头发和他那双大码号的旧军用解放鞋，吴彩霞对这位前辈不禁心生敬意。刘疤子虽然在村里很多人眼里没有地位，但他勤劳善良，无求无争。人们发现，他常常坐在自家的木门槛上想他那位不知去向的"颤颤"，重复那句话："我对不住她……"

"刘叔叔，听爷爷说当年那个杀人的事还是你报案的？"吴彩霞一边揪着灌木往上爬，一边问刘疤子。

刘疤子在前头攀登，没有听清吴彩霞的话，回过头来问："你说么咯？"

潘进桂把吴彩霞的话复述了一遍。

"哦，是，是……那人叫谭艳华。我们在山上不说死人，不然容易招邪。天龙大界从来阴气重，大白天可以听见鬼叫的。"刘疤子终于听清楚了，回答吴彩霞。

说话间，他们登上了雷公崖顶。

"哇噻——"吴彩霞雀跃欢呼起来。

雷公崖顶，是天龙大界的最高点。天龙大界像个"人"字布局，雷公崖顶正位于撇、捺交汇处。

站在顶上，面向东方，右边可以看到呈狭长地带的龙冈乡全境的一半，山下的梨花坪村的全部，所有景象都是尽收眼底；往左边看，则可以看到羊牯垴、野猪坑、枫木冲、狗爬岩、犀牛寨和整个观音山工区。风云际会，烟霞聚集，天龙大界在阴阳变化中显得雄奇轩昂，千姿百态。

"看，战壕！"潘进桂忽然喊了一声。吴彩霞朝着潘进桂所指的方向望去，只见一些残石断垣，零零碎碎呈现在眼前。那战壕的石头都是雷公崖上的那种黑黄参半的火石。有一两处短短的断垣差不多有半个人高，排列着，覆盖一些冬茅和灌木。墙垣上还匍匐着藤葛，藤葛肥厚宽大的叶片在风中摇着，像是一页页记载着历史的纸张。

吴彩霞从潘进桂肩上拿来单反相机，咔嚓咔嚓地拍个不停。拍完后，在潘进桂的配合下，她对每一道断墙残垣进行细致的观察。她想从这些遗迹上观察到战壕的垒筑特点，当然，她更奢望着在这些废墟上寻找到一点更深层次的东西，譬如一把断剑、一段文字之类，但是，她失望了，什么更深的东西也没有找到。吴彩霞老是记起爷爷说过有人在崖顶上找到过一截青铜剑，就有点不甘心，潘进桂也有点不甘心。

"咯些石坑，有人说是走日本时，为了躲日本鬼子修的。我看不太像。"刘疤子插话说。

"躲日本鬼子修咯些坑坑做么子呢！那是没用的。"刘疤子自言自语。

"刘叔叔，我听爷爷说，有人在这里找到过一把青铜剑，有这么回事吗？"吴彩霞从残垣边直起腰身，问刘疤子。

刘疤子慢悠悠地吧嗒着烟，说："我也听说过，那东西听说县里收走了。你们到咯山上来，就是为了寻那些宝贝？"

"咯里找不到，你们还可以去那边找。"刘疤子指了指西边，又指了指北边。

"那里是什么地方？"吴彩霞问。

"那边过去有个梅山殿，恰在山界子上，到底属于哪个地方的，南北东西的人没有个一定的说法。去梅山殿最好是从北边的观音山工区上去，过去那边是有条专门的毛路的。北边有个犀牛寨，也有这样的战壕呢！犀牛寨现在属于观音山工区……"

"观音山工区？"吴彩霞的兴致又被提起来了。她亲耳听那个叫谭宝山的年轻人说过，他要在天龙大界观音山工区创建"天龙部落"！

她明白，自己要调查清楚天龙大界的人文风景资源，那梅山殿和犀牛寨

以及观音山工区应该是不可缺少的。

"哪天我们还要专门去犀牛寨和观音山工区去一次！"潘进桂对吴彩霞说。

"对对！特别是那林场，那里据说还是千年鸟道的必经之地！"吴彩霞说。

"千年鸟道我也早已听说过，那是另外一个美丽而古老的大文化话题！"潘进桂的额头在阳光下放着光。

第十一章

　　崭新大气、棕色封皮的《山课笔记》摊开着。谭宝山在奋笔书写新的一页。

　　"面朝大山，春暖花开。虽然现在进入了秋天，但是我依旧感觉到春天般的气息。上山以来，在'天龙部落'里，我和猴子每天严格遵守着作息时间，清早起来锻炼身体，打太极，练棍术，比赛做俯卧撑，这里，是满满的正能量……"

　　"……几天前，羊全部运上了天龙大界。朱老板打了折扣后只提供三十只，后来还是增加了六只。如果扩大规模，他答应明年一定再提供几十只，争取兑现一百只的诺言。'老山羊'的三十来只，实际上有四十二只。加上从坝湾村人家那里弄来的二十八只，眼下羊的总数量已经超过了一百只。一下子拥有这么多山羊，对于并没喂过很多山羊的我来说，既兴奋又有点忐忑不安。看着这些黑色的、黄白花色的、黄色的活蹦乱跳的山羊，我感觉到内心深处一种潜在的活力被激发了出来。听到那一阵接一阵的山羊的咩咩的叫声，孙猴子拍下了不少山羊的照片，照片中的山羊有的抬头凝视，弯角如弧，胡须在夕阳里飘拂，短短的尾巴不时拍动，有的低头吃草，有的沉着漫步，有的在岩石间蹿跃……我说：'猴子，我知道你很激动，但是，我们的'山课'还只是个序曲呢！'"

　　"我当然知道，天龙大界不光有美景，更有风云变幻……"

　　"孙猴子不愧是孙猴子，人瘦瘦精精的，眉毛眼睛一眨一眨的，鬼灵。他的情绪近两天有点波动，会不会受了上次和他那女朋友李小娜拌嘴的影响？这家伙，近两天老是洗短裤，只怕是日有所思，夜有所梦呀……哈哈

哈哈……"

"我也想起我的她来了，她和我有过一个爱的契约。她的名字'姜明花'里有一个'姜'字，她说她是真命美女，美女都是属水的，而我是属山的，山水相依，这是我们之间共同坚守呵护的一个梦想……

"这个时候，我不知为什么，又想起了那位'公主辫'……

"我知道她也是天龙大界人。天龙大界真是钟灵毓秀之地。我在想，我们或许哪一天会重逢在天龙大界……"

谭宝山与孙猴子约定，谭宝山的《山课笔记》属于两个人的共同财产，主要由谭宝山管理，互不保密，但绝不对外传。而且，孙猴子如果有兴趣了，也可以随便在这里记录或补充几笔。《山课笔记》与其说这是谭宝山在书写创业记录，还不如说是他们两个人共同的生活点滴纪实。有时候他在写，孙猴子就站在旁边看，一边看，一边嘻嘻笑，或者一边夸："好！就是这么记！原汁原味！"谭宝山写完了就将崭新大气、棕色封皮的记事本放在大挎包里，挂在土墙上。孙猴子平时真的将笔记本取下来，亲自在上面的内容里添上一两句。譬如，他在谭宝山写他短裤洗得勤一处，就提起笔来加了一行旁批："老哥，男子汉大丈夫，彼此彼此嘛。"

孙猴子居住的这间木屋里，有孙猴子那张木床和谭宝山后来支起的简易床，两张床各自挨着一堵墙。按照梅山风俗，两张床不能相对，而是搭成一个"丁"字，也可以说像是一个"人"字。"虎哥"住在最东边的那间房子里，时不时拉拉二胡。两个年轻的小伙有时在孙猴子房间商量大事，夜晚同处一室，彼此几乎没有任何秘密，乃至有时你看见我的裤裆像打了支架，我看见你的裤裆像藏了兔子。两个人的房间里虽然都有照明用电，电是林场从山下牵上来的，但也备下了煤油灯和松香。奇怪的是谭宝山和孙猴子都喜欢煤油灯和松香，有时还特意用这两种东西创造一些山趣。

晚上，这里几乎没有蚊子，只有满耳虫鸣声像是潜伏着的庞大音乐。谭宝山和孙猴子各自穿着一条裤衩仰躺在床上，有一搭没一搭地说话，谈天龙大界，谈山羊，谈摄影的技法，谈外面的世界，当然也谈各自心中的美女。特意点燃的煤油灯调到了最低亮度。谈美女谈得最多的当然是演艺圈的，有时候谈得还特别细致。譬如说，谈英国小说家劳伦斯的《查特莱夫人的情人》中的查特莱夫人，谈莫言的《红高粱》的各种荧屏和舞台形象。谭宝山因为是历史系毕业的，同时比较关注文学，所以话题总喜欢牵到历史和文学的角度上去。在他看来，《红高粱》以抗日战争及20世纪三四十年代高密的民间生活为背景，复杂而厚重。孙猴子也多次看过这篇小说，对谭宝山所言深表认可，他对巩俐主演的电影《红高粱》特别感兴趣。他坦率地对那片无边无垠的红高粱地充满向往和敬意，就好像现在他对天龙大界上漫山遍野的树林充满向往和敬意。谭宝山又说女主角演得逼真，她本人不仅长得很美，有一种骨子里的性感，她那时而沉稳含蓄时而奔放粗野的气质充满了魅力。两个人又把电影《红高粱》里的女主角与《武则天》里的女主角进行了比较。一致的结论是：都长得十分好看，又都有一种十分逼人的性感，或者说都善于表现出那种令人心旌摇荡的、刻骨铭心的性感，而这性感又都体现在她们的嘴唇上。她们都是真正的好演员。

　　从演员谈到他们自己将来的"那一个"，也都互相没有保留。

　　孙猴子说，李小娜虽然颜值最多是中等，一张娃娃脸，圆圆的，看上去总是不懂事，但对他孙猴子还算理解，孙猴子看着她也觉得舒服。自从经人介绍认识后，两个人交流也算顺畅。当初，他孙猴子选择上天龙大界守林场，李小娜不仅支持他，而且还说要是他孙志侯在天龙大界扎下根创了业，她就辞职上天龙大界陪伴他。但她根本没有想到孙猴子真的会在山上待这么久，她当初的想法浪漫多于现实……

　　孙猴子问："宝哥，你那位最近有什么新动向呀？"

　　谭宝山仰躺着，把脚跷起，漫不经心地说："人家还没毕业呢。她对我，喜欢归喜欢，但实际上很不理解我上天龙大界。"

　　随着夜聊的深入，他们的话题越来越随意了。孙猴子干脆把有点昏黄的灯关了，从窗口映进淡淡的月光。

　　孙猴子说："李小娜当初话说得硬扎，但我当初就感觉到有点不靠谱。不瞒你说，我已经试过了……"

　　谭宝山立即来了兴致，问："你们怎么……就试过了？"

　　孙猴子沉吟了一会，说："你理解错了。有一回，我说我先带你上天龙大界来体验一下大界的风情吧！她拒绝了，说得冠冕堂皇：'现在没必要，等你真正创了业，才是天龙大界最好的风景，到那时我不请自来……'宝哥你说，这不是对我大有疑虑吗？也许她是量我也干不出什么事业来！"

"李小娜说得不无道理，当然你说得也有点道理。"谭宝山忽然笑了笑，问，"哎，孙猴子，说实话，你们……到了什么火候？"

"不瞒你说，我还没亲过一口呢！所以我说有点不靠谱……"

谭宝山笑了。满山的虫鸣声把大山抚摸得恹恹欲睡。

"宝哥，说实话，你们到了什么火候？"

"呵呵，什么鸟火候……呃，不扯卵谈了，睡吧……"谭宝山打了个大大的呵欠，说，"明天还要上山把山羊的草路踩一踩，熟悉它们的生活规律。"

谭宝山回到了自己的房间。但是，此时的两位年轻人并不是说睡就能睡着的。

隔壁，"虎哥"鼾声如雷。远处山下有什么嗡嗡嘤嘤的声音。在梦中，谭宝山又恍恍惚惚看见了那位"公主辫"……

在朦胧的晨曦里，谭宝山那小小的随身听里播放着二十四式简化太极拳的口令曲。在曲子的引导下，谭宝山为孙猴子示意着，缓缓地运动着：起式，左右野马分鬃，白鹤亮翅，左右搂膝拗步，手挥琵琶……

孙猴子最感恼火的是蹲不下去。谭宝山告诉他，练太极的关键是要练好腿功，要练好腿功，关键是平时要练习走好猫步和站桩。手势主要是抱球动作，虽然重要，但那主要还是配合腿功的。孙猴子平时看到谭宝山虽然刚从大学毕业，登山耐力却很不错，现在才知道他是有真功夫的。谭宝山学的棍术在孙猴子的指点下，进步速度比孙猴子学太极要快得多。

谭宝山的《山课笔记》又掀开了新的一页——

"今天，孙猴子到县畜牧局和工商局把相关手续正式办下来了。我们既喜悦又深感沉重。

"说实话，我自己当初也没有想到，作为一个学历史的，走向社会的第一课竟然会选择来到天龙大界当一个羊倌，至少现在是一个羊倌。很多人无法理解，可能连天龙大界都不会理解。'上谭'谭家院子和'下谭'湾里院子的人就对我父亲说：'我们谭家刚出了个现世宝'谭公子'，怎么现在又出了个大学生放羊郎呢？只怕又是一个疯子！'父亲叹口气，无可奈何地回答说：'也许因为我谭仁民在天龙大界放羊还没有放够吧！都是耍鬼把戏的……'这些人又问我爷爷，我爷爷却回答得好：'不要小看了天龙大界，我们在这里活了一辈子，还不能说自己是一个真正的天龙大界人！谭宝山他想做一个真正的天龙大界人，说不定就是他读书读出的出息！'爷爷到底是爷爷啊，他懂我，也懂天龙大界，我真心服他！

"我们的饲养方式主要是放牧。这当然是成本最低的饲养方式，因为基本上不需要收割和储藏牧草。牧羊是快乐的！早上，当一百多只山羊拥挤着走出羊圈的栅栏门，走向观音山工区的山林深处，我的内心充满了欢喜，我好像看到自己的青春和信念正像羊群一样在自由自在地奔跑。我和孙猴子把比较特别的四只羊中骄子分别命了名，让它们叫'天骄''龙种''大哥''界主'，从此它们也是我们'天龙部落'下属的头领。

"黄色的'天骄'比较沉默一点，但它的沉默里透露出一种威严。它是领头羊，但碰上好的草料，如一片青青的竹叶，总会让后来者先走上前去，吃完了它也会咩地叫唤几声，那是发自内心的另一种喜悦，那种喜悦叫作付出和胸怀。想不到在羊群中居然还有这样的'君子'。'龙种'是一只黑色的特别有气势的黑山羊，它总喜欢站在一个制高点，俯视着脚下的草丛和它的部下，时不时还咩地叫唤一声，好像是在吟诗，又好像是在向大山宣言；黑黄色的'大哥'就别说了，真是一只负责任敢于担当的好羊啊，越不过的岩坎，它总是第一个跃过去探路，而且毫不犹豫。而当瘦弱的羊受到欺侮，它也是快步踱过去，显示自己'大哥'的风采。我真是佩服它呀！至于黄白色的'界主'，嘿嘿，它比较沉默，老是一副在思考的样子，大有一种深不可测的感觉……

"牧羊，也被羊所牧。我们和羊群、和天龙大界实际上成了可以互相砥砺的好朋友……

"但我和孙猴子有时也是寂寞的。孙猴子总是想起他那位娃娃脸的女友，我呢，也很少和姜明花联系过了。不知她还好吗？说真话，我喜欢她一笑两个酒窝的样子。但是，不知为什么，近段来我的眼前老是出现'公主挲'的身影，我们——什么时候再能相见？"

谭宝山的纪实写到这里，孙猴子在窗外喊他去看天边的羊群般的云彩，他拢好笔，将棕色大记事本放在挎包里，将挎包挂在墙上，走了出去。

果然，天边有一大片"羊群"。太阳有点毛，升起来还不久，不很亮眼的

"羊群"云彩横在东南方向的天际上。那"羊群"明显可以看出有些是高大的"山羊",有些是高大"山羊"的孩子,后面分明还有一个"牧童","牧童"居然还戴着一个"斗笠"。不一会儿,"羊群"前面出现了一个高高的"山峰",有些"羊"不见了,好像是躲进了"山峰"之中。

在天龙大界认真看这样奇异变幻的"羊"的云彩,谭宝山真的还是第一次。"虎哥"不紧不慢地说,这些奇奇怪怪的景象以后有的是!

后来,谭宝山在《山课笔记》中分享自己某次在天龙大界看日出的喜悦——

"我还记得那次我和'虎哥'一起去看日出。只见起伏的群山的前面是大片的红丘陵,红丘陵的尽头是天地相接的地平线。这个时候,太阳还没有出来,东边的天空上有一些红的、黄的以及青紫色的云彩,这些云彩只有一处比较亮,估计太阳会从那里出来。慢慢地,云彩有了一些变化,所有的云彩开始变淡,青紫色的云彩也在变淡,我说:'看,太阳快从那块光斑里迸射出来了!''虎哥'说:'不一定呢!'云彩继续在变化,很多云彩开始消失,天际越来越亮,远处近处的山峦被光亮勾上了柔和而温暖的线条,山峦间的雾岚有些惊慌似的奔腾踊跃。又过了一会儿,太阳从那还有些青紫的云彩后露出了脸来!"

"哇!太阳原来不是从最亮的地方出来的!"孙猴子看到谭宝山的这些记述,惊奇得叫出了声来,他不禁为谭宝山的仔细喝彩。

"猴子,这大山上确有好多微妙的景象令我们不敢相信自己的眼睛呢!只要我们真正融入天龙大界,够我们读的了。"谭宝山悟出这日出的过程就是一个哲理:日出并不如人们想象的那样一跃而出,而是有一段拼搏的临盆般痛苦的经历……

满耳的羊叫声打断了谭宝山和孙猴子的谈话。他们的新的一天的工作就要开始了!

他们三人今天的工作是:先放羊,然后清理羊圈,然后去山溪边,开垦那几块只有晒簟宽的山土,准备用来种些白菜和萝卜。冬天有了这两种蔬菜,"天龙部落"的菜源就多了一份保障。

那几块山土是"虎哥"慧眼识"土"找到的。

"虎哥"虽然年纪偏大,但腰板依旧硬朗,做起活来不仅内行,而且不慌不忙。他要谭宝山和孙猴子把羊全赶进山洼里去，因为虽然是深秋了，山洼里的草却还有些鲜嫩。接着，在他的指点下，谭宝山和孙猴子开始清理羊圈，把清理出来的羊粪挑到一边堆积起来发酵，将来作为种菜的底肥。山溪边那几块山土，虽然土质好，如果有了这些肥料那就更加肥沃。

谭宝山初次搞这样的体力劳动还真有点笨拙。挑起担子来腰、背、手、脚总感觉到配合不协调。"虎哥"告诉他：做山活，不能贪快，要学会慢慢熬，心里要想着自己是一个地地道道的山民，就要想着靠自己卖力才能谋生。谭宝山明白了，这叫作先从思想上解决问题。慢慢地，他习惯了。但一天下来，浑身酸痛……

这天孙猴子接到局里的电话，近段时期天气将持续干燥，必须严防山火。电话是分管林场的一位副局长打过来的，孙猴子对这位副局长经常深入基层的工作作风很是赞赏，他决定将防火的详细方案制订出来上报到局里去。

谭宝山获得一个消息，这个消息令他欣喜不已：胡教授有一个来天龙大界实地考察梅山文化风情的愿望！因为他已经从一个天龙大界的当地人那里看到了一些弥足珍贵的文史资料。谭宝山认为胡教授说的"当地人"很可能就是那个"公主辫"。胡教授认为天龙大界很可能是湘中地区一座十分具有代表意义的梅山文化的典型山系，是具有"三个价值"的标本山体，具有极大的开发潜能。

谭宝山和孙猴子感到了秋天的莫名的喜悦。

此刻，他们当然无法料到，一抹巨大的残酷的阴影正悄悄地向他们扑来，让他们猝不及防……

第十二章

谭宝山的猜测没有错。吴彩霞和潘进桂专程到S大学历史系拜访了胡教授。回来后，决定做第二桩大事。

他们已经初步完成了天龙大界南面兼及西面部分山域自然和人文的资源调查，并把这些资源分成了"地理气候""自然景观""人文资源"三个大块，进行了整理。调查显示——

从地理上看，天龙大界地处湘中盆地群。据《中国省市区地理：湖南地理》卷的介绍，湘中盆地的边界式界定范围是：东方是罗霄山脉，西方和北方是雪峰山脉，南方是南岭地带，东北方是幕阜山脉和连宝山脉，中部才是湘中盆地群。其中衡阳盆地和S市所在的盆地最大，属山岭重立形地形，二者之间是衡阳S市干旱走廊。S市所在盆地与龙化涟源盆地之间有两条"龙"，即天龙山和金龙山。从气候看，天龙大界属于大陆型中亚热带季风湿润气候，四季分明。春雪融化较慢，回暖较迟；夏天并不十分炎热，山上昼夜温差较大；秋天十分凉爽，冬天见雪较早。这一带雨水比较丰沛。从自然景观来看，天龙大界属典型的喀斯特地貌，山上崖石嶙峋，洞穴纵横，奇峰异岭，迷雾缭绕。从人文看，梅山文化气息弥漫在天龙大界的角角落落。其中包括有传说和故事的风景点，包括傩戏，包括饮食、婚丧及其他方面的风俗等等。

吴彩霞和潘进桂把这些资源初步调查编成了一本小册子：《神奇的天龙大界》。因为天龙大界的北面属于另一个镇坪山镇，他们暂时没有进行调查。但是，留下了几个参考小节提示：梅山殿，犀牛寨，观音山工区，千年鸟道。

胡教授翻了翻，说："你们这本小册子，只把不到一半的情况弄上来了，还差得远呢！差就差在这天龙大界北面的部分。"

胡教授吸着烟，花白的脑袋在窗下显得凝重。他目光深邃，额头上的皱纹像是天龙大界上的层层皱褶。胡教授说："像这个、这个梅山殿和千年鸟道就是一种极其独特深厚的文化所在嘛。我上次跟你们说过，我的那个学生谭宝山，就在那一带体验走入社会的第一课……"

吴彩霞赶紧补充："天龙大界其实有两条古道很奇特，一条是千年鸟道，还有一条是茶马古道，一条在天上，一条在山间。"

"这个、这个，是天上和人间的道路嘛，我想，这些东西对我那个学生谭宝山来说，是必然会注意到的。他是一个富有思想却又很睿智的年轻人……"胡教授毫不掩饰自己对谭宝山的欣赏，他吐了一个大大的烟圈，说，"这两条路，太重要了！多么厚重独特的人文历史，多么丰富的旅游资源！跟我说过的'三个价值'是高度契合的……"

"胡教授，我们明白了：天龙大界不仅不可割裂，必然是一个整体，要开发和利用它的'三个资源'，必须着眼全局。"

花白脑袋深沉地点了点："我感觉到你们这份资料的缺憾正在这里，很不完整。我如果爬得动，亲自去看看这两条路多好啊……"

吴彩霞马上反应过来："胡教授，要是爬不动了，我们做一顶轿子把您抬上去！"

"对，抬上去！我亲自抬！我是山里人，练过童子功呢，有的是腿劲！"潘进桂附和着。

"我如果去，会先和我那位学生谭宝山联系，让他与我同行！"胡教授坚毅地说。

"你什么时候又练过童子功了？"吴彩霞望了一眼潘进桂，觉得有点好笑。

"宣传造势也很重要。"胡教授提醒吴彩霞和潘进桂，"但对这个景区宣传一开始就要定准位，讲究质量。体现在景区命名上，就应该准确而有内涵，譬如说，把天龙大界打造成为'湘中天龙神界'，着眼一个'神'字，有了目标才好蓄势发力，创造意象……"

吴彩霞和潘进桂茅塞顿开。

"湘中天龙神界……"吴彩霞咀嚼着"神界"二字，感觉奥义无穷，绵远深刻。胡教授的这个建议，使她想起在学校听著名专家学者讲课时也听到过类似的论述。

"'神'……'神'……对，在'神'字上做文章！"潘进桂一拍大腿。

胡教授说，谭宝山在大学时发表过一篇很好的论文：《关注地域历史需要留"神"》。听着胡教授的话语，吴彩霞的眼前又一次浮现那两道短秀浓眉来……

吴彩霞和潘进桂决定做的第二桩大事就是跨到天龙大界的北面去调查详细的人文资料。

"彩霞，我们调查天龙大界人文资料，实际上就是要找'神'，找到天龙大界的'神'之所在。人们说天龙大界是座'骚山'，我认为这个'骚'就是大山的神脉！"潘进桂宽阔的额头和睿智的眼睛放出明亮的光。

"骚者，动也，忧也，这座山号称天龙大界，实际上从未安宁过，也从来就是一座有情怀的大山……"

吴彩霞没有回答。她望着潘进桂的额头，陷入了沉思。潘进桂见吴彩霞盯着自己看，既怦然心动又有点不好意思。

"你看什么呢？"潘进桂故意往上推了推眼镜。

"我看……天龙大界……我好像看见天龙大界在闪光，两条神龙……"吴彩霞有点前言不搭后语，实际上，她在想着那两道短秀浓眉有一种逼人的凛凛神气。

"我也看见了天龙大界，看见了两条神龙……但是，我只看到了神龙的一鳞半爪。这叫作神龙见首不见尾……"潘进桂语带双关。

再过几天，他就要回到学校去。

"在回学校之前，我一定陪你找到山神！"潘进桂坚定地说。

"你还记得胡教授总是提起的那个年轻人吗？寻找山神绝不能缺少他……"吴彩霞笑着问，丹凤眼里流盼着期待。

"你是说那个谭宝山？你说到点子上了，倒是很想见见……"潘进桂有点诡秘地一笑。

吴康生头一次从吴彩霞的嘴里听说了谭宝山这个名字。他当然不知道谭宝山，但是，他其实知道谭宝山的爷爷谭仕玉。

因为，他们在"雷公崖惨案"的破获中曾经是"战友"……

此刻，吴康生坐在吴家墩的那个"桩子"——"将军石"边，端着他那个短短的竹根烟斗，吧嗒吧嗒地吸着烟，想着心事。

关于这块有着三个传说的"将军石"，有一天潘进桂告诉吴康生说，它的大致形状更像是古代兵器中的"钺"。吴康生也不知什么叫"钺"，觉得这就是一把山里人常见的大板斧。"将军石"是吴康生儿时的乐园。小时候，吴康生和他的那群小伙伴从天龙大界担柴回来，或者在铁锁河里捞了大半天鱼虾后，都会来到这块"将军石"上，下"五子飞"棋玩耍，有时就仰天八叉地躺在大石头上晾晒肚皮。玩得最多的游戏是，一个一个比赛着攀登大石头，谁能够一鼓作气攀上石头，谁就有资格高坐在"斧"顶最佳位置，每次都是吴康生取胜。原来吴康生有他的秘诀，那就是先从地上起个锋，然后借力用力在石壁上"飞走"几步，之所以能"飞"，因为他常常是打着赤脚跑的，赤脚走崖壁不会滑倒，其他任何人都不敢这么做，因为脚板底有时会踩上石了，硌得生疼。唯独吴康生不怕疼。正因为有这一狠招，梨花坪几个院子的同龄小伙伴都尊称他为"吴大哥"，也有称他为"吴大王"的。一些老年人捋着白胡子说："康伢子生着两个虎眼，将来只怕是个有出息的家伙！"但多少年过去，他从上学、参军到复员回到天龙大界脚下梨花坪当大队支部书记，似乎没见得有什么大出息。于是人们又抱怨起村前的铁锁河来："二十四把铁皮锁，硬是锁死了梨花坪的人呀！"

其实，吴康生还是遇到过发迹的机会的，但他错过了。他在部队时，帮首长开过车，首长喜欢他，首长的女儿不知怎么也喜欢上了他，特别是喜欢上了他那一对"虎眼"，说他全身有一股子虎气。当首长的女儿向他步步进逼时，他却退缩了，原因是强烈的自卑感。他认为自己只是一个天龙大界下的山民，连初中都没有读完，家庭又极贫寒，根本无法与首长的女儿般配。复员时，首长的女儿用北方话大骂他是"孬种"，他也只能流下惜别的眼泪。回到老家后，公社书记有一次来梨花坪指导杂交水稻的推广工作，不知怎么就看上了虎背熊腰、长着一对"虎眼"的刚担任支部书记的吴康生，托人为自己的女儿牵线，他那女儿长得倒也俊俏，只是腿有点跛。公社书记暗示说可以想办法把他弄到公社去做点事，吴康生就是没有动心。有人劝他："这样的好机会错过了就太可惜了！先当一回土驸马，等有出息了再甩掉跛女人不就得了吗？"吴康生一听大怒："你这个无耻的小人！我要是这么做了，还是天

龙大界的人吗？梅山神会一刀劈了我！"差点只没给对方一记耳光。所以后来有人总结说："天龙大界的人出不出去，就是因为天龙大界的人太死心眼，本分老实地卖窑碗哩！"

尽管错过了人生机会，但吴康生一点也不后悔，他认为只有这么做才对得起天龙大界。但是，吴康生并没有甘心过。他认为，天龙大界是他的靠山，总有一天，只要风云际会，他会成为天龙大界的一条小龙。而这机会，似乎已现端倪。

这些端倪就是孙女吴彩霞报告给他的打造"湘中天龙神界"！打造的最终目的是利用该山的地理和人文资源，发展旅游产业。这些计划就像是暗夜里的一粒火星，霎时照亮了他那双"虎眼"。吴康生很清楚，这是天龙大界腾飞的一个千载难逢的大好机会，尽管真正做起来会有数不清的艰难在前面等着。他对孙女的计划十分支持，积极帮她出谋划策。

但是，一个最大的忧虑涌上他的心头。天龙大界有四面，西面据说已经有人在抓紧谋划，留下的北面和南面分属不同的乡镇：坪山镇和龙冈乡。山两边的人们尽管风俗习惯都信梅山神，同属于梅山文化区域，但长期以来，矛盾不断，特别是那"雷公崖惨案"发生后，山南山北的人们几乎一直有着深深的隔阂。将来一旦搞开发，必然牵一发而动全身，在涉及利益的时候，又将会是一番怎样的情景呢？

在山北山南，"雷公崖惨案"虽是带有突发性，是偶然，但山北的谭姓和山南的吴姓却因此种下了仇恨的种子。不知为何，自从那次大案之后，吴康生的血压陡然升高了不少，而且一直没有降下，医生告诉他要少受刺激，否则随时都有危险。吴康生想，如果因为触及利益，仇恨的种子一旦开花，"湘中天龙神界"的美好世界就很可能是一个噩梦。如果各自为界，"天龙神界"也只会是小打小闹，成不了规模，发挥不了作用。这样，政府迟早也会干预。

"爷爷，我知道一个年轻人，他叫谭宝山，就是天龙大界北面的，他刚从大学毕业，在山上自主创业养羊，也不仅仅只是养羊，雄心非凡……"

吴彩霞的话使吴康生记起了一个人，这个人是山北坝湾村谭家院子也就是"上谭"的谭仕玉。

吴康生记得他和谭仕玉是有过交情的，过去在县里开支部书记会议时还一起喝过几次酒，互敬同醉。当年抓"谭公子"的时候，要不是谭仕玉以老师的身份喊话,"谭公子"还不会那么乖乖地立即走出"雷公洞",谭吴两姓人也许会当场在山上激化矛盾,酿成流血事件。

"是的!开发天龙大界绝对少不了他!"吴康生又装上一锅烟,悠悠地吸起来,盘算着。

"爷爷!"远远的,吴彩霞从那棵大银杏树下过来了。潘进桂跟在后面。

"爷爷,这是我们的初步计划。"吴彩霞走到吴康生面前,将一份打造"湘中神龙大界"计划,递给吴康生。吴康生眯起眼睛看了很久,觉得计划做得很周密,从地理人文资源介绍到如何包装宣传、一些项目如何争取龙冈乡政府尽快立项、如何招商引资、如何开发设计景点,都有自己的思路。但他们就是没有考虑天龙大界的历史矛盾,而这矛盾又将是不可避免的关键。

"很好!"吴康生对吴彩霞说,"还可以考虑得更宽一点,山的西面属于另一个县,但眼前可以考虑联合山北坪山镇坝湾村同步开发,一起受益……"

"老书记说得对!我们已经考虑到了这个层面!只是目前,我们可以先走一步……"潘进桂立即补充。

"我们会马上去山北调查摸底。只是这样一来,目前可能面临的困难会更大……"吴彩霞似乎考虑得有几分成熟。

"困难算么子?你们看看这块'将军石'吧!"吴康生指了指身后的"将军石","多少年了都一直守护在这里,什么风雨都别想摧毁它!"

潘进桂推了推眼镜架。吴彩霞见此情景,眼前不由自主地浮现出谭宝山那两道短秀浓眉来……

第十三章

  谭宝山和孙猴子仿佛被一只无形的手推入了恐惧的深渊……
  这天，和往常一样，谭宝山和孙猴子将羊群放出羊圈。孙猴子因为有事，不一会儿就下了山。羊群咩咩叫唤着涌向山中。谭宝山望着踊跃的羊群，心底里甚是惬意。那一只只山羊，在他的眼中，就是一个个生龙活虎的运动员，是一个个奔赴前线的战士。
  突然，谭宝山发现有两只羊出了圈门后，脑袋低垂，精神明显萎靡不振，步履沉缓甚至时有跛行、转圈，不时发呆。这两只山羊一只是黑色，一只是黄白花色，都是从山下坝湾村山民家里买来的。
  进山后，谭宝山又发现这两只羊总是落后离群，不肯进山，只在山边徘徊，也不肯吃草，总是嘶声叫唤，又是咳嗽，又是流着灰白的鼻涕，偶尔卧地，姿势十分异常……
  谭宝山纳闷了：这是怎么回事呢？他认为可能是山羊新到一个地方，水土不服而引起的症状吧。因为只有一两只出现这种情况，所以谭宝山也没有更多放在心上。
  黄昏的时候，孙猴子从山下回来了，山羊也陆续归来。谭宝山用一只红色塑料脚盆装了些买来的玉米粒，摆在羊舍前面的小坪地中央，当当当敲着吸引着山羊的注意力。这一招是"虎哥"提出来的，一是为了进一步养成山羊及时归舍的习惯，谭宝山知道这叫作建立条件反射，二是为了适当为山羊增加一点营养。谭宝山发现那两只山羊远远地跟在后面，并没有前来抢食玉米粒。孙猴子听到谭宝山说起这种情况后，马上警觉起来："宝哥，这可能不是个好的信号！你还记得朱总叮嘱过的防疫是第一桩大事吗？我们一直没有重视……"

谭宝山马上带着孙猴子对所有的羊只进行了一次检查，发现有类似现象的山羊竟有五六只！只是轻重程度不同而已。

谭宝山深感大事不妙，便和"虎哥"商量。"虎哥"提醒谭宝山：这种病蛮恼火的，严重的只要一两天羊就会死掉！

谭宝山立即打电话给朱鸿伟老总请教，老总没接电话，接电话的是林美女。她说："老总正忙呢！"过了好久还没有回电话。谭宝山急得像热锅上的蚂蚁。孙猴子说必须马上想办法。

又过了一会儿，朱鸿伟老总终于给谭宝山回了电话说："从症状上看，这是山羊较为容易感染的传染性胸膜肺炎，是由山羊支原体引起的接触性传染病。春冬季节常见。如果严重，后果难以设想，治疗也不是容易的事。一般如果事先防疫做得好，基本上可以预防。你们的羊出现这种情况，可能有几个原因：一是羊源太杂，有些羊本身是患有这种传染病的，潜伏期长的可达二十几天，你们没有及时进行隔离观察，也没有对健康羊及时接种氢氧化铝菌苗；二是没有注意避免潮湿和保暖；三是可能还没有完全适应天龙大界的新环境。这些病羊，重症治疗效果不佳。对病羊一般用新胂凡纳明静脉注射……"

谭宝山和孙猴子像是被人兜头浇了一瓢冷水……

根据朱鸿伟的建议，谭宝山带领孙猴子立即商量应对方案。孙猴子心急如焚，谭宝山说："急也没用，现在只能沉着应对。"谭宝山确定了以下几条措施：一，密切关注山羊病情发展情况；二，立即进行隔离；三是加强羊圈的保暖和卫生工作；四是尽快下山去防疫部门搞氢氧化铝菌苗；四，就地取材，制订中草药治疗办法，给患病的山羊施喂中药水……

第二天，谭宝山和孙猴子发现，那两只最先患病的山羊已经奄奄一息。而传染胸膜炎的山羊发展到十来只……

孙猴子骑着他那辆"老哈"，吐着一道黑烟火速下山去了。谭宝山和"虎哥"按照所定措施，一边清理羊圈，一边寻找一些土法子治疗。"虎哥"不知从哪里听说了一些土办法，寻来了许多草药，有茅草根、金银花、红藤、寄生茶……

孙猴子传来信息，氢氧化铝菌苗货源紧缺，需要两到三天时间。特效药

物新胂凡纳明目前也是难以调节……

一天后，有三只羊死亡。其他患病的山羊病情有所加重。

孙猴子一时无法上山，谭宝山在"虎哥"指点下，开始用茅草根、寄生茶、红藤熬制草药，给患病的山羊灌药，但是，没有明显效果。

这之中，又有三只羊死亡。谭宝山的眼泪终于吧嗒掉了下来……

"虎哥"安慰他："老侄，吃不得亏，学不到乖，养羊也是一样的！"

孙猴子终于请来了镇防疫站的一个兽医，带着凑齐的少量药物火急火燎地上山来了。

谭宝山从兽医那里了解到，山羊传染性胸膜肺炎在自然界条件下是仅见于山羊的传染病。在总共死亡了八只山羊后，疫情才逐步得到控制。

根据兽医要求，病死的山羊全部予以深埋……

第十四章

谭宝山的《山课笔记》，孙猴子看得不多，但还是很关注的。

经历了山羊突发性胸膜肺炎冲击之后，谭宝山一下子憔悴了许多，眼睛发红，毛发蓬松，好像老了十来岁，可以看得出像一个三十多岁的人了。

谭宝山把这次损失看作是大山对他们的当头一棒！他的神经明显绷紧了许多。那两道短秀浓眉紧皱着的时候，就像两朵抹不开的浓云。他的身影出现在羊圈的时候更多了……

对于宝哥的变化，孙猴子真比失去了七八只山羊更心疼。

某日，孙猴子忍不住从土墙上的大挎包里取出谭宝山那崭新大气、棕色封皮的记事本来，翻了翻。这一翻不要紧，果然看到了"宝哥"对所历疫情的重要记录。谭宝山详细记载了疫情的点点滴滴，整整记录了四页！而那点点滴滴，大都是孙猴子和他共同经历的。记载的最后部分，是谭宝山写下的一段总结性的话——

这次突发传染性胸膜肺炎，主要原因是我们的无知和大意。损失是惨重的，这是我们付出的学费。"山课"，是需要缴纳学费的！但这学费，与我们得到的磨砺也算不了什么。我们需要做好准备，等待更加严酷的时刻……

翻到再下一页，孙猴子看到了谭宝山留在笔记本上的一幅简笔画。这幅简笔画是一位姑娘的头像，姑娘鹅蛋脸，丹凤眼，尤其是那盘着的"公主辫"和那只纤秀却又有几分鹰气的鼻子画得活灵活现，透露出逼人的诱惑力。

"这画的是谁呢？"孙猴子有点纳闷。

孙猴子听谭宝山说过，他那女朋友姜明花还算漂亮，一笑两酒窝。只是下巴有点上翘，脑后喜欢拖着一根"马尾辫"。那么也就是说，这幅简笔画

画的并不是姜明花。很明显，简笔画上的姑娘比较活泼，也比较时尚。也许，这只是谭宝山心中的一个意象？孙猴子虽然不解，但也没有直接去问谭宝山。

孙猴子一直想为李小娜拍一张相片。为了这张相片，他特意请教谭宝山。谭宝山思考了很久，为孙猴子提出以下几个构图方案——

一是"采蘑菇的姑娘"。谭宝山的构思是，让李小娜背着一只小背篓去树林里采那些五颜六色的蘑菇。要拍出李小娜那张圆圆的红扑扑的娃娃脸，与蘑菇相映成趣。最好画面上还有一只或两只山里特有的金黄色的大蝴蝶飞过，那样整个画面就变得灵动了。

二是"岩道弯弯"。谭宝山的想法是选择一段陡峭的岩石路，路边开着野百合，或者杜鹃，或者野菊花，李小娜背对着镜头在前头走着。山路长长，背影深深，耐人寻味。

三是"夕阳剪影"。谭宝山说，这张构图可能难度大一点，因为要将李小娜、夕阳和大山拍进去，但必须有一个恰好的角度。这个角度从某种意义上来说可遇而不可求……

当孙猴子把自己的这些想法透露给李小娜时，李小娜显得从未有过的激动："太好了！太好了！"孙猴子补充说："这是我们'天龙部落'的老大为我策划的！历史系的高才生呀！"李小娜不知为何沉默了一会。她不失时机地说："山上再好，也是世外桃源。我们毕竟都在尘世之中。生活不可能完全生活在一个只有美好想象的时空里。"孙猴子瞬间兴趣索然，关机后对着手机连连呸了几声。

"咩咩咩咩——"

"咩咩咩咩——"

暮色苍茫，观音山工区的几个角落，传出羊群叫唤的声音。

这声音是谭宝山、孙猴子和"虎哥"最为熟悉的，是"天龙部落"生活中的旋律。随着叫唤声，从沟旁，从坡上草丛间，从山路上，一群一群的山羊魔幻般地走了出来。

第一群归圈的羊往往是黑色"龙种"率领的黑山羊。"龙种"龙骧虎步，第一个闯进了二号小圈。接着是"大哥"率领的一队，黑黄色的"大哥"同样英风锐气，领着羊群迈进了三号小圈。接着是黄色"天骄"和黄白色"界主"的队伍……咩咩的羊叫声使大山上沉沉的暮霭有了许多的生动气息。

"夏壮秋肥，冬瘦春乏"。秋季气候较凉，蚊蝇减少，山草开花结籽，山羊容易长膘。早秋无霜时放牧早出晚归，尽量延长放牧时间，现在接近晚秋，讲究晚出晚归。黑山羊白天自由采食，夜晚归于厩舍休息反刍。

俗话说："吃一堑，长一智。"谭宝山决定要下狠心把防疫抓上去。防疫工作由县畜牧局主管，各个乡镇都设有防疫站，防疫站每年免费开展防疫。现在随着疫苗的不断改进，养羊一般实行的是"春秋两防"，用的是"三联四防"疫苗。谭宝山和孙猴子一起专门去了坪山镇防疫站联系了防疫事宜，建立起防疫体系……

一切工作似乎有条不紊。尽管如此，对于眼下这种粗放式的养羊，谭宝山依旧觉得危机无处不在。当然，这种危机感，谭宝山反觉得使他们更加充实起来。譬如眼前，主要是需要为羊群准备一些饲料进行"冬补"。由于天龙大界一带属于中亚热带季风湿润气候区，四季分明，雨量充沛，土质条件好，秸秆类的农作物比较多，如大豆、玉米、小麦、水稻、花生、红薯等，数量也大，所以饲料来源比较充足。

谭宝山在思考：据朱鸿伟老板介绍，他提供的那几十只羊大的可以长到七八十斤。以后如果有了三四百只山羊的规模，一年就可望出栏百来只。谭宝山查了市场信息，显示，山羊已经涨到50多块钱一斤……

谭宝山暗喜之余，深深觉得眼下的行动方针必须突出一个"稳"字，摸着石头过河，逐步积累经验。

这之中，"老山羊"果然上了一趟山。在交谈中，"老山羊"介绍了好一些养羊的经验，其中反复提到了山羊的防疫问题。谭宝山深感防疫工作若是没有到位，严重的会造成毁灭性损失。"老山羊"向谭宝山和孙猴子着重介绍，冬天到来时，山羊们最容易犯的就是传染性胸膜肺炎，俗称"咳嗽病"，必须重中之重地严加预防，否则后果不堪设想。但是，他又告诉谭宝山，关于防疫，有些东西也不能完全按书上所说的去办，凭他的经验，所有山羊防疫一般搞一次即可，而且最好是秋季，由于"春瘦秋肥"，春天山羊体质相对较弱，对疫苗容易过敏。经过一次疫苗之后，如果把羊源控制好，一般一次疫防即可到位……

"老山羊"又说："因为疫苗需要冷藏，如果条件不好，会影响到疫苗的效果的。过去我有时直接去S市防疫站去拿'三联四防'疫苗，市里的条件好一些……"

谭宝山把这些零零碎碎的信息一一谨慎地记在《山课笔记》里。

谭宝山始终清楚，在和孙猴子的"天龙大界"的梦幻里，眼下养殖山羊当然只是他们走进这座大山的第一步，也是他们走进大山的一条重要路子。将来，也许山羊只是天龙大界风景中的一道风景或者记忆而已。

事实上，谭宝山和孙猴子已经同时开始了另一项工作，编写一部《天龙大界山志》。这本"志"与谭宝山的《山课笔记》并不相同，但相辅相成。谭宝山的构思是，笔记主要记录他们走进大山创业的艰难而新奇的历程，而"志"完全是对天龙大界的客观解读。如果说养羊是他们重中之重的创业，那么，编撰山志也是一种创业，当然，对养羊来说，眼下只是他们的副业。

"我们分下工。"在林场场部孙猴子那间房子里，谭宝山对孙猴子说，"我是学历史的，这本志由我来撰写文字；你的摄影技术好，由你来负责图片的拍摄。将来有了条件，我们还要自己买个小摄像机，拍纪录片，拍摄工作也由你来负责，我仍然负责文字……"

孙猴子知道自己在文字方面的功夫远不如谭宝山，但他的摄影爱好还是有所收获的，他已经加入了县摄影家协会，也听过了几堂专家讲座。他准备让自己以天龙山为主题的摄影作品走入圈子去。

"要考虑到天龙大界这个整体，不能只停留在我们这边局部。我们应该踏遍青山……不妨分几个篇章来完成《天龙大界山志》。"谭宝山与孙猴子一步步策划着。

"我们可不可以先从天上弄起……"孙猴子说。

"你说的是千年鸟道吗？"

"对，千年鸟道！"

"大有道理。"谭宝山沉吟着，"千年鸟道是天龙大界的一道飞翔的风景，而且这道风景十分深厚的人文历史底蕴几乎是无与伦比的。"

"千年鸟道从某种意义上来说只是一个象征性的东西，并没有一条可见可感的鸟道。那么只能通过一些相关的内容来予以体现。"孙猴子说。

"这就好像画一幅'踏花归来马蹄香'的画。"谭宝山明白孙猴子的意思。

"弄好这一篇要花很多工夫，甚至还要冒险。比如拍摄夜间候鸟迁徙以及不法分子偷猎飞鸟的场景……"孙猴子点燃一支"山茶"烟，慢悠悠地吸着。

"我知道你考虑到的是可能在记录中会引起捕鸟者和相关利益链的注意……但我们不能因此寻找退却的理由。我们的目的就是要为天龙大界代言！"

"只要宝哥你有决心，我老孙肝脑涂地也在所不辞！"

"算了吧，什么时候就要你肝脑涂地了？你那个猴子脑壳有几斤几两我还不晓得。"谭宝山笑了笑，"将来，把你那个娃娃脸女友请到山上来，让她开开眼界，展展胸怀！"

孙猴子说："我好久就有这个想法了，可是人家说时机还不成熟。还是你先把年轻的女历史学家姜明花女士请上来跟我们一道合作，完成《天龙大界山志》吧！"

"唉，没有那么容易。说是女朋友，实际上'八'字没一撇呢！"

"哎，宝哥，我问你，那个鹅蛋脸、丹凤眼、公主辫就是你的姜美女吗？"孙猴子故意鬼兮兮地问。

"不是不是，莫瞎猜。那是我随便画的……她不是这样的，她的形象嘛，可以告诉你，常常拖着根'马尾辫'，下巴有点上翘，有两个酒窝……"谭宝山知道孙猴子已经看过《山课笔记》，便明确回答。

谭宝山望着起伏的天龙大界，说："百鸟迁徙的时候快到了！我们可不能错过天龙大界的黄金季节！"

"这个季节，也是天龙大界风云动荡的季节呀……"

"哦嗬嗬嗬嗬嗬嗬，哦嗬嗬嗬嗬嗬嗬……"大山深处传来奇特的喊山声，像是力量的宣言。

第十五章

谭宝山坐在"天龙部落"前的一段干枯的松树上,翻阅着一本黑山羊养殖的资料,两道短秀浓眉像两座起伏的小小山峰——

"……湘东黑山羊周岁羊体重公羊一般在21.1～22.7kg,母羊17.1～20.5kg;成年公羊体重一般31.7～35.2kg,体高59.2～63.0cm,体长59.4～69.9cm……"

"公羊5～6月龄性成熟,8～9月龄初配;母羊7～8月龄发情,10～12月龄初配。公羊可利用6～8年,母羊繁殖期长达11～12年……"

这时候,在天龙大界北面山群棉袄般的褶皱里,出现了几只"虱子",在爬。准确地说,是三只"虱子"。这三只"虱子"是从山脚下坝湾村谭家院子后面的山道上爬上来的,和谭宝山当初爬上天龙大界观音山工区的路径一样。

这是大山里深秋中的一天。

这年的中秋节在国庆假中的10月3日。潘进桂从学校赶回老家过中秋并度国庆。本来节前班上同学力约他去张家界游玩采风,但吴彩霞坚持要他一定赶回来实现探访天龙大界北面风情的诺言。节假中他和吴彩霞先到大山东面进一步了解了一些内容,过完节假后潘进桂并没有立马回学校去,而是以搞社会调查的名义向学校请了半个月假,去践行他对吴彩霞的诺言。

"你不是说要与山神同在吗?"吴彩霞笑着对潘进桂说,"现在,山神在召唤你!"

潘进桂听着吴彩霞的话,如听到纶音圣旨一般:"当然与山神同在!你就是山神的使者!"但是,他话锋一转,口气揶揄,"也许,谭宝山才是你所说的山神吧……"

吴彩霞大笑起来，笑声银铃一般："没想到你还是个醋坛子！"因为吴彩霞在言辞中多次提起她仅见过一面的那个"羊倌"谭宝山，潘进桂还真的酸酸的。

这三只"虱子"还是那三个人：吴彩霞，潘进桂，刘疤子。

刘疤子顶着颗花白的脑袋，那撮山羊胡子飘拂着，穿件褪色严重的蓝布衬衫，腰间依旧挎着一把又粗又长的柴刀，肩头背了一大袋水和干粮，竟然还有一瓶他喜欢的水酒。吴彩霞和上次爬雷公崖的装备一样：鱼白色鸭舌旅行帽，一身运动服。潘进桂还是一身休闲装，背着一台单反。

刘疤子体力好，爬山轻捷，背着水和干粮走在最前面，如履平地。吴彩霞走在中间，早已气喘吁吁。潘进桂本来体力可以，毕竟难以耐久，也开始粗喘起来。但他还时不时地故意从后面推一把吴彩霞，吴彩霞每次都是笑着将他的手搿开。

"快走呀！前面就是茶亭界了！"刘疤子在前头喊。

"刘叔，茶亭界就、就、就是千年鸟道吗？"吴彩霞上气不接下气地问。

"是嘞是嘞！我从前也来咯里看过鸟呢！"

"哇噻！太好了！"吴彩霞兴奋得叫起来。

在来之前，吴彩霞已从老辈人那里听说了有关茶亭界的故事——

那是在很久以前。在茶亭界山腰住着一户山民，主人也不知叫什么名字，因为背有点驼，山上山下的人们都喊他"柴驼爷"。"柴驼爷"早年并不驼，还是一条精壮的汉子，只是后来生活的重压使他的腰过早地弯下去了。他家生活十分艰苦。"柴驼爷"为了不浪费衣服，平时上山背柴哪怕是背晒干的杉木枝条，都是赤膊上阵，所以他的背久而久之俨然成了一块被灶火熏红的"腊肉"。平时，他在山下一位姓张的员外家做工。这位员外虽然家财万贯，却也乐善好施。有一年，张员外看到山上那条茶马古道上人马辛勤往来，心生怜悯，有意在山垭口建一凉亭供往来的人马歇息。工程动工之后，"柴驼爷"自然参加了建设，他是唯一一个拿报酬的工匠。其他还有十里八里的乡亲前来做义工。

茶亭很快修建成功。张员外专门请阴阳先生选定了一个为茶亭圆垛的日子。正是寒露过后，这天夜晚子时时分，亭梁上架。仪式开始，一堆熊熊的篝火点燃了，满是油脂的晒干的松木劈柴上腾起大朵的火苗，火光霎时把夜

幕照得如同白昼。主持上梁仪式的"梅山爷"咿哩哇啦地唱起了梅山神歌，歌声苍凉雄壮，响彻在山谷里。就在这时，一幕不可思议的情景出现了：空中传来一阵高过一阵的鸟鸣声。这些鸟，山民们知道是过山南迁的鹭鸟，有白鹭、池鹭、苍鹭……正应了山中流传的一句话："中秋百鸟过山坳，霜降老鸹一群群。"随着鹭鸟的欢鸣声，一群一群鹭鸟朝着茶亭的火光扑来……

这些扑向火光的鸟在火光周围的树枝上，一边觅食，一边不停地叫着、跳跃着，也不知有多少只，不肯离去。参加茶亭上梁仪式的人们被这一幕惊呆了！张员外更是惊喜不已，认为这是天赐祥兆，不禁以手加额，大呼："梅山神保佑！梅山神保佑！"并吩咐在场所有的人千万不要驱赶鸟类，让鸟儿们在这附近取暖、觅食、活动，度过一个美好的夜晚。

但是，其中有一个人却动了另外的心思，他就是"柴驼爷"。"柴驼爷"生活在大山几十年，还从来没有看见如此之多的过山鸟突然因为火光聚集在一起。在"柴驼爷"看来，这些鸟不是鸟，而是天上降下的财神！他心里开始盘算："这么多鸟要是全部捕获可以得一笔多大的钱啊！自己住在山里这么多年，还不知道有这么一条来钱的路子，真是白活了！"从此后，"柴驼爷"每到鸟儿迁徙季节，就悄悄地带领家人上山，烧起柴火引诱，扬起竹竿狠命抽打，一个夜晚要拉回几袋山鸟。他将这些山鸟直接卖到了远处的酒店牟利，或者熏干了再卖，收获颇丰。在他的影响下，远近的人们每到初夏和深秋都来捕鸟牟利，慢慢地，成为一种恶劣的习俗，甚至还流传出一句话："重阳不打鸟，一年白过了！"

再说"柴驼爷"自从学会点火捕鸟之后，虽然也发了一点小财，但报应也来了。在一个风雨交加的晚上，"柴驼爷"做了一个噩梦，梦见无数的飞鸟猛力啄他的眼睛，第二天起床时，他痛苦地发现自己的一双眼睛疼痛难忍再也不见光明。他那家里，越发穷得揭不开锅了。人丁也不发达，最后慢慢消逝在大山的苍凉岁月里。

给吴彩霞讲这个故事的人，讲完这个故事，沉重地叹了一口气："唉，人心难测，报应却是明明白白的啊！"

吴彩霞、潘进桂终于也爬到了茶亭界上。

"茶亭界是千年鸟道最要紧的地方，听说过山的鸟都会从这里经过。"刘疤子坐在茶亭界的草坪上，给吴彩霞和潘进桂介绍。

潘进桂双手叉腰，摆了个很酷的姿势，静静远眺着，并让吴彩霞把这一幕拍下来，说是将来自己出版诗集时作为扉页上的艺术照片。

"喂，我说潘大诗人，你只管看，到底看到了什么呀？"吴彩霞戳了一下潘进桂的背。

"彩霞，我终于明白这里为什么会成为千年鸟道的必经之地了！"

"请你指教。"吴彩霞饶有兴趣地望着潘进桂。

"这里明显是一条南北走向的大峡谷，奥秘就在这峡谷里。峡谷里会有一股强大的气流。鸟儿们经过这里的时候，会借着强大的气流飞行，省下不少力气！"

吴彩霞似有所悟，漂亮的丹凤眼里流露出赞许。

"但什么事物都有利与不利的两面。"潘进桂越说越深，"如果刮风，我在想，鸟儿过坳时就会被风所阻，从而只能在空中久久盘旋，渐渐降低飞行高度，给那些不法分子留下机会……"

"你说得正准了！就是这么回事……"刘疤子吸着烟，咳嗽了一声。

"彩霞，不瞒你说，来此之前我搜索了一下有关千年鸟道的信息，还真的震惊了：全球共有八条迁徙线：跨越整个大西洋连接西欧、北美东部及西非狭长地带的'大西洋迁徙线'，连接东欧和西非的'黑海、地中海迁徙线'，跨越印度洋，连接西亚和东非的'东非西亚迁徙线'，从南到北横穿整个亚洲大陆的'中亚迁徙线'。另外还有东亚-澳大利西亚迁徙线，美洲大西洋迁徙线……经过我国的是第三、四、五条迁徙线。"

吴彩霞手搭凉篷，往北面望去，果见一条大峡谷呈现在眼前，峡谷里层峦叠嶂，风烟迷茫，有碧绿的树木、金黄的稻田和散落其间的人家。据说，迁徙的鸟类一路走来，风尘仆仆，就在这些地方落脚，而天龙大界是它们必须翻越的崇山峻岭，也是它们生命中面临的生死关口。想到这里，她不禁感慨万千！于是掏出笔来，记下了此时的感受……

她在想：谭宝山选择这个地方来开始他步入社会的"第一课"，除了有些浪漫色彩，还真的内涵深厚啊！这么想着，一句话脱口而出："谭宝山可真有眼光！"

潘进桂正在咔嚓咔嚓地拍着吴彩霞的照片，听到这句话，停了一会。

就在他们一行三人迷醉于茶亭界千年鸟道的风景时，远处传来"哦嗬哦

嗬"的声音。

刘疤子一时兴奋起来，也扯开嗓子回应起来："哦嗬嗬——嗬嗬嗬……"

"刘叔叔，你这是在做什么呀？"吴彩霞觉得好笑。

"你们哪里晓得，这叫作喊山！人在大山上，累了或者害怕了，都会喊山，喊山能提升人的阳气，也能驱邪！"

"还这么神乎啊！喊几声就能驱邪呀！"吴彩霞不理解，心里想，"会不会是谭宝山在喊山呢？"想到这里，脸就有点热热的。

"在天龙大界一带，驱邪的办法还多着呢。有一种，有一种……只能男人才能做的……"刘疤子突然不说了。

吴彩霞也不好意思再问。

"那边就是观音山工区场部吧？"潘进桂问。

"是的。观音山工区是个老牌林场，时常只有两三个人常年坚守，多的时候也不过四五个人。"刘疤子说。

"走，我们到林场拜会山神去！"吴彩霞大声说。

"对，拜会山神谭宝山去！"潘进桂兴致勃勃。

吴彩霞没有回答。

于是，这几只"虱子"朝观音山工区蠕动了。

天龙大界静静的，在注视着这几只妄图拱起被褥来的"虱子"。

第十六章

　　昨天晚上，谭宝山做了一个奇怪的梦。
　　这个梦，开始的时候是在一条山溪边。山溪曲里拐弯从山峡里奔流出来，清澈照人。溪流里有许多突起的灰褐色的石头，溪水撞在石头上，绽开一朵朵洁白的浪花。谭宝山仿佛回到了少年，蹚进了山溪。他屁股后面系着只小鱼篓，在山溪里摸鱼，翻螃蟹，戏水。山溪里有几只白色的鹅，不时拍打着宽大的翅膀，发出欢快的叫声。山溪两边，是层层叠叠的梯田。大约是清明乍过，梯田里满是碧绿的油菜，饱满壮实的油菜籽挂着晶莹的露珠。彩色的蝴蝶振着翅膀在野花间飞翔。忽然听到清亮的歌声，像是有一位少女在歌唱。谭宝山抬起头来，蓦然看见溪头盛开着一片桃花。他纳闷了：怎么还有桃花呢？正在疑惑之际，从桃花丛中走出一位美丽的姑娘。这位姑娘身材窈窕，盘着"公主辫"，似曾相识……
　　"大美女你好！请问这是哪里呀？"谭宝山问。
　　"大帅哥你好！这里是神仙所在的地方呀！"少女笑眯眯地回答。
　　谭宝山真的以为来到了什么神仙府。他忆起了自己读过的许多志怪传奇，觉得这境界太像了。
　　忽然风云涌动，山峡间阴暗下来，眼前的一切都消逝得无影无踪。
　　谭宝山醒来了。
　　"怎么会做这么一个奇怪的梦呢？"谭宝山问自己。
　　这天，孙猴子和"虎哥"上山去巡看工区，谭宝山读了几章《宋史》，摘抄了几段石曦平蛮和章惇开梅山的史料，又记了几笔《山课笔记》，便开始撰写他的《天龙大界山志》第一章"天上的山路"。他仔细琢磨了一下，拟好了

提纲——

1.天龙大界：鸟的天堂；2.千年驿站；3.噩梦记忆；4.涅槃新生。计划："鸟的天堂"侧重介绍天龙大界的自然环境以及鸟类的生存情况；"千年驿站"着重介绍"千年鸟道"的来历、流传的故事和现状；"噩梦记忆""涅槃新生"重点讲述"千年鸟道"上长期以来的捕鸟的恶劣习俗以及以后的建立护鸟观鸟景点的设想。

谭宝山刚写下第一行文字："山是化石的鸟，鸟是飞翔的山……"就听见黄狗"老豹"在远处吠叫，知道是孙猴子和"虎哥"他们。但是"老豹"的叫声始终不停，而且似乎越来越近，并且夹杂着人声，谭宝山便知道是"老豹"报信有陌生人来林场了。于是，他放下笔，走出场部的土房探看。果然，他看到远远的山路上有三个小虮子般的人影在移动……

自从来到天龙大界当羊倌，谭宝山"读"到，这里并不寂寞。这里的山景是灵动的，有鸟，有山泉流淌，有各种昆虫的演奏。风和雨是大山的语言，太阳和月亮仿佛格外垂青于这里，她们仿佛每天就在山上行走，照看着山里的一切。有时，天上飘着羊群般的云朵，山间也飘着羊群般的雾岚。雾岚犹如一缕有形的音乐，播放着竹的青翠、花朵的娇艳、流水的明亮清澈……

更有意思的是，经常有人来到天龙大界。首先是他的爷爷谭仕玉。七十来岁的谭仕玉虽然白发稀疏，却腰不弯、背不驼，双目炯炯有神。每次上山来，总是这里走走，那里看看，累了就坐下来与谭宝山聊一会儿。他对孙子谭宝山亲自设计的用一块旧木板制作的"天龙部落"的牌子很是满意，觉得有创意，有棱有角，充满野性。他感到谭宝山至少是一个有点眼光也有点胆识的年轻人，是块可塑性较强的好料。往往是坐上半天后，又沿着山道默默地走下山去。谭宝山每次都要把爷爷送到茶亭界口，看着爷爷一点一点走进夕阳里，然后凝思良久。第二个来得多的是那远来的挖草药的人。他碰到了两个，一个是从天龙大界最西边的奉家镇那边来的"吴鹞子"，一个是从邻县昭东县田桥药材市场来的"申老头"。申老头不简单，他是当地中医世家的第四代传承人，有一手难得的"正骨术"，但又不肯以此创业谋利。他告诉谭宝山："天龙大界由于日照长，雨量足，植被层次分明，类型多种多样，因而中草药种类十分丰富，甚至还有灵芝、人参、野天麻、何首乌、野三七等珍贵药材。"申老头说，在湘中，他走遍名山，觉得真正能称得上"药山"的，除了那座龙山，其次就是这天龙大界。他每年春秋两季都要来天龙大界走一遭。谭宝山被他的话吸引住了，便问及一些采药规则："爷爷，采药也是有规矩的吧？"申老头兴致勃勃地告诉他：中草药的采收季节、时间、方法和贮藏对中草药的品质好坏有着密切的关系，是保证存物质量的重要环节。接着，他讲了采叶、采根、采木、采果、采皮的不同时间，讲得谭宝山把他当成了"活神仙"。第三个来得多的是那喜欢偷猎野生动物的"独眼龙"何槐生。"独眼龙"五十多岁，他自己说家就在天龙大界东面的麻冲垅里。"独眼龙"并不是只有一只眼睛，而是因为左眼皮上有一个小肉瘤，让人看起来有"独眼龙"一样的凶狠。他的特长是到山涧里抓石蚌，捉乌梢公蛇，挖"冬茅老鼠"，套野麂，到千年鸟道捕鸟。谭宝山平时和他交谈过几次，他竟然满不在乎："人嘛，靠山吃山靠水吃水么，没什么大不了的。你们不是也在养羊吗？"并炫耀说自己当过"师公"，学了梅山法术，能够呼蛇，还会看相。他拉过谭宝山的手掌装模作样地看了一番后说，谭宝山将来能干大事，但婚姻线有波折，然后十分主动地要和谭宝山结为"兄弟"，说只要能帮上忙，他会两肋插刀。接着又附耳对谭宝山说，如果女朋友要变心，他可以用点法术让她回心转意。谭宝山看他一身江湖气，不怎么喜欢他，但又觉得天龙大界毕竟是座大山，俗话说："林子大了什么鸟都有"，怎能不予理睬呢？而且他还发现，"独眼龙"的身上，也的确透露出一些梅山文化气息，只是这些气息颇有一些像是梅山文化中的另类。而这些也正是他要着手研究的重要内容之一。

但是，谭宝山仍然苦口婆心劝告"独眼龙"不要捕捉飞禽走兽，"独眼龙"嘴里说"不捉""不捉"，却让人感觉到他并没有接受。"独眼龙"有时会去食堂转转，见"虎哥"在炒腊干肉，便问是不是山货，"虎哥"说是，"独眼龙"又问是麂子肉还是野猪肉，"虎哥"没回头，回答说不是，"独眼龙"又说那肯定是熏干的白鹭肉，"虎哥"因为忙，就没有回答他。

那几个小虱子般的人物愈来愈近，谭宝山终于看清那是两男一女。从他们的装束来看，都是有备而来的"不速之客"。

"老豹"还在远处的山上吼叫，听见"虎哥"呵斥了一声。

"不速之客"终于走过那棵李树，拐到场部门前的坪里来了。这时候，谭宝山不禁吃了一惊，其中的那位女子，鹅蛋脸，丹凤眼，有点鹰气的纤秀的鼻子……不正是留在他记忆深处的"她"吗？

"兄弟好，我们前来打扰您了！讨杯茶喝！"潘进桂对着迎出来的谭宝山抱了抱拳。

"稀客，稀客，欢迎各位！"谭宝山也抱了抱拳，忙把几位往右边那间偏厦屋里让。

"哈哈，果然是'天龙部落'！"吴彩霞惊讶地叫了一声。

吴彩霞一见谭宝山，看到他那两道短秀浓眉，心里动了动，脸上热了热。未待她开言，谭宝山已将一杯茶水递给了她，并先说话了："大美女，是你啊！我们……上次……在县里开'梅山论坛'会见过一面的！"

吴彩霞笑吟吟地回答："对呀！谢谢您还记得！"

"有缘，有缘……"潘进桂在一旁观察着。

"那天，胡教授的课讲得真是精彩！"吴彩霞回忆着。

谭宝山与吴彩霞相视一笑，吴彩霞的脸又红了红。

"哇，好清亮的山泉水呀！"吴彩霞忽然看见了那绺晾在油桐树上的竹枧水。她走过去，弓下腰，掬起一捧泉水，喝了一口。

这偏厦屋是工区的餐厅。平时林业方面的人上山来检查工作，都在这里用餐。

谭宝山陪着吴彩霞一行三人边喝茶边聊天，很快熟络起来。

"你不是林场的职工？"吴彩霞问。

"我不是的。说我是天龙大界这座大山的职工还差不多。我们在这里有个小王国，叫'天龙部落'，你们也看到了牌子，现在由我担任'酋长'。"谭宝山幽默地笑了笑，神情自信，简单介绍了一下自己后，又强调一遍，"我现在是大学毕业，自谋职业，山上放羊，羊倌一个！"

"那你为什么不出去闯闯呢？那么优秀的条件。"潘进桂望着谭宝山，眼镜片闪着光，有点惶惑。

"是啊，这正是我思考多时的问题。我认为，来这天龙大界是大学课堂的延续，也是我正式进入社会的第一课。"谭宝山那两撇短秀浓眉蹙了蹙，"这个课堂到底会给我什么，也恰恰是我要去寻找的答案。也许我永远寻不到答案，但整个寻觅的过程将足以令我满足，或者说，过程即答案。"

听着谭宝山的倾诉，吴彩霞突然觉得心里有一种从未有过的舒服感。这声音好像从遥远的地方传来，却又似曾相闻。她想：怎么我一直抑在心底的话被他说出来了呢？为什么潘进桂从来没有说过这样痛快淋漓的话语呢？

吴彩霞不禁仔细打量了一下眼前的谭宝山，只见他中等身材，比较结实，一头粗黑挺拔的头发，略显长条的脸，短秀浓眉下，一双有些锐利的单眼皮眼睛，鼻尖有点上翘，略显傲倔。吴彩霞打量着谭宝山，耳根不禁再次隐隐的发热，心头觉得有什么在轻轻地撞击……

谭宝山只顾与潘进桂在高谈阔论。谭宝山知道潘进桂他们几个此行的目的后，格外地兴奋，大有"风云际会"之感。

"哈哈，原来你们跟我一样是来天龙大界探宝的啊！我们也在挖掘天龙大界的文化内涵。"谭宝山呵呵笑着。

"是的，我们都是天龙大界的子民。"潘进桂习惯性地推了推眼镜，"我们此行有三个具体目标：千年鸟道，犀牛寨，梅山殿，都想见识见识。"

"好！"谭宝山赞叹一声，"我先领你们去鸡公岭那边看犀牛寨，然后再到西边去看梅山殿址！那地方我还只听说过……"

"其实，我们寻找这些东西，根本目的也是一种文化寻根。"潘进桂有点深沉了。

"对，就是寻根！天龙大界是典型的梅山文化区。挖掘这里的梅山文化是我驻山来的重大心愿之一！目前养羊是我们的主业，也是一个创业实践，当然也是生存的必需。"谭宝山的话音未落，远处传来"老豹"的吼叫和山羊的咩咩咩的声音，像是应和谭宝山的话。

"那我们出发吧？先去鸡公岭。"谭宝山问。

"对，先去鸡公岭，然后去看犀牛寨，看那古战壕和梅山殿！"吴彩霞说。

去鸡公岭犀牛寨的山路不是很远，但却十分陡峭。

在谭宝山的带领下，一伙人出了林场工区的木屋，走上一条护林专用小道，先往下走了数十米，然后转上另一个小山头的山坡。这个山坡的路更加不平坦，而且多有崖坎。他们翻过羊牯垴、野猪坑、枫树冲，不一会儿到了鸡公岭下。这时，刘疤子主动要求走在最前面开路，谭宝山第二，吴彩霞第三，潘进桂殿后保护吴彩霞。

谭宝山答应了刘疤子。

山霞

路边有矮松、灌木、藤萝，每到极陡处，刘疤子抡着刀砍开伸到路中间的荆棘，谭宝山不时将手伸给后面的吴彩霞。有时候，谭宝山在前头牵着吴彩霞的手，潘进桂在后面推着吴彩霞的屁股，开始吴彩霞不太习惯，很快就任其自然了。

到了一道坡中间，谭宝山说："你们试着用脚跺几下看看！"

吴彩霞和潘进桂用脚使劲蹬了几下，脚下马上响起重重的"咚咚咚"的声音。

"这是为什么？"吴彩霞十分惊奇。

"这里叫响鼓坡。咚咚咚的声音像是鼓声咧！"谭宝山介绍说。

"这山里头只怕都是空的吧？"吴彩霞问。

"不知道，其他地方没有这种现象！"谭宝山说。

再往前攀，有一块小坪地，坪地边一块大石头突兀而起。谭宝山说："这里是坐虎坪，传说大石头就是'老虎精'呢！"

吴彩霞十分好奇，硬要走到大石头上去坐一坐，还摊开两手丈量了一下大石头的面积，并让潘进桂给她拍张照片。作为一个学过旅游资源调查的大学生，她知道这些景物素材的重要。潘进桂看到这个大石头，不禁诗兴大发，吟诵起一首古绝来："林暗草惊风，将军夜引弓。平明寻白羽，没在石棱中。"

正在拍着，吟着，笑着，突然从旁边的草丛中扑愣地飞起一只麻灰色的鸟，吴彩霞吓得尖叫一声，飞快地从"虎石"上跳下来，靠到谭宝山的胸脯上。谭宝山不由自主地揽住了吴彩霞的腰。等鸟飞走，吴彩霞才缓过神来，见自己还被谭宝山揽着，脸倏地飞红了，马上逃也似的挣开了谭宝山的两臂。

这一幕，被潘进桂看在眼里，有点不太自然。

他们终于到了鸡公岭。只见那鸡公岭也没有哪一点像只鸡公。谭宝山扬起两道短秀眉毛，告诉他们："山上有一堵崖石，极像一个鸡头的冠子，故名鸡公岭。相传天龙下凡后乐不思返，天帝震怒，司晨天鸡为给天龙赢得时间，故意延迟了一刻报晓时间，天帝一怒之下，把天鸡也罚下凡来，锁在天龙大界陪伴天龙……"

一行人终于登上了"鸡头"崖。

吴彩霞东瞧西寻那个鸡冠，可是怎么也找不到。问谭宝山，谭宝山说那"鸡冠"也只有从某个角度看才像，他也只是听"虎哥"说起过，并未亲见。

现在，谭宝山开始指点他们观看古战场了。谭宝山指点着："你们看，这里围绕着鸡公岭，周围山坡上都有石垒的壕堑痕迹，尽管十分残旧，但可以想见当年战场的肃杀气氛。那是梅山峒蛮和宋朝大军的血战！"

吴彩霞和潘进桂用目光仔细搜索，果然看到了几处残破的石垒，有的从藤蔓中露出一角，有的隐伏于松林里，有的仅是散落的几块石头。他俩如获至宝地咔嚓咔嚓拍摄着。

"至于这里为什么叫犀牛寨，我也没有弄清楚呢！"谭宝山说。

"是这样的，"潘进桂蛮有把握地说，"那梅山峒蛮的催战号角是犀牛角。"

吴彩霞想起雷公崖有人捡起过一柄残缺的青铜剑，便问谭宝山："你们在这山里见到过宝剑么？"

"什么宝剑？"谭宝山不解地问。

"就是说，这里出土过什么战场遗物么？雷公崖那边有人见到过一把古剑，古剑其实也只有半截……"潘进桂补充。

谭宝山哈哈笑起来："没那个运气呀！天龙大界地上的东西我还没了解多少，地下的更没有动手喽！"

"那我们一起挖一挖，说不定能挖出个金窖来！"吴彩霞兴奋地说。

一行人都笑起来。静静的山谷里回荡起年轻的声音。

吃过点干粮，下一站将去梅山殿。问题来了，吴彩霞已经腰酸背痛脚软，但她说一定要去。潘进桂虽说练了"童子功"，毕竟体力也有限了。议论了一下，最后决定还是保持先前的队形：刘疤子开道，谭宝山走在第二，吴彩霞第三，潘进桂殿后。谭宝山走在第二负责拉着吴彩霞，潘进桂殿后负责防滑。

一只岩鹰在天龙大界的上空无声地盘旋着，俨然君临天下。

"说实话，梅山殿旧址我还没去过呢。但我知道那个地方的大致位置。我正好在编写《天龙大界山志》，凑巧你们就来了，英雄所见略同啊！"谭宝山边走边说。

"怎么？你也在编山志？"吴彩霞问。

"对。"

"那我们可以加强合作！"

"好呀！我们一起为天龙大界做点力所能及的事！"

远处传来山羊的咩咩咩的叫声和"虎哥"的哦嗬声、"老豹"的低吼声。

"好像咬到一只野兔子了！"谭宝山说。

"你怎么知道？"吴彩霞问。

"听那狗的叫声不同，我就知道！"

"呀，真厉害！你上山才这么久就熟悉了！"

"嘿嘿，不瞒你们说，自从到山上来，对这座山的认识还真的增加了不少。我们是不准猎捕任何明令保护的野生动物的。就算是野兔子，一般也不会纵狗去咬。"谭宝山一边说一边揪住了一根葛藤往岩坎上登。登上去之后，立即向吴彩霞伸出了手。吴彩霞的手绵软湿润，谭宝山有一种奇异的感觉。

"自从来到山上，我也见到了各种各样的上山的人，学了不少东西。你信不信，现在我至少认识了二十多种草药，什么金银花、寄生茶、山苦瓜，还是最简单的。"谭宝山说着，顺手扯起一株青色的小草说，"你看，这就是一种药。书名叫鸭拓草，土名叫竹节菜、淡竹叶，治喉咙肿痛很灵的……"

吴彩霞见谭宝山俨然是一个"山里通"，不禁向他投去钦佩的眼光。

"要不要我吹几声木叶给你们听呀？"谭宝山笑嘻嘻地问。

"什么木叶？"潘进桂和吴彩霞问。

"就是摘一片青叶子，吹出调调来。"谭宝山说着，就找了一片小叶子，衔在嘴里，鼓着腮帮，吹了起来。他吹的是"泉水叮咚，泉水叮咚响……"

一曲完毕，潘进桂和吴彩霞鼓起掌来。

山路曲曲折折像一根羊肠，几个人一路攀着，谈着。只见刘疤子忽然指着远处有几棵老树的地方说："你们看，梅山殿到了！"

吴彩霞、潘进桂问："果然没有一点殿的影子！"

"不知是什么年代彻底毁灭的，连一块砖头都没留下！"谭宝山说。

第十七章

忽然，谭宝山的手机响了。"宝哥，你爬山去了？"是孙猴子。孙猴子问一声，"老豹"也在里面吼一声。

"是呀！来了几个搞考察的年轻朋友！"

"那太好了，稀客呀！'老豹'违规，咬了只野兔子，只好以后再教训它。我叫'虎哥'弄好等你们下山来打牙祭啰！"

"好呀好呀！正好还有半坛老'重阳酒'在床头纸箱边呢！对了，今天还有一位是大美女呢！你猜猜她是哪个？"

"哪、哪个？嘿嘿……那更是稀客了……"

谭宝山当然没有说她就是那个在他的《山课笔记》里以简笔画的形式出现的大美女。他知道过一会儿孙猴子自会有这个眼光。

潘进桂和吴彩霞，兴奋得"耶"起来。一行人终于到达了梅山殿遗址。

这里是天龙大界东西南北四个方向汇聚的一个高点。遗址坐落在一个小小凹地里，离山顶还有二十余米。小山凹在山北地域，所以，应该说梅山殿坐落在坪山镇境内。但谭宝山从来没有听说过梅山殿属于山北人的。现在，所有建筑除了一些湮没在蒿草中的断砖碎瓦，并不能看到更多建筑痕迹。但是，坪边那一棵被拦腰劈折的枫树和那两棵高而茂密的李子树依旧峥嵘挺立，显现生机，像是不屈于岁月的沧桑。可以想见，每当春天来临之际，这两棵李子树绽开满树的花朵，洁白烂漫，多么美丽神奇啊！尤其是在当年香火兴旺时节，络绎不绝的善男信女在李子树的荫庇下，听着缕缕祷音，在朝晖夕影云来云去万重杜鹃红遍之中，遥许虔诚心愿，那情景多么令人遐想！这是天龙大界的绝景啊！

在对古殿遗址的考察中，谭宝山、潘进桂、吴彩霞又发现，殿址虽然在山北的坪凹里，但给该殿供水的山井却在山南面坡上的一堵悬崖下，那里居然有滴滴答答的滴泉在悬崖下聚成一泓，清澈甘美。殿址往西，有一条用褐黄色"火石"铺成的石板路断断续续一直往山下延伸而去，西面是奉家镇，已属于龙化县。所以，说起来，梅山殿一殿坐下两县三乡镇。

吴彩霞显得特别兴奋。这时候，她想起关于旅游资源考察需要注意的一些问题来。老师告诉他们，要想搞好一个地方的旅游资源调查，在程序上要把握好这么几个节点：调查准备，调查实施，整理分析。在调查实施阶段，除了收集好第二手资料，关键要收集好第一手资料也就是实地调查资料。最好是亲见亲闻亲历，这是需要付出辛勤劳动的。此刻的她像一头刚出山的活泼的小鹿，一会儿捡起一块断砖嗅一嗅，看有没有当年留下的香火味；一会儿捧起一捧山泉水品尝一下，体验一下个中滋味；一会儿又凝神谛听一会儿，看有没有仙乐飘来；一会儿又为一棵壮实轩昂的野草拍一张相片，说是感受一下原始的生态之美。此刻，她竟然在一块草皮上盘腿坐下来，望着苍穹下辽阔的山野，唱起了《青藏高原》的歌曲……

吴彩霞的一颦一笑，感染着谭宝山年轻的心，也被潘进桂拍摄下来。

潘进桂在构思一首关于古殿的诗，他那放光的眼镜片和同样放光的宽阔的额头像是有灵感在飞扬。谭宝山则像一位历史考古学者，与刘疤子在聊着，让刘疤子介绍梅山殿的来历。刘疤子砍开一丛毛柴，露出一块光洁的石板，然后坐在石板上，一边吸烟，一边说着关于梅山殿的故事。一听说有故事，潘进桂不吟诗了，吴彩霞不唱《青藏高原》了，都过来听刘疤子讲，可是，刘疤子想了大半天才吐出一句："那是蛮久蛮久以前的事了，"说完这一句又想了很久才接着说，"咯座梅山殿是从天上掉下来的……"为什么是天上掉下来的？刘疤子讲得断断续续，却像天籁之音。

说是很久以前，可能是唐朝时候，有一个行脚道人，相貌古怪，平时也不知他在哪里落脚，也不知做些什么。某一天来到天龙大界下，大白天在一棵老槐树下打盹，做了一个梦，梦见一金甲神人自天而降，向着道人朝天龙大界一指："我是山上神仙！山上有座金殿。"说完就消失了。行脚道人突然醒来，连呼"奇哉奇哉"，第二天凭着梦中印象，在当地人指点下历尽千辛万苦，登上天龙大界寻找，找不到任何金殿的踪迹。但行脚道人不甘心，以后每天带着干粮在当地樵夫的陪同下上山寻找。也是因缘已至，这天，行脚道人走得疲惫不堪，坐在一棵松树下小憩，不觉进入梦乡。恍惚中，他又见到了那位金甲神人，神人朝着他大喊一声："我是山上神仙！金殿就在山顶凹地里！"说完倏然不见。行脚道人醒来时，忽然听见一群鸟鸣声，抬头一看，只见成群的山鸟在天龙大界的主峰上盘旋不去。他立刻明白这是神仙在指引自己，便不顾一切地攀上了山顶，终于发现了一块天然的凹地，这块凹地虽然不宽，却像个小小的避风港，接着又发现了一处崖泉。他站在凹地上极目远眺，但见青山踊跃如龙，翻腾在下面，白云绺绺飘浮在蓝天上，气象雄伟，令人万虑顿消，不觉大喜："我的因缘就在这里了！"于是下山。从此后他多方游说化缘，数年之后在天龙大界上盖起了一座山殿，山殿里供着佛道菩萨，更有金甲山神。他专心修炼，度化众生。在这里，他发现了一种独特的野山茶叶'桂叶茶'，量产不多，只有观音山工区的山岭上有，但味道特别好，而且有延年益寿功效。九十多岁后，道人在山上升天。据说升天那日，天龙大界上祥云霭霭，山神把他接走了。

人们传说，那山神应该就是天龙大界上守护天龙的梅山神，所以也常把山殿叫作梅山殿。

"道人的坟墓在哪里呢？"吴彩霞迫不及待地问。

"小时候我到山上来，还看见过一个小土堆，说是老道人的，后来不知怎么全部毁掉了！"刘疤子说。

"咯山上风特别大。相传当年梅山殿屋顶盖的全是铁瓦呢！"刘疤子又补充。

谭宝山陷入了沉思。潘进桂仿佛找到了吟诗的灵感。只有吴彩霞在遗址边的石板路上走来走去，似乎在寻觅什么。其实她是在按照考察要求，在测算距离，估摸景点位置。对旅游资源分布的位置、变化规律、数量、特色、类型、结构、功能、价值必须通过野外综合考察和全面系统的分析才能得到。她将发现的信息记录了下来……

望着吴彩霞那一丝不苟的神情和那美丽的身姿，谭宝山心潮涌动：敬佩，喜欢，甚至有一种朦胧的情绪……手机响了，孙猴子在催他们下山。吴彩霞却不急于下山。她总觉得还有什么牵缠着她的心思。哦，这心思就是打造"湘中天龙神界"的事。打造"湘中天龙神界"，开发旅游资源，带动第三产业，

这是在吴彩霞脑海里逐步形成并且成熟的思路。吴彩霞伫立在梅山殿遗址上，遥望着天龙大界苍莽迷茫的山群，想到自己将以青春相许的大山，不禁心潮起伏。潘进桂见她凝望远方，便吟起一句最喜爱的古词——

"我见青山多妩媚，料青山见我亦如是……"

一行人沿着来路下到工区木屋去。

这顿推迟了的午饭，与其说是聚餐，不如说是一次别具风采的青春小会。谭宝山、潘进桂、吴彩霞下山到达工区木屋时，已经是下午两点多钟。

"虎哥"和孙猴子一直在餐厅里忙碌。"虎哥"果然有一手好厨艺，梅山风格的菜肴炒得色香味俱全。新鲜的野兔子肉不必说了，肉丁猪血豆腐、晒干的笋皮和野菌，也不必说了，单是那山里的特色菜腌米粉肉就足以让人垂涎。这种肉的制作是有一个过程的，那肉一般取自猪下腭捅刀子的地方，洗净后切成小手掌宽一块，撒上盐搁上一周，再拿出来略炒一下，以出油为度，然后撒上米粉晾干，再入坛严封半月。需要吃时从坛子里取出，用锅蒸熟，那肉又香又好看，带点淡淡的红色。除了腌米粉肉，还有从山下弄上来不久的红薯坨粉粑，有刚从山涧里扯来的野芹菜和鱼腥草根，总之"山肴野蔌"还算丰盛。酒是用坛子封着的天龙大界的老"重阳酒"。这种天龙大界山区的特产酒，向以天龙大界北面人家酿制的最佳，北面人家又以坝湾村酿制的最佳，因为坝湾村谭家院子中间有一口水质十分优良的好井。一般在中秋节后制作，所以又叫"桂花酒""重阳酒"或"菊花酒"，可以喝到第二年桃花盛开时节，因而也叫"桃花酒"。今天这酒正是不久前谭仕玉上山看望孙子时用塑料桶带来的"重阳酒"。

菜全端出来了，摆在一张不很宽阔的小八仙桌上，热气腾腾，香气喷喷，十分诱人。

几个人围着小方桌坐了下来。按照山俗，谭宝山和孙猴子是主人，坐在与门相对靠后墙的位置上，他们左边是吴彩霞，右边是潘进桂，刘疤子和"虎哥"坐在下首，背对着门口。小八仙桌上还开了一盏瓦数不高的灯，在灯光照耀下，刘疤子灰白的山羊胡子和"虎哥"的矮额头宽嘴巴像是被化了妆，有一种奇特古朴的乡味。

从第一眼看到吴彩霞，孙猴子就想起谭宝山那幅简笔画，终于找到了答案。

他几次朝着谭宝山说："宝哥，你那简笔画画得可真像呀！"

谭宝山当然知道孙猴子的用意，只是笑笑，不肯回答。他今天特别兴奋，也不仅仅是因为再次见到了"公主辫"。吴彩霞的勇毅果敢的理想震撼着他的内心，发出巨大的回声。

谭宝山先举的杯："叔叔们、兄弟们，天龙大界把我们召唤到了一起，让我们为相聚在天龙大界，干一杯！"谭宝山举杯时，左手端着杯子，右手扶在胸前，站了起来，仿佛不站起来不足以显示举杯的隆重。

于是，在场的跟着站起来。吴彩霞本来不怎么喝酒，但也用一次性茶杯倒了小半杯，一饮而尽。

"要得，爽快！"孙猴子见吴彩霞一饮而尽，兴奋起来，竖起大拇指朝她赞叹。并且又为她斟了小半杯。

"第二杯，为三位客人的到来干杯！"谭宝山这次又站了起来，左手端着杯子，右手扶在胸前，于是大家又都站起来，一饮而尽。

"第三杯，"谭宝山沉吟一下，再一次郑重地站起来，"这一杯，我要说明一下：天龙大界是座神山，我们都被她吸引了过来，都有了开发天龙大界的设想和勇气，在同一座大山，我们会成为战友，那就为我们将来的合作愉快干杯吧！"说完一饮而尽。吴彩霞显然被谭宝山的话触动了，立即回应："说得好！这一杯我也必须干了！"说完小杯酒也一饮而尽。潘进桂和孙猴子也都干了。潘进桂连喝了三杯后，那宽阔的额头像眼镜片一样亮堂起来。

"虎哥"酒量不大，喝了三杯后，赶紧三扒两口吃完了饭，然后独自坐到门外的小坪上拉起了他那把二胡。见"虎哥"吃了饭，刘疤子也赶紧吃了，跐蹽到屋前小坪里抽纸烟。

"虎哥"的二胡琴质很差，琴杆上的漆色已经斑驳，琴头裂掉了一块，两个琴轴有一个也不完整，弦很粗糙，琴筒有点笨相，琴筒上的蛇皮鳞本来纹路细密，排列规则，现在有的也光秃了，拉出来的音调嘶嘶的，有点像风吹着一扇有点破烂的油纸窗户。此时，那曲子也不知是什么曲子，使人想起那些走街串巷、身上背着二胡扛着木头箱子的盲人。

屋里四个年轻人喝得高潮迭起。孙猴子和吴彩霞酒量是不行的，但兴致

所至，竟也互不辞杯。谭宝山和潘进桂更是杠上了。

潘进桂已经满脸通红，诗兴大发，一边喝酒，一边摇头晃脑地背诵起李白的《将进酒》来："岑夫子，丹丘生，将进酒，杯莫停……"背着背着忘记了下文，谭宝山大声继续："与君歌一曲，请君为我倾耳听。"这一提醒，潘进桂记起来了，于是两个共同朗诵，"钟鼓馔玉不足贵，但愿长醉不复醒。古来圣贤皆寂寞，唯有饮者留其名。来，干！"

屋外传来了"虎哥"的琴声。吴彩霞顾不上看谭宝山和潘进桂拼酒，忍不住走出屋外听"虎哥"的琴声。

在天龙大界这样的大山之上，竟然能看到一位操琴者并且听到并不悠扬但也勾心销魂的琴声，这是吴彩霞始料未及的。她认真地听了一会，觉得这就是瞎子阿炳的《二泉映月》。她听着听着，简直不敢相信这是从矮额头、大嘴巴、手指如卵石般粗的"虎哥"手下牵拉出来的乐声。

"你是哪里人？"待琴声一停，吴彩霞就问"虎哥"。

"虎哥"呲着牙，憨厚地笑了笑："我么，山里人呢。我才是真正的山里人！真正的天龙大界上的一根柴、一根草！"

吴彩霞像是明白什么似的点了点头。

"咯个天龙大界，我连哪个地方有块什么样的石头都清楚！"

屋里头潘进桂在大喊"彩……彩……彩……彩霞，快来敬酒。"吴彩霞只得又走进了屋子里。

什么时候，吴彩霞领头唱起了一首属于年轻人的虽然有些过时却依旧让人沉醉让人热血澎湃的歌曲《再过二十年我们来相会》——

"来不及等待来不及沉醉，

噢来不及沉醉

年轻的心迎着太阳

一同把那希望去追

…………

再过二十年我们来相会

那时的山噢那时的水

那时的祖国一定会很美

……………"

这首歌曲谭宝山当然很熟悉。孙猴子分明看见谭宝山的眼睛老是走神，心里似乎明白了什么。

第十八章

黄昏，橘红色的夕阳从梅山殿旧址那边的山垭坠了下去。

"天骄""龙种""大哥""界主"，率领各自的队伍从山路上归来了。咩咩的叫声传遍了山谷……

在谭宝山的眼里，这是每天都会出现的节奏。

对于山羊采食，谭宝山渐渐摸索到了一些规律。山羊每天的采食活动主要有这么几种：采食，反刍，静卧。山羊每天需要搜寻牧草，采食时间通常是七八个小时或者更长一点。高温时候，山羊一般不采食。反刍活动主要出现在晚上的休息时间。山羊寻找食物时，最喜欢的当然是那些新生长的绿色植物，首先是那新生长的绿色叶片。当没有新生长的绿色叶片时，就采食较老的绿色叶片，然后是绿色茎秆，再后是干枯叶片，最后才是干枯的茎秆。遇到灌木林地，灌木的尖刺会改变山羊对叶片的优先选择。山上有漫山遍野的牛毛丝草，这种绿草，有时也称"胡子草"，因为它太像胡须了。谭宝山发现，这些羊几乎什么杂草树叶都吃，但最喜欢吃的还是这些"胡子草"、蕨叶、杉树叶、嫩的竹叶等等。

这是一幅如此温馨的场面。也许是一天的翻越攀爬太辛劳，在靠近羊舍的草草铺着层水泥的小坪里，有几只山羊竟然没有急着进入羊圈，而是悠然停了下来。坪中央躺着一只纯黑的老山羊，一只小羊趴在它的腰边。在纯黑老山羊旁边挤躺着三黄两白五只山羊。它们摇晃着脑袋，反刍着，对视着，凝望着夕阳，仿佛在回忆着充实的一天。

在羊群里，那头新近重金购进被谭宝山命名为"老骚"的公山羊，果然风骚非凡。谭宝山观看它，身形伟岸，下面那家伙低垂晃荡，阳刚气十足，步履稳健高贵,根本不屑四大帮主,完全是睥睨一切的神情。它凭什么如此自信满满?难道它也知道自己有一副天纵英睿的外表和神圣而快乐的使命?谭宝山暗暗觉得好笑。孙猴子更是用相机从不同角度为它写生,它坦然接受。

每天,山羊们在山坡上吃草。很多时候,天上有白的云朵,山间有柔柔的小团的雾岚,山坡上有黑色、黑黄花、黄白花、黄色的羊群。有时候恍惚之间,不知雾岚是羊群,还是羊群是雾岚。看到山羊们埋头觅食的样子,看到母羊下垂的豪奶胀鼓鼓的,晃荡着,谭宝山觉得这是山羊与大自然最美好的交流,是它们的一种无比含蓄而又充实的语言。

山羊们吃了大半天,就会自动走下山来,在那长满狗芽根的草地上小憩。它们的肚子胀鼓鼓的,羊角弯弯的,羊须飘飘的,这时谭宝山就会轻轻唱几句草原歌曲《在那遥远的地方》——

    在那遥远的地方,
    有一位好姑娘,
    人们走过了她的帐房,
    都要回头留恋地张望……
    她那粉红的笑脸,
    好像红太阳。
    她那美丽动人的眼睛,
    好像晚上明媚的月亮……

谭宝山书写着《山课笔记》——

"现在,每当我唱起《在那遥远的地方》,眼前总会浮现出她的身影:盘着优雅的头发,一张俏丽的鹅蛋脸,一只有点鹰气的秀美的鼻子……我感到有点奇怪,自从见了她一次两次后就再也忘记不了——这到底说明什么呢?

"是的,我喜欢她那双眼睛,清幽幽的,不知有多深。对了,东边山下靠娘娘洞的峡谷里有 潭清水,清水里映着蓝天白云,映着春花秋月,也映着鸟鸣凤啸,就像一个神话。我认为,她的眼睛就是那个神话。不知为何,我的目光只要一碰到她的目光,内心就会有点慌张,好像我的什么东西被她看破了。而我也分明看见,她的目光只要一碰上我的眼睛,就会飞快地避开,我不知道她到底在回避什么……

"我和姜明花在一块时,除了学友感,最多是兄弟姐妹感,还从来没有慌

乱的感觉。我和姜明花之间，更多的是思想和理智。'优雅的头发，俏丽的鹅蛋脸，潭水般的眼睛……'我承认真有点放不下了。那天她下山时，我的心情十分复杂，我发现孙猴子也怅然若失，孙猴子是一直在取笑我那简笔画的。现在我理解了李清照那首《蝶恋花·晚止昌乐馆寄姊妹》中的句子：'惜别伤离方寸乱，忘了临行，酒盏深和浅'……

"对了，那位眼镜大学生潘进桂也是非凡的。我和他交谈，发现他知识面很宽，而且诗人气质十足，他是一个很有潜力的年轻人。我们会不会成为天龙大界上的盟友？还很难说。我估计他是在全力追求她的。在这个问题上，我真佩服他的眼力。但是，我认为她不是那么容易可以卸甲的，看得出来她的一些理念和思考，似在我们之上。比我们更富有的可能还有她的胆气……

"一个最新的收获是，我和猴子在'虎哥'的带领下，终于开辟出两块山地。过去有'屯边'，我们是'屯山'。'屯山'需要给养。我们开始尝试'靠山吃山'。两块山土，我们是计划用来种萝卜、白菜的，还有几块'鞋底土'临近春节就栽上洋芋，明年农历的四月底或五月初就可以吃上自种的洋芋了。我特别喜欢本地的辣椒，到时候，我打算也栽上几行……

"养羊，虽然使我的心获得了一点尝试的喜悦，但我知道，这只是我真正想要的一个很小的部分。我是为一个梦而来的。我要在这里扎扎实实地学好第一课。在我人生的道路上，有了这大山的考验，也许我会更加坚毅……

"我有一种感觉，我们和吴彩霞、潘进桂他们几乎在做着同一种思考，我们好像是从两条不同的山路奔向天龙大界的绝顶，我们都是大山和人生的攀登者。作为年轻的大学生，我们都在探索着人生的第一课。他们的路也许就是我们将要探索的路，我们的路，对他们也将有一定的启示。

"很想尽快把《天龙大界山志》编写出来，这将是我们在天龙大界创业的又一个收获。我觉得，他们在努力编写的天龙大界人文资料和我们打算编写的《天龙大界山志》应该说有异曲同工之妙，但又各有侧重。

"对了，那天雨后，我在溪涧里的石头下发现了一只红色的大螃蟹。它趴在那里一动不动，两个眼睛鼓鼓地盯着我。我不禁想起薛宝钗的那首咏蟹诗：'桂霭桐荫坐举觞，长安涎口盼重阳。眼前道路无经纬，皮里春秋空黑黄。酒未敌腥还用菊，性防积冷定须姜。于今落釜成何益，月浦空余禾黍香……'哈哈，我要把它也写进《天龙大界山志》里去。螃蟹启示了我，打开我的另外一条思路，我的《天龙大界山志》可不能缺少这些可爱的小生物啊！还有那些绿色的蝈蝈，金黄色的蜻蜓，精灵般的蚂蚁……天龙大界是它们的家园，它们也是天龙大界的主人……

"我觉得，天龙大界在冥冥之中不仅在启发我们，更在催促我们。时不我待，机不可失，我们应该努力向天龙大界展示自己的风采。

"有一种藤蔓，缠绕在一棵树上，依恋之中，树更显丰富，藤蔓更显勇气，透露出来的永远是一种向上的坚韧。这，或许就是我们和天龙大界的一种方式！

"对了，关于谭公子谭艳华的故事，听到了一些最新的说法。这些说法让人极其震惊：大山，如此沉重……"

夜已深沉……

谭宝山研读着有关资料，将它摘录在《山课笔记》里。他认为积累这些资料，不仅可以开阔视野，而且可以为以后写点什么养殖方面的专业论文打下基础——

"……市场调查表明，黑山羊是当今市场上最受欢迎的肉用山羊品种，具有繁殖力强、生长快、体格大、产肉多、肉质好、皮板优、遗传性稳定、适应性广和杂交改良效果显著等特点。

"在世界羊业品种中，黑山羊体型适中、产肉多、效益佳，各国都纷纷将其作为肉用山羊生产的优良品种来引种、利用……"

灿烂的朝阳喷薄而出。群峰耸立。高飞山鸟……

"天龙部落"门前，谭宝山播放的二十四式简化太极拳的音乐刚刚终止，孙猴子忽然接到李小娜的电话。电话告诉他，将和单位的几个闺蜜前来天龙大界观景，"顺便探友"。

这一信息，无疑是从山下人间吹向天龙大界的一缕春风。孙猴子当即答复，将用天龙大界最隆重的礼节欢迎。

把这信息告诉给谭宝山时，谭宝山诡然一笑："你的最隆重的礼节是什么？"

孙猴子望了望窗外的大山，悄悄地对谭宝山说："我想吹几支木叶给她

听，同时把事办了……"

"把事办了？"谭宝山的短秀浓眉耸了耸，嘴角露出一丝嘲笑："你想借机下手？"

"嘿嘿……不是……不敢……"孙猴子不好意思地笑了笑。一笑，那"贼眉鼠眼"的神情就显示出来，谭宝山就知道他早就有了盘算。

经过谭宝山几番刨根问底，原来孙猴子的"下手"也就是想在天龙大界的深处，能否亲吻一下李小娜。谭宝山对此深表理解，并幽默地对孙猴子说："这也算是我们'天龙部落'的一个任务吧！"

忽然，孙猴子问谭宝山："你能不能把你那位姜明花也请上来，一并把事……办了？"

谭宝山笑了笑，说："只怕没你想的那么简单。当然，我的确……也想试一试。"

"哈哈哈，我们'天龙部落'，本来不应该缺少爱情！我们是人，不是神仙！"孙猴子颇有一些自信。

谭宝山和孙猴子会心地笑了起来。

谭宝山在孙猴子的提醒下，还真的试着给姜明花发了一条信息。信息是这样写的：

"明花，已是秋末了，山上的枫叶也红了。鸟儿大规模迁徙的时光已经开始。我在天龙大界的'千年鸟道'等你。你什么时候方便？期盼你的到来！"

信息发过去之后，许久没有回音。谭宝山心里有点发沉。转而又想，姜明花功课看得重，想必是在准备什么论文吧！或者是在哪里考察学习。他们平时联系就不太多。

孙猴子问谭宝山，姜明花作了答复没有，谭宝山讳莫如深地笑了笑："不急。"

孙猴子有点丈二金刚摸不着头脑。

这天，谭宝山又看见孙猴子在油桐树的那绺山泉下洗着内裤，不禁暗笑……

谭宝山什么时候拿了一片樟树叶子衔在嘴里吹起来。他近来吹木叶又有了一点长进了。他把"虎哥"告诉过他的一些经验记在心里：木叶主要选用樟树叶子和香叶，但香叶一般长在丘陵地带。吹木叶时要注意把口中的气集中到一个点来振动叶片发声。至于曲调，尽量选吹那些比较活跃的乡间小调，也可以模仿山鸟的歌唱。

"大雁北飞天将暖，燕子南归气转寒。小燕不过三月三，大雁不过九月九……"孙猴子伏在桌子上，念念有词。他在为谭宝山撰写《天龙大界山志》的文字搜集整理一些关于鸟类迁徙的谚语。

平时，孙猴子和"虎哥"的主要工作职责是完成林业局交代的相关工作任务，包括防火防盗，观察森林病虫害，及时搜集信息向上级反馈。在鸟类迁徙时节，他们也有一个中心工作是防止偷猎过境候鸟。天龙大界的"千年鸟道"上，近两年偷猎候鸟的现象比较严重。为此，县林业局专门召开了护鸟工作会议，要求加大对偷猎候鸟现象的打击力度，林业派出所为此作出了专门部署。老队长虽然一直在住院，但他也专门交代孙猴子，保护候鸟一向是观音山工区的一项重要工作，很复杂，甚至还有较大危险，要有所准备。孙猴子从县里开完会回来，带回了三盏LED高亮度电式手提灯。其中有一盏是专门为谭宝山准备的。省里专门成立了护鸟营，在省内各鸟道卡点招募志愿者，配合林业公安护鸟过境。谭宝山没有在林业部门工作，却在天龙大界上创业，他深刻认识到自己的护鸟责任，于是他毫不犹豫地报了名，并将组织护鸟志愿者上山护鸟。

姜明花终于给谭宝山回复了一条信息：可以考虑。

这四个字令谭宝山既喜出望外又苦恼无比。欣喜的是她愿意"考虑"，苦恼的是只不过答应"可以考虑"。他认为姜明花的话简直像是官场上"滑吏"的语言，四平八稳，玄机深奥，让人无法捉摸。

说起来，谭宝山与姜明花的交往还是姜明花的主动。

那时候，谭宝山在系里是学习尖子，也是十分活跃的球场健将和太极爱好者。有一次，S大学特别邀请了北方某所名牌大学的历史系教授前来讲学，组织全校中文系和历史系的学生参加听讲座，姜明花负责会场主席台的服务工作，调试电子屏和麦克风，摆设花瓶，续茶倒水。主讲开始之前，姜明花将她负责的工作一一落实到位。可是，当主讲教授登上讲台时，麦克风没有声音，姜明花急忙上去调试了一下，声音有了，但声音大得像炸雷，会场上发出一片惊讶的尖叫声。姜明花是自告奋勇来做这项服务工作的，早已急出了一身冷汗，那张下巴微翘、有两个小酒窝的脸憋得通红。

这时候,一个男同学的身影"噌"地出现在她身边。只见他不慌不忙地先清理了一下线路,又不慌不忙地试了试麦克风,没几下,麦克风恢复了正常。姜明花一颗悬着的焦灼的心落了地。这时候,她仔细地打量了一下眼前的男同学,只见他中等身材,一头粗黑挺拔的头发,略显长条的脸,两撇浓墨似的短秀眉毛下有一双锐利的单眼皮眼睛,浑身洋溢着勃勃英气。

讲座进行到第二阶段,由本校历史系的学生代表发言。姜明花几乎不敢相信自己的眼睛,作为学生代表发言的竟然就是刚才帮她解除急难的那位男同学!她还从主持人的介绍里知道了男同学的名字:谭宝山。

如果说,刚才解围令姜明花心存感激,那么此刻谭宝山的发言简直令她沉醉。谭宝山作为历史系的学生,发言时却文采风华十分迷人,古典诗词句子信手拈来。他的发言一次次被掌声打断,而且姜明花分明看到名牌学校教授也向他投来了赞许的目光。

"作为历史系的学生,"谭宝山一点也不紧张,侃侃而谈,"我觉得,不可以完全沉浸在那些故纸堆里。历史是人写的,是生活现实的反映和烙印。如果我们缺乏一种面对现实生活的勇气,我们将很难找到那种真正的历史的感觉。我们当今的生活显然不是历史上任何一个时期的生活的复制,但我们必须承认,我们这种生活与历史的承续性。找到了这种感觉也就理清了'龙脉'。再说,我们研究历史的目的是什么?既是廓清历史,更是以史为鉴。在历史系毕业后,我们各自都会有自己的选择,我的选择也许与你们不同,我不一定去专门研究历史,甚至不一定去担任历史教员。我打算在生活中研究历史,让历史成为生活,让生活成为未来有研究价值的历史。当沉闷的历史和鲜活的生活融为一体时,我觉得自己的人生才算开始了真正的启程!"台下,掌声又一次潮水般响起。

姜明花也热烈地鼓着掌。但她鼓着鼓着,陷入了沉思……

姜明花终于找了个理由与谭宝山见了面。

S大学的东面,靠着一条弯弯的河,这条河叫作昭水。河堤整修之后,变得花明柳暗。每到夜晚,这里双双对对的人影为小河增添了别样情趣。

有很多个晚上,谭宝山与姜明花来到这里散步,长谈,谈历史,谈人生,谈他们共同感觉到的——"爱情"……

但是,谭宝山和姜明花从未相拥相吻过。他们好像都是特别的谨慎和理智。

姜明花终于又给天龙大界的谭宝山回复了一条信息：决定来一趟天龙大界！

谭宝山和孙猴子霎时间成了天龙大界最幸福的人。

第十九章

　　从观音山工区的"天龙部落"回来，吴彩霞向爷爷谈起经历，爷爷很感兴趣。末了他问那谭宝山到底是怎么样一个人，吴彩霞说和她一样，是刚毕业的一个大学生。吴彩霞还说谭宝山的爷爷很支持谭宝山的选择，他的爷爷过去当过很久的民办老师，后来当了支书。吴康生立即意识到，那谭宝山的爷爷不是谭仕玉又会是哪个呢？

　　"如果他的爷爷是谭仕玉，那谭宝山多半也是个有胆识的人。"吴康生喃喃着。

　　吴康生对于天龙大界吸引了有思想有本事的大学生，心里有一种说不出的兴奋——

　　"仕玉啊仕玉，看来我们两位老伙计也还没老，跟得上年轻人呀！"

　　经过实地考察和查阅相关资料，吴彩霞终于完善了《神奇的天龙大界》这本小册子，并在文印店进行了制作。小册子有文有图，分篇分章，主次分明，很上档次。

　　为此，潘进桂在向学校请了一个小长假后，又续了一个星期的社会调查和实践假。

　　但在一个问题上，吴彩霞和潘进桂有了分歧。那就是关于千年鸟道、犀牛寨、梅山殿的介绍，到底要不要把它们的具体所属的坪山镇区域说明出来。

　　潘进桂推推眼镜，抬起天庭饱满的头，显得老成持重："从所处地域来看，那几处重要景点确实是属于坪山镇，确实是天龙大界的画龙点睛之笔，也是我们打造'湘中天龙神界'的必不可缺的主体部分。但从我们的开发设想和操作效果来看，我们必须突出天龙大界南面的着眼点，不宜过分强调山北的地域归属。"

"我认为，天龙大界本来是一个密不可分的整体。我们打造'湘中天龙神界'，这也是不可回避的必然，不然就不能叫作'湘中天龙神界'，所以不必过虑。当然，暂时不过于强调地属也是可以的。"吴彩霞扬起那张俏丽的鹅蛋脸，发表自己的看法。

"对，彩霞，我们可以打个擦边球。不否认那几个景点的主力价值，但只把它们划归为天龙大界的大概念，所属地域也不说它属于龙冈乡，也不说它属于坪山镇，但在我们的小册子里只点明龙冈乡的名字。你看可好？"潘进桂又推了推眼镜。吴彩霞望着潘进桂的眼镜，暗想：这家伙果然是个操盘高手。只是，吴彩霞觉得如此操盘未必过于小家子气。

吴康生走了进来，听了他们的争论，开始时一言不发，后来才慢悠悠地说："开发天龙大界，着眼全局是必然的。现在关键的不在干这个，现在只有扎扎实实地去一点一点地干才会有收获——路还长着呢！"

吴彩霞和潘进桂听了，深以为是。但潘进桂还是坚持暂时不必把坪山镇标记上去，先还是打出龙冈乡梨花坪村的牌子。于是吴彩霞也不再说什么。

接下来，吴彩霞又和潘进桂推敲了下一步行动计划。

潘进桂的想法是，两手抓。一手抓对外宣传，一手抓开发筹备。对外宣传的事潘进桂义不容辞地揽过了任务；开发筹备就由吴彩霞去发挥主观能动性。吴康生当然成了总顾问。

潘进桂明天就要去学校了。

潘进桂试探性地对吴彩霞说："我想，我们可以轻松一下了！"

吴彩霞明白他的意思，对潘进桂说："下午，我们找个地方散散步……"

潘进桂心头一喜。

潘进桂说："人家说铁锁河有二十四个弯，可以把梨花坪的人们全部锁死，我就不相信能锁住你彩霞，也不相信能锁住我们的宏大计划。要不，我们就沿着铁锁河走，顺便也可领略一下这二十四道弯的原始魅力！"

吴彩霞伸出大拇指，故意学着外省话："中！"

吃过晚饭，吴彩霞和潘进桂一前一后地走出了吴家墩院子。

暮色苍茫，像是为他们的行走所做的特意渲染。

吴彩霞和潘进桂转过那棵大白果树，跨过水泥预制板桥，到了高高的"将

军石"下。在这块大石头边,潘进桂开始发表他的高见。

"彩霞,你说说,一块石头,被取上名字,便有了灵魂。其实,不过是人们的内心思想的反映。石头是可以被人喊活的。通灵的石头也只有《红楼梦》里青埂峰下的石头。"潘进桂说。

"那块青埂峰下的石头也是被人喊活的呀。青埂据说就是'情根'的谐音。"吴彩霞捂着嘴巴笑。

"你竟然知道这个?"潘进桂有点吃惊。

"怎么,只允许你大才子研究《红楼梦》?"吴彩霞反唇相讥。

"你说得对!女娲娘娘在大荒山无稽崖炼石补天,炼出三万六千五百零一块顽石后只用了三万六千五百块,剩下一块弃置在青埂峰下。这块无才补天的灵石后来被一僧一道两位仙人携入人间,成为了《红楼梦》的主人公贾宝玉的精魂。"

"无才可去补苍天,下一句是什么了?"吴彩霞问。

"无才可去补苍天,枉入红尘若许年。此系身前身后事,倩谁记去做奇传?"潘进桂边走边显示着实力。

"还有一首词好像是写贾宝玉这块石头的。"

潘进桂见说,不禁要大大地显示一下自己的才华了,张口就来:"无故寻愁觅恨,有时似傻如狂。纵然生得好皮囊,腹内原来草莽。潦倒不通世务,愚顽怕读文章。行为偏僻性乖张,哪管世人诽谤!"

"厉害!"吴彩霞赞了一声,然后说,"你说我回乡开发天龙大界旅游资源,算不算潦倒不通世务呀?还有那位养羊的山神谭宝山算不算潦倒不通世务?"两人边谈边离开了"将军石"。

"彩霞,你现在开口闭口都是谭宝山了!另外一首词我也记得的。"潘进桂觉得机会难得,又背诵了起来,"富贵不知乐业,贫穷难耐凄凉。可怜辜负好韶光,于国于家无望……"

不想吴彩霞应声接上了后半阕:"天下无能第一,古今不肖无双。寄言纨绔与膏粱,莫效此儿形状!"

"好!"潘进桂鼓起掌来。

"先莫鼓掌啰。"吴彩霞迈着慢步,"你先说说,我像不像个女贾宝玉?"

"怎么这么说呢?"潘进桂弯腰捡起一颗石子扔进铁锁河里。河里恰有两只未归的白鹅，被石子惊得尖叫起来。

"你看，我生在天龙大界脚下，从小被爷爷奶奶和父母宠着，捧在手里怕摔了，含在嘴里怕化了。后来读书，吊儿郎当，才考了那么个大学，学了个看不见有多少前途的旅游管理专业。学了也就学了呗，这么多好地方偏偏又不肯去，兜个大圈又回到天龙大界来了，做起了常人看来并不切实的开发梦，你说，这不正应了'行为偏僻性乖张'的判词么？"

潘进桂听吴彩霞这么说着，并没有立即回答。

暮色中的梨花坪，此刻显得阒静而又朦胧。收获后的梯田里，没有金黄色的稻谷，只遗下一些未能搬运归家的中稻草垛。一条一条弯弯的田埂像是没谁拨弄的琴弦。一些梯土里扎着的菜棚仍然留在那里，未经修整的篱笆有的已经倾斜。几只未归的暮鸟在空旷的原野上飞来飞去，啁啾着。弦月升起来了，只那么轻盈的半环，却格外的清亮，像是少女的眼睛。

"只有不一样的人，才会与世格格不入。我认为你就是这个不一样的人。"潘进桂补充了一句，"不一样的天龙大界人！"

"你别夸我。听着你这话，我想起了'另类'这个词。但我到底属于哪一种'另类'，我自己也说不清。"

"天龙大界也是'另类'呀。它与其他的山不同。但它的可贵之处就在于它是'另类'。两条天龙因情而来，最终同驻凡间。它不仅有楚骚风情，更有一片骚动的情绪……"

"你的意思是，另类的山要靠我这个另类的人么？"

"我认为是的。"

"不过，在天龙大界，我觉得另类的人倒不止我一个……"

"你是在说谭宝山吗？"潘进桂凝视着吴彩霞的脸。暮色中，他觉得吴彩霞的眼神有些迷离。

"他的确也算一个。你觉得谭宝山和孙猴子他们怎么样？"

"什么怎么样？你是说喝酒？那次喝酒他们确实比较豪气……"潘进桂故意岔开话题。

"不是。你觉得他们也另类吗？"吴彩霞停下脚步，注视着潘进桂。

潘进桂没有立即回答。他咀嚼着吴彩霞的话，神情有点捉摸不定。

"应该说，他们也算是另类。作为同龄人，我可以感觉出来。"潘进桂终

于评价起来。

"从某种意义上来说,他们甚至另类得有点疯狂。比如,他们以养羊为突破口尝试创业,耕山,读山,护山,在大山的怀抱里成长壮大,这对一个历史系的高材生来说的确是需要思想和勇气的。从他们口中,我也知道谭宝山不仅是家里的珍宝,也是学校的珍宝,完全可以有才去补苍天,但他却看上了天龙大界,把这里作为锤炼自己的第一课,而且颇有义无反顾的决然姿态。"潘进桂在小河边的一砣麻石上坐了下来。

"我佩服他的就是在这里……"吴彩霞迫不及待地补充了一句。这句话刚出口,她马上觉得自己说快了一点。

果然,潘进桂的一句话就顶了上来:"我没有什么值得你佩服的吗?"

吴彩霞用手指拦住嘴巴,低了低头。她这一低头,她那有点鹰气的秀美的鼻子更加令潘进桂心旌摇荡起来。

"彩霞,你……真美!"潘进桂推了推眼镜。

"我有什么美?你过奖了吧……"

"不,我读过《登徒子好色赋》,其中有这么一段:'东家之子,增之一分则太长,减之一分则太短;著粉则太白,施朱则太赤;眉如翠羽,肌如白雪;腰如束素,齿如含贝;嫣然一笑,惑阳城,迷下蔡……'"

吴彩霞被潘进桂的才华吸引了,一句话不由脱口而出:"潘家湾真是个出才子的地方!佩服!"

这里有两株青枫树,在暮色中有鸟儿在青枫树梢跃动。此处也离院子较远,此刻更没有行人往来。特别的场景使潘进桂有了一些冲动。他望了望吴彩霞,终于大胆地进出一句话:"彩霞,我就要去学校了。我想问一句,你对我……有什么评价?"

吴彩霞听到这句直率的问话,知道潘进桂问话的内涵,感觉自己一点也没有准备好,但又不能不予回答。她的眼前,再一次浮现出那两道短秀浓眉来……

正在她犹豫时,她感觉到潘进桂靠近了自己一步,并且把他的手伸过来一只,悄悄地牵住了吴彩霞,吴彩霞只觉全身一颤,想把手抽出来,但潘进桂握得更紧了……

潘进桂并没有就此停住。他喃喃地对吴彩霞说:"彩霞,我……爱你……"

　　吴彩霞只觉得热血涌上脑顶。紧接着，潘进桂揽住了吴彩霞的腰，嘴唇也贴了过来，吴彩霞一激灵，冒出一句："不，现在不行……"

　　潘进桂马上停止了，悻悻地放开了手。

　　两人沉默了好久，才继续前行。路边的秋虫在低声地哼吟着，铁锁河在潺潺地流淌着，远处传来几声狗吠。

　　淡淡的弦月像一个远远的谜。

第二十章

还真应了那句山谚"中秋百鸟过山坳,霜降老鸹一群群"。霜降时节,观音山一带的秋意更加浓厚。满山的灌木草丛大都有了几分明亮的金黄。特别是那些栗柴、金樱子、细叶子树、山柴树,一丛一丛,一簇一簇,高高低低,显得斑斓而静穆。大片大片的速生林就像是杂花底子的绢帛上泼下的墨绿。山上秋雨较少,多是晴阴天气,正是鸟类南迁的大好时节。事实上,在观音山,茶亭界那条鸟道还只是一条线路,这条线路主要是南迁的鸟道。而南面靠天龙大界主峰这一线,还有一条长长的大峡谷,这条峡谷也呈南北走向,是鸟类北迁的通道。以观音山工区为界,两条鸟道一左一右,鸟儿们十分遵守。鸟儿们为什么会如此聪明,只能说是大自然的奇妙无比了。

关于这两条鸟道的差异,谭宝山后来在与吴彩霞通话中作了补充介绍。吴彩霞觉得谭宝山的这份补充才使她真正了解了千年鸟道的主要部分,也使她更加深了对谭宝山的印象。

等谭宝山补充完了,吴彩霞在电话中问:"你现在那么专心致志养羊,你将来会觉得天龙大界是你的青春舞台甚至归宿吗?"

对此,谭宝山在电话中沉默了一会儿。后来他反问一句:"你为什么会问这么个问题呢?我说过,我现在是来进修第一课的……"

这一下,吴彩霞又沉默起来。

两头沉默,似有千言万语,却又无从说起。

"彩霞,"谭宝山终于打破沉默,"列夫·托尔斯泰说过,一个人的生命价值不在于长度而在于深度。我以为,只有敢于探索和追求的生命才有深度!"

吴彩霞没有做声,但谭宝山似乎听到了对方的呼吸。

孙猴子去县林业局开了几天会，参加了一个护林护鸟培训班。他专门找了一下李小娜，告诉她天龙大界上观鸟迁徙的最好时节是霜降时节，问她具体什么时候上天龙大界，谁知李小娜偏又犹豫了，说是再等等，现在防疫工作很忙。

姜明花虽然决定了来天龙大界，但也始终没有正式行动。

孙猴子回到天龙大界后，就与谭宝山着手筹划"二号羊庄"的建设。他们打算把"二号羊庄"建成可容纳180～230只山羊的规模。等年底出栏第一批山羊积累了一定的资金后动工。他俩商量着把动工的时间定在明年雨季到来之前，今年年底之前，主要是做好前期工作，比如平整地基，准备相关建筑材料。

陆续有人上山来买羊……

"宝哥，据我从多方面获得的信息，目前市场活羊价格为18～25元一斤，成年黑山羊平均重量为50斤左右。我们按每斤20元计算，一只成年羊市场价格大概为1000元。"孙猴子有点得意地告诉谭宝山。

谭宝山想了想，说："猴子，再算细一点。"

孙猴子眨着他那双有点小的眼睛，补充道："算细一点，扣掉精料成本及人工成本300元，平均每出栏一只成年羊可创利700元……"

"我的想法，我们将来应该建立比较稳定的销羊渠道，重点是进军大型酒店。"谭宝山耸了耸两道短秀浓眉说，"县城的祥天大酒店、红运酒店，S市内的湘中大酒店，都可以和他们建立业务联系。我相信有办法把这些酒店拿下来！"

孙猴子觉得有难度，因为进攻这些酒店的客户很多。

谭宝山说："人无我有，人有我精。万事开头难，我打算先把县城的祥天大酒店拿下来！我了解过了，这家酒店常常承包县内重大会议的用餐，如经济工作会议和'两会'，而参加开会的有许多是基层干部或委员、代表，我想就从他们身上开始作宣传……"

孙猴子望着谭宝山那两道短秀浓眉，像是看到了深处闪烁的希望。

这之中，省里护鸟营的相关负责人与谭宝山通了两次话，负责人要求谭宝山密切关注天龙大界一带的捕鸟行为，随时上报相关信息，因为他们已接到举报，天龙大界一带的偷猎行为向来比较严重。

"虎哥"又独自在坪边拉二胡。谭宝山平时很少认真听过"虎哥"的二胡。谭宝山注意到，矮额头、宽嘴巴的"虎哥"，拉起二胡来竟是那么地投入，那神情简直像一尊音乐雕像，但这尊雕像又不时随着山风和琴声表现出情愫。

"虎哥"拉二胡，喜欢坐在坪边靠近那株李树的地方。午后的秋阳裹着他有点佝偻的身躯，斑白的头发放着微微的光芒。"虎哥"拉二胡的时候，习惯把脑壳往前勾，而且不停地小幅度地前后晃动。谭宝山有点纳闷："虎哥"不论从哪个角度看，应该算是一个地道的山里粗人，为什么那杆二胡到了他的手里却显得灵活从容，好像有一种与生俱来的乐感？他一拉琴，尽管那二胡声并不那么优美，却总觉得大山里一切的声音都在通过他的琴声表达，虫鸣声，鸟叫声，狗吠声，花开声，溪响声，风声，雨声，都有。而且，谭宝山发现，"虎哥"拉的曲调还在不断地变幻着内容，有地方花鼓小调《磨豆腐》《送表妹》《送郎送到竹子山》，还有常见的《二泉映月》和《正月子飘》。他甚至会拉一种只有在梅山唱神活动中偶尔才有的无名小调，那种小调节奏短促欢快，有时像鸡鸭鹅在鸣叫，"虎哥"说这是拉给土地公和土地婆听的，目的就是反映土地公土地婆的充满乡间情趣的生活，诙谐祥和。在谭宝山看来，"虎哥"和天龙大界一样令人难解。他到底从何而来？更像是一个流浪到这大山来的民间艺人。

"虎哥"一拉二胡，那有点嚣张的"老豹"就会舔舔嘴唇，摇摇尾巴，温驯地蹲在"虎哥"身边，一动不动地望着山下，好像只有它完全能听懂"虎哥"的二胡。

谭宝山跟"虎哥"学习吹木叶，初吹时嘴里总发出噗噗噗的声音，没有高低声，无法吹歌。一段时间后，声音终于转为一种尖亮的高声，然后用高声再练气练高低音，终于吹成了调调。

有时"虎哥"拉二胡，谭宝山会在旁边吹木叶，像是为"虎哥"伴奏。

李小娜和姜明花会不会来天龙大界的事，谭宝山和孙猴子有不同的看法。此刻，在前坪里他们有一段对话——

孙猴子说："她们或许没有真正想过上山。"

谭宝山说："想肯定是真正想过，只是还没有真正想好。"

孙猴子说："我看她们只怕永远想不好。"

谭宝山又说："永远想不好不可能，但她们想好了也许是不上天龙大界。"

孙猴子语塞。那眼神里明显流露出忧郁。

谭宝山接着说:"猴子你不会因为她们不来而感到失望吧？"

孙猴子沉默良久才说:"那倒不是。有时候也怪，人没有牵挂的时候觉得充实，有了盼望的时候又会无缘无故地寂寞起来。宝哥，你承认吗？"

谭宝山正要回答，手机响了起来。是姜明花。她说这两天恰好有点时间，准备明天出发上一趟天龙大界！请谭宝山做个安排。

谭宝山告诉了孙猴子。孙猴子简直不敢相信自己的耳朵。他马上拨通了李小娜的电话……

结果是，李小娜也没有犹豫，明确表示，近两天恰好轮休，有空，但其他闺蜜没有时间，可以考虑独自上天龙大界！

谭宝山与孙猴子不禁相视一笑，一齐伸出剪刀手:"耶！"

就在此刻，"虎哥"的琴声仿佛也受到了感染，一支《小河淌水》的曲子响了起来……

孙猴子提出，让姜明花与李小娜约好，各自搭乘中巴在坪山镇汇合，然后安排由他下山迎接，谭宝山镇守"天龙部落"大本营，做好有关准备。

谭宝山欣然同意。

接下来，谭宝山又就具体细节提出想法，初步方案是：计划两天时间；白天登天龙大界观景，晚上观鸟迁徙，同时开展一些富有山趣的小活动，譬如去山涧里寻找红螃蟹，去松树林里采雁鹅菇，挖野菜，认识草药等等。谭宝山还考虑到女孩子胆小、讲卫生，决定专门把厕所门再用杉木皮修整一下，同时将简易澡堂也进行了布置。他们俩又决定将谭宝山的床位腾空给两个女孩睡，他们俩挤在孙猴子的房间里。基本准备商议完毕，谭宝山那两道短秀浓眉又耸了耸，觉得还是欠缺一点什么。他沉思了一会，终于想起了"虎哥"那把二胡。他对孙猴子说:"我们还可以举办一个小小的文艺晚会！纪念天龙大界上的第二次青春聚会！乐器就是'虎哥'的二胡！还有我们的木叶！"孙猴子一愣，忽然醒悟过来：过去有"莫斯科郊外的晚上"，我们来一个"天龙大界山中的晚上！"

谭宝山和孙猴子不禁为他们的这些想法自己鼓起掌来。

山霞

　　手机上的天气预报果然十分准确，这天是个阴天。

　　谭宝山和孙猴子按照"天龙部落"的作息时间，打过太极，练过棍术，搞过其他锻炼，吃过早餐，等所有的山羊都出了"一号羊庄"，便各自忙自己的事。孙猴子挎着那架老式相机，也没骑他那"老哈"，迅速下山去在坝湾村的站台边等候两位女孩。

　　谭宝山在看一份关于某家养羊企业发展的资料。这是孙猴子从山下带回来的一份资料，他头一次看到了"黑山羊养殖专业合作社"的字眼。一行一行看下去，犹如醍醐灌顶，眼界大开……

　　他不由自主地打开《山课笔记》，开始记录那最重要的一段话——

　　所谓"合作社"，就是劳动群众自愿联合起来进行合作生产、合作经营所建立的一种合作组织形式……

　　谭宝山隐隐有一种感觉。他记起小时候和父亲一起清早赶山路，出门时一片黑，走着走着，天就亮起来，路子也明晰起来……

　　此时，孙猴子在站台边等待了一会儿，不见到来，便先到村店里去购置一些东西，这些东西有女孩子喜欢的酸奶、饼干、话梅、五香瓜籽等。考虑登山的需要，孙猴子又去村卫生服务室购买了一些诸如清凉油、仁丹等必备的小药品。

　　上午十点钟的时候，远远地过来了一台中巴车，孙猴子估计李小娜或姜明花到了。车子在简陋的站台边停了下来，吐出了几个客人，却没有李小娜和姜明花。拨她们的电话却都是无法接通。孙猴子有点纳闷。正在此时，一辆蓝色越野车嘎地停在孙猴子身边，后座车门打开，李小娜和姜明花从车上走了下来。李小娜摘下耳麦朝孙猴子挥了挥手："哈——喽！"孙猴子定睛一看，是李小娜，兴奋地叫了一声："小——娜！"接着又叫了一声："姜美女好！"

　　姜明花见了孙猴子，知道是"天龙部落"酋长谭宝山的盟友。

　　李小娜和姜明花回头朝大胡子司机挥手示谢。大胡子司机回声"不用谢，后会有期"便将车刷地开走了。

　　孙猴子发现女孩毕竟是女孩，心眼细致得多。李小娜和姜明花戴着白色旅行鸭舌小帽，背着双肩小包，分别穿了一身红、蓝登山服，各自蹬一双登山鞋，显得精神妖娆。他又发现姜明花下巴略略上抬，两个小酒窝，戴着一副精致的眼镜，妖娆中溢出几分高雅气质。

孙猴子问："你们怎么坐了越野车过来了？"

李小娜嘴快："怎么样？没想到吧？我们可是有福之人哦！你猜猜。"接着她笑着告诉孙猴子，那车是在坪山镇车站碰到的，她与姜明花刚在镇上车站汇合，就碰到了大胡子司机。她们听见大胡子司机与人交谈说是去天龙大界山上，灵机一动请求捎带，大胡子见是两位青年美女，欣然同意。路上，大胡子告诉她们自己姓马，老家是天龙大界最西边山脚下奉家镇的，因为一部大胡子，所以外号叫"马脑壳"，专门在外面搞工程承包，外面都称他"马大哥"。

在孙猴子率领下，一行四人开始上山。

为了减轻女士们上山的难度，孙猴子叫了一辆当地的小三轮，让她们先坐了一阵小三轮到半山腰，然后步行。李小娜家在贝城城关镇，自小不怎么熟悉山里生活，姜明花是土生土长的山里孩子，对山里的生活很有经验。一路上，两个女孩叽叽呱呱，像是从山外飞来了两只陌生的小鸟。

在山路边，他们看到有一块铺满苍苔的巨大岩石停留在坡上，几乎要滚下来，李小娜惊讶得大叫。姜明花却不慌不忙，走到大石头下，弓起腰背，做出背石头的样子，两只手反到后面擎起巨石，故意龇牙咧嘴，一边喘叫："看我愚公移山！"一边要李小娜和孙猴子帮她拍照，逗得李小娜大笑不止。

"你们笑什么？'力能扛鼎'！"姜明花吹嘘着。

一会儿，孙猴子指着一处让她们看。姜明花和李小娜朝着所指的方向望过去，原来是一根竹子从地上钻出来，恰恰钻进了两棵杂木间的一个树枝搭成的天然的"扣"中。

"呀，竹子像是长了眼睛！"李小娜又惊讶得大叫。

"这大山里呀，到处都是机关！"孙猴子说。

一棵野樱桃树上，有两只灰黄色的鸟挨在一处叽叽喳喳地叫。姜明花说："小娜，你看，那两只鸟在说知心话呢！"李小娜连忙举起手机拍了下来。

忽然，姜明花指了指路边竹林深处说："看，那是竹鸡！"李小娜"呀"地惊叫一声："好漂亮的尾巴啊！"

"勒麻拐——勒麻拐——"姜明花学着鸟叫，说，"这就是竹鸡的叫声！"逗得李小娜哈哈大笑。

不知不觉，他们爬到了茶亭界。

"哎哟，我的脚好痛哟！"李小娜一屁股坐到了石头上。孙猴子给了姜明花和李小娜一人一瓶矿泉水。

姜明花推了推眼镜说："走山路不能久坐！"

"这里可以稍微坐一下。你们看，这里是山坳，两边的山势有什么特色？"孙猴子问。

姜明花和李小娜仔细地往两边眺望起来。姜明花说："这是一条南北走向的峡谷。"

"对！这峡谷，正是一条千年鸟道！"孙猴子说。

"哇塞！这就是千年鸟道啊！怎么不见一只鸟呀？"

"看鸟得在夜晚。这条鸟道主要是从北方迁往南方的鸟道。那边还有一条鸟道，是鸟儿从南方迁往北方的鸟道。"

"呀！这我倒是头一次听说。"姜明花兴致勃勃。

"可以说，天龙大界是座神而又奇、奇而又神的大山。"孙猴子开始沉浸在他的天龙大界的世界里。

蓦然，孙猴子的手机响起来，经典铃声"泉鸟和鸣"格外沁人心脾。

谭宝山问："接到了么？"

"报告酋长，接到了！只是，你那个朋友临时有事没来了。"孙猴子故意开着玩笑。

姜明花和李小娜也忍不住笑起来……

很快，观音山工区场部的青瓦木屋映入姜明花和李小娜的眼帘。

"那里就是我们眼下的大本营'天龙部落'了！"孙猴子指点。

"哈，果然有隐士风味！"姜明花推推眼镜。

"老豹"已经嗅到了什么，开始吠叫不停。伴着"老豹"的吼叫，"虎哥"的二胡也响起来，像是联合演奏一曲天龙大界的《迎宾曲》。

"咦，还有人拉二胡呀！"姜明花惊愕了。

"那是我们的伙伴'虎哥'。他也在欢迎你们！"

第二十一章

吴彩霞敲着手提电脑。敲着敲着,她疲倦了,手指慢慢地停了下来。她凝望着手提电脑,一手支颐,沉思起来。很快,眼前浮现出那个身影:中等身材像一棵茁壮的椿树,粗黑挺拔的头发焕发出勃勃生机,略呈长条的脸上,两撇浓墨似的短秀眉毛下,一双单眼皮眼睛锐利而又含情……谭宝山好像要跟她说什么。

她在写着《"湘中天龙神界"旅游开发方案》。

方案的第一部分是《天龙大界旅游资源简介》。吴彩霞仔细说明了天龙大界的地理位置、气候及其精品景点存量。她以杜鹃花"万重山霞"作为龙头景点,其次从山脚下的梨花坪村开始介绍,有"将军石""白果树""风神庙""神仙泉""蛮园里""城墙冲""鬼嶂里"以及"雷公崖""犀牛寨""梅山殿"等十几处精品小景点。第二部分是《近期开发设想》,打算修建一条简易公路至山腰大石鼓处,山中铺设游步道直至主要景点。吴家墩院子开一家富有特色的"吴家山庄",解决远客的饮食、住宿问题。从本地组织一支"天龙大界"旅游服务团队,团旗标志就是杜鹃花。长期计划是与一家旅游开发公司联盟……

不知为何,想起谭宝山,吴彩霞心里既有一种温馨又有一种惘然若失的感觉。

她甚至想立即去一趟观音山工区场部,见一见谭宝山。

吴彩霞暗暗地把谭宝山和潘进桂作了一个比较,总觉得这是两个同样出类拔萃的年轻人。但有一种东西在潘进桂身上没有发现,而在谭宝山身上表现得那么鲜明,那就是胸襟和胆气。这种胸襟和胆气是天龙大界的风格。潘

进桂无疑是富有活力的，也是富有智慧的，更是有前途的，但和他在一起，吴彩霞总觉得他缺乏一种大山般的坚实的底气。

有时候，吴彩霞感觉奇怪，为什么会同时遇见这样的两个人。

在潘进桂面前，吴彩霞虽然有一种轻松随和没有顾虑的快乐感，但这种快乐始终不会深刻。在谭宝山面前，她觉得面对的是一座有点神秘的大山，既平静又充满活力，时刻有一种让人试图融入的强烈魅力。难道这就是人们所说的……"缘分"？

吴彩霞忽发奇想，这样优秀的两个人要是合成一个人该多好啊！吴彩霞的脸有点发热了。

于是，继续敲打键盘。但她无法一下子重新进入状态。

刚敲了一行字，她的手机响了起来，一看号码，是个陌生的座机号码。

夜色渐浓，像是一床巨大的无形的被褥盖向天龙大界。

这是霜降后的一个夜晚。天空是暗蓝色的，像是一匹蓝印花布，而那闪烁着的有几分寒气的星星像是蓝印花布面上缀着的细碎的花朵。天龙大界渐渐安静下来，只留下一些山脊的线条在踊跃，显示着雄奇。此时，满山的虫鸣虽然比平时低沉了许多，却依旧在顽强地演奏着清脆悦耳的音乐，瞿瞿瞿，瞿瞿瞿。风轻轻的，凉凉的，没有声音。远望山下，隐隐可见一些灯光，还可以听见零星的狗吠。整个大山的夜晚显得有几分肃穆、神秘、没有边际。

白天里，在谭宝山的策划下，谭宝山和孙猴子带领姜明花、李小娜体验了一把放羊的生活。

初次亲眼见到这么多黑山羊，姜明花和李小娜特别兴奋。她们看到黑色的、黑黄花的、黄白花的、黄色的山羊一群一群地散落在坡上，山坳里，或行走在树林中，或奋力攀爬采食着各种野草，或就地躺平反刍着，也有的互相竖起身子飘扬着战旗般的胡须在斗架。更令她们惊奇的是有几只黑山羊竟然伫立在高危的崖石上，俯瞰着下面，像是在欣赏着大山美景，又像是在审视着她们这些不速之客……

"有个问题，你们对于动物疫情是怎么防控的？俗话说看天吃饭，防疫是你们的饭碗。"李小娜虽然不是兽医，但长期从事防疫工作，对这些问题有点敏感。

谭宝山仿佛胸有成竹："你说得不错。动物疫情风险是影响养殖业发展的最大最可怕的风险。我们当然要积极应对。我们尽管经受过了一次挫折，但我们心里更加有底了。一般说来，较之于其他畜禽，羊的发病率还是较低的。相对而言，天龙大界环境比较偏僻，每年春季特别是秋季打一次防疫针就能基本上对一些常见的疾病起到抵抗作用……"姜明花和李小娜听到谭宝山有条不紊地讲述，怎么也不能把他与一个大学历史系的优生联系起来。

大山里毕竟是丰富多彩的。姜明花和李小花仿佛走进了一个梦幻般的世界。她们欣赏了蚂蚁的活动，一会儿又去草丛里捉了几只绿色的蝈蝈。谭宝山和孙猴子还为她们表演了吹木叶。

晚餐后，谭宝山、孙猴子、"虎哥"、姜明花、李小娜几个人去观赏鸟儿迁徙。谭宝山和孙猴子各自带了一盏LED高亮度电式手提灯，一行五人从"天龙部落"出发往"千年鸟道"的山群上走……

姜明花虽说是山里长大的女孩子，而且那大山也是属于梅山风俗区域，但在一个夜晚处身这样的大山还是头一回，所以既感到新鲜，也有几分害怕。她觉得大山很怪，当它在大白天一览无遗地展现在你面前时，是那么的雄伟壮丽，但当它被夜色浸满之后，它又是那么诡异莫测。这种经历，她在小时候也经历过几次。

谭宝山笑着问："明花，怕不怕？"

"怕就念梅山公公呗……"姜明花回答。

"怎么，你们那里也是这个风俗？"姜明花的"梅山公公"激起了谭宝山的记忆。有一年爷爷在大山上护林，他跟着父亲去大山上看望爷爷。回来时在山路上走着走着，天就黑了下来。他看到山间的竹子、松树都变成了一个个高大的人影，而那些凸立着的崖石又都变成了怪兽，仿佛都缓缓地张开了大嘴等待人的靠近……他不禁紧紧地拉住了父亲的手。一边走，他似乎听到后面响起诡异的脚步声，于是对父亲说："爹，有鬼，有鬼！"父亲分明感觉到了儿子的紧张，便对儿子说："孩子，莫怕。那是你心里的念头在做怪，没有鬼的。你在心里只是想：山里有山神！山里有管山的山神！你就什么也不怕了！"谭宝山按照父亲所教念叨，还是怕。父亲就说："那你就默默地念'梅山公公'吧！"于是谭宝山就默念"梅山公公"。也怪，谭宝山的胆量逐

渐壮起来了，他感觉到有一位背着铁弓、持着尖枪的巨大神仙站在天地之间，把大山的一切怪物都踏在脚下！从此，"梅山公公"的称号烙印在谭宝山幼小的心灵里了。

"梅山公公，梅山公公……"姜明花此刻轻轻呼唤着，慢慢地，脚下踏实了许多。

李小娜虽说是在小镇上长大，倒是没有什么畏惧感。此刻在她的眼里，大山之夜是那么的美妙。她好像走在一个神秘得有几分虚渺的童话世界里，而自己就是什么芭比、白雪公主、灰姑娘、美人鱼之类。

"虎哥"走在最前面，负责开道。他的后面是"老豹"。"老豹"寸步不移地跟着"虎哥"，一路上显得安静。接下来是孙猴子，孙猴子后面是李小娜，李小娜后面是姜明花，谭宝山负责殿后。

突然，"虎哥"在前面停住了脚步。狗凌厉地吠了一声。

一行人马上都停住脚步。孙猴子问："'虎哥'，你看见什么了？"

"我看见那边有手电筒光在前面晃了一下又不见了。""虎哥"说。

"不……不……不会是老、老、老虎吧？梅山公公梅山公公……"姜明花在后面搭了一句，舌头就有点不听使唤起来。她从小听大人说过，老虎的眼睛在夜晚放光，就像手电筒一样！

"不……不……不会是鬼吧？"此时，李小娜也有几分紧张了。

"肯定是上山来捕鸟的！""虎哥"在前面说。

"别怕，对这些山鬼，我们正要抓呢！"谭宝山为大家壮胆，同时揿亮了手提灯。

孙猴子朝李小娜伸出手："抓着我，你就不怕了！"

李小娜毫不犹豫地牵住了孙猴子的手。

一会儿，大家又攀着岩石，揪着藤蔓慢慢往前走。

很快，他们来到了千年鸟道的大峡谷一侧的山坪上，择地而坐。姜明花和李小娜感到了一阵萧萧凉意。

"我们就在这坡上蹲着，过一会就会有白鹭过来。"谭宝山说。

李小娜显得很兴奋："白鹭鸟是什么鸟？"

"小娜，你怎么忘记了学过的古诗句？"姜明花背诵起来，"西塞山前白鹭飞，桃花流水鳜鱼肥。青箬笠，绿蓑衣，斜风细雨不须归……"

"还有一首更著名的呢！"谭宝山在后面接上茬,"人生四十未全衰,我为愁多白发垂。何故水边双白鹭,无愁头上亦垂丝。"

"谁的？"姜明花问。

"白居易的呀,大才女！"

"我怎么没有读到这么有深意的白鹭诗！"姜明花叫了一声。

"说起白鹭鸟,其实还需要科普一下。"谭宝山俨然是个专家,滔滔不绝起来,"白鹭,学名叫 Little Egret,别名小白鹭、白鹭鸶、白鸟等,在我国,主要分布在长江以南,其中在四川、云南、广东、台湾、海南等地为留鸟,其他地区为夏候鸟,一般栖息于池塘、湖泊、稻田,喜欢群集活动。以小型动物、昆虫为食……"

"看,那边又有手电筒光闪了一下！好像有几个人！""虎哥"指了一下峡谷中部的一个小凹口。这一回,连姜明花、李小娜都看到了那一闪一闪的光。

谭宝山拨通了林业派出所的电话,报告了所发现的情况。

"不准捉鸟——"孙猴子也揿亮手提灯,扯开嗓门大喊了一声。这声音在空寂的峡谷间回荡,发出"鸟""鸟""鸟"的回声,既清晰,又显得力量不够。

回答的是几声咳嗽。

姜明花和李小娜心头一阵阵发怵。

孙猴子向姜明花和李小娜讲述他第一次在千年鸟道上草丛间发现沾着血迹的羽毛的往事。

"不准捉鸟！"谭宝山也扯着嗓门大喊了一声。

这时,几个人听到远处有咳嗽声和轻微的骂声:"你们叫ㄉ是吧？"

一会儿,另一个地方也传来威胁声:"你们叫叫叫,坏我的好事,我叫你们也别想安宁！哪一天,白刀子进,红刀子出,捅了你们！"

山野间,陡然呈现出紧张的气氛。

"他们会听你们的话吗？"姜明花问。

"来者不善,善者不来,一般不听,有时还会采取各种方式报复。每到这个季节,林业派出所的工作量很大的,警力不足,只好联络各方面人士共同护鸟。我是加入了省里的护鸟营的,主要是宣传和监督。"谭宝山说。

"他们会怎么报复呀？"李小娜问。

"这就难说了。有时还直接打架伤人……"孙猴子说。

夜风微微的，星星静静的。"虎哥"提示："再过一会儿，就会有鸟儿从这儿回去了……"

姜明花和李小娜既感到好奇，又有几分莫名其妙的恐惧。尤其是姜明花，感到千年鸟道上扑面而来的浓浓的历史文化气息里，是有风雨的。

"听！有声音了！""虎哥"忽然说。

大家立即屏声敛气起来。

果然，远远的，开始传来嘤嘤的鸟叫的声音。声音由小变大，慢慢形成一片，弥漫在大山的夜色里。不一会儿，有鸟儿扑愣愣地落在峡谷坳口上。再过一会儿，茫茫夜色中，一大群一大群的白鹭鸟过来了，那些隐隐的白色的影子梦幻一般。

"哇塞！好多、好多、好多白鹭啊！"姜明花和李小娜惊叫起来。

谭宝山和孙猴子灭了灯。谭宝山说他也是第一次在千年鸟道观看候鸟的迁徙，他会把这第一次经验写进他的《天龙大界山志》里去。

突然，大峡谷下面亮起了灿亮的汽灯！

"不好，有人要搞名堂了！"孙猴子警惕地说。

"有人想偷猎白鹭吗？"姜明花问。

"是的。他们把汽灯弄亮之后，白鹭鸟就会往发光的地方飞，然后他们就用棍棒朝鸟猛击，打昏后就将鸟用准备好的蛇皮袋子装好，经过处理卖到市场去。"谭宝山告诉姜明花和李小娜。

"你们不是在这里养羊吗？怎么还如此关注这些东西？"姜明花问。

"我们是在这里进修第一课。这第一课的内容很多的……"谭宝山说。

"我好怕好怕……"李小娜突然紧紧挽住孙猴子的手臂。

"千年鸟道既是一条鸟儿的生命线，也是千百年来横亘在人与自然之间的道德界岭。人和大自然的和谐共处是一个一直处于探索中的社会考题。我国早在几千年前的五帝期间就设有专门管理山泽鸟兽的官员。周朝时的护鸟法律已十分完备而且严峻……西汉时期，中央政府也专门颁下诏令不得弹射飞鸟，春夏不得摘巢探卵。宋朝一条野保法律履行了200年……"谭宝山大谈起护鸟法律的历史。

"你养羊养出个研究鸟的专家来了！"姜明花望着夜色中的谭宝山，感到他那两道短秀浓眉格外厚重。

"不瞒你说，我现在还是省里护鸟营的积极分子呢！"

他们正谈论着，天空中又响起鸟鸣声。这时，"虎哥"和孙猴子发现大峡谷里又亮起了几处鬼火般的汽灯。孙猴子正要拨打手机，远远听见山下的马路上响起一阵熟悉的摩托的轰鸣声。他马上知道这是林业派出所组织的护鸟队上山来了。

大峡谷里的几处汽灯蓦地熄灭了一两盏。

姜明花感到这样的夜晚有些凝重甚至肃杀。她觉得此时的天龙大界简直像有许多的巨大的灵魂在呼吸。望望谭宝山，只见谭宝山在夜色中更像是天龙大界这个巨大灵魂的守护者。对于这位天龙大界的守护者，姜明花的心底升起一种敬意，但不知为何，总觉得自己无法深入谭宝山的更深的精神世界。她也是学历史的，但她渐渐觉得，在自己理想的生活中并不怎么喜欢那种历史的碰撞。当初结识谭宝山时，曾经为他的深沉而活跃的气势征服，自从谭宝山决定坚守天龙大界之后，她开始感觉谭宝山和她之间并非是轻松的明朗的沟通。她的确有点怀疑自己当初的一些冲动。好在他们之间到目前为止还仅仅只是高于一般的朋友。

"你为什么不更加严厉地当面警告那些用汽灯诱捕白鹭的山贼？"李小娜问孙猴子。

"我不能莽撞。他们那些人有的并不好对付！这里是三县交界之地，有很多地痞流氓和不法分子时刻在盯住这座宝山。"孙猴子说。

"大山很大的。你怕不怕？"谭宝山问姜明花，也是在问李小娜。

她们都没有回答。就在他们短暂的沉默之时，空中响起了更加浩荡的鸟鸣声。

谭宝山俨然在排兵布阵："我们需要分开一下，组成三队，在不同地点守候。'虎哥'带着'老豹'一队，我和明花一队，猴了和小娜 队，可以迷惑他们，让他们感觉到满山都是守护山鸟的卫士！"孙猴子立即赞同。谭宝山陡然想起孙猴子一直想完成的那桩事，在夜色里不禁暗自一笑："这个猴子，不正是想为自己创造机会吗？"

天龙大界的夜，渐渐像一支无边无际的大自然的交响乐在演奏……

第二十二章

"如果能把两个人合成一个人该多好啊!"吴彩霞又一次这么想了,并为自己的这个想法感到好笑。

谭宝山怎么可能和潘进桂合成一个人呢?如果合成一个人,又可能是一个什么样的人呢?吴彩霞不敢往下想。她对自己说,谭宝山就是谭宝山,潘进桂就是潘进桂,如果合成一个人就不再是谭宝山。当然也不会是潘进桂。

龙冈乡政府邀请一些人士参加"振兴龙冈乡经济座谈会",要求被邀人员在参加会议之前,准备一个好的建议,建议尽可能详细并且可操作性强。乡政府到时还会邀请县里有关的领导出席座谈会。

梨花坪村有两个人参加这次会议,吴彩霞在被邀之内。还有一个人就是梨花坪村新任支部书记。他是吴康生一手栽培的,家住梨花坪村尖家坳院子。书记向乡长郑重推荐了吴彩霞,说吴彩霞在大学学旅游管理专业毕业后并没有两眼朝天,而是一心一意扎根龙冈乡这片乡土贡献自己的青春年华,是一个难得的回乡创业的大学生。又说吴彩霞学的旅游管理,将来对发展龙冈乡的旅游经济必将有很大的作用。

潘进桂在电话中对吴彩霞说,发展地方旅游这是大趋势,而地方旅游要想发展起来必然是政府主导、企业自主经营。所以,潘进桂的建议是从现在开始,应该抓住一切可以抓住的机遇,逐步形成并运作企业构想,把"湘中天龙神界"的品牌打出来。

吴彩霞终于把《湘中"天龙神界"旅游开发方案》做完了。不知为何,她并没有如释重负。此刻,她多想听到他——谭宝山的声音。她总觉得,谭宝山那两道短秀浓眉凝聚着一种无形的力量……

她将此方案文字稿发给了潘进桂,潘进桂的回复是"方案并不完善,但正如俗话说的'草鞋没样，边打边像'"。他对成立"天龙神界"旅游开发有限公司提的一点建议是，先把基本功做扎实，不能一开始咋咋呼呼，到后来尾大不掉。吴彩霞觉得潘进桂的这些建议比较妥帖，于是又进行了修改，并加进了就地发展农业观光旅游的设想。

这时候，她的眼前又浮现出谭宝山那两道短秀浓眉来。她很想当面听听他的意见。他肯定会有自己中肯的主见……

在比较中，她忽然觉得，自己对谭宝山是否过于痴迷而对潘进桂这位才子过于挑剔了一点。其实谭宝山虽然有他的胆识和理想，但他现在也不过是在和自己一样在实践和探索。

但是，谭宝山那两道短秀浓眉和浓眉下的那双单眼皮眼睛就是如此挥之不去。

她想起谭宝山向她介绍他的山羊的情景，那目光里分明洋溢着青春的蓬勃与执着。她喜欢这种纯真、勇敢、执着的行为。

近段吴彩霞与谭宝山已通过好几次电话。

第一次，是吴彩霞从观音山工区回来后。谭宝山主动打电话给她。谭宝山告诉她天龙大界上那两条鸟道的风云变幻的故事。之后，他们就人生青春舞台的话题进行了简短的讨论。吴彩霞并不怎么在乎谭宝山的深刻回答，她就是喜欢听见他说话的声音，喜欢听见他说话时表现出来的那种强大的中气……

第二次，是吴彩霞主动打电话给他。

那天下午，吴彩霞在吴家墩院子前的大白果树下静坐一会，忽然有两片金黄的白果叶落到她的衣襟上，像两只金黄色的小鸟，吴彩霞偶有所感，忽然想起谭宝山来，便拨通了谭宝山的手机。手机里居然传来咩咩咩的羊叫声。吴彩霞问谭宝山："酋长，你在忙什么呀？"谭宝山说他正在看羊打架呢。吴彩霞说那有什么好看的，谭宝山说他在观察那几只领头羊呢，"天骄"今天与"界主"居然斗起来了，嘿嘿。吴彩霞知道他那里有四只经过命名的领头羊："天骄""龙种""大哥""界主"，后来还有了"骚客"……

"怎么会干起来呢？"吴彩霞笑吟吟地问，她边说边在白果树下慢慢散步。

谭宝山说："有生命的地方就有斗争嘛！"谭宝山接着笑了笑，"它们本来性子有点躁，可能是发情了，精力过剩……"

"不会是为了爱情在决斗吧？"吴彩霞哧哧哧地笑起来。

"其实每一只羊也有自己的尊严和性格。动物界有多少内容可以成为人的思考和启迪！"

吴彩霞笑得更加响亮起来。

"你知道吗？我最近又发现一个新现象，就是山羊们有时老喜欢去舔那山上的岩石，而且我发现它们一般只舔那岩石的背阴的地方。后来我问板竹山那个朱老总，他告诉我说这是山羊在自动补充无机盐……你说奇妙吧？"

吴彩霞忽然想起"虎哥"的二胡。

她问谭宝山："那位'虎哥'还常拉二胡吗？"

"当然拉呀。那二胡就是他的魂，他的命根子。"

"我发现'虎哥'好像没有那么简单。"

"你发现什么了？"

"我发现他的二胡里有一些忧伤和抗争，还有一些莫名其妙的回忆与故事。"

"呵呵，我怎么就没听出这么多来呢？"

"你主要听山羊的叫声去了！入了禅，一草一木，莫非山羊！"

谭宝山在那头情不自禁地笑起来："我其实也感觉到了'虎哥'是一个鲜活的梅山文化符号。有一次我听说学过梅山秘法的人，可以呼蛇，可以让小溪里或水田里的鸭子自己排着队回到屋里来，便问他会不会，他淡淡一笑说那有什么了不起，都是邪术，学不得的。但从他说话的神情上看，他也是懂一点的。"

"这样的手段我也听人说起过，只是没有验证……"吴彩霞说。

"羊叫的声音是有韵律的。但我最终想听到的和你想听到的不会有什么区别，那就是天龙大界的最深厚的声音！"谭宝山又说起那些吴彩霞认为是"深刻"的话来了。

吴彩霞说："那种声音最终还是人的声音！"

第三次通电话，是在长沙岳麓山顶。

那次吴彩霞去母校办理一个证件，之后就和几个同窗去爬岳麓山。在山顶游乐场，吴彩霞突然看见一个年轻的身影，除了头发染得有些红以外，其他那略长的脸和短秀双眉像极了谭宝山。她不知为何，就拨通谭宝山的电话。

在连接过程中，吴彩霞的心陡地紧张起来，想马上摁掉但又觉得不能摁掉，刚刚想好的话突然变得凌乱不堪起来，以致当谭宝山在电话中接连说出"大美女你好"时，她竟不知说什么好，匆忙中说了一句："我又听见你们的羊在叫了！"谭宝山哈哈大笑："不可能吧？我现在不在山上。"

吴彩霞不知为何又关切地问："那你不在山上又在哪里呢？"

谭宝山说："我在村里参加会议呢！镇长书记都来了。哪里会有羊叫的声音？嘿嘿……"

"你们村里开什么会呀？"吴彩霞的心情终于放松了。

"搞基地呢！准备在坝湾村搞三个基地，一个是水酒基地，一个是洗沙基地，一个是山羊养殖基地。镇里通过反复调查论证，决定发展黑山羊养殖业。这山羊养殖基地的领头羊就是我们的项目，一是扩大规模，二是丰富品种。将来还可以考虑成立合作社……"

"难怪我在电话里能听到羊的叫声，你虽不在山上，可是还是在谈论羊的话题呀！"

谭宝山嘿嘿一笑："对了，我们获取了又一条好消息……"

"什么好消息？"

"我们打算去考察一下香猪养殖。那猪可以放养，不会长多大，市场前景相当乐观！"

"你这是吃着碗里的，看着锅里的呀！"

"人心患不足，得陇而望蜀焉。发展才是硬道理呀！"谭宝山在电话里自信地笑着。

吴彩霞被这种笑声感染着，心里有一种说不出的舒坦。

"欢迎你再来我们这里考察！上次你们怎么不从山南面上山来呢？其实，从你们山南面可以翻山到北面来，只是路太艰难了一点。"谭宝山在电话里说。

"我们就是为了全面观察大山北面的情况呀！就是、就是为了　　"

"为了什么？"谭宝山问。

吴彩霞这才想起自己为什么要打这个电话，慌忙之中干脆实话实说："我在岳麓山上呢！我刚才看见一个人，特别像你，陡然记起来，向你报告一下……"

"像我？不可能吧？这可能是……可能是……"谭宝山的话语中明显有一

种莫名的惊喜。

"真的！乍一见，我还以为是你什么时候来了！"

"怎么可能呢。嘿嘿……"

"这世界真是太奇妙了！"

"感谢感谢！天下之大，只怕哪一天在什么地方碰到一个你，也很难说呢！这叫作人生何处不相逢！"谭宝山又补充说。

吴彩霞这才感觉自己的电话有点虚。

以后，吴彩霞好长一段时间没有与谭宝山联系过。没有联系过，并不是从心里忘记过。这段空白太像写文章时常用的省略号。

吴彩霞常常望着天龙大界出神。天龙大界像是有无数的暗示传递给她。

她总觉得，谭宝山的追求有点像走一条巷子，他是那个不愿意自己的生活是站在巷头可以看到巷尾的人。

她总觉得，自己隐隐有了许多特别的牵挂。

正如谭宝山所料，孙猴子毕竟是孙猴子，观鸟的那个晚上，他真的把那事情办了。

其实谭宝山说完"组成三队"开始，李小娜就开始后悔来天龙大界了，尤其后悔来千年鸟道观鸟了。但是现在又无法摆脱。

她瞅了孙猴子一眼，感觉到自己被孙猴子绑架了。

一行人很快组成了三队。孙猴子对李小娜说："走，我们再往上面走一点，就能看到奇观。"

李小娜犹豫着说："我们还是不看奇观了吧？"

"机不可失呢！"孙猴子坚定地回答。

李小娜看到谭宝山毫不犹豫地领着姜明花拐上了左边的山道，"虎哥"吆着"老豹"拐上了右边一条山道，她只能麻着胆子跟着孙猴子走上了往上走的山道。

"这条路我常常走的。"孙猴子一边走，一边说。

"好滑。"李小娜才走了几步，就打了一个趔趄。

"来，拉着我的手。"孙猴子此时比猴子更利索。他把一只手伸给李小娜。

李小娜犹豫一下就牵住了。

"你们的老大谭宝山我看是有两把刷子的人。"李小娜说。

"你发现了什么？"孙猴子问。

"我感觉到他身上有一种气场……"

他们往上走了几十米，渐渐听不清"虎哥"和"老豹"、谭宝山和姜明花的声音了。

山林里突然出奇的静。星星在有灰云的天空上闪烁，四周的黑魆魆的树木像在暗夜里窥视着山上的一切。

"猴子，山里没蛇吧？"李小娜在后面问，声音有点发颤。

"有蛇呢！山里本来就有很多蛇的。特别是那种眼镜蛇。你要是惹着了它，它会先朝你脸上哈一口气，迷糊你的双眼，然后咬你一口，一般来说，没有特别的救治，就会完了……"孙猴子明知到了这个季节已经没有什么蛇随便出现，但他却说得极其恐怖。

"猴、猴、猴子，我好像听见哪里有嘶嘶嘶的声音……"

"蛇的声音就是嘶嘶嘶的声音。"

"你、你、你，你不怕吗？"

"我经常走这条山路巡山的。我对付蛇是有办法的。我不怕蛇，蛇还怕我呢！"

"蛇、蛇、蛇怎么怕你？"

"'虎哥'学了梅山手段，他教了我一手，可以驱蛇……"

另外两路人马的声音完全听不清了。

"猴、猴、猴子，我们还是莫走了吧！"

"好吧。我们就在那边那块大石头上坐着看白鹭吧！"

于是，孙猴子和李小娜坐到了一块瓦片状的大石头上。但是，李小娜并没有挨紧孙猴子，孙猴子感觉到了李小娜的紧张。

"怎么不见白鹭飞过来了呢？"

"这是不一定的。有时来一大群，有时要等很久。你耐点心吧。要不，我先说个山里的故事给你听听？"

"什么故事？"

"红毛野人的故事。"

"说、说、说吧。"李小娜明明有点怕,强烈的好奇心又让她恨不得孙猴子快说。

"你不怕吗?"

"不、不、不怕……"

"我也是听'虎哥'说的。他说从前,在大山里都是有红毛野人的。这种红毛野人最喜欢抓年轻女子。它抓女子时,脚步放得很轻,无论如何让人感觉不到它的到来。它会从女子的后面来,然后轻轻地将一双有长指甲的手搭在女子的肩上……"

孙猴子感到李小娜朝他靠近了一些,便顺势把手搭在了她的肩上。

"在这个时候,女子千万不能慌张……"孙猴子正说着,远处有什么怪鸟"呀"地叫了一声。李小娜突然转身揽住了孙猴子的肩。孙猴子急忙用右手从背后搂住了李小娜的腰:"莫怕莫怕,小娜你要是怕,我就不说红毛野人了……其实……"

"其、其、其实什么……"

"我都是听'虎哥'说的,红毛野人很好色的,它若是看见了女子很漂亮,就会亲她摸她;看到女子不漂亮,它会哇哇哇叫着,把一双长指甲插进女子的喉咙,狠狠地掐、掐、掐……"

李小娜忽然松开手,捧住了孙猴子的脸,把嘴唇贴到了孙猴子的脸上,孙猴子也陡地转过头来,吻住了李小娜的嘴唇……

第二十三章

　　从时令上说，秋天已经过去了，天龙大界上早晚明显地掠过阵阵寒意。
　　"天龙部落"前坪，每天的早操时段依旧响起晨练太极的音乐。现在，在谭宝山的悉心指导下，孙猴子的简化二十四式太极拳打得像模像样了，孙猴子颇有几分得意。谭宝山也为他的进步高兴，但他告诉孙猴子：打得有模有样，还只是太极的外壳，太极的内涵在乎"神"而不是"形"。见孙猴子纳闷，便进一步解释，打太极的最佳境界是进入一种禅境，从容淡定，物我两忘，人与大自然融为一体。为什么有的人练太极练了很久，姿态不能说不美，但他露出的眼光却是浮躁而焦虑的，在日常生活中总是患得患失，这只能说心性修炼不够，没有达到"神形兼备"。
　　谭宝山接到爷爷的电话。因为山上冷起来了，爷爷已经给他酿了一缸"重阳酒"，适当喝点酒可以御寒。
　　这让谭宝山十分感动。他总觉得爷爷是他身后的真正的天龙大界。
　　谭宝山知道，在坝湾村，爷爷是出了名的酿"重阳酒"的老把式。这"重阳酒"也叫"桂花酒"，是天龙大界四周特别是大山北面坝湾村最具有代表意义的农家酒，简直可以称得上是这里的一种酒文化。所以，谭宝山在《天龙大界山志》里详细记载下了酿酒的基本流程，并且思考着其中的文史精华——
　　在中秋节或重阳节前后，选用山里产的糯米，用凉水浸泡几个小时，农家叫作"浸发"。然后用木桶似的小甑架在铁锅上将糯米蒸熟。灶是泥砖砌成的灶，火是用大块劈柴点燃的火，土灶柴火散发着浓浓的泥土和木材的香味。按梅山习俗，蒸酒上甑时，忌讳碰到性情不爽快的人，特别是那些出了

名的泼妇，当然，孕妇也不行。如果碰上了，蒸酒锅上不了汽，只咕咕咕地响。做酒要干净，"马虎豆腐干净酒"。蒸熟后，将糯米均匀地摊开在竹篾团筛里，最好是用竹筷将米饭扒开成一粒粒的，使之不结块。摊凉后开始配"饼药"。这"饼药"是用辣蓼草洗净后与谷一起用碓舂成的，做烧酒的"饼药"则是用辣蓼草和糠一起冲成的。"饼药"是团成的一个个乒乓球大的丸子，米饭配"饼药"的比例大约是一斗米放二至四粒。撒匀了"饼药"后，便将糯米饭用专用的俗称"瓿酒缸"的瓦缸装好，封盖严实，放置在用稻草或烂棉被做成的"窠"里絮好，两至三天闻到酒香再将酒出窠。此时的酒为"出窠酒"。正中间的小孔渗出的酒就叫"酒娘"。如果酒没有"酒娘"，像干饭一样，则是兆头不好，于家不利；如果酒色带红，叫"娘娘酒"，也是不好的，但"娘娘酒"可能是"饼药"的问题。有了"出窠酒"，再另用小口坛子将"出窠酒"密封个把月左右，此时中间有酒水渗出也是"酒娘"。然后用上好的井水或者凉开水按一斤米一斤水的比例往里屦水，再次密封到酒糟闻不到酒味，将酒与糟分开。这样的酒微甜，后劲十足，稍不留心就喝醉了。屦水时，如果屦的是烧酒就会成为劲力强大的"状酒"。有的人在屦完烧酒后再在上面铺一层薄薄的猪板油，使之更加密封，猪油化掉后会增加酒的黏度。天龙大界山区海拔较高，比周边温度低一至三度，适宜藏酒。一般农家酿一缸"重阳酒"可以吃到立春。酒做得好，人们会喜之不尽地说："蒸酒缸缸好，做醋坛坛酸。"有的人家将分开后的酒糟再加水密封浸泡，后面的酒就淡了甚至涩了，比较浑浊，一般只自己吃，不用来招待客人。

谭宝山从心眼里感激爷爷。他感觉到爷爷不仅仅是他创业中最大的靠山，更是他人生中的一个知音。他情不自禁地唱起京剧《红灯记》里的金句：

"临行喝妈一碗酒，

浑身是胆雄赳赳……"

只是，他有意把"妈"改成了"爷"。

现在他和孙猴子显得十分地忙碌。

头一桩，他们需要为山羊们准备充足过冬的饲料玉米秸秆和稻草、干红薯藤。这些"山羊宝宝"，平时吃山草，饮山泉，朝出暮归，风雨无阻，几乎不需要管理多少，但冬天需要细致地呵护。冬季山上气候寒冷，风雪较多，白天短，夜晚长，早晚需要为山羊补饲。大山上相对比较封闭，污染少，较难感染，确实是一方养羊的宝地。坪山镇明确支持坝湾村在观音山工区搞山羊养殖基地试验，就是因为觉得那里条件优越。但一到冬天，山羊最容易咳嗽。经历了上次疫情的考验之后，谭宝山就注意收集整理一些可靠的防疫秘方。譬如"虎哥"运用过的用山上的一种野藤煎水喂羊，确实对预防瘟疫和一般性羊病有效。"虎哥"到底是"虎哥"，最近不知又从哪里弄来了一些养羊的偏方：对于烂嘴病，先用竹片刮去痂皮，再用草木灰加桐油调成糊状涂擦；用大蒜、茅草根、茶辣籽等煎煮治疗感冒……

第二桩，谭宝山和孙猴子决定兴建"二号羊庄"，准备在严寒到来之前，先全面完成地基的开拓。他们看中的是"一号羊庄"南面的那块小平地，准备将那里作为"二号羊庄"的落脚点。"二号羊庄"是"天龙三号工程"。"天龙三号工程"对谭宝山和孙猴子来说，将是他们在天龙大界观音山工区搞养殖基地的一个重要的台阶。

真是"天有不测风云"。这之中，"虎哥"忽然病了，让谭宝山和孙猴子有点措手不及。

从那天晚上伴随谭宝山、孙猴子、姜明花、李小娜几个人看鸟迁徙回来，"虎哥"就开始不舒服，后来又是鼻塞、打喷嚏，第二天起床很迟，也不想吃饭。谭宝山和孙猴子去看他时，他还蒙着被子睡着，不时说着胡话："华…华……"谭宝山伸出手摸了摸"虎哥"的额头，烫得厉害，知道他是严重感冒了。

谭宝山见孙猴子有点着急，便说："没事，我爷爷告诉过我一些办法的。"

谭宝山带着孙猴子一前一后地来到了山沟边。谭宝山说，只要采集一些野寄生茶、淡竹叶、车前草、夏枯草煎水喝即可。在一堵崖石上，他们看见一张蛇蜕下的陈皮，谭宝山告诉孙猴子，这其实也是一味难得的好药呢，是爷爷告诉他的，可以治疗小孩惊悸多梦……

谭宝山和孙猴子采药回去的时候，"虎哥"已经起床。只见他在床头摸摸索索寻找什么，好一会才弄出几张凿着眼的竹纸，拿着它来到门外焚烧。"虎哥"一边烧，一边念念有词："太上老君……将军老爷……"谭宝山和孙猴子忽然想起小时候见过的一些类似情景。那时候，天龙大界一带人家可谓是"村村有师公，家家设祭坛"。而作为"师公"，则是一个介于舞者与巫术之间的"神"的化身，一只牛角、一个面具、一身师公服、一个挎包是他应邀外出"跑香火"做法事唱傩戏时的标配。至于唱傩戏时需要的锣鼓是不用师公带的，

每家院子都有自备，有专人保管，哪家"跳大神"需要，只要事先取来即是。如果哪家院子屋前忽然牛角"呜呜"地响起来，不用问便知是师公来了，主人马上跑到院中鸣炮迎接。

"虎哥"虔诚地烧完了纸，才对谭宝山和孙猴子说，可能是那天晚上带他们上山看白鹭时撞上了"怪哉"，烧点纸驱赶一下就好了。"虎哥"烧完纸，又躺到床上去了。谭宝山和孙猴子不愿打扰"虎哥"的心情，只管走进食堂里为"虎哥"熬药。

吃了药，发一身汗，"虎哥"似乎舒服了一些。下午，"虎哥"从床上爬了起来，吃了点东西，然后拉起了他那把二胡。

"虎哥"此时拉的是一曲十分忧伤的曲子，谭宝山和孙猴子还从未听见过。只见"虎哥"面容憔悴，神情庄重，就知道这是"虎哥"的心曲，谭宝山和孙猴子不禁被深深地感染了。在缕缕的琴声中，他们仿佛看见月光下的一间柴屋，屋门口有一棵老树，树下坐着一个老人，老树下有条小路蜿蜒远去。又好像是雪野茫茫，阒无人迹，只有一缕灰暗的阴云在天际边静静飘动……

谭宝山在"虎哥"的指点下，开始和孙猴子整理"二号羊庄"的地基。

这时候，谭宝山的手机响了，是坝湾村书记廖时富"廖天使"的电话。

廖时富告诉谭宝山，分管农业的黄副镇长近两天准备上天龙大界了解他们的山羊养殖基地，如果发展潜力较大，将对他们的基地予以重点扶持，并作为样本在全镇山区推广。黄副镇长来时还会让媒体记者采访报道，主题是大学生毕业回乡，扎根大山养羊创业，接受社会"第一课"。

谭宝山接完电话，按捺不住内心的激动。

"哈哈，我们的'天龙部落'要出名了！"孙猴子也高兴地冲着天空长啸一声，那声音在山谷间久久回荡……

"出名是把双刃剑……"谭宝山却显得理智。

"两位老、老侄……出名真的不一定是好事呢。""虎哥"不紧不慢地提醒。

谭宝山和孙猴子细嚼着"虎哥"的话，渐渐沉静下来。

第二十四章

"说实话,我不得不佩服谭宝山和他的伙伴的眼光……

"当我第一次登上天龙大界,就隐隐感觉到,这里的确像是一部立体的大书。两条天龙相交而成的'人'字形大书,是一片文化和历史的荒塬……

"谭宝山选择在这里进修'第一课',放羊创业,当然是感觉到了这里得天独厚的自然环境和蕴藏的文化积淀。我觉得,如果研究湘中的梅山文化,这座大山是和湘西南雪峰山一样,都是不可绕开的话题。我观察了一下整座大山的山脉走势,它除了像一个'人'字外,也像一道教鞭。我想,这个'人'字饱含了几多沧桑和人生寓意。

"不知谭宝山感觉到没有,我们学宋史时,知道章惇开梅山的故事。开梅山不容易,章惇是个了不起的人物,他是采取软硬兼施的手段进行的。他那软的一手,就像我们说起的'民族政策',包括尊重当地的梅山风俗,同时传播一些中原文化,这实际上是将中原文化与古老的蛮夷文化逐渐融合的一个过程。

"我看到了山上的古战壕,看到了古战壕边散乱开着的野花,那么亲切。譬如有一种灌木我认识,叫作盐麸木,春天的时候,这种灌木开满了紫红的细花,一嘟噜一嘟噜的,十分好看。那山上的'一年蓬'草真多呀,小时候我在老家'割秧青'经常采割这种植物作肥料。那种紫红色的细圆的野菊花最令人怜惜。谭宝山告诉我,夏天的时候山上的野百合花可多了!这里一枝,那边一丛,像一群山里的小女孩在捉迷藏。这种花我早年也见过,但我们老家的山上很少。我们老家的山上有一种独特的植物,叫作滑鹅梨,也就是现在的猕猴桃。这种东西我在天龙大界也看到了的。

"应该说，千年鸟道是我在天龙大界看到的最具文化历史意蕴的景象。从前我只在小时候听大人们说起过'鸟道'。他们说起'鸟道'时，那神情是诡秘的，眼神也有一些贪婪的光。听他们讲得最多的是三四月份阴湿的晚上，点燃一堆篝火去引诱北飞的候鸟，让鸟投火而来。这次我在天龙大界上看到的鸟类迁徙的场景实在令人震撼。看到那些不顾一切南归的候鸟，我的心头升起的是满满的危机感和责任感。有一次，在梦中，我在一蓬野蔷薇丛中捡到一片羽毛，那羽毛洁白，像一叶帆，但是，羽毛上有一绺淡淡的血痕……谭宝山告诉过我：山中那些带血的羽毛大都是山贼们诱捕迁徙候鸟时用棍棒猛击留下的印迹！

"在这样一座交织着文明与野蛮、风云与风景、战火与岁月的苍莽大山上，谭宝山毅然决然地守望在那里，我蓦然觉得，他们是在为这座大山殉道。我时而觉得他们有一种'风萧萧兮易水寒，壮士一去兮不复还'的慷慨，时而觉得他们的理想一如大山上的雾岚缥缈不定……

"还有那个'虎哥'。我总觉得'虎哥'是一个谜。'虎哥'简直是位山神。他几乎能指出山上所有的植物，对所有的细小的动物也是如此。

"我最喜欢听谭宝山讲有梅山文化气味的大山故事。

"譬如那个'鬼打墙'的故事。宝山说，这是'虎哥'告诉他的：一个人夜晚在大山里走路，有时候走着走着，就会迷了路，于是就老是在山里打转转。人们说这是因为有山鬼在人的周围砌墙，你往南，鬼在南砌墙，你往北，鬼在北砌墙。这个时候，人千万不要慌张，不如干脆坐下来，吸烟的可以吸袋烟，不吸烟的可以慢慢地喊一声'哦嚯嚯嚯——'，这样鬼就会自行地走开了。我听宝山讲完，马上觉得这并没有什么出奇的，因为吸烟和打哦嚯，就是为自己壮胆，提升阳气。但宝山讲的那个'红毛野人'的故事就不同了，虽然听得津津有味，却是毛骨悚然，听完也不知其真伪。'红毛野人'的故事在我老家也有流传，但那太简单甚至粗糙。只有宝山讲的'红毛野人'的故事才有条有理。'红毛野人'到底有没有呢？不得而知。但是，'红毛野人'披头散发、指甲尖长的形象，红毛野人公母相嬉、遭人追赶驱杀而对伴侣互相保护、至死不改忠贞之情的情节已经深深地烙印在我的脑海里了。

"对于谭宝山，我现在能说些什么呢？实在不知从何说起。我从佩服他、崇拜他到现在的不知是喜欢还是……爱情，我都无法给自己一个明确的说法。

但有一点可以肯定，天龙大界已经是我心头的一个'结'了，这个'结'到底会挽得多深呢？

"那个晚上，当我和谭宝山单独走在山道上时，当我几次把手伸给谭宝山时，我并没有得到所期望的一幕。他好像时刻注意着什么。当我揉着眼睛说进了一只蚊子时，宝山没有捧起我的脸盘来轻轻地吹，而是告诉我别急，等眼泪出来了蚊子也就出来了，我的眼泪真的要出来了……

"他是那么渴望，为什么又会那么冷酷呢？我实在不明白……"

姜明花坐在自己房间的书桌前，回想着天龙大界一游的时光，思绪纷纷。

窗外，有大片的叶子从树上飞到地上，发出"蓬蓬蓬"的响声。她心底里想起李清照的一首词："寒日萧萧上琐窗，梧桐应恨夜来霜。酒阑更喜团茶苦，梦断偏宜瑞脑香。秋已尽，日犹长，仲宣怀远更凄凉。不如随分樽前醉，莫负东篱菊蕊黄。"

耳畔，依旧回荡着大片大片的鸟鸣声。

《山课笔记》。谭宝山思潮起伏。

"不知不觉，来到天龙大界养羊创业、读山护山好几个月了。我们又弄了一些羊上山，当然大部分都是母羊。现在总共有了近两百只羊了。这些新弄来的羊主要是周边山里人家的。他们主动把羊移交过来，等出栏时与我们按比例分成。这也是我们在资金紧张的情况下采取的扩大生产的方式之一。但我们吸取了教训，对这些羊先采取了防疫措施……

"又有做红白喜事的人家上山来买羊了。坪山镇那家最大的酒店也上山来谈供羊的协议了。我们在不断地积累着顾客人脉。当然，我的想法还是首先要把县内那两家最大的酒店祥天大酒店和红运大酒店拿下来作为销售渠道，以后还要向市内的湘中大酒店进军……

"我与孙猴子的日子就在这些看来有些杂乱却又有秩序的琐碎中过去……

"时间过得真快呀。经过了春的热烈、夏的蓬勃、秋的渲染，进入初冬的天龙大界，明显安静了许多。林场的杉木林和松树依旧青翠如碧，竹林已经有些发黄，林子间东一树西一树的枫叶变得酡红，像是老人经霜的脸。山上的灌木有很多落了叶子，那些杜鹃、毛栗、雪花皮树、桎木、野刺梨，有的

掉光了叶子，有的虽然叶子没有全掉，但也是绿黄相间，显得萧索了一些。

"羊群在山间蠕动，相对于宽阔的大山来说，这些羊群十分渺小。看它们那如饥似渴的样子，很像是和我一样在读这座大山。它们也是在进修课程吗？想到这里，我觉得有点好笑。鸟儿越飞越高了。天空变得更加苍蓝而深邃。有好几次，我看见岩鹰在山峰间盘旋，那神情特别的雄奇肃穆。岩鹰翼短而宽，先端圆，尾较长。我发现它在飞翔时常常是扇翅和滑翔交替进行，呈直线状飞翔，在飞翔时保持水平状，且善于在高空持久翱翔。我感觉，那简直是大山的形象使者，是大山的灵魂。我真想做一只大山的岩鹰呀！

"山上的羊群越来越温驯可爱了。我发现这些山羊不仅完全适应了天龙大界，而且深恋上了天龙大界。它们每天在山间寻觅着青草，吃饱了就卧伏在草坪里，显得悠闲享受。特别是午后，它们躺在山石边咀嚼着，不时咩咩咩地叫唤几声，格外让人觉得温馨自在。也有一些山羊喜欢活动，它们登上高高的石头，在夕阳下摆着不同的姿态，仿佛要显示它们的壮实与潇洒。它们的胡须在夕阳里飘拂着，神一般的自得和潇洒，还真有一种说不出的阳刚之美……

"羊吃饱了，腹部就大起来，袋子般的腹部均衡地晃荡在两边，还真用得上'大腹便便'呀。有一天，'虎哥'望了望羊群，面露喜色地告诉我和孙猴子，有几只羊已经怀孕了……我们有多么激动，简直无法用言词形容。

"姜明花和李小娜她们，虽说到了天龙大界，但她们是没有完全领略到这里的内涵的。对于这一座大山，并不是那么容易被人理解的。山有山的性格和丰富，人有人的思想和追求，任何人也无法改变这一状况。姜明花是从大山走出去的，但她不一定再愿意走进大山；李小娜虽然对大山处处感到新奇，但如果没有对大山的真正理解，那些新奇也是短暂的。我总觉得，大山威严地矗立在这里，俯视着人世间的一切，也在选择着和它相关的一切。我和孙猴子，还有'虎哥'，还有我们的山羊同样也是在它的挑选之中。它可能让我们站立在它的肩头，成就一番事业，也可能通过种种磨砺把我们一个一个扔到它的脚下……

"有一次，又看见'独眼龙'何槐生上山来了。'独眼龙'上山，总是全副武装，穿着长衣长裤，戴着副手套，蹬一双厚实带齿的解放鞋，扛把开山大锄，系着弯刀，两眼直勾勾的，他一见我便大惊小怪：'哎哟，老佺，你怎么还在咯山上啊！'我说我不在山上又在哪里。他说我上次为你看过相，说你将来会有远大前途，怎么还守在咯山上呢？接着他又跟我东扯西拉聊了很久，先是建议我去考公务员，当官，当了大官什么没有哇，权力，金钱，女人，之后又劝我去沿海城市闯荡，千万不可再守在山上放羊啰！我说放羊有什么要紧，我的目的又不仅仅是放羊，主要的是来这里接受大山的再教育。'独眼龙'眨眨眼睛，有点阴阳怪气地笑了笑说：'老侄呀，莫怪老叔没提醒你！人生一世，草木一春，青春有限，过了这座山，就没有那座山了！'我的答复是，我没必要这山望到那山高！'独眼龙'听了就有点悻悻的。后来'独眼龙'又说你想当'山大王'呀，那也得看你会不会做人喽！靠山吃山，咯座大山是大家的……这些话使我警惕。但孙猴子说，他说他的，跟我们没一毛钱关系！没有关系？我不以为然。

"有时候，我也在反思：我来天龙大界，果真是明智的吗？那天下午，我陪姜明花在山间走了好久。明花还是那句话：你真的就打算在这山上待下去？我说至少目前应该是的。明花听了一直凝望着远方，远方的天空上正有几朵云在游动，在夕阳的映照下，云朵像镶了金边，不知道要游到哪儿去。明花有点心事重重。我说，并不是什么云朵都会知道自己的方向，但它永远不会堕落！

"我发现孙猴子有时也有一些惘然。那次两位美女前来探山，从孙猴子表露出的神情来看，他是完成了自己的任务的。我发现自从那个晚上之后，孙猴子仿佛多了些心事。这也难怪。但是，我和孙猴子毕竟是有思想的。我也不知道李小娜对孙猴子到底怎么看，但我发现孙猴子真的算是一个有些主见的人，也不管他以后会怎么样，至少现在是。这使我觉得，他现在的形象，与他那在初中时的形象相比，简直有天壤之别。我敢肯定地说，孙猴子是天龙大界的精英。

"我们决定打造的《天龙大界山志》正在紧锣密鼓地进行编写。但是我们也碰到一个问题：我们怎样才能真正做到比较完整地编写好这本山志？首先应该是对整个天龙大界有一个比较全面的了解。天龙大界的东西南北都有深厚的文化和自然矿藏，所以编写这本山志是一个系统工程。这使我想起吴彩霞的行动计划，可以说有异曲同工之妙。她更偏向于旅游，我们更侧重于文化。但不论是文化还是旅游，都应该全面把握天龙大界的内涵。我觉得，我

和彩霞的思路实际上是大山的一体两面，而且迟早会合拢一处。现在，我和孙猴子应该逐步地走向天龙大界的每一个角落深处，那里有我们所需要的一切，尽管这项工程会使我们精疲力竭，但这中间有我们的梦想……

"谈到梦想，我不能不想起她。她不是姜明花而是吴彩霞。我至今有点怀疑在她来观音山工区之前的那个晚上，我做的那个奇怪的梦，我梦见了一条山溪，一片盛开的桃花。怎么会做那样一个梦呢？

"那是我第二次见到吴彩霞。必须承认，吴彩霞的确是美丽的，她让我想起天龙大界上的红杜鹃，她是最亮的那一朵。说实话，第一次见到她，我的内心就有一种从未有过的几近原始的悸动。我有一种感觉，第二次见到吴彩霞后，我发现自己曾经发生过的悸动再一次被唤醒了！奇怪的是，不仅我有这种强烈的悸动，我发现孙猴子仿佛也有了异样的感觉，我好几次看见孙猴子在专注地盯着吴彩霞的背影。我们这些感觉不知吴彩霞也知道不。吴彩霞不知有类似的感觉吗？哦，她的感觉也许全在潘进桂那里。但是，与吴彩霞的一两次通话中，我也隐隐感觉到一点什么——吴彩霞好几次欲语又止，似有心事几重……

"有时候，我也把姜明花和吴彩霞作比较，我觉得，姜明花更像是一汪静水，而吴彩霞是一团可以燃烧起来的火焰，静水和火焰都是我所追求的，尽管这些只能是心底的一个梦想。

"在爱情的问题上，我当然没有和吴彩霞交谈过，但我的确和姜明花交谈过。我记得在大学时，有一次我们在散步时聊到了《红楼梦》中的人物。姜明花问我最喜欢书中哪个人物，我说喜欢林黛玉。她问为什么。我说林黛玉是真正出尘脱俗的人，她甚至比贾宝玉更加彻底，更加坚定，她几乎是义无反顾的。看起来她说话难免尖刻，做事难免不通世务，但她是明朗的、敏锐的，由此还可以推出她的母亲贾敏也是何等有风致的人物！姜明花一直在听我滔滔不绝地讲述，一言不发。后来我问她最喜欢哪个人物，她沉默了一会才说，严格说起来她没有特别喜欢的人物，要说有，那可能就是薛宝钗和贾探春了。姜明花认为，这两个人物不仅是小说需要的人物，更是我们生活中不可或缺的人物。她们有自己独特的经历，也有自己的理想，但她们更多的是睿智和能力。姜明花反复强调，薛宝钗和贾探春是生活中的理想，理想中的冷静，她们才是扎扎实实的生活态度……那晚我们走了很远，谈了很多，但我们并没有取得多少共同的态度。有时候，我凝望着姜明花光洁的额头，既怦然心动，又觉得遥不可及……

"我觉得我们之间很深刻，却都还理智。

"冬天很快就要来了！这个冬天将是我在天龙大界经历的第一个冬天。记得雪莱有句著名的诗：既然冬天来了，春天还会远吗？"

第二十五章

谭宝山和他们的"天龙部落"影响越来越大。天龙大界南面山脚下的梨花坪村有一个人格外关注起来……

这一年,天龙大界的冬天似乎来得比往年早。

大雁过尽之后不久,天龙大界的气温一下就降低了许多。天空明显地变得阴灰起来,一团一团的云朵像一群一群灰褐色的羊群,相互牵扯着,追逐着,裹着凉风,掠过天龙大界上空,使天空与山界接近了许多。山色也明显有了变化,山腰以下的竹林和树木除了那东一簇西一簇开始暗灰下来的枫叶火焰外,其他都是有些沉闷的墨绿。山腰以上,从墨绿到灰黄、灰红、青绿相杂再到遍野衰草,白茅花影弥漫,显得层次分明,寒意萧萧。鸟儿在有些暗淡的空中飞来飞去,这些鸟都是留鸟,有灰雀和鹰隼之类。灰雀在山上人家的果木树上以及山间树梢和闲田瘠土里蹿来蹿去,在空中划下一道一道生动活泼的弧线。

傍晚时分,吴康生端着他那根短短的竹根烟管,趷蹴在"将军石"边,默默地注视着远处的天龙大界和天龙大界下的梨花坪村。

"铁锁河"依旧弯弯曲曲流淌着。小河像是梨花坪村一千多人的岁月血脉。春耕,夏耘,秋收,冬藏,日子一天天相似一天天流逝;"铁锁河"更像是梨花坪村人的一个梦想。梨花坪人被"铁锁河"锁住了一代又一代,尽管这里向来平安,而且长寿的人也多,但在吴康生看来,就是少出了读书的当官的和发财的做大事的。吴康生甚至有一种几近固执的见解,那就是一个地方平安长寿的人多固然是难得的好事,但如果没有一些读书的当官的或发财的做大事的重要人物影响,梨花坪村永远只是无数乡野村庄中的可有可无的一笔。

吴康生吧嗒吧嗒吸着烟，心里就是有一股愤愤不平之气：天龙大界明明是两条龙，"铁锁河"可以说是一条小龙，至少也算是沾了龙气吧？有龙的地方会永远如此窝囊吗？不可能！

他隐隐听到了关于天龙大界的许多信息。感觉在天龙大界四面，已经有无数双眼睛盯住了山上的一切。这些信息中有发展特色养殖基地的，包括养山羊、香猪甚至肉牛的，有准备发展药材基地的，有准备搞风力发电的，有准备搞旅游开发的……这无一不在说明，天龙大界已处在巨大的喧哗骚动之中，成了一座真正的"宝山"！宝山是宝山，吴康生凭着他丰富的阅历敏锐地感觉到，在天龙大界周围，向着这座宝山有不少人伸出了一双双攫取的手。这里面，暗藏着多少机谋啊！这也许是一场"夺宝大战"的前奏。

最引起吴康生注意的当然还是谭宝山和他们的"天龙部落"。

他隐隐感觉到，这个属于年轻大学生的"天龙部落"或许暗示了天龙大界焕发生机的明天。因为孙女吴彩霞告诉他，谭宝山虽然是在养羊，但也在钻研着这座大山。吴康生觉得他们是真正懂山的人。

有时吴康生也为痴迷开发天龙大界旅游的孙女吴彩霞捏着一把汗。虽然他早已感觉到吴彩霞的思想和能力，但他担忧着在或许就要到来的一场场天龙大界的"夺宝"博弈中，吴彩霞的力量是不是单薄了一些。吴彩霞的创业之路到底潜伏着多少丛莽荆棘呢？她最终能如愿成为天龙大界的骄子吗？

吴康生望了望身后的"将军石"和对面的大白果树，暗暗祈祷着两处有灵气的东西能够赋予孙女儿以智慧和力量。在吴康生的眼里，孙女儿漂亮、活泼，也有胆量和毅力，但毕竟只是梨花坪村的一个女孩，很多方面，尚属稚嫩。吴康生又想起了吴彩霞身边的男朋友潘进桂。他觉得潘进桂有才气，脑瓜子也活，但此人好像缺乏一种男性的一往无前的勇敢和天龙大界的大气。他虽未见过谭宝山，但他从听到的传闻中觉得谭宝山很有一些勇毅和气概。

他很想哪一天亲上天龙大界，会　会谭宝山这位"怪杰"。

远远传来唱傩戏的声音，有"嘿呜嘿呜"的牛角声，有鞭炮炸响，有师公捏腔拿调的悠长的祝祷声。吴康生从号角声和祝祷声中知道是有人家在做梅山"法事"，供奉的是倒立的张五郎神像，据说只有如此师公做"法事"才会灵验。

傩戏使吴康生陷入深深的回忆与思索之中。

桑树坳那两个吴姓女子被残忍杀害的往事永远难以让吴康生心中平静，更难以让两位女子的父亲吴丙生和吴木生平静。这傩戏就和那桩往事大有关系。吴丙生和吴木生是堂兄弟，性情都有点木讷而执着。他们的女儿被天龙大界北面坝湾村"下谭"湾里院子的谭艳华杀害后，成了远近闻名的"磨刀人"。后来他们都大病过一场，其中吴丙生还一度精神失常，吴木生则更加木讷寡言。

或是中了"祸不单行"那句话，那一段时期，他们两家不时有倒霉的事发生，促使他们每年要在家"唱梅山神"一次。因为凶手谭艳华的父亲谭青安"谭梅山"是位"师公"，吴丙生和吴木生怀疑他对两家用了"阴招"，譬如画迷魂符，用咒语法水之类，并且他们尤其怀疑当初谭艳华之所以能对两位女子下手，说不定是"谭梅山"教了儿子画迷魂"心"符所致，所以必须请本地的"何师公"做法事以"阴"制"阴"。那时候，作为大队支部书记的吴康生本是不允许他们搞"封建迷信活动"的，但为了抚慰他们，只能睁一只眼闭一只眼。一年又一年，"何师公"老了，死了，倒是把吴丙生和吴木生培养成了徒弟，吴丙生和吴木生渐渐成了远近有名的"师公"，他们俩平时不仅帮十里八里的乡亲们"做法事"，也每年帮自己家做一次。轮到帮自己家做法事时，吴丙生和吴木生就互换。一桩惨案成就了两个出色的"师公"，在山里人的议论当中说这是前世的缘分。

"嘿呜嘿呜"的牛角声和鞭炮声又响了一阵。吴康生看了一下手表，他估计吴彩霞开会快回吴家墩了。

但是，吴彩霞这天不回吴家墩了。

早饭后，她就去龙冈乡政府参加"振兴龙冈乡经济座谈会"。这次她带去了修改后刚脱稿的《湘中"天龙神界"旅游开发方案》。

仿佛冥冥之中有某种感应似的，正准备出发，她接到了来自天龙大界上谭宝山的电话。谭宝山告诉她一个喜讯：昨天有一只母羊生下了三个"宝宝"，而且都是十分的健壮活泼。整个生产过程他都在场，扎扎实实感受了一回动物母子之间的天伦温馨……

谭宝山说："彩霞，三个宝宝是个好兆头呢，民间俗语说'三阳开泰'！"

吴彩霞被谭宝山的真纯和开心的笑声感染了，眼前立即出现那两道短秀浓眉来。

吴彩霞告诉谭宝山，自己正准备去乡政府参加一个经济振兴座谈会呢！

谭宝山对此显得敏感而兴致勃勃："你们有什么好的信息一定不要保守，及时相告！"

吴彩霞说，我早已准备要把你们最先迈开的发展黑山羊的行动作为重要内容汇报呢！

座谈会放在乡政府的党委会议室召开。会议室北端的墙上悬挂着毛泽东主席画像，与画像相对的南面的墙上是龙冈乡多年积攒下来的各类荣誉的镜框奖状的缩影本墙贴。长条形的会议桌摆在会议室的正中间，桌子的中央摆着几盆"鸿运当头"。面对门口的墙上，有一块长条形的电子显示屏，正亮着"振兴龙冈乡经济座谈会"的字样，显示屏下面是主位，正中央的座位上是联点龙冈乡的分管农业的副县长龙腾云，他的左手边是具体联系旅游开发的政府办主任蔡志明，右手边是龙冈乡党委书记。

吴彩霞赶到会议室时，大部分人员已经到了。每个人面前有块红底白字的座位牌。吴彩霞被安排在与主位相对一排靠左的地方。当吴彩霞一出现在会场，整个会议室仿佛突然揿亮了一盏灯，立马吸引了所有的眼球。吴彩霞这天依旧是盘着"公主辫"，穿一件白色的薄羽绒衣，越发衬托得她身材婀娜。丹凤眼神采流盼，鹅蛋脸白里透红，在会议室里，吴彩霞的到来，说是万绿丛中一点红也不过分。

龙腾云悄悄地问右手边的乡党委书记："刚进来的这位吴彩霞女士是什么人？"党委书记还真的不了解她是谁，于是问女乡长刘梅，因为这些参加座谈会的民间人士大都是乡长操作请来的。刘梅轻轻告诉他这位是梨花坪村老书记吴康生的孙女，学旅游管理专业毕业后回乡创业的。党委书记轻轻将这些话转告给了龙腾云。龙腾云笑了笑说："年轻有为，年轻有为……"

座谈会由常务副乡长主持。先是由乡长刘梅介绍龙冈乡近年来的经济建设情况。龙冈乡属于山区，山多田少，没有什么突出的特色产业，当地人们主要靠劳务输出做生意。刘梅在介绍中着重谈了一些发展思路，其中第一条思路就是要瞄准龙冈乡的山区风景优势，发展乡村旅游。

"龙冈乡属于我县的边远山区。"刘梅留着西瓜皮，脸是一张圆脸，两个

眼睛也是圆的，说起话来两个眼睛里有光点在闪动，很有点像某个著名电视主持人，"整个龙冈乡的地形像一条长长的带子，坐落在我乡境内的天龙大界是境内最高的山，有着丰富的旅游资源。如果开发得好，这对龙冈乡的经济建设来说是一个极大的推动。早些年很多有识之士就提出要开发这里的旅游资源，但是一直没有得到重视。在这一点上，我们比起天龙大界西边的奉家镇落后很远了。奉家镇已经在天龙山西边搞起了游览区叫'梅山蛮'旅游区，人家的旅游索道都已经伸延到了我们的地盘边了，我们还在梦里。所以，今天，我们特意邀来了梨花坪村吴彩霞女士。吴彩霞女士是学旅游专业的高材生，她把眼光瞄上了家乡的天龙大界，而且就天龙大界的开发做了许多深入细致的自然和人文资源调查，也制订了一个初步开发的方案。过一下她会在会上发表她的看法。我们已经得到信息，春节过后，县里将召开一个做旺全县全域旅游的大会，就是推动乡村旅游的。我们决心借这一股东风把龙冈乡的旅游做起来，并且逐步做好做旺……"

刘梅接下来谈了另外两条思路，一条是发展特色养殖业，一条是发展特色果木基地。而这两条思路又是以第一条发展旅游的思路为基础的。天龙大界山区有着独特的气候，更有得天独厚的环境优势。刘梅侃侃而谈："我们也做过一些调查，以天龙大界为中心，辐射到四五个村，都适应搞特色养殖和特色果林。今天在座的，有好几个养殖高手，也有搞果木的专家，将来可以在振兴龙冈乡经济中一展才华。"

刘梅的话讲完后，主持会议的常务副乡长宣布会议进行第二项议程，讨论发言。这时候，副县长龙腾云说话了："同志们，我先提个要求。振兴龙冈乡经济，是需要实干的，不是要嘴皮子的。刚才刘梅乡长讲的三条思路，我深表赞同。我建议接下来，大家就围绕着三条思路各抒己见，尽可能讲些实在的有用的东西。刘梅乡长提到了吴彩霞女士，我看下面就请吴彩霞女士先谈谈你的想法。"

龙副县长的话音一落，所有在座的人目光刷地投向了吴彩霞。

对于公开发言，吴彩霞是见过些世面的。在大学里，她是班上的团支部书记，又是班上的文艺骨干，平时组织活动搞演讲，都是抛头露面从不慌张的。在几个地方的实习中，她也在很多场合有过精彩的发言。但是，今天的场合不同，今天是官方组织的一个经济振兴座谈会，参会的都是龙冈乡的各路精英,很多都是有了建树的,吴彩霞对一个地方的经济建设基本没有涉入,她担心自己的发言会贻笑大方。但是,吴彩霞毕竟是倔强的、勇敢的、灵活的,她必须借这个机会展示自己,展示自己就是展示自己的理想和事业。机不可失,当机立断。

吴彩霞喝了一口茶,清了清喉咙,先站起来向在座的人们说了声:"向各位领导各位朋友学习了!"在公开的大场合说话,吴彩霞常常是用一口流利的普通话,她的普通话是评了二甲的。这一口流利的普通话为她增添了不少魅力。

"我想谈谈的是关于天龙大界旅游开发的一些个人设想。先说明一下,我是天龙大界山脚下的一名普通山民,应该说,从小就受着天龙大界的哺育,包括这里的深厚的文史滋养,所以,在我人生的梦想里一直有着天龙大界的影子。各位领导,各位朋友,我是学旅游专业的,我想,在座的各位都已经清醒地看到当今发展乡村旅游的大趋势和旅游经济在经济建设中的重要位置和作用。毕业回乡后,也曾经有过很多梦想,想过考公务员,想过去发达地区闯荡江湖,但是,家乡的天龙大界始终牢牢地牵着我的心。我深切地感觉到,天龙大界不论是优美的风景,还是极其富有地域色彩的梅山文化,都是一笔无可替代的不可小觑的巨大财富。从学校回来后,我一直在进行自然的和人文的调查,已经初步摸清了天龙大界特别是处于龙冈乡境内这一块的主要资源。个人觉得,天龙大界的开发不仅仅有可能而且完全有必要,但我们必须要抢占先机。我这里,有一份天龙大界开发的初步设想。我个人的看法是,摸清底子,对接政策,细致规划,逐步实施,是我们开发天龙大界的路线图。在制订这个初步设想时,我也去过几个地方进行了调查,包括奉家镇的'梅山蛮'。我在调查中发现'梅山蛮'的开发发展是比较得力的,他们一是有个比较前卫的旅游意识,另外一个更有坚韧不拔的意志。他们的开发,基本上是当地的包括从外面回来的一些有识、有量之士在积极努力,克服了重重难关,终有所成。他们的经验当然值得我们借鉴,但是也不能照搬照抄,他们的一些不足,也为我们提供了教训。"

"你可以具体谈谈你那个初步设想吗?"一直在倾听的龙腾云忽然插话。在吴彩霞说话的时候,龙腾云一直没有停止记录。

"好吧,下面谈谈我的初步设想,肯定有很多不当之处,请各位领导和朋

友多多指教！"吴彩霞觉得比较自信了。

在吴彩霞谈设想的时候，有一双眼睛始终没有离开过吴彩霞。他就是蔡志明。蔡志明身材瘦长，有点窄长的脸上，架着副大眼镜，大眼镜后面的两个眼珠子放着鹞子眼一样的光，两颗门牙有点暴突，给人的印象是冷傲、深奥得有点不可捉摸。他那颗并不很大的脑袋顶在细长的脖子上有点像鹅的颈项。如果说吴彩霞有点紧张的话，那么这点紧张很大程度上是与她相对的蔡志明的眼镜片的闪光给带来的。一看到蔡志明的眼镜片的光亮，吴彩霞就产生一些奇怪的想法，觉得那不是眼镜，而是两盏探照灯。

"以上这些设想，我的确经过了反复思考。不瞒大家说，我之所以有这份开发的信心，是因为在天龙大界上，已经有了一位同龄人为我们作出了榜样……那位同龄人是一位刚从Ｓ大学历史系毕业的高材生，他叫谭宝山，就是天龙大界北面山脚下坝湾村谭家院子的人。从学校毕业后，选择了天龙大界作为走向社会的第一课堂，从养黑山羊入手，一边养羊，一边研究天龙大界，搞得风生水起……"

吴彩霞的话像一颗石头砸在平静的湖面上，会场上的气氛立即格外热烈起来。人们纷纷在问："谭宝山是何方神仙？敢于如此敢为人先？"

"现在的年轻人不知天高地厚也见多不怪了。不然，老话怎么会说'嘴上没毛，办事不牢'呢！"又有人议论。

吴彩霞终于讲完了。她的额头上可能因为激动和一点紧张而缀满了细密的汗珠，也使她那张本来就十分秀丽的脸庞更显娇艳。

散会后，龙腾云让蔡志明告诉陈道生和刘梅，要吴彩霞不必回家了，就和几位乡镇主要领导跟他一道去县城参加一个政府临时召集的紧急会议。

吴彩霞虽然不知道是什么紧急会议，但还是有点喜出望外。她拨通了两个人的手机，一个是潘进桂，一个是她的爷爷吴康生。

刚拨完两个电话，就有人拨她的电话，这人不是别人，竟是天龙大界观音山工区的谭宝山。她的内心一阵激动。

谭宝山在电话中告诉吴彩霞，他刚刚接到通知，要他去参加坪山镇的一个关于发展乡村旅游的座谈会，是镇里特别邀请的代表。

吴彩霞秀气的嘴角漾起一丝深甜的笑意。

第二十六章

从坪山镇开完发展乡村旅游座谈会回到天龙大界的第二天，谭宝山没有想到爷爷突然来到了观音山工区场部，而他更没有想到的是父亲也会同时到达。

爷爷和父亲出现时，谭宝山正和孙猴子、"虎哥"在"二号羊庄"忙碌。他们在清理地基时，居然挖出一个小陶器，虽然破损，但那粗线条的龙凤花纹却仍然清晰，这使他们大吃一惊。学历史的谭宝山略知它的价值，便决定珍藏下来，适当的时候请县里文物部门鉴定一下。接着碰到一块很大的石头，必须将它移开。但是，要移开也不是件容易的事。"虎哥"毕竟年长一点，有经验，先研究了一下石头的重心，再确定用力的角度，最后三人一齐心，终于将石头移出坑中，留在那里备用。尽管只是小小的成功，但他们也由衷地高兴了一番。

令他们特别高兴而又刺激的事前两天也发生了一桩。

那是将近傍晚时分，羊群还没有完全进庄，谭宝山忽然发现"一号羊庄"的北角，有一个黑乎乎的东西在拱着爬着，他左看右看不像是山羊，便叫来"虎哥"看，"虎哥"一见，立马认出那是一头自己蹓下山来的野猪！"虎哥"要谭宝山别出声，又喊来了在上里摘蔬菜的孙猴子。三个凑到一起商量怎么办。野猪是凶狠的，对羊群有威胁，对人有时也会攻击，有极大危险。谭宝山说，野猪现在是保护动物。最后谭宝山拍板：只能驱赶，不可捕捉！于是，他们突然齐声猛喊起来。野猪受到惊扰，刷地回头，慌不择路地落荒而逃。这一幕，"虎哥"不陌生，但谭宝山和孙猴子没有碰到过，觉得十分惊险但又格外富有山趣。谭宝山和孙猴子读过鲁迅的《故乡》，里面有一段写闰土月下

刺"猹"的场景，觉得有一种很类似的美。

富有山趣的事其实还有很多。特别是谭宝山上山来不久，有一回他和孙猴子、"虎哥"坐在山坪里纳凉，"虎哥"不知怎么谈起大山里有关蛇的知识，令谭宝山和孙猴子眼界大开。"虎哥"俨然一个"蛇医"，一一数来："我见过的毒蛇有四五种，一种是笋壳斑，也叫老鼠蛇，是那种棕褐色，三角头；一种是银环蛇，很容易认，长着一个一个的白箍箍，遇到人来了，把头埋在身体下面，看起来很害羞、温顺，但你要是去抓它，它就会狠狠地咬上你一口，不肿也不痛，但不要一个钟头，人就会死。还有五步蛇、眼镜蛇、竹叶青……"

谭宝山和孙猴子越听越恐怖。谭宝山便问："'虎哥'"，你讲这么多蛇，真是可怕。那到底要如何避开蛇类？"

"虎哥"不紧不慢地说："尽量少去野外草丛，要去最好穿着长裤和靴子，先打草惊蛇，见到蛇，转身就走……""虎哥"的话把谭宝山和孙猴子逗得哈哈大笑。

"莫笑，见到蛇走是走，但也不能乱走的。碰上'哈气鞭'，也就是你们所说的眼镜蛇，当它把脑壳竖起呼气时，你要站着不动，它会以为你是一块岩石，便慢慢绕过去了。蛇比人走得快，你必须走弯路。蛇是瞎子，你一拐，它就见不到你了。要是追了很久追不上，就不会来追你了！"听"虎哥"这么一说，谭宝山和孙猴子不禁又想起了学过的课文《从百草园到三味书屋》，不知"虎哥"说的办法对课文里出现的那种蛇灵也不灵……

"听人说，练过梅山法术的人会呼蛇，真的是吗？"谭宝山问。

"虎哥"陡地板起脸来："什么呼蛇，什么画'心符'迷女人，那都是邪术！"

那天，谭宝山和"虎哥"、孙猴子上山，在野猪坑，他们发现一男一女两位山民见了他们便慌慌张张转进了隐秘的树林里。谭宝山不禁联想到不久前天龙大界南面蛮园里和城墙冲发生的捉奸打伤人的风流韵事。"虎哥"笑着交代谭宝山和孙猴子，这天龙大界是座赫赫有名的"骚山"，在这山上"野狗拖鸡交配"的事情多，平时要注意"安全"。谭宝山和孙猴子听了有点莫名其妙。"虎哥"显然不放心，接着讲了一句让人听来觉得十分可笑的话："要是碰上'野狗拖鸡'，千万要学会避邪。"谭宝山和孙猴子还是一头雾水。"虎哥"干脆挑明了：因为天龙大界骚气很重，要是碰到有男人在山上偷女人，你们一定要赶紧避开，还要从自己那下面拔下一根阴毛来高高顶在自己脑袋上，以阳制邪，不然会倒霉的！

谭宝山和孙猴子闻所未闻，差点笑岔了气："'虎哥'你真是想多了！哪里可能呢？"

"虎哥"却一脸认真："这是梅山乡俗里的规矩，不是跟你们闹着玩的！"

谭宝山对于爷爷和父亲的造访，是明白一大半的。

自从村里决定在观音山工区建立山羊养殖试验基地之后，谭仕玉那颗心仿佛与谭宝山的羊庄更加紧密地联系在了一起。

坝头湾村现任支书"廖天使"廖时富笑嘻嘻地对谭仕玉说："老伯，当初您老人家把我推到书记的位置上来，现在又是县人大代表了，算是扶起牛屎作宝塔，我又没干成一桩什么鸟事。现在村里打算搞三个基地，没你老将出马我哪做得到啰！"

谭仕玉说："廖天使，你只管大胆干，我就不信我们坝湾村会拖镇里的后腿！"

"廖天使"又说："另外两个基地还好说一点，就是你孙子搞的那个养羊基地能不能做大，我有点拿不准。他们虽说是两个大学生，有文化，有理想，但毕竟是毛头小子哩！俗话说，姜还是老的辣……"

谭仕玉说："毛头小子有毛头小子的优势，敢闯敢干。你当初不也是这么过来的吗？"

"廖天使"连连说："那是那是，但那时候有你做我的坚强后盾呢！对了，我一直在想，能不能把宝山纳入到我们村里的班子里来，一则锻炼他，二则宝山也可以以此为起点，就是将来考公务员，也可以优惠加分的……"

说话听声，锣鼓听音，谭仕玉明白了"廖天使"的意思：他是想要自己当好谭宝山的顾问，把建设山羊养殖基地的担子交给了他！二是想让宝山当"村官"拴住他，好意倒也是一番好意。谭仕玉心下骂："廖天使"呀"廖天使"，你心里几根弯弯肠子我晓得！宝山的养殖基地我会帮他撑起来的！至于当不当村官，那还得看宝山自己的意思。

他对儿子谭仁民说："走，我们看看宝山的羊庄去！"谭仁民一听说让宝

山当村官,心里立即活动起来。

　　眼下的"天龙部落"并不像个什么真正的山羊养殖基地,一栋两边偏厦用山土夯墙的林场木房,一栋分为两层的所谓"一号羊庄",一片正在平整的"二号羊庄"基地,一些分布在四周的用来种菜的山土,一块嵌有树根拼成的"天龙部落"字样的牌子,日常交通工具就是孙猴子那台二手"老哈"摩托……

　　谭仁民对谭宝山的"业绩"没有表示出多大的兴趣,他仍然是在想着让谭宝山不要再"耍鬼把戏",下山找份体面的工作,实现他自己未曾实现的梦想。

　　谭仕玉却对谭宝山他们的打拼充满兴趣。他看到了那两头高大肥硕的种羊,看到了被谭宝山介绍的"天骄""龙种""大哥""界主"……

　　把"二号羊庄"的基地勘察了一下,谭仕玉对谭宝山说:"宝山,咯个地址选得蛮好!"

　　谭宝山不好意思地对爷爷说:"咯个场地是'虎哥'帮我们选的!"孙猴子插话说:"'虎哥'是我们的总设计师!"

　　"虎哥"蹲在一个大栗树墩边,默默地憨笑。

　　谭仕玉走过去与"虎哥"说话。

　　"老弟,"谭仕玉递了一支纸烟给"虎哥",并帮他卡上火,"你是个山里通,又是个实诚人,我晓得的,你看咯个地方养羊成得了气候吗?"

　　"虎哥""叭"一口烟,不慌不忙地说:"老兄,山里有句老话,叫作'不想呷(吃)油渣饭,莫到锅边站',站到锅边了,就要想办法把油渣饭弄到手。"

　　谭仕玉点点头,说:"只怕困难多。"

　　"虎哥"又"叭"一口烟,说:"山里还有句老话说得好,'开了婊子房,不怕卵子长!'""虎哥"接着补充,"我看咯两个年轻人成得了事!反正草鞋冒样,边打边像么!"

　　谭仕玉沉思着。他知道最近坪山镇已经开了发展乡村旅游的座谈会,主题是如何结合农业产业开发旅游资源。应该说谭宝山一边养羊一边研究天龙大界的路子是开了个好头。

　　这时候,谭仁民则在和谭宝山说着当村官将来有指标考公务员的事。

谭宝山说:"爹,当村官的政策我这次到县里开会时也听说了。不过,我到山上来是来学习的,主要想获得创业的经验。如果只是为了当个村官,指望着政策优惠,去考公务员,我又何必到山上来呢?我早就到城里去考了!但是,如果当村官确实有利于事业,我也会考虑的……"

谭仁民听了谭宝山的话,觉得宝山的心头已经有了一点松动,脸上立即浮出一丝笑意来:"会考虑就好,会考虑就好!"

谭宝山想:当村官虽然不是个官,但是个平台。不过,在这个平台,只能主演好自己的戏,不能因此而丧失进修"第一课"的初心。

谭宝山又向爷爷汇报了在养羊的同时,准备发展养香猪的想法。

"香猪?"谭仕玉觉得很新鲜。谭宝山说:"爷爷,现在香猪市场很俏,养香猪资金周转也比较灵活,是有发展前景的!"

孙猴子笑嘻嘻地说:"老书记,按宝哥的说法,养羊、养香猪,两不冲突,养羊的最终目的是寻找更加宽阔的路子哩!"

谭仕玉深深地吸了一口烟,说:"好咧!看来,我也会有点事做了!"

"养羊,养香猪,不断做大,这的确是条好思路。"谭仕玉说。他不禁暗暗佩服两个毛头小子的胆智了。

谭仕玉眺望着眼前的天龙大界,感慨万千。他对谭宝山说:"宝山,我在天龙大界脚下生活了一辈子,总感觉到并没有真正悟透这座充满灵气的大山。作为天龙大界的山民,这是令人遗憾的!我也得下个决心,跟你们两个毛头小子认真地悟一悟天龙大界了!"

山谷里远远地传来一声悠长的啸音。谭宝山问爷爷这是什么声音,爷爷告诉他:那是大山的"凤鸣"声!平时,这种吉祥的声音很难听到。谭宝山心头翻涌起波浪。

《山课笔记》写道——

"我现在有一种感觉,天龙大界这两条龙已经蠢蠢欲动,各种各样的机遇就像从春天的土壤中钻出的嫩芽。现在,我们的时光有了一种从未有过的珍贵。尽管如此,我也有许多的紧张。我觉得,我还有很多准备没有做好……

"天龙大界的冬天到来了。我不禁又一次想起雪莱的诗:既然冬天来了,春天还会远吗?我期盼着……"

第二十七章

　　杨柳依依、甬道弯弯的大学校园里，潘进桂在散步。风景虽好，但他此刻却显得心事重重。

　　自从那次在观音山工区与谭宝山见过一次之后，不知为何，潘进桂的内心深处一直有了一些不安。这种不安，主要是感觉到在对吴彩霞的追求上他有了一个竞争对手，而且是一个强有力的对手。说实话，他从内心里也有了几分对谭宝山的佩服，这或许是惺惺相惜吧。但他不愿意因此而自然退出，他太喜欢吴彩霞了。

　　他给吴彩霞发出一条短信息："彩霞，很快就是元旦佳节了。在此，我谨以伟人的一首词《如梦令·元旦》祝福你的事业：宁化、清流、归化，路隘林深苔滑。今日向何方，直指武夷山下。山下山下，风展红旗如画！"

　　"谢谢大才子！"吴彩霞回复。

　　"大才子，纠正一个说法，'你的事业'说法有误，应该称为'天龙大界人的事业'！"吴彩霞紧跟着又推送了一条信息。

　　"彩霞，你纠正得好！天龙大界确实一直也是我的一个梦想，和你一样！"

　　"难得。"

　　"彩霞，昨天晚上我做了一个很好、很好的梦，你猜是什么梦？"

　　"什么好梦？"

　　"我梦见春天来了，天龙大界上的杜鹃花全开了！"

　　"哦，是一个春梦啊！"吴彩霞在笑。

　　"是一个不一般的春梦！"潘进桂说。

"那有什么。难道你还没有见识过杜鹃花？"

"你错了！梦中的杜鹃花跟我们日常见过的杜鹃花大不相同！"

"说说看，有什么大不相同。"

过了几分钟，潘进桂没有回复。

吴彩霞发了一个问号过去。

过了几分钟，吴彩霞又发了一个问号过去，潘进桂还是没有回复。

吴彩霞有点火了。就在她准备放弃之时，潘进桂的信息偏偏来了："我和同学在校园的月光湖边散步，刚才碰到一位朋友，跟他聊了几句。"

这回吴彩霞一字不回了。几分钟不回，十几分钟也不回。吴彩霞想：你既然那么忙，还是先忙你的吧！才子们的好梦总是有些虚夸的。

吴彩霞翻开保存着的谭宝山发给她的那几条长信息，再次赏读了起来。那是几条记录山羊发情、产仔情景的信息，吴彩霞觉得十分有趣而又无比庄严——

"你知道吗？秋季是山羊繁殖的最佳季节。到了这个季节，那些母山羊有的开始鸣叫、不安，并且主动接近公羊，一边排尿，一边不停地摇着尾巴，接受公羊的爬跨……

"山羊产仔是有明显迹象的。

"开始时会有些烦躁不安，时卧时起，四处观望，不时地翘着尾巴，好像在寻找一个合适的地方。

"当它开始产仔的时候，它会平静地躺了下来，呈侧卧状态，四肢用力伸直，而且大声嘶叫，每一次嘶叫，就像是生命绝望时的呐喊……

"我最初听到那嘶叫声，心里一阵阵揪痛。生命的诞生，都是这样苦痛的吗？山羊在不停地挣扎，地上都有了山羊用脚刨出的小坑……

"终于看见小山羊的头了……母羊也精疲力尽了。这时候，'虎哥'走过去轻轻地用手捏住子宫为山羊助产。我也想过去帮一下忙，但我生怕帮了倒忙。母羊又苦战了半个小时，小山羊终于来到了世上。这时候，我发现母羊变得格外安静慈祥，它稍稍休息了一下，就站起来去照顾刚出生的小山羊，将小山羊身上的羊水舔舐干净……

"生命多么不容易啊，母爱多么伟大啊！不知为何，看到这一幕，我的眼眶有点湿润起来。从此，我对山羊的生命也更多了几分尊重……"

山霞

吴彩霞的眼眶早已湿润了……

潘进桂说的那个月光湖，吴彩霞也去过一两次的。

第一次，是去年六月初，潘进桂说学校的月光湖边，很多紫薇花都开花了，请她过去看看，一定会惊喜不已。吴彩霞是乡里长大的，桃花李花梨花山柴花油菜花，还有那各种有名无名的野花，她见得太多了，但紫薇花还真的没有见过，何况大片的紫薇花。她几乎没做什么思考就过去了。那时候，她和潘进桂认识还不到半年。大学校园里的紫薇花比吴彩霞想象的还要好看。月光湖实际上应该叫月牙湖，因为它的外形完全像一弯月亮，湖岸上全是紫薇树。正是傍晚时分，紫薇间的石子甬路上，全是双双对对的人影。

潘进桂把吴彩霞约来后一起在湖边散步。潘进桂显得格外亢奋，也许是第一次约来了自己心仪的美女吧。不断有同学向潘进桂打招呼，有熟悉的男同学还向他投来羡慕的眼光。潘进桂忽然挽住了吴彩霞的手说："走，我们去那亭子里坐坐。"

吴彩霞对潘进桂这一有意无意的挽手动作感到突然，有点顾虑，急忙放开了手，但还是去了湖边林木深处的一个亭子。在亭子里，潘进桂充分展示了他的文学才华，先是描述了自己所在大学的校园，接着又介绍了几个知名的教授，还讲述了他们文学社的活跃，但是，吴彩霞望着潘进桂高高的额头，只觉得他的确有才，有热情，还没有更多其他的感觉。

其他的感觉是第二次来月亮湖边才有的。

第二次是吴彩霞主动来大学里找潘进桂的。那是吴彩霞在毕业前夕，写了一篇关于旅游的毕业论文，想请潘进桂帮忙修改。潘进桂喜出望外。他对论文中的一些观点先是进行了点评，然后作了修改。吴彩霞看了后觉得论文生辉不少，十分高兴。潘进桂瞅准这一机会，说："彩霞，我们去月亮湖走走吧？"吴彩霞几乎不假思索地答应了。那天，他们在月亮湖边走了很久，也谈得很深。也是这次深谈，潘进桂知道吴彩霞无意去外地创业。

分别时，吴彩霞上了出租车，走出好远，从后视镜里看到，潘进桂一直目送着她。

"彩霞，你怎么不说话？我坐在湖边亭子里了。"

"你不是很忙吗？不能打扰你呀。"吴彩霞终于回复潘进桂。

"现在没事了！"

"那……你说说，梦中的杜鹃花有什么不同？"

"好，那我告诉你吧。我梦见天龙大界到处都是杜鹃花，简直彩霞一般。隐隐听见有人在说花仙子降临了。我问花仙子在哪，他们朝山上一指，只见林崖之间有一丛特别大的杜鹃花，那花有碗大一朵。风一吹，花丛中露出花仙子的脸来。"

"花仙子怎么样？"

"花仙子长得竟然和你一模一样！"

吴彩霞不觉笑了。她知道此刻潘进桂也是含着笑意的。于是回了一句："谁听你的花言巧语！"

"彩霞，你就是天龙大界最艳的那朵杜鹃花，真的！"

"哈哈，潘大才子也喜欢讲这些俗套话。"

"最庸俗的语言却是最真挚的感情。那些表达爱情最直接的诗不都是这样吗？你看这首诗：'上邪，我欲与君相知，长命无绝衰。山无陵，江水为竭，冬雷震震，夏雨雪，天地合，乃敢与君绝！'怎么样？俗套吧？伟大吧？"

吴彩霞当然读过这首诗，但她漫不经心地问："你们学校什么时候放假？"

"我从一个家乡来的同学那里听说，龙兴县将实施全域旅游战略，又从省内的一些媒体上看到了相关的报道，于是做了一个天龙大界的宣传策划，有些工作我打算提前做，有些工作回来时再和你商量。"

"耶！"吴彩霞兴奋起来，举起了标志"胜利"的手势。

"这一切……这一切都是为了——杜鹃仙子……"潘进桂补充道。

不知为何，此时吴彩霞的眼前又一次浮现出那两道短秀浓眉，浮现出山羊产仔的伟大而神圣的一幕……

第二十八章

这是一次梅山文化的盛会。谭宝山和吴彩霞都没有想到，他们竟会在这里再一次相遇。

天龙大界最西面的奉家镇几乎每年要举办一次"天龙梅山文化节"，这也是他们镇所在的龙化县每年的文化重头戏。在这个文化节上，有傩戏、武术、对歌等富有梅山文化气息的节目。文化节上，市县电视台会全程录像。"天龙梅山文化节"在湘中以及偏西南地区影响很大。

吴彩霞是受大学同学之邀去参加文化节的。

文化节有三天时间，第一天是游览风景，主要是游览"梅山蛮"旅游文化区，第二天是会议交流。第三天才是节目表演，所有的傩戏、武术、对歌等节目都在镇里的新修的梅山广场表演，场面十分宏大。

演出的傩戏是由师公表演的傩戏型法事经典《和梅山》。

"梅山"虽是一个抽象的地域性文化概念，但在这里的傩戏《和梅山》中，"梅山"却是地方神的代称，包括梅山诸神、孟公、土地、地主、娘娘、阴师、寨长等等。"和"，在《和梅山》中至少有三种含义，一是把各路神灵请到坛场来，二是表演，运用各种表演手段以实现信者的意旨并达到娱神娱人的目的，三是师公当和事佬，在人与神之间调和劝解。如某人冲撞了鬼怪害了病，请师公表演《和梅山》，请起梅山神来使人与神沟通，从而驱除鬼怪，消灾祛病。

吴彩霞虽然对傩戏并不陌生，但她的的确确还没有看过一场比较完整的傩戏表演，特别是《和梅山》这场经典傩戏，她只是听说过名字，还从没有欣赏过。大学同学见老同学对表演《和梅山》如此感兴趣，便想办法将她安排在嘉宾座区。吴彩霞秀美的身影一落座，立即成了座区的一个吸睛亮点。

吴彩霞发现右手边是一位中年妇女，左手边的嘉宾是一位脸有点长的络腮胡子，座位上的名字写着"马德鑫"三个字。马德鑫见吴彩霞落了座，大方而主动地向她点了点下巴，算是打个招呼。吴彩霞见马德鑫四十多岁，五十不到，相貌有特色，也礼节性地点了点下巴。

《和梅山》节目表演开始。

舞台中央摆着一张桌子，桌子后面写着梅山神位。出来表演的是当地请来的一位上了年纪的"师公"。表演开始，戴着面具、穿着一件怪里怪气服装的师公先嘟着腮帮"嘿呜嘿呜"地吹了一阵牛角，这牛角声回荡在广场上空，霎时把整个广场的气氛变得肃穆、威严、神秘。这使吴彩霞想起自己见过的梨花坪一带人家做法事的程序——一堂法事议程依据法事名目而定。如一般的"庆菩萨"，以一天为准，师公进入家门以后，先挂神主像，然后洗手装香、请神洒净，口诵心念请诸神就位，就算做好了准备工作。接下来法事按程序开始，起首法事一堂；二朝法事请神下马；三朝法事造桥点兵；四朝法事庆贺菩萨；五朝法事打卦交愿。至此一堂法事便算基本完成。吴彩霞小时候最喜欢跟着大人去看人家做法事，因为那法事既神秘又幽默，可以让人得到愉悦。在客气一点的人家，还可以吃到主人家端出来的香喷喷的瓜子。

眼下，随着《和梅山》表演的展开和深入，吴彩霞完全沉浸其中了。

这时候，有人轻轻推搡了她一下，她一看，就是左手边的马德鑫。他与吴彩霞搭讪起来：

"大美女，看你那么专注，你从前没见过这种把戏吗？"

"嗯嗯，见是见过，但没见过这样规模的。"吴彩霞一边敷衍着，一边随着演出的情节嘻笑。

"你是外地人？"马德鑫继续搭讪。

"不是，就是天龙大界那边的。"

"天龙大界那边的？"

"龙冈乡梨花坪你听说过吧？"吴彩霞回答着。这时候，她看见师公在与"梅山神"说"好话"，不禁跟着全场人一起哄笑起来。

"这种法事我也演过的。"忽然，吴彩霞又听见马德鑫说了一句。

吴彩霞奇怪地望了一眼马德鑫。

"我家有位长辈也是师公,做法事时让我当过助手,扮过土地公。"马德鑫有意无意地说着。

"那你为什么不去当师公?"吴彩霞有了好奇。

"当师公有蛮多戒律的,还要过坛登刀山,别父舍母,我吃不消呀。再说我对当师公也不太感兴趣。我有几个发小,有的学了道士,有的学了师公……"

吴彩霞不禁回头望了一眼马德鑫。

"你们那梨花坪我也去过,小时候跟我家那位当师公的长辈一起去的。那位长辈是去梨花坪教徒弟,那一次我还把我佩戴的一个小小玉石观音丢在那里了。长辈笑着说这是我的婚姻缘分定在这里了。记得那里有条铁锁河……"

台上还在演《和梅山》,师公演得惟妙惟肖。牛角声又"嘿呜嘿呜"地吹响了。

"那里还有一棵大白果树和一个大石头……"

吴彩霞终于仔细注意起眼前的马德鑫来。她发现马德鑫除了有一种大山般的豪气,还有一种让人幽深莫测的超前的坚定的力量,尤其是他那部络腮胡子,吴彩霞想起了墙上的马克思像。在这样一个人面前,吴彩霞心下油然而生几分敬畏之意。

"我家就在那棵大白果树边。"吴彩霞说。

这时候,台上的《和梅山》已经演到了尾声。接下来该是武术表演了。武术表演有棍,有刀,有拳,还有锤,一样一样依序表演。

吴彩霞拿起座位上的《天龙梅山文化节指南》翻了翻,终于看到了特邀嘉宾马德鑫的名字。马德鑫:湖南省龙化县奉家镇"梅山蛮"开发有限公司总经理。

吴彩霞忽然记起那次在"梅山蛮"调研时,有人介绍并未到场的外号"马脑壳"的马永豪,就问马德鑫:"马总,'梅山蛮'有个叫'马脑壳'的老总就是您么?"

马德鑫哈哈一笑:"那就是我呀!"

"您不是叫马永豪吗?"

"我最初的名字叫马小宝,马永豪的名字是后来改的。因为大家说我的脸长得像马脸,于是大家又喊我'马脑壳'。后来有位梅山老师傅给我算了一命,说我命里缺金，如果改个名字，事业会更加发达顺利，并亲自给我取了个名字叫马德鑫。从此我在外面的公开场合就用马德鑫的名字了。不过更多的时候还是叫马永豪的。"

"啊……原来是这样！"吴彩霞惊异地叫了一声。

"你事业干大了，就把名字也改得雄壮威风了！"吴彩霞揶揄起马永豪来。

"嘿嘿，多谢大美女夸奖！"马永豪有点自得地笑了笑。

台上的武术节目正表演虎爷山的"梅山拳"。打拳的是一个年轻人，那拳打得密不透风，吴彩霞简直看得呆了。

"好！"台上表演拳术的年轻人刚表演完毕，台下一片赞叹。

"美女你信不信？我也会打几路毛拳的，嘿嘿……"马永豪说。

这时候，吴彩霞发现右手边的中年妇女什么时候离开了座位，另有一个人正往空座位这边走过来。吴彩霞朝那人望去，大吃一惊，怎么会是谭宝山呢？这简直像是讲故事。

谭宝山也发现了吴彩霞，简直不敢相信自己的眼睛，连说"奇遇奇遇！原来你早就来了呀！"

这是他们第三次相见。

这时候，马永豪站起身来，对吴彩霞说："大美女，你慢慢欣赏节目，我有点事先走了。后会有期！指南录上有我的电话。"

"后会有期！"吴彩霞回应了一句。吴彩霞目送着马永豪走出了嘉宾座区，又走出了会场。这时候，台上的表演开始了棍术。舞棍的是一个白胡须的老者。谭宝山已经坐到了吴彩霞右手边的位置上。

"真没有想到，我们会不约而同在这里见面了！"吴彩霞喜出望外。

"这就叫作地球村。从另一个方面说，也叫作英雄所'至'略同吧！我们来这里的目标应该是一致的。"谭宝山朝吴彩霞笑了笑。吴彩霞觉得谭宝山一笑，那两道短秀眉毛神采飞扬，更显得自信而坚毅。

四目相对，吴彩霞不觉羞赧地低下了头。

台上表演的棍术真是舞得密不透风，水泼不进。谭宝山和吴彩霞看得呆了！

看完所有的表演节目，已是夕阳西下。

在奉家镇"梅山风味土菜馆"吃了招待餐之后，谭宝山和吴彩霞相约去资江风景带散步。

他们走在奉家镇镇政府附近的沿江大堤上。奉家镇在龙化县的最东部，也是该县最大的镇，由于项目争取得力和镇上企业家踊跃捐助，镇政府所在地的城镇建设这几年来是龙化县所有乡镇中最好的。奉家镇是资江转弯的地方，本来山清水秀，沿江大堤修好后，这里便成了江边公园。公园里不仅有袅袅的垂柳，也有一片一片的樱花、樟树、紫薇、桂树、石楠以及四季竹丛，还有根据当地历史传说中的梅山人物立下的塑像。最大的当然是倒立的梅山张五郎塑像。草坪里的草皮是专门新种的，走起来绿茵茵、软绵绵的。

吴彩霞第一次在一个陌生的地方和谭宝山散步，虽然有点不好意思甚至有一点紧张，但她的内心却荡漾起一种莫名的春风。这种快乐感与跟潘进桂在一起时的快乐感相比，来得更加真切解渴也更加深刻些。

"我是一个朋友临时邀请我过来的，他也是养羊的……"谭宝山说。

两人走在江堤上，像两个从大山里走出来的年轻音符。资江无声地在他们身边流淌。

"这条资江，是了不起的！"谭宝山望着资江，头发挺直，短秀浓眉微皱，单眼皮眼睛锐利，鼻尖略翘，像一副经典剪影。

他对吴彩霞说："资江是我们的母亲河。什么叫母亲河？你明白吗？"

"想听听谭总的高论。"吴彩霞朝谭宝山飞了个笑眼。

"母亲是源头，更是哺育和照耀我们的无边的慈爱。湖南四条大河——湘、资、沅、澧，我们的资江排行第二。在大学的时候，系里的胡教授跟我们专门谈论过，资江作为我们的母亲河，是古老的祖源文化——梅山文化的血脉，而且，关于它的起源还有争论。比较靠谱的说法是，资江作为湖南省最重要的四水之一，它的源头并非只有一个，而是分为左右两个源头，最终汇合在一起。它的左边是郝水，这一源头的开始地是那个苗族自治县境内的一座大山，它的右边是夫夷水，这一源头发源于广西资源县越城岭，两条河最终在一个地方进行汇合，形成资江……"

吴彩霞聚精会神地听着，简直像在听一堂地理课。他们走着走着，看到了一个古老的码头。那码头上还有石堤，有一级一级的青石路，还有一棵古老的俗称"油佬树"的榉树,那油佬树要两个人才能合抱。

"这码头使我想起在县城读书时见过的小河街码头。"吴彩霞说。接着她便回忆起那一段美好的学生时光:夕阳西下,她常常和几个同学去小河街码头看挖沙船,欣赏渔舟唱晚,看那些爱水的年轻人背着五颜六色的"救生袋"救生圈在江边畅游……

他们一前一后,来到了码头上。这码头当地叫山塘湾码头。

"小河街码头上也有一棵古树,那是一棵老皂荚树。树下有一条石板路,平时我常和几个女同学在那石板路上玩,一块一块地数着青石板。那资江大桥,经过修葺后,显得更加富有时代气息,真如长虹卧波。江上有水鸟飞翔,映着夕晖,翅膀像是描上了金边……"吴彩霞还沉浸在对往事的美好回忆里。

"你是在县一中毕业的?"谭宝山问。

"是的。在县一中的三年,那才真正的叫作花样年华呀!"吴彩霞说。

他们坐在油佬树下的青石板路上了。

"为什么说资江是母亲河?"谭宝山一坐下,又回到了"资江"的话题上来了,"因为她用自己的乳汁哺育了我们的身体,更哺育了我们这一方人文呀!这种恩情和生养我们的天龙大界一样。这人文这恩情太丰富博大了!"

这时候,他们发现对岸有一只废弃的老船。那条老船看起来十分简陋,简直像一只粗笨的木筏,船上简易的桅杆倒在一边。

"那只船,你知道吗?它就是传说中的毛板船。"谭宝山捡起地上的一块石头,手臂一抡,甩向河心,像是要叩响历史的记忆……

"这个你也晓得?"吴彩霞睁着水汪汪的双眼,简直对谭宝山有点崇拜了。

"从我们S市到武汉,过去陆路交通并不发达,人们只有借助资江这条古河道。山里的药材、煤炭、竹纸、矿砂、砂罐、薏米一般通过船只运到下游去,他们发明了一种实用而又简单的船只,用一些松木解成木板钉拢来,漆上桐油,做成毛板船,然后装上山货,只等一涨水,就出发往下游去。这些船由于制作粗糙,装的货又多,所以中途人货沉没的惨剧也是很多的。但即使如此,一队毛板船只要有一半能抵达目的地,老板还是有利可图的。所以尽管悲惨的事经常发生,毛板船的队伍却从来没有消逝……资江这条大河,既给了人们无尽的智慧和恩惠,有时也带给了这一方土地上人们多少灾难,尤其是洪灾。正因为如此,资江孕育的两岸的文明才显得更丰富多彩,魅力

无穷……"

吴彩霞听着谭宝山的历史教师般的讲解,忽然问:"资江是条母亲河,我们共同拥有的天龙大界可以算作是一座父亲山了吧?"说完,自己先嘻嘻笑起来。

谭宝山凝望着资江,深情地说:"你说到父亲母亲,我记起自己在大学的内部刊物上发表过一首小诗的。"

"你也写诗?"吴彩霞问。她想起潘进桂经常拿一些自己发表的文学作品给她看。

"我的诗比起你那朋友潘进桂的,可能没有他那么专业,不过自我感觉还可以。那首诗是这样写的:"谭宝山一边回忆,一边吟哦起来——

　　你耸立着
　　气概和胆略
　　呼吸成云朵与雄鹰
　　你思索着
　　时间和信念
　　表述成红杜鹃以及泉水
　　江河在流淌
　　在山下为你歌唱
　　江河在萦绕
　　在云雾间为你思念……

吴彩霞虽不写诗,但她能感觉到谭宝山诗中那澎湃激昂的旋律,能感觉到他那婉约缠绵的思绪……

一条江堤,两双脚,像是两行久违的抒情诗,默默的,却又是深深的。

有一段路,他们两个谁也没有说话,只有资江的波浪声在回响。

此情此景,吴彩霞不知不觉地想牵住谭宝山的手……

也不知过了多久,那轮月亮从河对岸的大山上升起来了。清澈的月光把整条大江包括这一处古码头照耀得十分明亮。

"彩霞,你们的天龙大界梦下一步怎么做?"谭宝山问。

"现在,县里的调子已经定了,强力推进全县旅游,这个你也是知道的。我们乡里会是开了,但还没有拿出什么东西来,我想在梨树坪村先实打实地自己搞起来。走一步看一步。我们做的实施规划是，首先准备资料，向林业部门争取山上的森林消防通道项目，把这个项目拿下来后，再以消防通道为中心，逐步修游步道，将天龙大界南面的几个精品景点联结起来。其他的休闲、饮食、住宿建设也要在全村逐渐展开。我们没有钱，只能一点一点地来做……"

谭宝山若有所思地说："我也在做这方面的思考。你们想到了前头，想得很好啊！"

"唉，万事开头难呀！"吴彩霞叹道。忽然觉得此刻应该勇敢地牵住谭宝山的手，但又觉得不太好意思，便叹息了一声。

"最难的主要是资金吧。我们养羊后来申请了一些扶持贷款的，也就是微息贷款。你们打算如何筹集资金？"

"我初步打算，先在村里成立一个湘中天龙神界旅游开发有限公司，让有钱的村民入股；另外一个办法是通过宣传造势，力争那些有识有志之士捐助或投资。等到初具规模，再进一步做大做强。当然，主要还是要靠政府做坚强后盾……"

谭宝山望着吴彩霞那张秀气的脸，望着她那只有点鹰气的秀美的鼻子，心头升起一种别样的感觉。这种感觉，是姜明花无法比拟的。有那么一刻，他真想走拢去，捧起那只秀美的鼻子亲吻一下……

如果此刻他亲吻一下她，她当然不会拒绝。但他没有。

吴彩霞见谭宝山不时出神地望着她，也心有灵犀，但作为一个美丽少女，始终维持着最后一点矜持。她等着一个……"吻"。

但她终于没有等到。

"我们现在的时间和青春，都寄托在同一座大山上。"谭宝山说着就站起来，吴彩霞也跟着站了起来。谭宝山一边继续沿着江边行走，一边继续前面的话题，"我近来逐步作了一些思考，主要是关于人生、青春和事业的。我在想，我们的生命是一条河，它的长度很有限，但是，只要真正地朝前奔腾了，只要扬起了属于自己的浪花，这条河就会赋予另外一种生命。当我们被一座大山诱惑，渐渐有了山的禀赋，我们的生命也就有了山的高度……"

"别只管浪漫，说点具体的吧，你们下一步有何打算？"吴彩霞笑了笑。

谭宝山沉吟了一会说："说实话，我们'天龙部落'目前的基本思路还

是耕山，也就是养羊。另外就是读山、护山，等到那一天，让这座大山走向崭新世界，从山上拓出一条青春之路。当然，现在的作为只是探索大山的第一步……"

"通过各种方式，我们的羊又增加了不少。但是，我们的创业现在遇到了麻烦……"谭宝山忽然有些低沉。

"什么麻烦？"

谭宝山沉默了一会儿说："我们尽管陆陆续续又从外面进了一些羊，而且也进行了防疫，但没有想到，由于经验不足，防疫并没有完全到位，羊口疮、羊痘、胸膜肺炎之类的疾病又开始出现迹象，虽然没有第一次那么猛烈，让我们措手不及，但这次还是死了好几只。孙猴子的那位老朋友'老山羊'给我们提供信息，让我们到奉家镇来向一位养羊的师傅请教。我就是为了这个过来的……"

"那就有救了啊！"吴彩霞说。

"麻烦还不止这个。"

"还有什么？"

"随着山羊增多，丢失羊的情况比较恼火。"

"羊怎么会丢失呢？"

"这又有好几种情况。有的羊是杂交后代，比较雄壮，难以吃饱，所以吃得很远，走着走着就到外县的地界上去了。还有狗咬羊的情况，也有被过去猎人放下的夹子夹住的情况……难怪俗话说：'千养万养，生毛的不算'！也就是说，这些养殖的动物在没有化为人民币之前都还是靠不住的！"

远远地，他们看见了资江上那座有点古老的大桥，大桥上，闪耀着灿烂的路灯，有车流从桥上飞驰而过。

谭宝山突然回过头来对吴彩霞说："彩霞，愿天龙大界成为我们这些年轻人共同的青春乃至生命的高地！"

"宝山，这么——严肃啊……"吴彩霞的眼睛里掠过一道不易察觉的失落。

谭宝山的脸轻轻地转了过去。

她想起了潘进桂。她和潘进桂之间，已经有一段时间信息变得稀少了。据潘进桂自己说，他要准备毕业论文，同时完成一些刊物的约稿文章，还有学校文学校刊《二月花》的征文活动即将截稿开评。对于潘进桂的"忙碌"，吴彩霞没有更多地在意，她倒是十分关注潘进桂对于天龙大界的造势行动。她不知道这位才子到底会怎样推出自己的关于天龙大界的大作来，从而引起社会的反响。

第二十九章

山风呼啸。天龙大界完全进入了严冬时节。

一片一片十分浓厚也很宽阔的阴云,时而像是一队天兵,时而像是一群烈马,时而像是一排波浪,从大山西北方向呼啸着过来,掠过观音山工区场部,掠过那栋有三间房屋的木楼瓦屋,山上的树梢随即像书页一般翻过去,露出它们白的黄的红的绿的背面,同时掀起沉重的"呼——呼——"的林涛,像是无数树木在吹响木叶声。

这阵阵涛声并没有淹没山谷间咩咩咩的羊叫声和从"天龙部落"升起的悠扬而执着的太极拳配乐声。乐声中,"酋长"谭宝山和"二当家的"孙猴子在展示着"白鹤晾翅""手挥琵琶"……

上午,飘起了小雨。什么时候,从"虎哥"那间房子里断断续续传出二胡声。这二胡声夹杂在萧冷的山风里,让人感觉到一种真切的温馨和坚韧。

一连几天,谭宝山注意到,每到傍晚,"虎哥"就在他那间木屋里拉着二胡。

年届六十的"虎哥",发际线又明显后退了一些,两鬓的白发更添了不少。他那有点矮的额头上,皱纹如纵横的沟壑。一双眼睛不是很大,而且有些浑浊,但一看就知道潜藏着许多心境。这些心境没有从他那张显大的嘴里说出来,但的的确确从他手中的二胡里叙说出来了。

他拉着二胡,春天仿佛从二胡声里走了过来。春天里,最早的还是那一枝枝的梅花,在小溪边古桥边开放,鲜红吐艳,傲霜凌雪;稍后就是一蓬蓬的迎春花开了,桃花梨花开了,山里的小路也变得格外柔美。岁月的镜头摇晃,一个才几岁的小孩牵着母亲的手在山道上吃力地攀登着。母亲在山间为小孩捧起清清的山泉，摘下了红色有刺的果子，或者嫩厚的"茶耳朵"，小孩吃饱喝足了，喊着"娘，娘……"

他拉着二胡，仿佛一轮月亮从山顶上升起来了，照亮了小山村的青瓦土砖屋，照亮了村前的青青水口林。在小路的尽头，有一汪水塘，水塘边有一排柳树。在柳树下，一位俏丽的村姑坐在水塘边的石凳上托腮沉思。朦胧月色中，一个小伙子走了过来……

他拉着二胡，仿佛风雨突起，天色骤变，溪流在哭泣，山树在滴泪，人生掀起风浪……

谭宝山被"虎哥"的二胡牢牢地吸引了。他们从来没有觉得他的二胡如此忧郁动听。

"'虎哥'这几日好像有心事。"谭宝山对孙猴子说。

孙猴子觉得也是。但他们一时无法走进"虎哥"的二胡深处。谭宝山心头有了一个"结"。

这个"结"一直过了几天才得以解开。

这个夜晚，已经很深了，谭宝山又在写他的《山课笔记》。外面风很大，天空很黑，让人觉得这大山里的寒冷和寂寞——

"最近又丢失了一只羊。这只羊是'波尔'杂交山羊后代，一个月以前在别人指点下从沅陵那边弄过来的。这是一个较大的损失。因为这种羊体形高大，年产肉可达6折。秋肥时这种羊最大可长到200多斤。我和孙猴子，还有'虎哥'，走遍了观音山工区都没有发现它的影子。我们翻过山界往西往南找了一些地方，都没有发现。寻找中，孙猴子的脚还崴了一下，痛得龇牙咧嘴。'虎哥'说，不必找了，它已经走得很远了！我们的心头霎时空落落的。说实话，看到自己辛辛苦苦引来和喂养的优质山羊就这么不辞而别，经济损失还在其次，心里真不好过，好像走失了自己的孩子……"

写着写着，谭宝山猛地听到隔壁有轻轻的哭泣声。这使谭宝山大吃一惊。他连忙放下笔，走过去叫醒已经入睡的孙猴子，一起听。

开始，孙猴子没有听到什么，只听见山风在窗外呼啸，掀起阵阵松涛，偶尔夹杂着一两声山鸟的怪叫。后来，孙猴子终于听清了，的确有轻轻的哭泣声。于是，他和谭宝山轻轻地开了门，走到"虎哥"的窗下，却突然没有了哭声，只有"虎哥"浓重的鼾声。

"是在梦里哭泣。"谭宝山肯定地说。

孙猴子认为也是。但他们一致认为没有必要去唤醒他。于是，他们又蹑手蹑脚地走开了。

孙猴子向谭宝山说起一桩事。

孙猴子刚来到山上时，"虎哥"已经和老队长在山上了。

"虎哥"对孙猴子的到来，既欢喜，又疑惑。欢喜的是老队长下山后，这里毕竟不会是一个人的大山世界，疑惑的是孙猴子到底能待几天。孙猴子每天跟着他翻山越岭，熟悉这里的地形和一草一木。他没有多少话，只是偶尔问几句孙猴子为什么来了这山上，什么时候下山去，孙猴子回答说他本来就是大山人，生长在大山脚下，现在更加崇拜养育过他的大山，自己将扎根大山，与大山融为一体。至于人家怎么看他，他不在乎。他需要这座山。

"虎哥"听了没有言语，默默地吸烟。好久才瓮声瓮气地说半句："咯（这）样啊……"

平时，"虎哥"拿出他那把二胡，静静地拉出一些谭宝山和孙猴子不太熟悉的曲子。渐渐地，谭宝山也听懂了他的许多曲子。他发现"虎哥"最喜欢拉的有两支曲子，一支是《正月子飘》，一支是《送郎》。"虎哥"的二胡材质本来差，又用得太久，拉出的声音嘶啦嘶啦的，像是秋风在山林间吹拂盘旋。但是，忧伤却依旧如此深刻地准确无误地传达出来。谭宝山说："'虎哥'，我帮你买把新的二胡吧！""虎哥"说："不用不用，我反正是拉着玩的……"

记得"虎哥"告诉过他几段山里情歌的歌词：

> 送郎送到竹子山，
> 抱住竹子哭一场。
> 别人问我哭什么，
> 我哭竹子没心肝。

> 送郎送到竹子山，
> 抱住竹子哭一场。
> 竹子听了泪水流，
> 情郎莫把我来忘。

送妹送到竹子山，

　　抱住竹子哭一场。

　　竹子听了眼泪流，

　　情妹莫把我来忘。

　　…………

　　谭宝山听了这几段歌词，不禁从内心里佩服"虎哥"的好记性，便又请"虎哥"拉了几遍曲子，觉得有一种刻骨铭心的缠绵。后来"虎哥"很少拉这支曲子。

　　这天，"虎哥"忽然对谭宝山和孙猴子说："两位老侄，我打算下山走一趟。"

　　谭宝山说："老伯准备去哪呢？"

　　"我要回　趟老家。"

　　"奉家镇？"

　　"不是……"

　　"您老家不是在奉家镇吗？"

　　"我老家离奉家镇还很远。"

　　"那就是安化？您老家还有什么亲人是吗？"

　　"是安化……也没有什么亲人……因为最近我老是梦见一个人了……""虎哥"支吾着。

　　"虎哥"开始清点自己的东西。他住的这间木屋里也没什么东西，就一张木床，木床的一条腿还用几根红藤绑在一截松木上。床上一床被子，被子是老式蓝色印花被面，夏天是它，冬天还是它。床上靠里的一面，堆放一些衣物、用过的电池、一本从地摊上买来的历书。除了木床，还有一张用圆木拼成的小方桌。靠窗的土墙上有几个钉子牵着根细的铁丝，用来晾挂衣物。靠床的一面墙上，也有个钉子，那是用来挂他那个不常挪动的小布口袋和那把二胡的。小布口袋不知装着些什么，从来没见他打开过，也没有谁注意它。"虎哥"将一些杂七杂八的东西装在一只帆布袋里，那把二胡也准备带走。

　　"虎哥"要孙猴子帮他向老队长请了假，第二天准备下山去。晚上，谭宝山、孙猴子、"虎哥"一起小聚。他们炒了一小碗切片的猪血丸子和一小碗腊猪耳朵，喝了谭宝山爷爷谭仕玉送上山来的"重阳酒"。几杯酒下肚，三个人

都有了一点醉意。吃完饭,谭宝山忽然说:"老伯,我们真舍不得你走。"

"虎哥"说:"那有什么要紧,最迟过了春节我就会上山来的。"

"你这次回老家打算做点什么事呢?"

"虎哥"忽然沉默起来。孙猴子示意谭宝山不必继续问下去。

但"虎哥"说:"好吧,既然你们问到这个地方了,我也可以告诉你们的。反正也没有什么……"

谭宝山和孙猴子同时说:"老伯,你尽管放心讲!我们不是外人……"

"那我还是先拉一下二胡……"

孙猴子连忙从"虎哥"的房子里拿来了他那"宝贝"。

"虎哥"把二胡操在手中,简单地调试了一下音,便拉了起来。谭宝山和孙猴子一听就知道是《送郎》——

　　　　送郎送到竹子山,

　　　　抱住竹子哭一场。

　　　　别人问我哭什么,

　　　　我哭竹子没心肝。

拉了一会儿,"虎哥"才停了下来,这时他的脸上有了一层奇特和神圣的色彩。

他开言的第一句话就震惊了谭宝山和孙猴子:"我这二胡,是为我的堂嫂子拉的。"

故事就这样开始了。

"虎哥"的这位堂嫂是一位十分贤惠也有几分漂亮的女人。她嫁给"虎哥"的堂兄后,开始时也是互亲互敬。后来,堂哥去外地打工,沾染了嫖赌的习气,回家时不仅没有一分钱,还带回了一身花柳病,无法下地做农活。堂嫂带着两个孩子欲哭无泪。未能成家的"虎哥"实在看不下去,就不时帮堂兄做点农活,犁田、翻土、打禾、挖红薯,从不要报酬。然而,时间一久,院子里就有了闲言碎语,这闲言碎语传到了躺在床上的堂兄的耳朵里,堂兄气愤之下自己寻了短见,嘴上喷出农药气味……

"虎哥"从此再不敢上门帮忙。

这以后,堂嫂带着两个儿女度日,生活更加艰难。"虎哥"几次要为堂嫂帮忙,被堂嫂谢绝。后来堂嫂准备带着儿女远去他乡。

在一个风雨交加的深夜，堂嫂独自坐在昏暗的油灯下垂泪。突然，她听见轻轻的敲门声：笃笃，笃笃，笃笃。她的心一惊，但马上镇定下来。她思考好久，才走过去拉开了门。

是"虎哥"。他不顾一切地走进堂嫂家里，嗵地跪在堂嫂跟前，迸出一句山崩地裂的话："嫂子，我要娶你……"

堂嫂被这一幕惊呆了，不知道说什么好。

过了好久，堂嫂扶起"虎哥"说："我们这辈子……无缘。你还是去找个黄花闺女过日子吧！"

"虎哥"一把抱住堂嫂说："我这辈子就认准了你！你答应我吧！"

堂嫂哭了："老弟，这是万万……不行的！我就是死了也不会答应你！你快走吧……"便狠狠推开了"虎哥"，关上了门……

万念俱灰的"虎哥"，离开了老家。

他凭着自身的砌匠手艺和一身力气在江湖上漂泊，最终漂到了天龙大界下的奉家镇，入赘在一个寡妇家里，但不到两年，寡妇又去世了，"虎哥"只能继续漂泊，然后来到了天龙大界……"虎哥"走得再远，也忘记不了老家的堂嫂。

"虎哥"下山前交待谭宝山："今年冬天可能格外冷，不要把羊冻坏了哦！"

天暗云低，朔风怒吼。

海拔一千多米的天龙大界，一进入冬季温度骤降。山色变得萧条、凝滞起来，黑色山崖如铁一般，泛着寒光，所有的树木失去了往日生动的气象，仿佛正在接受一场来自天外的庄严考验。低温冰冻天气加上临界湿度，很快形成大面积的雾凇。先是雷公崖顶开始出现雾凇，仿佛戴上了一顶白蒙蒙的帽子，慢慢地，白色雾凇往崖下一带的山谷延伸，山上出现玉树琼枝的琉璃景观。

不久，大片的雪花飘舞起来。只一夜时间，大朵大朵的雪花夹杂着沉重的砂粒子，使天龙大界的观音山工区变成了白皑皑的童话世界。

凤吼山鸣之中，"天龙部落"像是童话中的房子，变得更加矮小了一些，

但那太极配乐依旧在清晨里响起来，仿佛有一种山蕨般的野性的倔强。也有不畏严寒的山鸟站在坪前的李树上和那棵油桐树上啁啾着，像是被那太极配乐的节奏感染。

"虎哥"下山后的几天里，谭宝山和孙猴子加强了对"一号羊庄"的管理。

他们仔细检查了羊庄的各种过冬设施，包括窗户的严实和苞谷秸秆、干稻草的准备，同时对每一只山羊进行了观察。看到绝大部分山羊们嚼食着冬粮，神态悠闲稳定，谭宝山和孙猴子的心中的石头落下了一角。这之中，他们翻阅了一些技术书籍，并且与板竹山的朱总进行联系，山羊的各项过冬工作有条不紊。

"穿林海跨雪原气冲霄汉……"

谭宝山站在坪前，欣赏着大山雪景，不觉豪情万丈，情不自禁地唱起了耿其昌表演的京剧《智取威虎山》中的著名唱段。

孙猴子这两天显得特别忙。他主要是要抓住大雪时节拍摄他的一系列雪景照片。这些照片，一是为天龙大界山志积累图片素材，二是准备选一些自己较满意的作品去参加县摄影家协会举办的"龙兴迎春摄影作品大赛"。在谭宝山的大力协助下，他对自己已经拍摄到的几张作品很有信心——

一张是"山舞银蛇"。这张图片是他在天龙大界大雪初住时奋力攀上雷公崖顶上拍摄的。远景：白雪茫茫，大山逶迤奔腾，像一条银装素裹的巨龙；近景：松枝盘虬，斗寒横柯，愈显英雄气概。抓拍的细节是天空中正有一掠巨龙似的寒云，披鳞奋爪而来，仿佛是天龙大界的精灵显现出来。

一张是"苍松琼枝"。这张图片，拍的是一堵悬崖，悬崖上有几棵倒挂的松树。松树碧翠，枝条上垂下许多冰棱柱，互相辉映，让人想起"已是悬崖百丈冰"的诗句，涵意深刻。

谭宝山为孙猴子的作品提出了参考意见，认为风景和角度都不错，但厚重感仍然不足。他建议孙猴子拍几张能深刻反映天龙大界历史与现实生活的照片，于是，孙猴子另外两幅照片诞生了——"贫屋豪情"。画面正中是那三间木屋带两座披厦的"天龙部落"。细节有"天龙部落"牌匾、老李子树、油桐树、柴垛、"一号羊庄"，尤其突出的是那缕炊烟和那条雄壮的"老豹"；一张是"宁折不弯"。画面上是一竿被雪压折的翠竹……

正当他们得意之时，这天，在羊圈检查时，谭宝山忽然发现：有两只小羊冻得奄奄一息……

祸不单行,"天龙部落"竟突然停电了。谭宝山问山下情况,供电正常。这就说明,为他们输电的线路出了问题。这山上的电路是当初林场从山下自己动手牵上来的,并没有使用正规的电线杆,在这风雪天出问题是很容易的事。

谭宝山思索了一下,说:"猴子,我们自己先去查一下线路!"

于是,谭宝山带领孙猴子穿上雨靴,为了防滑各自用白茅枯草将鞋子捆上,一脚深一脚浅地朝山中走去。两行脚印,像是大山里的两根古弦,奏着一支坚韧的歌……

他们万万没有想到,电线在一棵松树上被人为地齐齐地剪断了……

第三十章

2010年,春天仿佛来得比往年早一些。

这天,谭宝山正在"一号羊庄"护理山羊。天气过度寒冷,人们说是三十年一遇。因为连续冻死了三四只羊,谭宝山和孙猴子采取了加强棚舍保暖、卫生和及时喂草等办法对付。特别是对脆弱的小羊,更加厚爱一层。每天坚持给小羊饮三遍水,因为缺水比缺食更恼火。由于水凉,小羊总是不愿意喝。由于及时恢复了通电,谭宝山带领孙猴子用电茶壶把水适当加热,加适量盐,这样小羊不仅愿喝,而且还能补充体内温度,增加食欲……

孙猴子对蓄意剪断电线的事一直愤懑于怀,不时诅咒。谭宝山却安慰他说:"猴子,这明显是有人报复!世上没有无缘无故的爱也没有无缘无故的恨。天龙大界虽好,但林子大了什么鸟都有,不足为怪!"

"宝哥,我要是晓得是哪个做的缺德事,会跟他拼命的!你劝也没用!"

"如果这也值得拼命,那只怕你的命太少了!"

谭宝山忽然接到吴彩霞的信息,她正去县城参加一个重要会议,问谭宝山大雪封山一切可好。谭宝山回复:我们已经听到春天的脚步了!

这天是3月6日,农历正月二十一,周六,是二十四节气中的"惊蛰"。

这天的S市的《S晚报》在第六版的"奇山异水"专刊上刊登了一篇长文,题目是"撩开天龙大界的神秘面纱"。文章发了一个整版,通栏标题,并配发了四幅照片,主题照就是透迤苍莽的天龙大界远景。文章的作者是"本报记者杨子雄"和排在后面的通讯员潘进桂、吴彩霞。文章分几块:"奇特的龙脉山势","神秘的千年战场","壮丽的精品景点","如火的杜鹃山霞"。

吴彩霞看到这张报纸,是在3月6日召开的全县妇女代表工作大会会场。她的资料袋里，除了一些会议文件，就是一份《S晚报》。原来，《S晚报》记者杨子雄老家是龙兴县某乡镇的，在这一期报纸上还有他专门为本县妇联采写的一个长篇通讯。会场发的报纸是县妇联跟晚报联系后加印的。这次妇代会根据口径统计，纳入了青年女子创业的内容，吴彩霞作为全县"青年女子创业能手"特邀代表参加了这次大会，名单都是各乡镇报上来的。龙冈乡党委、政府之所以把她作为代表推荐前来参会是有考虑的，主要是希望把天龙大界特别是该乡境内这一块的旅游开发"搞热"，让她当那枝火艳的报春花。

《撩开天龙大界的神秘面纱》受到广泛关注，吴彩霞作为该文作者之一和龙冈乡出席县妇联会议的女代表，颇受代表追捧。这天，吴彩霞盘着公主辫，穿件红色羽绒夹克，围着一条蝉翼般的丝巾，亭亭玉立，就像一朵绽开在早春的山花，显得格外青春靓丽。

吴彩霞本来是没有安排发言的，但是县妇联主席考虑到配合全县发展全域旅游的大战略，最后又确定了吴彩霞发言，让她先行准备。吴彩霞发言稿的题目是《做一只天龙大界的雄鹰》。这篇发言稿是请潘进桂修改过并最后定稿的，篇幅不长，却是言辞文采斑斓，气势激昂慷慨——

各位领导，各位代表：

大家上午好！

有首著名的古诗，题目叫作《春日》，是朱熹写的："胜日寻芳泗水滨，无边光景一时新。等闲识得东风面，万紫千红总是春。"每当伴随着春天的脚步进入新的一年，我们都会感觉到这一方土地上非同寻常的气息。春天是希望的象征，春风是力量的帆页。

今天，有幸来到这里参加大会，内心十分激动。我是一个生长在龙冈乡天龙大界下的普通女子，天龙大界的山山水水养育了我。对天龙大界，我有着难以割舍的情缘。大学毕业后，秉着对天龙大界的热爱，又回到了大山脚下，准备从天龙大界下再出发。

随着时代大潮，我们龙兴县发展全域旅游的黄金季节已经到来。我和家乡的一位有识之士经过一段时间的努力，对天龙大界的自然景观和文化历史因素进行了一次比较全面的探访与挖掘，掌握了第一手资料，目的就是要利用天龙大界的优势，发展有地方特色的乡村旅游，为县域经济建设服务。其

实,天龙大界也不仅仅只是我们在努力,在它的周围,天龙大界的儿女们都在思考着一个深沉的课题:如何让天龙大界走出偏僻的山区,走出龙兴县,走向更加广阔的世界!

我们并不孤独。我有一位朋友,他是一位刚走出大学校园的年轻人,为了上好自己走向社会的"第一课",毅然选择了天龙大界,在山上创业养羊,同时不忘研究这座大山,历尽艰辛而无怨无悔,给人以莫大的鼓舞!

在新的一年,我打算围绕着"打造湘中天龙神界"主题,牵头在梨花坪村组织一个得力的团队,进行旅游开发,今年主要是推进上山的盘山道的工程建设,同时根据龙冈乡党委、乡政府的决策,发展兼具观赏价值的特色果木基地,并不断加大宣传力度,提高天龙大界的知名度。我们已经收到了两家在龙冈乡挂点搞农村建设的省市企业捐赠的一两千株苗木,趁着春风,会尽快将它们栽下去。

做好天龙大界的开发旅游工作,需要县委县政府和各部门以及各乡镇党委政府的支持,更需要各路有识之士特别是在座各位的大力帮助。

道路是曲折的,前景是光明的。古语说:"艰难困苦,玉汝于成",在这里,我郑重表态,将坚定信心,义无反顾地追求自己的奋斗目标,用自己的青春点亮天龙大界的无边风景!

吴彩霞的话音一落,会场里顿时响起一片哗哗的掌声。

镁光灯、电视镜头,顿时一齐朝向了她。

吴彩霞被阵阵掌声和镁光灯弄得有点眩晕了。这时候,她仿佛站在一片绚丽的彩霞般的杜鹃花丛中,眼前浮现出谭宝山那两道短秀浓眉……

忽然,吴彩霞看到了那副大眼镜和那颗有点暴突的门牙。

"蔡……志明?他怎么会在这里?什么时候来的?"吴彩霞有点纳闷,心里掠过一丝出乎意外的感觉。

蔡志明坐在主席台下第一排靠左一点的位置,吴彩霞看见他的时候,他也正目不转睛地望着吴彩霞。

吴彩霞和蔡志明已经有了一些交往。

一次就是在那次"振兴龙冈乡经济座谈会"上。散会后,蔡志明找到了她。他要了吴彩霞的手机号码和QQ号,又向吴彩霞索要《湘中"天龙神界"旅游开发方案》,说是自己正在起草政府相关文件,到时借以参考。蔡志明意味深长地对吴彩霞说:"要使天龙大界的旅游搞起来,没有县政府的重视是很难的,最有效的办法是在政府工作报告里提及。"这一句话吴彩霞开始没有感觉到它的分量,稍一思考,觉得这实际上是蔡志明在为她指明一条努力的方向,而且是一个决定性的方向。蔡志明进一步告诉吴彩霞,如果她的方案能够在政府的报告中体现一下,就会为天龙大界开辟出一条洒满阳光的小道……吴彩霞情不自禁地拍起手来:"太好了,蔡……主任!听君一句话,胜读十年书!"蔡志明接下来,并没有说什么,吴彩霞却感觉到了他那副大眼镜后面蕴藏的能量。后来在政府临时召集的那次会议上,副县长龙腾云专门谈了谈天龙大界的旅游开发,并且提到:"现在,梨花坪村的一些年轻人已经有了初步的思路。如果天龙大界的旅游搞起来了,将是龙兴县发展乡村旅游的一个重要范本。但是,毋庸讳言,要走的路太长太艰难……"蔡志明后来悄悄地告诉吴彩霞,龙腾云副县长能够讲这一席话,他是努了力的,这话吴彩霞是懂的,所以十分感谢蔡志明。

后来有一次,吴彩霞向蔡志明提起,她想找县林业局,力争在山上建一条消防通道。这条通道除了消防,兼有游道主路的功能。蔡志明答应尽全力帮忙协调。他果然说话算数,带着龙冈乡乡长在县长们面前游说了一下,县林业局答应在本年度计划中增加天龙大界南面的消防通道项目。

吴彩霞惊喜异常,及时把这一消息告诉了爷爷和梨花坪村支部书记。

这天,吴彩霞到县林业局办理该项目的相关手续,局里知道是政府办打过招呼的项目,一切顺利。

蔡志明打电话说:"彩霞,晚上请你吃饭。"吴彩霞刚刚递交了消防通道的有关资料,接到电话时正从县林业局大楼里出来。对于蔡志明的邀请,吴彩霞十分兴奋,几乎没有多想什么就答应下来。她本来不怎么参加饭局,但这一次别无选择地爽快地答应了。

不一会,一辆锃亮的黑色奥迪咔地停在了吴彩霞的身边。副驾座的车窗摇下,现出蔡志明那副大眼镜,蔡志明俨然老熟人似的打招呼:"彩霞,上车。"

吴彩霞上了车,只见车内除了司机、蔡志明,还有一位胖子,胖子五十岁左右,秃顶,圆脸,两个眼睛有点像鱼眼。蔡志明介绍说:"彩霞,你身边的是袁总,是我县在外面办企业的大老板,因为是大款,所以大家也喊他做

'袁大头'，你看像不像呀？""袁大头"朝吴彩霞点了下头，有点矜持地笑了笑。吴彩霞客气地说："袁总好！以后多向袁总请教！""袁大头"淡淡地说："不用客气。家乡龙兴县嘛，是我的根，回报是应该的么。"

奥迪一路从县城开到了市区。县城到市区不过十分钟的路程，连城线有八车道。小车左拐右拐，终于在一家叫作"君再来"的酒家门口停了下来。

包厢是预订的，"追月"包厢。一进入包厢，吴彩霞就感觉到了这里的奢华气息。吴彩霞觉得四周的光炫得她的眼睛有点睁不开，华丽的布艺，大红的地毯以及深紫色的沙发格外抢眼。那盏造型高雅的葵花吊灯闪射着柔和而绚烂的光芒，让人有着一种豪华舒适、至为尊贵的感觉。特别是适时响起的淡淡的萨克斯音乐更是入耳入骨，给人一种如梦似幻的感觉。

"怎么样？市里的条件就这么样了。""袁大头"进了包厢，一反先前的淡然状态变得活跃起来，圆圆的脸在灯光的映照下有了几分怪异的色彩，两粒眼珠也更显得灵动了一些。

这顿晚餐由"袁大头"请客。他点的菜不是很多却是这酒店里比较行销的乡土菜，有松茸炖土鸡、剁椒鱼头、清蒸鳜鱼、去骨鹅掌、百合猪心等。

刚上菜的时候，又来了一位中年女人。"袁大头"介绍这是某开发公司的一个老总，王总。女人挎着一款秀气高雅的紫红色单肩斜式小坤包，款款落座。吴彩霞仔细观察了一下这位女人，只见她四十多岁，盘子脸、三角眼，脂粉有点浓，让人感觉到一股逼人的富婆气味。吴彩霞对这一类人还真见识得少，但她并不腼腆，而是大大方方地和王总握了手，问了好。

本来"袁大头"提出喝市场茅台，但蔡志明说，不必那么高档，再说，还是关照一下两位女性，改喝葡萄酒。吴彩霞很感激蔡志明这一决定，但王总似乎不以为意。蔡志明坐的是主位，所以整个晚餐都是他在唱主角。一个主要话题也是蔡志明提出来的，那就是吴彩霞制订的"湘中'天龙神界'开发方案"一旦实施，经费困难将是摆在眼前的一个最棘手的问题。蔡志明的话让吴彩霞听起来感觉特别暖心，乃至觉得自己一下子就进入了一个上流社会，这可全是蔡志明的提携啊。

接着蔡志明为吴彩霞指点迷津："无非是三条路子：一是自己筹集，采取村民入股方式；二是力争各级政府进行项目投资；三是社会融资，力争几个像袁总和王总这样有见识、有实力的老板投资。如果没有资金，开发旅游将是一句空话，即使暂时搞起来了也会是一个烂尾工程。"吴彩霞觉得蔡志明不愧是政府办主任，既有眼光，又有热心，因此本来不怎么喝酒的她很是敬了他几杯。蔡志明则要吴彩霞多敬敬袁总和王总，因为他们都是"财神"。吴彩霞敬袁总时，"袁大头"显得格外亢奋，吴彩霞觉得袁总那双鱼眼总在她的全身不断地扫描，她有了一些不自在。王总对吴彩霞的敬酒，显得既不十分热情但也没有十分冷待，吴彩霞感觉王总对她有点不是很在乎。吴彩霞当时想：人家是有钱人，有钱人就得有点"范"么。俗话说"真菩萨面前莫烧假香"，因此更加殷勤。

吃完晚饭，袁总又请客进那家"主流"歌厅K歌。

吴彩霞已经有了一些醉意，她本想谢绝，但想到将来开发"天龙大界"，必须和这些精英人士打交道，就不由得进了歌厅。蔡志明显然是老手，既会唱歌又会跳舞。他先让吴彩霞点了几支歌，然后邀请吴彩霞跳舞。他问吴彩霞喜欢哪种，吴彩霞知道在歌厅常有的舞有华尔兹、布鲁斯、伦巴、探戈，自己也确实接触过。慢四步更简单，只要踩着节拍自由自在地走四步即可。见吴彩霞犹豫，蔡志明估计她是内行的，便说："我们还是来支探戈吧！"吴彩霞有点不自然，也只好陪着他跳了一曲。吴彩霞在跳舞时发现蔡志明的大眼镜一直定定望着她，手也不知不觉地有点紧地揽着她的腰。俗话说："男子头，女子腰。"吴彩霞感觉浑身不太自在。好不容易跳完了，"袁大头"又伸出了邀请的手。吴彩霞犹豫一下仍然跳了起来。这时她感觉"袁大头"的手搂着她的腰肢比蔡志明搂得更紧一些，她下意识地往后靠了靠……"袁大头"边跳边说："吴小姐，看在你的份上，我真的打算去你们那里考察考察。"吴彩霞连忙说："欢迎您的到来！我们将用乡里的好土菜招待你们！""袁大头"的气息几乎扑到了吴彩霞的脸上来了："那太好了！我喜欢乡野风光，更喜欢农家土菜。当然，最喜欢的还是天龙大界脚下你们这些精英，比如像彩霞这样的年轻漂亮有思想又有作为的大美女！"吴彩霞的脸上一阵阵发灼。

从歌厅里出来，已是十一点多了。晚风一吹，吴彩霞的脑袋清醒了一些。

吴彩霞回到县城宾馆，已经十二点多。她洗洗后刚要躺下，接到蔡志明发来的信息：彩霞，今晚表现不错！下次去外地搞旅游考察，我会尽量给你安排机会。

吴彩霞没有读懂，觉得这一切来得及时但又突然了一点。

吴彩霞发完言从主席台走下来，不一会大会开始总结讲话。吴彩霞朝台下第一排位置望了望，发现蔡志明已经站起身来，先行离开了会场。

不一会，吴彩霞收到一条信息，是蔡志明的。

第三十一章

如果你是天龙大界上的一只雄鹰,并且飞上云天,再朝下俯视,不仅天龙大界的呈"人"字形的山脉雄姿会一览无遗、栩栩如生地展现在眼前,而且还会感受到那种桀骜不驯的野性。那种野性是一种静静的却又是汹涌浩荡的宣泄。这座富有龙性的大山,它的镇静和骚动都是水与火的融合。山如龙,龙如"人",其图景令人遐想、慨叹。在这幅图景里,观音山工区应该是十分精致的一笔了。流云如梦的天幕下,一片黛青色的山野起起伏伏,像一片涌动的波浪。那山林大都是一些速生杉,也夹杂着枫树、松树、竹林、油桐和其他各种杂树,使得绿毯似的山野变得有了一些斑驳。工区像是天龙大界上最秀丽的部分,秀丽又不失厚重、大气。

远远望去,观音山工区场部那栋木屋和两边的用山土夯筑的偏厦就像摆在山间的一个积木,渺小而又孤寂。但是,有了"羊圈一号",这种孤寂明显得到了改善。而随着"二号羊庄"工程的实施,改善又进一步得到提升,仿佛这山坳里突然驻扎了一支小分队。

谭仕玉花白的脑袋在"二号羊庄"工地上晃动。他已经连续三天没有下山了,加上从山下请来的泥水匠和已经回到山上的"虎哥",几个人赶早摸黑,"二号羊庄"已经顺利地盖到了第二层。第二层的"楼板"全部是一些较为结实的杂木檩条组成,檩条间留有缝隙,以便通风和漏下羊粪,但这缝隙又不能太宽,太宽容易将羊脚夹住,使羊受伤。从缝隙间漏下的羊粪可以定期清理干净,作为蔬菜底肥。

这之中,坝湾村支部书记廖时富也上山看过一两次,他是和坪山镇分管农业的黄副镇长一起上来的。黄副镇长主要是考察谭宝山、孙猴子的山羊养

殖基地。黄副镇长向谭宝山仔细了解养殖基地的发展计划与现状后，对廖时富和谭仕玉说："山羊成规模养殖作为一项产业在全镇高寒山区还没有先例。如何科学发展山区的特色养殖农业是一个重要的课题，谭宝山大学毕业后坚持立足家乡山区发展，起着多方面的导向作用。目前山羊基地加快发展显然存在不少困难，这些困难主要是资金方面，也牵涉到其他方面。我回去汇报后，请求镇党委、政府认真研究是否从水库移民后扶的政策性项目上予以支持。"黄副镇长希望谭宝山一边养羊一边站在全镇的角度整理出一个发展黑山羊特色养殖的分析资料，为镇里决策作依据。

黄副镇长仔细查看了"一号羊庄"和正在兴建的"二号羊庄"，提出了一个安全问题。黄副镇长本来是一张四方的铁板脸，在谈到安全问题时，脸神似乎更加冷峻："安全是基地一切事业的基础，安全才是排在效益最前面那个数字。"

黄副镇长告诉谭宝山，县电视台和县报已经和坪山镇联系，将于五四青年节后上天龙大界采访他们。《S晚报》有个叫杨子雄的记者也与坪山镇联系过两次，准备前来采访一次，把他们作为回乡创业的大学生典型在全市推介出去，要谭宝山和孙猴子准备准备。

谭宝山抓住这个时机，提出一个请求："县里召开经济工作会议和人大政协两会，肯定会去县城几家大酒店吃住，能不能想办法帮我们联系一下，让代表和委员们尝尝我们的黑山羊肉？"

"好主意！"廖时富一拍大腿，"我和人大常委会管办公室的常务副主任是铁哥们，这事我包了！"

"放心，这是好事，我也会努点力。"黄副镇长说。

可是，记者们还没上天龙大界来，谭宝山和孙猴子先被舆论关注起来。

黄副镇长和廖时富下山的第二天，谭宝山的父亲谭仁民匆匆来到了"天龙部落"。

谭仁民望着错错综综、莽莽苍苍的山野，望着谭宝山和孙猴子的"一号羊庄""二号羊庄"，心情十分复杂。当年父亲指望他通过读书离开天龙大界山区，却因他心中对天龙大界充满了眷恋，最后成了一个真正的"山民"。现在儿子谭宝山比当年的他更加眷恋天龙大界，也成了一个真正的"山民"。他始终想不通，为什么天龙大界会让他们父子二人如此痴迷。当然，谭宝山这个"山民"似乎与父亲不同,那就是多了很多思想以及新奇的举动。谭仁民认为,这只能说明天龙大界给他儿子的迷惑更深。现在,儿子并不比他顺利,从决定在天龙大界创业开始,谭宝山白手起家,在奋力厮拼,却谁也无法预测他们的前景将会如何。

这次谭仁民上山来就是给谭宝山他们带来一个"恶毒"信息的。

县森林公安局和坪山镇派出所最近在接到举报后,查处了一起贩卖野生动物事件,经过审讯,贩子交代那些"冬茅老鼠"来自天龙大界国有林场。有人反映可能是观音山工区几个人的作为,因为工区的狗爬岩一带"冬茅老鼠"最多。还有人透露观音山工区几个人经常吃山里"干货",肯定还会大量贩卖。由于没有具体证据,公安会继续侦查。有人专门递话给谭仁民,已经有群众举报谭宝山一伙人打着在天龙大界养羊的旗号,与社会上的不法分子一道,经常干一些猎取野生动物牟利的坏事,挖"冬茅老鼠"仅是其中之一,谭宝山一伙实际上是天龙大界上的一个新生"毒瘤"。举报说,那个"虎哥"就是流窜于社会的闲散人员,很可能有前科,很可能还与天龙大界某个旧案有关。

谭仁民是在午饭的餐桌上将这一信息告诉给谭宝山、孙猴子和"虎哥"几个的。

头一个震怒的当然是孙猴子,他一拳砸在饭桌上,连饭碗都差点跳了起来:"娘偷人的,胡说八道!"骂出这句粗话时,他那小而灵动的眉眼间燃烧着火苗,瘦薄的身子仿佛瞬间要被火焰烧毁!

谭宝山虽然没有像孙猴子一样情绪激动,但他那短秀眉毛下的单眼皮眼睛里同样射出愤怒的光芒。

只有"虎哥"闷坐在一旁,吸着烟,表情木然。

谭宝山仔细分析了一下捏造谣言的人,认为必定是心怀叵测的"小人"。但这"小人"又会是何人?联系一下剪断他们电线的事,极有可能是和他们打过交道的人。他和孙猴子把和他们接触过的人全部梳理了一遍,并采用"排除法"清理了一次,最终认为那位"独眼龙"何槐生很有可能就是恶意捏造事实进行攻击的人。当然,也不排除那些在"千年鸟道"捕鸟的专业户。之所以会攻击,谭宝山分析,无非是三个原因,一个是造谣者个人人品低劣,千方百计把大山当作肥肉中饱私囊,二是有人眼红他们的创业,三是"天龙

部落"保护天龙大界野生动物特别是保护"千年鸟道"已经触及了一些人的利益。

谭宝山说:"天龙大界本来就是风云涌动的地方,我既然选择了在这里创业,进修'第一课',就应该有应对各种挑战的勇气!俗话说'逆水行舟用力撑,一篙松劲退万寻',现在别无选择,只有'明知山有虎,偏向虎山行'!"

孙猴子灵动的眉眼间霎时也闪烁出自信:"宝哥,我听你的!"

"我们有必要主动应对!"谭宝山坚毅地说。

谭仁民望着谭宝山和孙猴子,蹙着眉头,抽着烟。那烟一绺一绺,像是一团一团的忧愁与疑虑:"谁知道哪一天他们会弄出些什么事来呢!到时候你们怎么办?"

谭宝山说:"我们要走好这几步:一是让我们的养羊事业真正壮大起来,成为全镇高寒山区特色养殖的榜样,以实际行动赢得政府和社会各方面的支持;二是与县里相关部门以及省里的护鸟营加强联系,尽可能融入各类团队,坚持护山初心,特别是义务保护天龙大界上所有的动物植物,做一名天龙大界的哨兵;三是尽快编好我们计划中的《天龙大界山志》;四是利用媒体加大宣传护山力度……"

谭宝山像是站在天龙大界上宣言。此时,毛泽东的那一首《西江月》词在谭宝山脑海中回荡——

　　　　山下旌旗在望,
　　　　山头鼓角相闻。
　　　　敌军围困万千重,
　　　　我自岿然不动。
　　　　……

媒体始终没有上天龙大界来。黄副镇长有次打电话给谭宝山,说是"《S晚报》报道的事,因为各种原因……可能要缓一缓了。电视台也是一样!"

傍晚的时候,坪前又响起"虎哥"的二胡声。这是入春以来很少响起的二胡声。这二胡声回荡在大山的傍晚里,既热烈,也有几分沉重。在这琴声里,"虎哥"更显出几分孤独和执着。

"虎哥"自从不久前回到观音山工区场部,好像比往常更加缄默了。谭宝山从"虎哥"零零碎碎的叙述中,知道那位令他魂牵梦萦的堂嫂因积劳成疾已经去世,"虎哥"不顾流言蜚语走到新起的坟头看望了她。"虎哥"坐在堂嫂的坟前,整整抽了一个上午的烟……

"两位老侄,你们在天龙大界上这么久了,难道还没有看到吗?乌云散尽见太阳!""虎哥"见谭宝山和孙猴子有些愤慨和迷惘,提醒他们。

"两位老侄,我没读多少书,但我晓得山是一点一点地长起来的。我从来不怕人说长论短,身正不怕影子歪。我也许一辈子就在咯天龙大界了,也许,明天就会离开天龙大界!""虎哥"对谭宝山和孙猴子说。

谭宝山和孙猴子从"虎哥"的话里更加获得了自信。

有一天,"虎哥"忽然有点神秘地对谭宝山和孙猴子说:"我们今天就去爬爬狗爬岩,那里可能有把戏看呢……"

谭宝山和孙猴子十分疑惑,不知"虎哥"葫芦里卖的什么药,问"虎哥","虎哥"却不肯透露什么。

从羊牯垴到野猪坑,穿过枫木冲,再过鸡公岭,就望见了"狗爬岩"。

"我们先在这里歇一下吧。""虎哥"说。

找一个没有草木的地方,"虎哥"摸出烟,也递给孙猴子一支,说:"你们等一下往下面老禾树边那条路上看。"

过了一会儿,"虎哥"说:"来,你们快看。"

谭宝山和孙猴子朝着"虎哥"所指的方向看去,只见老禾树边那条小小的山路上出现了一个人影,竟是"独眼龙"何槐生!一如往常,"全副武装",只是行动更加鬼鬼祟祟……

"他这时候上山来做什么?"孙猴子感到奇怪。

"做什么?他上一次山,从不会空手回去。莫急,再等一下。""虎哥"巴了一口烟。

不一会儿,"虎哥"说:"来了……"

谭宝山、孙猴子再次朝着禾树边的路上望去,只见一个女人从山下上来了。那女人约摸四十多岁,留着西瓜皮头,丰乳肥臀,浑身风骚。她系着弯刀,扛着一根扦担,一边走,一边东张西望,同样有些鬼祟。

"这是怎么回事?"谭宝山说。

"怎么回事?还不是'野狗拖鸡'。女的换了好几个了,反正是一箩蛇!这一个据说外号叫'仙女'……""虎哥"说,"'独眼龙'一看就是个色中饿

鬼……不过，这些女的也不是省油的灯，都是些靠山吃山的人！天龙大界处于三县交界之处，常常是个'三不管'地方，很复杂，他们干的那种贩卖野生动物的生意我早就看出来了……"

"什么野生动物？"孙猴子好奇起来。

"狗爬岩那边，常有人去挖'冬茅老鼠'。那里因为马尾松和竹子多，又向阳，是'冬茅老鼠'出没的地方。'冬茅老鼠'白天不食不动，晚上才出来活动，好挖……"

"'冬茅老鼠'我小时候就听大人说过的，但没见过，知道它的学名叫竹鼠，到底有什么价值？"谭宝山也好奇起来。

"唉，现在那些有钱的人么子事都做得出来……他们专爱吃野生动物，白鹭、乌梢公蛇、'冬茅老鼠'、山涧里的石蚌，在饭店里价格很高的。""虎哥"说。

"是的是的，我近日看了一些资料，这些野生动物都是严禁捕捉的！"谭宝山说，他不禁暗暗佩服"虎哥"眼睛毒辣，把那"独眼龙"的一些诡异行踪掌握得一清二楚。

"你怎么就能掌握'独眼龙'他们的行踪呢？"谭宝山问。

"在山上久了，什么东西见不到啊！用耳朵听，用眼睛看，用脑壳想……其实，我们丢失山羊，说不定也与那些人有关！""虎哥"回答着，眼睛里流露出一线精明得让人生畏的寒光。

"老伯厉害！这就叫作再狡猾的狐狸也斗不过老猎手！"

"那我们过去看看……抓个现行！"孙猴子说。

"不必去看！他们很可能有几个人。这些人呀大都是山里通，心术也都是不正。'独眼龙'平时跟人吹嘘，他是懂梅山法术的，可以念咒语集合他想要集合的动物，可以在女人经过的路上画一道'心'符，女人一踏上符就会不知不觉地跟着他走。那些'法术'，山里人称为'邪术'，不算是真正的梅山功夫，学了会绝后的。他们到底有没有'法术'反正我没见过。但我晓得，学了'邪术'的人一般心地是很凶狠的，狗急跳墙什么事都干得出。我们只能心里有数，有机会了才能向上面报告。何况，'野狗拖鸡'的事不看为好，看了倒霉……我估计，上次森林公安查到的'冬茅老鼠'事件就是他们一伙人所为，还要栽赃我们！"

"'虎哥',我们该怎么办?"谭宝山问。

"不怕。风雨过后现彩虹,总有一天会水落石出!"

这一幕,让谭宝山和孙猴子看到了天龙大界蹊跷的深褶处。

两天后,坪山镇派出所来了两名干警,一个是浓眉大眼的黑胖子,一个是长着一对鹞子眼的瘦高个,要求"虎哥"跟他们去山下打个转,说是"有个案子要协助做个调查"。

谭宝山和孙猴子马上想到是不是关于猎捕野生动物的案子,问黑胖子和瘦高个,他们只是冷冷地回答一句:"我们在执行公务,你们不必多打听。"

孙猴子还要说什么,黑胖子不耐烦了:"算了算了。"

临行之前,干警允许"虎哥"简单收拾一下。

"虎哥"见到派出所干警时,他并没有什么慌张的神色,仿佛一切都在他的预料之中。

"虎哥"也没有什么重要的东西收拾。他上次从山下带来一只有彩色条纹的帆布背袋,所有的家当全在那袋子里,包括那个小口袋。那把二胡,他从墙上取下来看了看,并没有要带走的意思,又将它挂在那地方。他对谭宝山说:"宝山,咯把二胡留在咯里吧!请你们两个相信,我过几天就会回山上来的。你们晓得吹木叶了,我还打算要教会你们拉两支曲子呢!"

孙猴子听到此话,不由得鼻子一酸,两个灵动的小眼睛就湿润了。

谭宝山和孙猴子也不知"虎哥"到底牵连到了什么重大案件,这个案件会不会和人家诬陷他们猎捕野生动物有关。但谭宝山隐隐听人说起,"虎哥"可能知晓当年谭公子一案的内情。

上路的时候,谭宝山、孙猴子和那"老豹"一起为"虎哥"送行。

他们一直送到山亭边。

即将分别时,"虎哥"忽然回身对谭宝山说:"宝山,如果你爷爷上山来,可以转告你爷爷,如果我再回山来,我会找个机会陪他去雷公崖打个转,我知道他心里压着块大石头,一直想要一个东西。"

谭宝山不解其意,"虎哥"也没有多说。

"两位老侄,天龙大界上风大,你们要多加小心!""虎哥"叮嘱谭宝山和孙猴子。

"两位老侄,山里有句粗话,鸡巴里面没骨头,全靠自己硬!""虎哥"

又叮嘱道。

"虎哥"说完就转身走了。

"老豹"紧追不放,被孙猴子厉声唤回后还一直定定地望着"虎哥"下山的背影。

谭宝山和孙猴子并立在山亭边,谁也没说什么话。忽然,谭宝山对着远山高声呼啸起来:"哦嘀嘀嘀——"

孙猴子立即跟着呼啸起来:"哦嘀嘀嘀——"

呼啸声在肃穆的大山上回荡着,仿佛有了一种青铜的鸣音。

周末,姜明花半躺在床上,用手机发信息与谭宝山聊天。

"宝山,在你的世界里,天龙大界总是那么神秘变幻,风韵万千。当大自然走出寒冬,我们校园早已是花红柳绿,一片生机了。天龙大界上的季节可能会迟缓一些,正如古诗云'人间四月芳菲尽,山寺桃花始盛开',估计山上的杜鹃花还没有大开吧。但是,从你的信息里,我可以感觉到山上春天的辉煌即将到来。我为你们祝福!

"你问我近来主要忙什么,我也没忙什么,就是边实习边准备毕业论文。有时候,也挺烦的!有月光的晚上,我会独自从寝室里出来,去校园外新修的步行虹桥散步。"

"晚上一个人去那散步,是很危险的。那里常有人打架。"谭宝山说。

"说实话,有你在身边,我就一点也不害怕。但是,你又不会在我身边。"

"你别这么说,心若相通,虽远如近。嘿嘿。"

"下周,系里团支部书记带领我们去远足。我准备了一顶小红帽。"

"去哪里远足?干脆来天龙大界吧!"

"我们去一座还没有开发的大山溯溪探险。那山溪里据说有娃娃鱼……"

"天龙大界峡谷里有很多小涧你上次没去过呢。沿山脚下娘娘洞进来,就是一条小溪,小溪里的水看得见小鱼。小溪之上的山涧里,石头奇形怪状,颜色也斑斓多彩,有红的灰白的豆绿的黄的,十分好看。小涧的岩孔里说不定也有娃娃鱼。"

"小涧里的干燥地方也有螃蟹吗?我老家的小溪边的干燥地方是有的,扳开一块石头就会窜出一只，又肥又大。"

"干燥地方当然也有螃蟹，而且也有红螃蟹，火一样的红。对了，我现在可以识别很多鸟叫的声音了。只要我一吹木叶，说不定还有鸟儿前来倾听呢。"

"你有这个本事了？上次听你的木叶声就像撕烂布条的声音。"

谭宝山笑了笑，就集合起鸟叫声来。这些鸟有画眉鸟、竹鸡、布谷，有四声杜鹃、夜莺、黄鹂、凤头百灵……

"画眉的叫声你是知道的，用唧啾一词形容最合适了。布谷的叫声也比较简单：'布谷，布谷'，四声杜鹃的声音你听见过，但你未必知道鸟的书名叫'四声杜鹃'，我最喜欢四声杜鹃的叫声了，'快——种——苞——谷——快——种——苞——谷——'，四个节奏点分分明明，悠长响亮；竹鸡的叫声是'勒麻拐，勒麻拐'，云雀的叫声细碎清脆，黄鹂的叫声是'过端得午，过端得午'，这些叫声你也许都听见过，但你不一定都知道它们是什么鸟。夜莺的叫声特别急促，变化快，清脆悦耳……"

"佩服，佩服……你简直成了鸟王了……"姜明花有点羡慕了。她接下来说，"我们团支部书记要带我们去搞野炊，让我当野炊组组长。他说我是从大山里走出来的，山里姑娘最会弄吃的。有一次我们会餐，我露了一手，炒了个牛毛肚，大家说好吃得很！书记硬要我介绍经验。"

"你是怎么介绍的？"

"我本来不想炫耀，但经不起他软磨硬缠，我就说了。"

"说说看，你的经验是什么？"

"你真愿意听？那我教你一招吧，这也是梅山吃法。牛肚子最好是新鲜的，等屠夫将牛肚子里的牛屎倒了出来，便拎着牛肚到流动的水里使劲摆弄几个来回，再搓衣服般地搓揉几把。搓不能过头，得稍稍带点牛屎的香味，如果将牛屎香味全洗没了，那就是洗过头了。把牛肚拿回家，先将里面的水使劲拧干，再切成细条。下锅时火力要猛，待锅里的油滚如沸水，将牛肚"扑哧"一声倒入油中，炒几个翻身，随即将辣椒、姜丝、橘皮入锅，再炒几个翻身，最后添加盐和山胡椒油，马上出锅，恰到好处。"

"原来跟我们天龙大界山脚下的办法一样。我爷爷是炒毛肚的高手呢。这确是梅山风格的饮食习惯。"

"开始书记不敢吃，怀疑没熟，有蚂蟥，后来尝一下，又脆又香，赞不绝口。"

"你只用一招就征服了胡书记，厉害。"

"你这话是什么意思？"

"俗话说，要征服一个男人，先要征服他的胃呀！"

"谁想着要征服一个男人？"

"明花你别生气。孙猴子喊我去清点'二号羊庄'了！"

"那好，弄你的鬼脑壳羊庄去吧。我已经闻到臊味了！"

"天龙大界最美的时刻就要到了。你来吧！来吧！来吧！"谭宝山真切地呼唤着。

姜明花却再不回答。

第三十二章

伴着咩咩的羊叫声，悠悠的木叶在山间飘飞着。

谭宝山独自坐在"天龙部落"前坪的大栗树根上吹着木叶。由于还没有完全掌握要领，有时候难免跑调，于是不断地调试着手指。

"虎哥"一次次指点过他：吹木叶，首先作为"乐器"的叶子要选对。叶片要匀称，正、背两面都应平整光滑，以柔韧适度、不老不嫩的叶子为佳。叶子太嫩，过于柔软，不易发音；太老的叶子音色不柔美。可用的叶子一般有橘叶、柚叶、杨叶、枫叶、冬青等，这些叶子既没有毒素，又比较养音。谭宝山在学习木叶时发现，无论哪种叶子都不耐吹用，一片叶子吹几次就会发软破烂，不能再用，所以吹奏时往往多准备几片。

谭宝山此刻用的是一片野椒叶。他先把叶片上粘附的灰尘轻拭干净，然后将叶片正面横贴于嘴唇，用右手食指、中指稍微岔开，轻轻贴住叶片背面，拇指反向托住叶片下缘，使食指、中指按住的叶片上缘稍稍高于下唇。木叶的声音吹起来有点像那小唢呐，清亮明脆，悦耳动听。俗话说："丝不如竹，竹不如肉"，这木叶的声音就像人声歌唱一样。"虎哥"吹的木叶都是本地有歌词的情歌，譬如：

"吹着木叶唱着歌，
木叶掉下屋前河。
千里听见木叶叫，
万里听见郎唱歌……"

那情歌可以让人丢魂失魄。谭宝山最近学着民歌风，结合自己所处的境地，编了一曲——

山霞

　　"哥是山上一棵松，

　　　不怕东西南北风。

　　　妹问这是为什么，

　　　只因根子扎得深。"

　　吹着这支曲子的时候，他那两道短秀浓眉就像是蕴藏着曲子的山林。

　　"宝山，你们出大名了嘛，要小心哪。"这天，谭宝山忽然收到板竹山山羊基地朱鸿伟老总发来的一条信息。

　　"怎么出大名了，老总？"谭宝山问。

　　"你自己搜一下关键词：谭宝山、天龙大界、野生动物。"

　　谭宝山连忙搜了一下。很快，一家叫作"山风呼啸"的网站跳了出来。在那家叫作"山风呼啸"的网站上，赫然挂出一条信息："谁来摘除这颗'青山毒瘤'？"文章的内容说的是：近来，"山风呼啸"的"青山卫士"经过调查发现，在龙兴、龙回、龙化三县交界处的天龙大界上，出现了一个形迹可疑的团伙，团伙自己命名为"天龙部落"。这个所谓的"部落"打着养羊的旗号，实际上是隐藏在大山上的"蝗虫"。他们疯狂地向大山掠夺，专门干一些唯利是图、见不得人的勾当。一是随意搭建羊圈，肆意放养山羊，污染环境，特别是污染山下的饮用水源；二是大量偷猎山上野生动物，私饱口欲外，还贩卖牟利；三是到处找人打听，搜集迷信材料，编写文化渣滓，有宣扬邪教嫌疑。现在，这个所谓的"天龙部落"，完全成了藏污纳垢的场所。"天龙部落"三个人中，一个是不走正道无所事事的大学毕业生谭宝山，一个是混进林业队伍的职工孙志侯，一个是不务正业有流窜作案嫌疑的晏甫，其中以谭宝山为首。三人为众，他们打算长期以天龙大界为据点，从事各种非法行为，实在是天龙大界一大毒瘤，必须立即摘除。我们强烈呼吁对那些幕后指使支持的相关单位，特别是坪山镇和为虎作伥的林业派出所，一并进行问责处理，让正义保护天龙大界的青山绿水！

　　谭宝山拧着他那两道短秀浓眉，仔细想了一下，这篇网上"呼啸"的文章与他们上次分析的十分相合，看似气势汹汹，实际上没有什么过硬的事实依据，经不起推敲。但如果不及时予以回应，也容易混淆视听，三人成虎。

想到这里，他与孙猴子商量了一下，决定予以反击。

谭宝山拨通了黄副镇长的手机，汇报了网上的信息情况。

黄副镇长正在参加党委会议，听了后竟然难得地呵呵一笑，说："我们早就注意到了这些负面信息。我们所注意到的信息比你们掌握的还要多！《S晚报》杨记者也接到有关举报，已经向我们核实了情况。镇党委、镇政府研究后，已经派宣传委员去县委宣传部反映真实情况了。"

黄副镇长又告诉谭宝山，这家"山风呼啸"网站是S市内一家新生的以牟利为目的的网站，专门搞负面新闻，一旦抓住把柄就要挟相关部门和人士出钱删帖，已经引起多方人士的不满，估计不久有关部门会进行严肃查处。

"但是，"黄有才在电话中叮嘱，"宝山，天龙大界风大，这对你们'天龙部落'的意志也是个考验呀。希望你们做好各种应对准备。至于网络上的帖子嘛，站稳脚跟，有则改之，无则加勉，真正成为天龙大界上的合格山民！"

谭宝山坚定地回答："黄镇长，请放心！山路虽然曲折，但我们会尽可能地去走好每一步！"

但是，"山风呼啸"仿佛并没有停止进攻的步伐。"青山卫士"又贴出了一篇又一篇跟进的评论文章……

终于姜明花和吴彩霞也陆续发来了信息询问。谭宝山一律回答八个字：浊者自浊，清者自清。

又过了几天，黄副镇长告诉谭宝山：网上那个所谓的"青山卫士"因为敲诈已被拘留……

"'山风呼啸'网站还在叫屈。"黄副镇长说，"叫吧，动机不纯，再叫也是强弩之末！"

但是，树欲静而风又起。

不久，仍然是"山风呼啸"网站爆料：在天龙大界，所谓的"天龙部落"专门购置了配置有动力的强力灯光，在鸟类迁徙时节引诱外界人上山借光观鸟，推销野生动物食品，从而获取暴利……

第三十三章

"谭宝山到底是个什么家伙？"

吴康生站在"将军石"前，反剪着手，朝吴家墩院子背后的天龙大界眺望。当他这样站着的时候，阳光把他的长长的身影叠印在"将军石"上，就让人感觉到"将军石"有了鲜活的灵魂。由于不时听吴彩霞说起"谭宝山"这个人，他竟然生发出了解一下"谭宝山"这个人的强烈愿望。在他看来，谭宝山不管是什么人，可以肯定一定是天龙大界的一个不那么安分的甚至是野性的年轻人，和自己的孙女儿吴彩霞一样。

吴康生在想起"谭宝山"这个人时，脑海中不由得出现了另一个名字：谭艳华。这个时候，他的心底里一阵隐痛……

吴康生在眺望着。他看见了什么呢？天空算是晴朗，天龙大界顶上飘着几朵银白色的云，像是山牛悠闲踱步，特别是雷公崖顶上的那朵云，就像从雷公崖顶生长起来的一朵白色蘑菇，又像是雷公崖戴着的一顶棒球帽。更远的天空，有好几团云朵像是浮悬在空中的小小的冰山。山色黛青，山林间的鸟儿明显多了起来，一群一群的，欢快地在山间蹿跃、穿行，像是季节的音符。割秧青积肥的山民在山道上行走着。山下的原野上，把梨花坪村各个院落连接起来的"铁锁河"依旧弯弯的，河水声在一场一场急雨之后，已经十分响亮。河的两岸有很多耕耘的影子。"铁锁河"畔吴家墩院子也变得生动了许多，人语声、禽畜声、大白果树上鸟儿的叫声，像一支乡间的合奏曲，给人以祥和、喧腾的感觉。

但是，吴康生的视线并没有落在这些地方。他的视线慢慢地落在山上那条开始动工的森林消防通道兼游道的山道上。

消防山道项目提上日程后，工程很快按照正常程序履行了手续。龙冈乡党委、政府对此十分重视，梨花坪村在县林业部门的具体指导下组织了施工。山道从吴家墩院子后面蜿蜒盘旋而上，挖掘机已经开到了山林下面。这条山道进山后将伸延至山腰那大片人造林区，然后呈东西方向拓延。在消防山道修通后，再修建山上游步道至各小景点，游步道是第二期工程，只能由村里的开发公司投资修建。对这个二期工程，吴彩霞还是有一些思考和准备的，那就是走自筹资金和引资两条路子，其中引资又是上策。但引资并不容易，被引的对象必须对天龙大界的资源及其旅游前景十分了解而且特别看好。就吴康生所掌握的情况，知道孙女吴彩霞目前正通过县政府办一个姓蔡的主任在与一个袁总对接。袁总是什么人？吴康生只听吴彩霞介绍过，是本县在外地很有建树的一个企业家，但具体搞什么企业，吴彩霞也不十分了解，据说是搞房地产开发，又说是搞物流产业，吴彩霞都是听蔡志明说的。

　　吴康生吸着烟，又想起吴彩霞说的那个谭宝山，据说谭宝山对养羊锲而不舍，已渐入佳境。更重要的是，谭宝山在耕山养羊时始终还在研究天龙大界，是个极有潜质的人。那么，吴康生想，谭宝山的梦想也许有一天会出现崭新的变化，和彩霞殊途同归……

　　吴家墩院子是一个随处可见的山区老院子，大致建在一个比较平缓的坡上。老院子中心位置有一两栋飞檐走角的青砖老房子，在它的周围散落着新修的红砖房和一两座木楼。老院子靠近铁锁河的一面，是一带用石头垒起的矮墙，矮墙上爬满青色的藤蔓，长着威葳的牡荆。吴康生的房子是仅有两栋青砖老房子中的一栋，正在进院子古槽门后的左边，迎面一端的墙壁上，依旧留着用石灰刷写的老标语："农业学大寨"，字迹已经模糊，但仍然遒劲且看得清楚。屋脊中央的"家"完全是梅山风格，安装着一个法轮一样的东西，中间还嵌着一只"玉瓶"，阳光一照，闪闪发光。吴康生之所以这么多年没有改建老房子是有原因的，原因就是"风水"。院子前面的铁锁河守着梨花坪村的"风水"，是因为吴家墩院子边有两个好"桩子"系住了链子，而吴康生家的青砖老房相当于"桩子"上的扣环。有人说，吴康生的青砖老房把吴家墩的风水得走了七成。对此话吴康生心里是受用的。这栋房屋还是他的爷爷留下的祖业。祖业经过他的父亲的努力，才有了现在这个样子。而现在这个样子也包含着吴康生的努力。梨花坪村因为铁锁河无法出几个读书的和当官的

人才，但据说时机成熟还是可以出几个小"财神"的。在吴康生看来，出财神的时机似乎来了。

这个时机当然就是开发天龙大界旅游资源。

吴康生眼中的吴家墩此刻不再是一个普普通通的山里古院，而是一处招财进宝的风水宝地。他不是没有去过那些旅游区的，回来后记忆最深的就是景区的农庄。他发现那些发展得好的农庄有吃的，有玩的，有看的，有想的，简直是每天在捡钱。

吴康生个人不是对钱看得过重的人，但他希望得到一种证明：梨花坪是好地方，吴家墩更是好地方，这里的人们都是有出息的人，都可以改变自己的命运！这里的人们是铁锁河锁不住的！

于是，在飘飘袅袅的烟缕中，吴康生在描绘着自己的宏伟构想：带头把青砖老房进行穿衣戴帽，搞成一个有特色的农庄，在这里吃住玩一条龙，在附近把钓鱼的地方开辟出来，把体验捉泥鳅的场地也开辟出来，还搞一些其他只有这梨花坪才能有的项目。譬如，梨花坪"唱梅山神"的风俗可以开发成一个融观赏和自娱自乐于一体的旅游节目。在这个节目中，游客可以穿上师公法衣，敲着法器，扮演"师公"，也可以戴着面具扮演"土地公""土地婆"，亲身感受梅山文化的气息。

吴康生甚至还有更奇特的想法。他去过南岳、韶山滴水洞等地方，发现那里有轿子，很多人都是坐在轿子上被抬上山去的，价格也不低。吴康生想，将来要是在雷公崖边重建梅山殿吸引信客，山里那些有力气没大本事像刘疤子这一类的人可以当轿夫，发展"抬轿产业"，脱贫想必是没问题的了……

一幅幅图景在吴康生的眼前不断地闪现着，但是，不知为何，他忽然长叹了一声。这一声叹息，好像是从他身后的"将军石"发出来的，又好像是铁锁河对岸的古银杏树发出来的。铁锁河哗哗流淌着，像是对这一声叹息的诠释。

这时候，吴康生的手机响了。电话是孙女儿吴彩霞打来的。

"爷爷，你在哪呢？"吴彩霞清脆的声音。

"我在石头边抽烟。"吴康生笑眯眯地回答。说"石头边"，吴彩霞是听得懂的，那就是"将军石"边。

"我有个特别好的消息告诉爷爷呢。"吴康生似乎看见了吴彩霞那张活泼生动的脸,"那天龙大界真的要成一座宝山了!"

"好,好,你是说那个年轻人谭宝山么……我听着呢!"吴康生明明听走了音,却把声音提高了几度。

吴彩霞却没有再回答。

在吴康生看来,他这个孙女是吴家墩乃至整个梨花坪村一枝最美的山花。这枝山花不仅长得美,而且有主见,寄托着吴康生的期望。特别是当他发现,吴彩霞不羡山外世界、下定决心以山为宝,开发天龙大界时,就感觉到了自己心中当年的那一点豪气已经在吴彩霞身上表现出来了。这使他想起天龙大界上的竹林。竹林那么茂密,完全靠地下的竹根。竹根是竹林的路,有了这条路,竹子才会走路。竹根在地里坚韧地伸延着,有时跨过了崖石、溪沟,然后在春天的时候,在一场又一场春雨之后,爆出一根一根笋芽,笋芽迎着春风拔节,长成了一茬新的竹子。在吴康生看来,吴彩霞就是一根崭新的竹子。当然,吴彩霞经常提起的那位"羊倌"谭宝山也是一竿秀劲的新竹。新的竹子装点着天龙大界的风景,天龙大界从此生机勃勃,充满着希望。

吴康生一边听着吴彩霞的电话,笑容从嘴角上漾开来,一会儿终于嘀嘀笑出了声。

第三十四章

一晃,"虎哥"下山一个星期了。

谭宝山和孙猴子对"虎哥"的情况几乎一无所知,唯独知道的是"虎哥"由坪山派出所送去县公安局了。这使谭宝山和孙猴子陷入极大的迷惑和担忧之中。

"'虎哥'不会有什么事吧?"孙猴子问谭宝山。

"应该不会有什么事。"谭宝山皱着短秀粗眉说,"'虎哥'是个铁打的汉子和好人……"

这之中,坪山派出所和县森林公安突然来了一两个人,亮了一下证件算是打个招呼。谭宝山正要询问什么,两名公安以手势示意制止。接着,他们对"天龙部落"这栋木屋和两边的披厦迅速进行了全面的搜查,连披厦里用来藏粮藏菜的地窖都没有放过。搜查完毕,他们才向谭宝山和孙猴子透露,因为有人举报他们购置动力强光灯供外界人上山观鸟并提供受保护的野生动物加工食品而获利,所以特来检查。

"我们快速出击,发现除了林业局为你们专配的三盏高亮度电式手提灯,根本没有发现食用的野生动物和强光灯。看来是有人别有用心诬陷你们。"两个办案人说。

"但是,你们必须处处小心,天龙大界上是个风口!"临走时办案人员叮嘱。

等办案人员走后,谭宝山对孙猴子说:"猴子,看来我们不能坐以待毙!"

"那该怎么办呢?"孙猴子问。

"我们要更加睁大眼睛,留下依据,对破坏生态的违法行为实行零容忍!"

"二号羊庄"主体工程已经接近尾声。估计在天龙大界杜鹃花大开的时候,"二号羊庄"就会竣工。与"一号羊庄"不同的是,谭宝山和孙猴子考虑到羊舍的面积和高度必须能够满足空气流通、干燥、采光、防寒保暖、防暑降温、便于管理的要求,商量决定二层的窗户多开一至两个,以确保光线明亮。在用瓦的问题上,谭宝山认为,石棉瓦造价低廉,却不保温,也不隔热,以采用树脂瓦为宜。树脂瓦造价高一些,保温隔热效果却要好得多。这之中,谭宝山又和板竹山养殖基地的朱鸿伟通了电话,朱总肯定了他们的做法,但也提出了一些建议。朱总又顺便在电话中说,现在市场香猪形势看好,毛价已卖到40至50元一斤,可以迅速捕捉信息,尽快试验一下香猪养殖。这个信息大大地鼓舞了谭宝山和孙猴子。因为这也正是他们的想法。

但谭宝山仍然神定气闲地说:"我们摸着石子过河,现在还没有过河,只能一步一步地走……"

"虎哥"的下山,使谭宝山就像失去了一个重心,始终沉浸在一种惆怅之中。他需要"虎哥"。在他和孙猴子眼里,"虎哥"才是真正庇护他们的"山神"。他们离不开他。特别是他们如果发展香猪就更离不开"虎哥"。

"'虎哥'可不能有事。"谭宝山坐在工区场部前坪里,眺望着远方,短秀浓眉微蹙,喃喃着。

"宝山,你转告你爷爷,等我再回到山上来,我会找个机会陪他去雷公崖打个转,寻找他想要的东西。"谭宝山一直记得"虎哥"下山时对他说的那句话。雷公崖到底有个什么东西跟爷爷相关呢?他去过雷公崖几次,当然知道赫赫有名的雷公崖,但他从未听爷爷提起过与雷公崖相关的事。谭宝山想把"虎哥"的话转达给爷爷,但他又觉得为时尚早,因为"虎哥"明确说过要等他"再回到山上来"。

"'虎哥',愿天龙大界上的梅山神保佑你……"

一边是"二号羊庄工程",一边又是《天龙大界山志》的搜集整理。

《山课笔记》又掀开新的一页——

"我们几乎每天都在发现天龙大界。除了我们的羊群,除了我们和天龙大界以及和羊群相关的事,我们的眼里随时都有全新的东西跳进来,在我们眼

前舒展开一幅幅画面。

"那天，我和孙猴子一起去寻找一只丢失的南江黄羊。我国培育的南江黄羊是经过30多年有计划选育而形成的新品种，适应性特别强。丢失的那只黄羊多可爱啊，它好像是羊群中的思想者，虽然个子不是特别壮实，神情总是那么从容稳重。它最喜欢吃那种灌木柞刺叶，而且不怕刺，吃起来十分灵活可爱。这样一只可爱的羊突然不见了，怎么也找不到，让我伤心了好久。不过，在那次寻找中，我们发现了一处绝景'木天盖'。那纯粹是一个偶然的机会。那天，我看见一堵有点奇形怪状的山崖，忽然发现悬崖上露出一截石头，左看右看那石头恰像一个棺盖的一端。我对孙猴子说，那块石头好怪。孙猴子一看，也觉得好怪。我们便一齐往那里攀上去。当我们拨开草丛，用弯刀刨开一层苔土，发现这块棱角分明、形似棺盖的石头还真的有普通棺盖那么宽，它与崖体连在一起，不易被人发现。我们发现之后，立即给这天造地设的杰作起了一个名字：'龙棺'。为什么叫'龙棺'？主要考虑到这大山叫天龙大界，是龙的世界……

"有一次，大概是七月初的时候，我在山上观看羊群，垭口边看见一种植物，长得不高，却开着细小的漏斗形的白花，不认识。后来问一下'虎哥'，才知道那是一种叫'千年矮'的药草，学名叫作'六月雪'。后来听'虎哥'说，这种药草也叫'满天星'，作用很大呢，可以用来治肝炎和风湿痛……

"有一次，我和孙猴子在羊牯垴顶那蛤蟆石上眺望初春晚景，忽然猴子指着远处说：宝哥，你看，好一幅仙女送宝图呀！我顺着猴子所指的方向望过去，只见远山绵延，有一座山上有个崖峰，姿如仙女，一轮夕阳正挂在石崖边，熠熠生辉，恰像这位仙女手托一颗宝珠，寻找她的心上之人！看到这一情景，我极大地震撼了。我把这一幕用单反拍摄下来，并将这一奇景告诉了姜明花，可惜的是姜明花好像没有被打动，只淡淡地说了一声：是吗？这样的景致也不少见吧。你好好欣赏吧！我感觉到有点难过……

"山上的日子并非没有寂寞。有时候我望着那一群一群的山羊，眼前浮现出一行行历史教科书上的文字，有一种恍如隔世之感。特别是当我感觉到姜明花好像在渐渐远离我时，那种寂寞更像是在噬咬着我的内心。她为什么会这样呢？女孩子的心思也真有点难以捉摸，就像这天龙大界上的云雾。

"有时候，我感觉到了冥冥之中又有另一股力量在推举着我，催促着我，甚至是在鞭策着我。这种力量，我感觉有点像拔节的春笋，飞跃的瀑布，四月的山风……我确定感觉到了，我甚至无法回避这种无形的诱惑……

"在天龙大界上，不论以后会是一种怎样的状况，我觉得这座大山永远是我最有力量的背影。

"哦，对了，还有一桩奇异的事不能不记一下的。就是那天孙猴子巡山，在路上踩到了一颗尖锐的石子，脚板一直痛得厉害。山上也没有其他办法。我按照'虎哥'过去传授的草药给孙猴子弄了一些敷上，没用，还是痛。于是，想送孙猴子下山一趟。

"正在这时候，'独眼龙'不知怎么出现在我们的'天龙部落'。他这天上山来，一到'天龙部落'前的坪里就破口大骂：'娘偷人的，有人说我剪了你们的电线，我查出来硬要挑了他的脚筋！'忽然看到孙猴子抱着脚痛得龇牙咧嘴，问了问情况，便说了声这个我有办法。他看了看孙猴子的脚板，笑了笑说：'老侄，我露一手给你们看看！'我问他有什么办法，他说可以做法。我当然不相信。但他信誓旦旦：'要是法术不灵，就把我的何字倒挂起！'

"我当时想，试一下就试一下吧。只见他端了一杯清水，让孙猴子背对着门站在门口，然后要孙猴子往前走七步。等孙猴子走了七步，他喊声停，就走过去用棍子在孙猴子的痛脚周围画了一个脚形，等孙猴子离开后，他用棍子在脚形的中心挑出一撮土来，然后用嘴巴往脚形图喷了一口法水。'独眼龙'问：'还痛吗？'孙猴子踩踩脚，兴奋地回答：'一点也不痛了！'这真是见鬼！但这是我亲眼所见的呀！

"我真的无法解释这到底是梅山法术还是'虎哥'所说的'邪术'，估计是有什么特殊药物……尽管如此，我从心里对'独眼龙'依然是戒备的！但自从这次之后，孙猴子好像对'独眼龙'有了一点崇拜了。

"孙猴子对我说：'我们在山上创业，要不也拜他为师，多少学点法术？'我说可以研究，但不必去学什么法术。我说我是学历史的，也是一个坚定的唯物主义者。什么东西都有它形成的过程。孙猴子心头的疑惑并没有解除：'你的这个观点我并不赞成。这里面肯定有我们崇仰的科学，只是暂时无法解释清楚而已。这正是天龙大界梅山文化的精髓呀！'我没有回答。后来我顺便说了一句：'我们可不能太势利……'

"孙猴子听了这话显然不悦。我立即意识到自己说话鲁莽了，便向他道

歉。他终于笑了。我们最后形成共识：适当接近，保持距离，还是可以的。我和孙猴子为取得一致见解而高兴。

"后来我又暗猜：这样看起来，难道'独眼龙'真的还有什么画'心符'勾引女人的法术？

"我们就这样在大山上发现着，琢磨着，砥砺前行着……"

吴彩霞在车上与谭宝山通了很久的电话……

谭宝山说话的主要内容当然是他的羊和他那关于羊的趣事。他说前天山上下了点雨，后来又起了大雾，黄昏的时候发现那只棕色的、羊脸上有一绺黑毛、腹部有大块白色的山羊没有归栏，而那只羊很有可能怀孕了。谭宝山十分着急。忽然记起"虎哥"从前说过的"骂山"的技巧，估计山羊是被"山鬼"迷住了，并没有走远，便独自上山寻找。一边走，他一边破口大骂："雾露罩子倒毛鬼，快点把我的羊放出来吧！"骂着骂着，谭宝山好像心里胆气足了一些，那雾仿佛也散了一些。不一会儿，他就听到了几声熟悉的咩咩声，不禁大喜过望……

吴彩霞听着听着不由笑了起来。她发现，谭宝山别看一向深沉严肃，有时候还像个山里没有长大的顽童。而且，吴彩霞发现，如果讲话久了，谭宝山的声音会有一种特别让人感觉舒服的磁性，有一点像是韩国某个男歌星的声音。

上午九点多钟，当那辆锃亮的保时捷出现在吴家墩院子外的水泥村道，然后跨过架在铁锁河上的石拱桥时，从不同的方向，射过来七七八八新奇的目光。特别是当一行人在挺着胸脯的吴彩霞的带领下走向吴家墩院子的时候，狗吠起来了，议论声也随之响起来了。

"呀，好高级的车子！我认得，是保时捷！"一位在外地做过几年袋子生意的村民正从河边拎着一只拍打着翅膀的鸭子上来，看见了"袁大头"的保时捷，一眼就认了出来。

随着梨花坪村决心朝着天龙大界的文化旅游开发的目标进军，吴家墩常见一些有富贵气象的好车和奇人出现，大家知道这当然与吴康生家有关，特别是与吴彩霞有关。

"天龙大界会变了，梅山神真的要开金眼了！"梨花坪的人们感叹着。

"花是朵好花，只是太招蜂引蝶了……"幽幽的声音，不知是从哪个角落里发出来的，明显是在说吴彩霞。

吴彩霞偶尔听到了。她听到这句议论时，正在回味着车上与谭宝山通电话时谭宝山最后讲过的一句话："山之所以那么高深，是因为山上的路，总是弯的……"

谭宝山在电话中说到了他最近遇到的一些曲曲折折的事。

在吴家墩人的眼中，吴彩霞不仅是老支书吴康生的掌上明珠，也是整个梨花坪村的一枝好花，当然，更是梨花坪村的希望。村庄后面的天龙大界，多少年来都是一座默默无闻的荒山，到了新的世纪终于被人"识宝"了，原来是坨"金疙瘩"。而有一双识宝慧眼的人就是吴彩霞。吴家墩在期待，梨花坪村在期待！

保时捷车嘎地停在那棵大白果树下。最先走出车的是吴彩霞。接着是蔡志明、"袁大头"、王总。这天，蔡志明换了一副金边眼镜，更显出不凡的派头；"袁大头"油腻腻地腆着个圆肚子，皮带圈在肚皮下方，一看就是"款爷"模样。王总仍然挎着她那款紫红色单肩斜式小坤包，脂粉有点浓，盘子脸上的三角眼泛着精明的光亮。

那位山民在想：那个四十多岁、盘子脸、三角眼的女士，一身的富贵气，想必有点来头。

吴彩霞领着几个人朝吴家墩院子走去。

"咦哟，还有这样的青砖老房子哟！宝贝宝贝，现在可值钱了！""袁大头"望着院子里那两栋青砖老房子，感到惊讶。

吴康生在院子门口迎住了他们。虽然这一行人来势非凡，富贵气象逼人，但吴康生并没有显示出多么的仓惶慌张。他腰背略佝，却仍然是那副老支书的神态，两个"虎眼"精光闪烁，不怒自威。他从容地与客人握手后，把他们让进了自己家里。蔡志明、"袁大头"、王总在堂屋里几把宽大的竹椅上坐下了。

"这竹椅好，这竹椅好，宝贝宝贝，比城里那老板椅舒服多了！""袁大头"又在大发感慨。

吴彩霞笑吟吟地为几位客人端来了山野绿茶。她先递给蔡志明一杯。

"蔡主任，我们这里的人从不到外面去买茶叶的，我们一是用野茶果煮茶，那种茶又浓又酽，颜色也很好看；二是自己采。我们天龙大界上观音山工区有一种茶，既好喝，又能解乏止渴，更能延年益寿，上次跟您说过的那位放羊的大学生送了我一小包……你们尝尝看。"吴彩霞为客人们介绍。

"呀！果然不错！入口略苦，继而苦中带甜，而且味道绵久……"蔡志明抿了一口茶，赞不绝口，继而问，"你说的那个放羊的大学生是哪个？"

"哦，他叫谭宝山，老家在天龙大界北面山脚下的坝湾村，刚从S大学历史系毕业。您刚才说的茶的味道，正是这种茶的特点。"吴彩霞兴致盎然，"这种茶叶是古时候在山上修道的一个道人发现的，只有天龙大界上观音山工区那一带有少量的，每年清明前后去采。那茶叶喜欢生在崖缝里和溪涧边，叶子的边缘像锯齿，与桂花相似，所以也称之为'桂叶茶'或者'观音茶'。茶叶采回来后先要晾干水汽，然后就直接用手揉搓，再用一块拧干的湿毛巾把茶叶盖住发酵，几天后开始将茶叶阴干，以后才拿出来吃。这样的茶泡出来是红色的。你们看，就是这种颜色……"

"为什么不用锅子炒呢？"王总显然感觉到了这种茶的独特性，不禁问吴彩霞。

吴彩霞说："我听那位'羊倌大学生'介绍，这种茶也有用铁锅炒的。一摘回来就炒，炒成的茶，泡出来是青绿色的。"

"有机会，我也去拜访一下那位立志放羊的大学生，看他到底是何方神圣……"蔡志明喃喃着。

"我们一起去拜访么。""袁大头"和王总附和着。

"彩霞，莫只顾和客人说茶，来帮我搭把手，今天请客人们尝尝我们天龙大界的特色菜。"吴彩霞的父亲吴志顺从厨房探出头来喊吴彩霞。

"哎！我就来。"吴彩霞答应着。当她听说蔡志明想拜访一下谭宝山时，心头一喜，那两道短秀浓眉蓦然显现在她的眼前……

这天中午，吴志顺根据吴康生的安排，参照天龙大界一带农家酒席常见菜谱"鸡、鱼、丸子、肉、海带、蛋、花、粉"几大碗，特别准备了以下几样特色菜，号称"四季发财"：一碗糁子粑煮鸡，一碗鸭子粑，一碗"米粉肉蒸板栗"，一碗"三合汤"。还蒸了一盘本地"猪血丸子"。这种"猪血丸子"，与其他地方做的不同，主要原料是水豆腐和猪血、五花肉浆，制作水豆腐时石膏用量稍微要多一些，装匣控水时间也要长些，待水分滤干后，再将豆腐捏碎，加以五花肉浆和新鲜猪血搅匀，团成拳头大小的丸子，抹上菜籽油，置于柴火灶上慢慢熏干。这样做的"猪血丸子"，皮黑瓤红，切片后晶莹透光，吃起来口感韧、香，腊味十足，耐人寻味。

中午的米饭，特意全用铁锅柴火煮，而且米饭是用那种红糙米。这种米由于产量低，梨花坪一带人家很少有人种，吴康生却让吴志顺种了两分田，用来款待贵客。

十二点半，大碗菜全部摆上了八仙桌，热气腾腾。吴康生特意叫了四个人来陪三位客人。这四个人一个是新任支部书记，也就是吴康生培养的"徒弟"；另外三个有两个是当了师公的吴丙生和吴木生，还有一个就是多年前第一个向吴康生举报谭艳华杀人案的刘疤子。至于吴康生为什么要找来这么几个人，他有他的想法。

首先是支部书记。吴康生对他是寄予厚望的。他认为四十多岁的书记既当过兵，又随潘家湾村的人在贵州、云南几个省卖过袋子，是有见识的。当初乡里让吴康生推荐接班人，吴康生果断地推荐了他。从近两年看来，书记的工作还是有起色的。比如到上头去争取水利项目修筑梨花坪拦河坝，比如带领村里养殖户参加县里的免费培训班，这些都是与吴康生的思路合谱的。而最令吴康生看好的是书记特别支持吴彩霞打造"湘中天龙神界"的旅游发展计划，在争取林业部门的消防通道项目时立下了汗马功劳。随着打造"湘中天龙神界"宏伟计划的推进，书记的作用力越来越明显，这是吴康生极其愿意看到的。今天政府办主任和两位企业家的到来，无疑是给"湘中天龙神界"计划带来了新的信息，书记是必须前来参与对接和谋划的。

至于为什么把两个师公也请来了，那是吴康生的另一条思路。吴彩霞在那位养羊的谭宝山的启迪下，更加坚定了文化旅游的观念，也常常给吴康生灌输文化旅游的信息，终于使吴康生意识到"师公"就是一种文化，而且是一种极有特色的地方文化，是文化旅游的"味精"。这是一层；另一层，那就是发生在天龙大界的谭艳华杀人案已经深深地印在两位师公的心底，他们那种对于天龙大界的纠结，在梨花坪村是一部奇特的书，就像一团山雾，也会为打造"湘中天龙神界"增添一笔极其深刻的现实内容。这团山雾其实一直还在吴康生的心底萦绕。他总觉得多年前的惨案有极多值得质疑的地方。

刘疤子虽然在梨花坪村只能算个不入流的人物，但刘疤子是天龙大界里拱出来的"野物"，对天龙大界比谁都更熟悉一些。

午餐开始了。餐桌是山里人家常见的八仙桌，只是这张八仙桌更加宽大一些，漆是红色，红漆已经有些斑驳。餐桌摆在堂屋的中央，上方吊着一把风扇。上首坐凳是那种山里人家特有的"大凳"，比一般的凳子要宽很多厚很多，往往是一截大栗树解板下来的木板，是可以用来躺在上面睡觉的。蔡志明坐在上首的"大凳"上，上座第二个位置本来要"袁大头"坐，但蔡志明坚持要吴康生坐，说吴康生是老支书、老革命。于是"袁大头"和王总分别坐在了蔡志明和吴康生的左右。左右座的下座是支部书记和吴彩霞，陪坐上的是吴丙生、吴木生，刘疤子陪坐上"挂角"。

酒，当然是那种山里人家自己做的"重阳酒"，这种酒浸泡了一些"金樱子"、当归等药材，颜色暗红，显得醇和而有绵度，又有看相。蔡志明、"袁大头"、王总在外见惯了各种名牌红酒白酒，此时对这种土酒充满了好奇。

"领导，老总们，这种酒尽管喝！不上头的。"吴志顺系着印有"禁绝毒品，珍惜生命"宣传字样的围裙站在餐桌外，搓着两手，笑眯眯地望着大家。

自然是吴康生首先举杯："今日政府领导和各位老总来考察天龙大界旅游开发工作，是我们梨花坪村人的荣幸！在此，先请各位喝乡酒一杯，一则为各位洗尘，二则表示我们的感谢！"说完一饮而尽。蔡志明、"袁大头"、王总也都喝了。

蔡志明、"袁大头"、王总连夸这酒好喝。喝酒的杯子不是城里酒桌上那种小酒杯，而是乡里常用的青花小瓷杯，一杯下去是有点分量的。吴康生虽说年纪大了，但酒量依旧不减当年，只是医生有过警告，多少有些顾忌。蔡志明别看精瘦，在政府办平时接待多，酒量早已是高手。"袁大头"和王总更是久经沙场，自不用说。

"吃菜吃菜，都是山里的土菜……"吴康生一边让着，脸上开始泛起微微的红光。

支部书记、吴丙生和吴木生、刘疤子等人一轮一轮地向蔡志明、"袁大头"、王总敬酒，蔡志明和王总都已有了一些醉意，唯独"袁大头"依旧没事一般。

吴彩霞开始没怎么喝酒，此时才站起来向蔡志明、"袁大头"、王总敬酒。

于是蔡志明、"袁大头"、王总又都喝了一两杯。"袁大头"见吴彩霞开始敬酒，兴趣大增，主动提出要与吴彩霞单挑四杯。

蔡志明说："彩霞，大胆喝！一杯酒两万，你那修游步道的钱就有了！"

"袁大头"一梗脖子："两万就两万！"

吴彩霞早就注意到"袁大头"很想和她喝酒，一双眼睛老是叵她。经蔡志明从中一提醒，吴彩霞就觉得自己有必要在关键时候拼一拼，虽说一杯酒两万是夸张，更是酒席上的"酒话"，根本算不得数，但若是能让"袁大头"投资那是再好不过的事。吴彩霞对生意场上的人为人处世听闻过一些，知道不是那么容易出手的。

于是，吴彩霞笑着说："我只能敬两杯，两杯四万吧！"

"两杯就两杯！""袁大头"豪气地答应。

两杯酒下去，吴彩霞变得脸如桃花，袁大头的两个鱼眼睛仿佛点燃了两簇火，直勾勾地望着吴彩霞的脸和丰满的胸脯。

"彩霞，你上次跟谭宝山他们喝'重阳酒'，醉了好久呢。"刘疤子忽然插了一句话。

"对了，彩霞，你那个叫谭宝山的放羊的朋友特别能喝？"蔡志明问。

吴彩霞未及回答，吴康生开始向蔡志明介绍座上人。蔡志明显然对两位"师公"很感兴趣，问吴康生："师公平时可以表演么？"

"当然可以。"吴康生信心满满。

"师公表演我在其他地方也看过，不知道你们这里的表演有没有新意？"

"袁大头"端着酒杯走到了吴彩霞身边："大美女，该我敬敬敬你了！也是两杯。"

吴彩霞正要接腔，手机响了起来，开始以为是谭宝山，仔细一看是潘进桂。

吴彩霞连忙对"袁大头"说："袁总，对、对不起，我先去接个电话……"

"彩霞，关键时候你不能当逃兵啊！"蔡志明大声说。

"对、对、对，不能当、当逃兵。""袁大头"两个红红的"鱼眼"盯着吴彩霞，舌头有点不听使唤。

"不、不会……"吴彩霞一边答复蔡志明，一边走进侧面的一间房子里去了。

支部书记站起来说:"袁总,我现在代表村里来敬你两杯!"

"我来作陪!"刘疤子也应声站了起来。

潘进桂在电话中告诉吴彩霞,他最近有两桩特别值得一提的事。一桩事是他的那首长诗《天龙大界杜鹃红》被省作协的机关刊物《湘江文学》发表了。潘进桂对吴彩霞说,这首长诗不仅使他在学校名声大噪,也使天龙大界有了一定的知名度。很多读过长诗的人都在与他联系,要去天龙大界看那漫山杜鹃!

"出名好是好,只是现在的开发力度根本没有跟上去,很多基本的设施目前无法到位。关键是:缺钱。县里的旅游战略声势大,但也无力顾及新景区的开发,乡里财力匮乏,无力助推。"吴彩霞在电话中向潘进桂诉苦,"如果这些跟不上去,人家来看风景,有时还会起到反面宣传的作用。如果没有钱,我可能也只有去观音山工区与谭宝山一起去养羊创业!"

吴彩霞接着说:"你知道吗?谭宝山他们越玩越大了!他们修了第二个羊圈,羊将扩养到近三百只!而且吃着碗里的,盯着锅里的,又瞄上了什么香猪……"

"彩霞,你老是谭宝山谭宝山的,谭宝山硬是把你的魂给勾走了!哈哈。我也深知搞旅游开发不易,白手起家更为不易。所以我现在也注意从这方面下功夫。我正要告诉你第二桩事,就是与这方面有关……"潘进桂显得颇有思考与探索的勇气。

潘进桂就告诉了"第二桩事"。

原来,潘进桂最近因为一个偶然的机会接触到了几个很有名气的"企业家"。

这个偶然的机会,就是S市在省城长沙召开的一个"S市精品旅游文化推介会"。潘进桂是在省报上的周末文化副刊得到信息的,觉得这是一个有干货的会议,后来那个家在S市、母亲在该市文旅局工作的大学同班同学也把这个信息告诉给了他,并且为潘进桂弄到了开幕式上嘉宾区的座位票。潘进桂为了在这个会议上结识一些社会各界的朋友,专门为自己制作了一叠名片。这些名片他是动了脑筋的。名片上印制的头衔是"岳山大学枫叶文学社社长、《二月花》主编、湘中天龙大界文化研究会会长"。结果,他的名片刚发出不到几张,反响就来了。有一个大胡子马总就注意到了他。

"潘会长，您好！"马总笑吟吟地向潘进桂伸出手来。大胡子马总是从"腰子脸"康总和"雄鱼嘴"吴总手里看到潘进桂的名片的。

"我们是老乡，同一座山的子民呢！"马总进一步介绍自己。从与马总的交流中知道，马总叫马德鑫，是天龙大界最西边山脚下龙化县奉家镇的，现在是"梅山蛮"开发有限公司总经理。潘进桂早些日子听说过"梅山蛮"，没想到在这里见到了马总，十分兴奋，当即吟起改造后的诗句："马总，这叫作我住山之头，君住山之尾呀！"

"那位'马脑壳'，我第一次去'梅山蛮'调研时没有见到，后来见过一次了。那康总和吴总是搞什么的呀！"在电话中，吴彩霞问潘进桂。

"你怎么叫马总'马脑壳'呀？"潘进桂有点惊讶。

"我们在他们县奉家镇文化节上见过一面。他那旅游公司搞得十分红火，大家都叫他的外号'马脑壳'。他的正式名字有两个，一个叫马永豪，一个叫马德鑫。"

"哦，原来这样。真是奇遇。'马脑壳'想请我做他们公司的'文胆'哩！"

接着，潘进桂介绍了一下康总和吴总，康总是行踪不定的旅游策划大师，吴总据说是位民间金融专家，早年在银行工作过。

"打造湘中'天龙神界'，这方面的风云人物说不定会帮上一臂之力！"潘进桂在电话中显得兴奋。

经潘进桂这么一说，吴彩霞眼前仿佛突然闪过一道光亮，觉得潘进桂不仅是个有文才而且也是一个很有经济头脑的人，过去是不是对他有所误解了。但随着这一道光亮，谭宝山那两道短秀浓眉再一次映现出来……

潘进桂说："彩霞，天龙大界这两条龙现在有很多人想舞，得看哪一方的神通广大了。我听马总说，他们龙化县不仅在天龙大界西部搞旅游开发，而且还瞄上了天龙大界的山风，这次他们代表团到省城来参加S市旅游文化精品会，其此行有个主要目的还是去省里有关部门了解风力发电项目的……"

吴彩霞大吃一惊："他们要在天龙大界西边搞风力发电？"

潘进桂说："一切皆有可能！"

"那不会对天龙大界的旅游资源造成毁灭性破坏吧？"

"那怎么会呢！人家是企业家，已经把旅游事业搞得风生水起，怎么可能砸自己的饭碗呢？再说，风力发电不仅有效益，那旋转的风轮还可以为天龙

大界增添一道靓丽的风景呀！"

　　吴彩霞不置可否，陷入了沉思。她觉得很有必要把这个信息告诉谭宝山一下。

第三十五章

　　正是天龙大界杜鹃花开得最旺盛的时候。"人"字形的天龙大界又到了一年中最美好的时刻。在天龙大界的东西南北四个方向，恰像从半天里飘下一床彩锦，覆盖在大山之上，又像是一阵山风点燃了无数的潜伏的火焰。晴朗的时候，红杜鹃重重叠叠，仿佛缀在碧绿地毯上的彩饰；若是阴天，小雨过后，一团一团的白雾飘来飘去，像是为一片一片杜鹃擦洗，使红杜鹃更加清新鲜艳。近观，绯红的杜鹃花中也夹杂着粉白的花瓣，花瓣上飞舞着各种蝴蝶。有的杜鹃花簇拥在崖头，有的杜鹃花排列在溪涧，竹树掩映，花叶相衬，给人以美不胜收的美感。晴日的傍晚，太阳早落下去了，但天龙大界上依旧泛着淡淡的红晕，那就是杜鹃花的照耀。杜鹃花铺满天龙大界，山鸟在大界上盘旋，使这神奇的天龙大界像是一支蓬勃清新、色彩斑斓的音乐，在天地间奏响，回荡。

　　天龙大界龙腾虎跃，使那无限风光有了柔韧的线条和刚性。

　　"二号羊庄"主体建筑已经建成。

　　从远处看，"一号羊庄"和"二号羊庄"就像是两朵长在山坳里的大蘑菇。这两朵大蘑菇给山凹带来了天外来客般的神秘和新奇。

　　谭宝山和孙猴子将一大半山羊分流到了"二号羊庄"，"一号羊庄"只留下不到一百只山羊。谭宝山和孙猴子从沅陵山区采购了三十多只羊，板竹山山羊养殖基地为"二号羊庄"又送来了三十多只羊。现在，他们拥有了两百六十四只山羊……

　　这天，老板朱鸿伟亲自来到了观音山工区，随同朱鸿伟上山的是那位林美女。

他们到山上到处跑了跑。朱鸿伟睁着他那双微灰的"羊眼"打量着新修的"二号羊庄",对紧紧跟随的林美女说:"看不出来,这两个毛头小子干得还真的有模有样啊!比我们的还好!"

"我们'虎哥'是个老师傅咧,宝山哥爷爷也是的,样样通,还不是靠着他们。"孙猴子眨动着小眉眼说。

谭宝山在一旁谦虚地说:"这还得仰仗朱总多指导啰!"

林美女嫣然一笑:"这天龙大界,比起我们板竹山,风景好多了!"

"怎么,你也动了凡心,想到这里来放羊成仙吗?"朱鸿伟笑着问。

"的确,我发现这天龙大界的气势与板竹山不同,板竹山只是座高峻的大山,天龙大界是山,更像是条盘着的巨龙,有一种潜在的气势!"林美女说。

谭宝山觉得林美女的话说到了他的心坎上。只是,她与朱总的婚姻关系依旧令他不以为然。

林美女这天留着"一片瓦"式的发型,穿着一件薄薄的灰蓝色长袖T恤,曲线隐约,在这莽莽的山野里显得年轻而有几分妖娆。谭宝山对这位基本上算是同龄人的美女大学生总觉得有点不可思议。

朱鸿伟看完了两个羊庄后,若有所思地说:"你们把羊庄扎营在这里,采取大面积区域内自由放牧采食,好是好,只是不利于草场的合理利用与保护,而且只怕不能长久。"

"朱总,请你说说,那是为什么?"谭宝山觉得朱总话中有话。

朱总叹了一口气,竟说:"因为你们这里的确太美了!"

"您上回提供信息后,我们还准备发展养香猪呢!"孙猴子在旁边补充说。

"那就更不会长久了!"朱总连连摇头。

谭宝山觉得丈二金刚摸不着头脑。

见谭宝山和孙猴子迷惑不解,林美女就走过来解释:"朱总的意思,按现在发展乡村旅游的大趋势,不久的将来天龙大界必然是藏不住的,会成为风景名胜区,你们的羊庄只怕不允许存在下去!"

横着两道短秀浓眉的谭宝山很快明白了林美女和朱总的意思,就说:"这一点我也考虑到了,但至少这是一个稍远的话题,五年十年都很难说。眼下,坪山镇和坝湾村都把我们的养殖基地当作一个方向,况且,乡村旅游离不开特色农业产业,只有这样才有后劲……"

小眉小眼的孙猴子也连连附和。

"天龙大界的明天必然是十分美好的！我们正在编写的《天龙大界山志》就是为天龙大界的明天准备的！"谭宝山斩钉截铁地说。

朱鸿伟对谭宝山感叹地说："话是这样说，这天龙大界如果用来养羊、养猪，那就太愧对这座大山了！尽管我自己也是干这一行的。"

朱鸿伟对谭宝山和孙猴子说："你们的确应该把天龙大界读透，为天龙大界的明天做点准备。你们若是不读透，正在读这座山的人必然多的是！天龙大界——哦，娘偷人的真是好一座宝山啊！"

朱鸿伟话音一落，远处苍茫的山巅之上，飞起一群山鸟，盘旋之后，呀呀远去……

谭宝山、孙猴子和林美女交换了电话号码与QQ号。

林美女说："也许有一天，我还真的会上天龙大界来！你们欢迎吗？"

"我们'天龙部落'随时恭候你和朱总前来指导！"谭宝山和孙猴子几乎同时出声。

"虎哥"仍然没有回到天龙大界。

随着"二号羊庄"的建成，谭宝山和孙猴子又专程去了一趟本省的一个大型山羊基地考察黑山羊，同时顺便了解了一下香猪行情，准备在夏天过后，购进少量的香猪试养。

第三十六章

　　有人传话给谭宝山，如果他们还敢在春秋季节阻断捕鸟高手们的财路，高手们不仅要断除他们的电路，还会断除他们的水路，更要让他们的黑山羊死得一只不剩！

　　孙猴子问谭宝山怎么办，谭宝山想了下，两道短秀浓眉一耸，回答了两个字："奉陪！"

　　孙猴子说："宝哥，我不太赞成硬斗。俗话说，和气生财，对有些人能不能做得圆融一些？"谭宝山直视着孙猴子的眼睛："你怕了？你想妥协？"孙猴子连连说我不是这个意思。谭宝山那两道浓眉拧得有点拗……

　　谭宝山及时把获得的信息告诉了坪山镇黄副镇长，并且报县林业派出所和坪山派出所备了案。派出所让谭宝山密切注意那些不法分子的动静。

　　不久，又有一只黑白色的山羊失踪了，那是一只"波尔"杂交后代……

　　谭宝山打开《山课笔记》，陷入沉思。他的眼前，时而乱云飞渡，时而青松挺立……

　　这时，他又想起当年那个谭艳华的故事。

　　而在此刻，《山课笔记》的纸页上仿佛正在移动着一些与故事相关的影子——黑胖子，瘦高个，还有"虎哥"，总共三人，像是三只虱子，在大山棉袄般的皱褶里蠕动……

　　他们选择的山路，既不是山南，也不是山北，而是山东南方向的一条峡谷：娘娘洞。娘娘洞是整个峡谷的名字，"洞"字其实应该叫作"峒"。但是，娘娘洞确实有个石洞，那石洞便叫"娘娘洞"。

　　关于"娘娘洞"有一个美丽的传说。这个传说，谭宝山早已将它收入了他的《山课笔记》——

相传当年宋理宗赵昀未登基之前，曾经来到如今的 S 市一带担任防御使。本来，他的家族已离王室很远，因为朝廷的云诡波谲，一个偶然的机会才使他成为嗣王。朝廷把十六七岁的他封到这里来，主要是为了增长阅历，作为皇室储备人才。几年后，由于朝廷内部的相互倾轧，完全没有希望做皇帝的赵昀竟然被推上了皇帝的宝座。赵昀心情大快，但他对这里的山水风物依依难舍，知道自己告别此地，永远不会来这个地方了。于是，他选择了一条满是奇山异水的返回之路。"娘娘洞"就是这条归途中的一程。赵昀是带着他的家眷的。当时他最宠爱的女人是一个姓李的娘娘。赵昀一行踏上去京城的路途时，李娘娘身体突然欠佳。到了"娘娘洞"，李娘娘病情加重，无法随行，但归程又不可耽搁。这时赵昀不得不做出一个决定，将李娘娘暂时就地安置下来养病。当地人为了更好地保护李娘娘，向赵昀推荐了一个相传是神仙住过的山洞即"娘娘洞"，作为李娘娘的住处。"娘娘洞"内宽敞干燥，冬暖夏凉，十分适宜居住休养。赵昀大喜，就留下侍候的人员和大量钱财，将李娘娘安顿好了。赵昀到京师登基之后不久，因思念李娘娘，便派人专程来到"娘娘洞"一带寻访，谁知云水苍苍，李娘娘再无踪影。后来人们传说，李娘娘已被天龙大界山上修炼的观音点化成仙，"娘娘洞"也被梅山神奉观音之旨封闭了，凡人无法找到。现在的石洞根本不是古洞。

谭宝山曾经从历史的角度对这个传说进行了思考，觉得可信度是极有限的。但是他觉得这个故事很美丽，反映了民间的一种心态。帝王的故事在无数的村村寨寨都有流传。他当然没有想到，此刻为了那个现实中的谭艳华的故事，有人在不遗余力地寻觅着……

进入"娘娘洞"只有一条青石路，这条青石路游蛇般左右盘绕，溪涧幽深，竹木葱茏，危崖兀立，最容易让人迷失方向。

黑胖子走在"虎哥"后面，瘦高个走在黑胖子后面。他们沿着青石山路翻过了"鲤鱼坳"，转过了"虎头石"，渐渐地望见了"猴子石"……

"猴子石"在娘娘洞山涧北侧的峭壁上方，远看恰像一尊抓耳挠腮的猴子。羊肠小道由于陡峭又少有人走，已是荆棘丛生，这让黑胖子和瘦高个显得吃力。"虎哥"走在最前面，他没有拿开路的柴刀之类，只是凭着他那双大手扒着横枝竖柯，辟出一径毛路。黑胖子每爬一步，总要先揪住一把须草，然后

几乎俯贴山坡往上用劲。这样走了一段，黑胖子早已气喘吁吁。忽然，一脚蹬动了一块石头……

瘦高个在后面喊："吴胖子，小心滚下来砸着我！"

"'老棍'，砸是砸不着你，只怕山上的'猴子石'见了你会把你当作老弟拖到洞里去！"

吴胖子和被称作"老棍"的瘦高个开着玩笑，但心情并不轻松。他们不知道"虎哥"为什么会把他们带到这么个偏险地方。

"老棍"和吴胖子是坪山派出所退居二线却依旧在岗的老资格干警，都立过功，平时办大案要案是好搭档。这次随"虎哥"进大山来是肩负着特殊使命的。他们原计划从天龙大界北面经千年鸟道或者从天龙大界南面上山，但领路的"虎哥"说，要走"娘娘洞"这条路。"虎哥"为什么坚持要走"娘娘洞"上天龙大界？

吴胖子和"老棍"，望着前面"钻山豹"一样奋力拓路的"虎哥"，觉得那是一个行进中的疑问号。多年前那桩轰动天龙大界的"雷公崖惨案"，随着这个疑问号的行进，仿佛马上会变成一个惊世骇俗的惊叹号。

他们终于攀登到了"猴子石"下。

吴胖子和"老棍"不明白"虎哥"为何把他们带到"猴子石"下。这座石崖有两丈多高，呈黑褐色，嶙峋突兀，岩石上布满苔藓，顶上有矮松横斜，枝丫遒劲，迎风搏雨，似鹰如虎。

在山涧阴岩边，"虎哥"、吴胖子和"老棍"各自寻找一个石头坐下来。

"虎哥"说："我抽支烟"。便摸出一包"山菊花"烟，递给吴胖子和"老棍"各一根。

点燃烟，吴胖子问"虎哥"："晏甫，你把我们带到咯个猴子石边来做什么？"

"让猴子保佑啊！猴子是这里的山神，蛮灵验的。山里的人都信。""虎哥"说。

三个人抽着烟。不知怎么就聊到了在观音山工区养羊的谭宝山。吴胖子和"老棍"就感叹起来："好好的一个大学生怎么就迷上了上山养羊呢？有了那个谭艳华就很怪了，现在又拱出个谭宝山来，这天龙大界上尽出这些让人摸不着边的怪人！""虎哥"说："天龙大界本来就是条龙，这里的人都有龙气的。我看谭宝山也是一条龙呢……"

"养羊也能成龙？只怕也是一个聪明过头的人吧！"不知是吴胖子还是"老棍"。

深山深处，一切如此幽静美好：远看，山峦叠翠，绵延于苍穹之下。近看，峡谷像一条曲折的画廊，竹林葱绿，松树杂木层层竞秀。峡谷中的小溪隐约其间，清澈明亮，像一根大山的琴弦。山溪里有那光滑斑斓的石头，流水撞击在各种石头之间，绽开一簇一簇清亮雪白的浪花。

"'娘娘洞'真他娘的名不虚传！""老棍"忽然感叹了一句。

"也不知那个娘娘躲藏的山洞到底在哪里。"吴胖子充满童趣。

"'娘娘洞'没什么，其实还不如我们身边的'猴子石'。这座猴子崖才是这山里的精灵呢！""虎哥"说，"今天我带两位来这里，就是'猴子石'托了梦给我的！"

吴胖子和"老棍"不解地望着"虎哥"："你倒是蛮会开玩笑的！"

"不是开玩笑的，很久以来我常常做着一个噩梦，但一想到'猴子石'，心里又变得平和了！"

"虎哥"说："山里人都知道，这'猴子石'是一只成了精的猴子变的，猴子神通广大，不仅能为山上修行的梅山神保驾护航，降妖除魔，更能洞察人间的忠奸善恶！他有一双火眼金睛哩！"于是，"虎哥"说起了这座"猴子石"一次次显灵的故事。

吴胖子和"老棍"觉得"虎哥"的话大有深意。吴胖子说："你有感慨？"

"是的，我这次来这里走一遭，就是想借借'猴子石'的胆量。多年前的那桩冤案也该翻身了！""虎哥"说："我来天龙大界后，总觉得对不住这座好山。要是不把那桩事告诉世上的人，天龙山神是不会原谅我的。娘娘洞的'猴子石'也不会原谅我的！"

这些话，令吴胖子和"老棍"惊愕不已。

"你从来没有告诉过任何人？比如那个养羊的谭宝山，他们看上去都不是省油的灯，十分敏感的。听说他们正要搞什么关于天龙大界的资料……"吴胖子问。

"我知道宝山他们一直想了解这桩过去的事，但我现在也没有和他们说。不是我不愿说，我总觉得时机没到……"

"我只见过谭宝山一次。但看他那对粗黑眉毛,做事肯定是个不达目的决不罢休的人!谭艳华的故事他会寻根究底。"吴胖子说。

因为多年前天龙大界上的那桩血案一直存在疑点和议论,当有人向公安部门提示"虎哥"最可能知情时,"虎哥"就一直备受关注。但是,在与"虎哥"交流的日子里,"虎哥"除了沉默还是沉默。他为什么沉默?当年在天龙大界上他到底看到了什么?当"虎哥"最后答应带领吴胖子和"老棍"去天龙大界走一趟时,他们才感到天龙大界上的那段岁月终于要露出它的真实面目……

第三十七章

吴彩霞及时将天龙大界西边搞风力发电开发的消息反馈给了谭宝山。

谭宝山很久没有回复。不是不愿回复，而是谭宝山收到信息时正专心致志写一篇关于黑山羊市场分析的探讨性文章:《望"羊"兴叹的深层原因探隐》。

在文章中，谭宝山认为，在寒冷的冬季到来之际，也最适应人们进补。这就是俗话所说的"冬日进补，来年打虎"，而站在养殖业这个角度来看，冬季进补的最佳食材非羊肉莫属。谭宝山观察到，近年，羊肉价格已经从低迷走出了困谷，涨到了 50 元一斤，可是羊反而越来越少，营养价值相对较高的粗放型的山羊货源更是稀缺。这当中的主要原因是什么？主要还是山羊养殖从业人员锐减导致羊只减少造成的。一面是市场看好，一面是从业人员减少，这中间到底又是什么原因？谭宝山仔细分析后找到了症结所在：风险大，回本周期过长，一只羊从养殖到出栏，需要 18 至 24 个月。特别是粗放型的，容易走失，有时狗也成了山羊的天敌……

谭宝山完全沉浸在他的思考之中……

天龙大界这个"人"字，雷公崖是撇和捺相交处的制高点。人们说雷公崖是天龙大界的龙头，其他都是天龙盘旋着的身体，也是天龙大界的脊梁。

如果站在雷公崖上往西眺望，就会发现，天龙大界往西的山脊绵长起伏，树林低矮，较少有悬崖兀冈，山腰有云雾缭绕。这里都属于龙化县奉家镇。如果再望远一点，又会发现，天幕下有无数耸峙的山峰大致成两列立在那里，形成的淡蓝色的峡谷正与天龙大界本部山脊相对，可以想见，当西风乍起，这边高峻的山脊上山风何其飓烈。应该说，这一带常年的风源是比较稳定的。

天龙大界早已流传着一句民谣："东边洞，西边风，南北世界又不同，中间站着个活雷公。"在这里，洞指"娘娘洞"，风指西面风大，"中间站着个活雷公"当然是指雷公崖了。

如果再仔细观看，这西边的山腰下近来出现了一些奇怪的景象，有人，有挖掘机，一条若隐若现的盘山道正一点一点地朝山顶上伸延上来。不过，这条盘山道没有一般的盘山道那么陡急，而是坡度比较平缓。你不能不佩服挖掘机的厉害，那巨大的爪子高高扬起，然后缓缓落下，哐地一声落在山地上，再轻轻一抓一扒，哗哗哗，连同杂草、山花、石块、黄土齐齐滚下，山体就被轻轻抠去一大块，像是从人的身体上撕去一块皮肤。远远望去，挖掘机简直像一只在移动的可怕的大蜈蚣，新开辟的山道像是刻画在青翠大山上的一道崭新的伤口。

有一个人盘坐在半山腰上的一座黑崖上，一脸络腮胡子黑密浓厚，像是一头从山中拱出来的动物。他望着山谷，望着不断嗥叫着的挖掘机，显得心事重重，以致下面有人大喊"马总"变成大喊"马脑壳"时，大胡子才注意到并应答了一声。

"马脑壳"的心思完全沉浸在手中的那份施工协议上。这个工程是龙化县争取到的重点建设项目，即"天龙大界奉家山风力发电"项目，由龙化电力有限公司建设，有十五个风机，进场道路十六公里。马总在公开招标中以绝对优势揽下了进场道路和风机平台建设等几个项目。马总之所以力争揽下几个建设工程，与他设想把整个天龙大界西部甚至更宽的地域纳入"'梅山蛮'文化旅游区"是密切相关的。这个设想马永豪不仅一直没有放弃，而且越来越强烈。他认为只有天龙大界这座神奇的大山才是"梅山蛮"文化旅游的最雄伟的制高点，甚至是点睛之笔。但是，马永豪的内心也是十分纠结的：风力发电对于一个县的经济建设来说，固然是一部重头戏，但对于开发"梅山蛮"文化到底是利是弊，是祸是福，他心里并没有底。

他对这里的山景十分了解，哪里有一座崖，哪里有一块樵夫打柴歇脚的草坪，哪里有几棵老松，哪里有几丛老杜鹃……他都十分熟悉。但是，现在随着挖掘机的轰鸣，山体被不断地剥露着，大量的砂石刷刷地倾泻而下。见到的是大片的竹树被摧毁，崖头被粉碎，老松被连根挖起……因此而生出一些焦虑、恐惧甚至一丝忏悔。

"这不是我的力量所能阻挡的。"马永豪自言自语,像在安慰自己,"即使不是我中标,其他人中标同样会毫不犹豫……"

"我只能在工程中尽可能地做一些保护性的事情。"马永豪自己为自己的下一步做着思考。但是,他也十分清楚,不论将来他做些什么,现代化的风力机对神奇的天龙大界必然有一些无法补偿的损害,也必然会受到舆论的轰击。

尽管挖掘机是在天龙大界的西边推进,但是,它那隆隆的噪音还是震动了天龙大界的每一个部分的每一根神经。

但是,谁也没有想到,受到最大的震动的竟然会是他——"独眼龙",一个仿佛与天龙大界没有太大关系的人。

"独眼龙"何槐生家在天龙大界东面"娘娘洞"外的麻冲垅里。何槐生是一个背景很复杂的人。可以说,经历几乎绕了天龙大界一圈,甚至当过沙弥。他也没什么正当职业,只因为吃不得苦,费力盘口的本事一律不学,既不肯做田做土,也不会泥工木工石工篾活,只管寻松土,最喜欢探听家长里短,搬弄是非,平时掏洞打鸟,打牌赌博,什么骨牌、纸牌、三打哈、炸弹、斗牛、拱猪、四喜、斗地主、麻将,无所不通。有时云里雾里吹嘘自己得了梅山正法,不时用"法术"勾引女人,无所不为。那个同一个村的留着西瓜皮头、丰乳肥臀的颇有几分姿色的"仙女"和何槐生勾搭上后,把家里的男人撂到了一边,男人和她大闹了几回后败下阵去,从此她常常公然跟着"独眼龙"鬼混。

前些日子何槐生不知从哪里听到天龙大界西边的山上正在修路搞风力发电,左眼皮上有一个小肉瘤的眼睛眨了眨,想起主意来了。

他打的主意不是别的,而是天龙大界上的梅山殿。

还在大明禅寺当沙弥时,他就听师傅提起过天龙大界有个梅山殿,过去十分有名,现在已经毁了。梅山殿比大明禅寺的风水好很多,据说大明禅寺上午种黄瓜,下午可以收黄瓜,而梅山殿左手种黄瓜,右手可以摘黄瓜。

在何槐生看来,现在的天龙大界四面八方都有人在动心思,弄不好会有另一番风光,自己何不趁早想个主意,也在山上谋条既轻松又挣钱的生路。

但思来想去,又无从下手。

他根本看不上谭宝山费尽心机在山上养羊。人家说他不务正业,在他看

来，谭宝山这号人才是真正的不务正业！好好的一个大学生，父母历尽千辛万苦把他培养出来，偏偏对养羊情有独钟，这不是天大的笑话吗？

何槐生又无能在梨花坪村吴康生、吴彩霞的旅游开发中插上一足，何况吴彩霞的旅游开发也因为资金短缺不入他法眼，更谈不上和西边的"马脑壳"攀上关系。唯一的资源是自己有过当小沙弥的经历，可以装神弄鬼，而天龙大界顶上恰好有一座废弃已久的梅山殿，又正在"三不管"地区，如果自己能够牵头把那个古迹搞起来，搬进去住下来，那他也有了自己的生存地盘，比起偷偷摸摸上山捕鸟和挖"冬茅老鼠"稳靠得多，将来不仅可以坐收香火钱，甚至还可以招收几个男女徒弟服侍自己。

何槐生为了想一个赢得地盘的主意，整整三个晚上没有睡好觉。

即使没有睡好觉，他也没有悟出个主意来。

这天，他正在麻冲垅里自己的责任田边望着那条已经坍塌一小截的石头保坎犯愁，忽然听到院子里传来一阵"呜哇呜哇"的牛角声，立刻知道这是一户人家在唱"梅山"。

麻冲垅里人唱"梅山"一般从天龙大界南面山脚下梨花坪村请师傅，那师傅就是师公吴丙生和吴木生两堂兄弟。

"呜哇呜哇"，"呜哇呜哇"……

牛角在叫。

何槐生突然一拍大腿："有了，有了……"

他决定先去找一下老相好"仙女"。

沿着一段有竹编篱笆的土路走过去，便可看到一条小溪，小溪上有座独木桥，过了独木桥，便有一口小池塘，小池塘周围眼下正开满紫红色的菜花。菜花后面，是一个单门独户人家。这户人家只有一栋比较陈旧的老木屋，屋前摆着一只石缸和一些码得高高的劈柴垛，一些鸡鸭在屋坪里刨食。

这里便是"仙女"的家。"仙女"姓朱，没有生育，家里就她和男人两个人。男人是远近皆知的性无能者，被人称为"斋公"。由于"斋公"无能，"仙女"便不安分，对外说自己带了"梅山"，经常装神弄鬼，暗中与那些流里流气的男人偷鸡摸狗，"独眼龙"就是其中来往最勤的一个。"独眼龙"上山偷挖"冬茅老鼠"、打鸟，有时带着"仙女"同行。"斋公"因为自己无能，只要"仙女"不离开他，对此睁一只眼闭一只眼，从不干涉。

但是，已经有一段时间，"独眼龙"和"仙女"没有在一起鬼混了，因为"独眼龙"又勾引上了另外一个女人，"仙女"无所谓，反正也不差人。

这时，狗叫了起来。瘦猴似的"斋公"从屋子里走了出来。一见"独眼龙"，"斋公"干笑着打招呼："何师傅有空来走走了？"

"呵呵，'仙女'在家么，找她有点事呢！""独眼龙"满不在乎。

"在，在。我要去竹山冲看看那几丘田，不陪你了！""斋公"心知肚明，没事一般。

"你忙咯。""独眼龙"心头一喜，前脚已跨进了屋里。

"仙女"早已听到了"独眼龙"的声音，等"独眼龙"一进屋，就大骂起来："你咯个剁脑壳死的，我以为你再也不会踏进咯扇门了！"

"哪能不来呢！奵久没尝尝了！""独眼龙"涎着脸，跟着"仙女"就进了睡房里。

"仙女"一把箍住"独眼龙"的脖子，狠狠地亲了一下他的嘴，一边胡言乱语起来："我的亲哥呃，想死我哩……"就急着解"独眼龙"的衣服。

"独眼龙"经验丰富，虽然也心痒难耐，却始终保持着定力。他有意让"仙女"先自行陶醉，等她完全缴械投降后才肯下手。果然，"仙女"软下来了……

翻江倒海足足弄了半个时辰，他们才坐起来。

"仙女"一边梳理着自己散乱的头发，一边说："剁脑壳死的，你平时无事不登八宝殿，说吧，今天来做么子好事。"

"你说对了，还真的有桩好事来了！"

"你是想喝我家的'重阳酒'了吧……莫想大了脑壳！"

"独眼龙"笑了笑，说："我要帮你解决个工作呢！你还不让我喝？"说着，又捧住"仙女"的脸亲了一口。

在"独眼龙""仙女"销魂之时，"斋公"早已折了回来，只是没有进屋，而是默默地靠在屋后那棵枇杷树下，凶凶地吸烟。

第三十八章

《山课笔记》越记越厚——

"……书上说，作为人类较早驯化的一种家畜，羊的群居行为很强，很容易建立起群体结构。羊群主要通过视、听、嗅、触等感官活动，来传递和接受各种信息，以保持和调整群体成员之间的活动……

"山羊的庇护行为十分明显。譬如天热时，我发现山羊多喜欢自寻树阴下或其他遮阴处'躲阴'……

"小时候，我们常常发现羊有时比较胆怯，不时竖耳凝视，见有动静或听到声音便逃跑。现在我明白了，这是羊的探究行为……

"山羊还是要选择那种体型健壮、眼睛有神的品种，所以相羊很重要。至于羊舍，我觉得我们的'二号羊庄'优于'一号羊庄'，具有几个明显的特点：地势稍高，安全干燥，向阳背风，地面平坦又稍有坡度，利于排水。等条件稍好一点，我们打算尽可能为山羊进行药浴，以提高其免疫力。"

…………

这些"要点"，看来杂乱，但对谭宝山来说，十分重要，经常咀嚼。

现在，在观音山工区场部的"天龙部落"里，谭宝山又在埋头编写着《天龙大界山志》。以下是"山珍篇"里的"枞树菇"一节，自己颇为得意——

"……这天龙大界上，除了岩耳，野蘑菇是最令人喜欢的山珍了。而'枞树菇'又是野蘑菇中的极品。'枞树菇'是我们这一带的俗称，枞树指的就是那种马尾松。红色的枞树菇虽然颜色好看，但鲜味较淡。最值钱的是那种拇指大的枞树菇，一斤的价格往往可以卖到上百元。我发现，枞树菇的生长是有几个条件的：一是必须有枞树林，也就是马尾松树林，这种树在天龙大界四面都有。有枞树的地方才有松针掉落，枞树菇就是长在一层层的松针里面的；第二个是需要沙性土壤。在那种黏性土壤里很少发现它的踪影；第三个是雨水。没有雨水是不行的；第四个是雨后气温升高，一般两三天就会生长起来。枞树菇一年也只有20多天的生长期，枞树菇采摘下来后，就会慢慢变色，所以在采摘时最好是带一点泥土……"

对枞树菇，谭宝山小时候就有较多接触。为了全面摸清枞树菇的生长规律，谭宝山除了问"虎哥"，自己也观察了许久并亲自采撷实践……

谭宝山一直被一个问题纠结：山顶上的梅山殿到底要不要记录进去？从地形上看，梅山殿处于天龙大界东西南北四个方向汇聚的小小山坳里，也不知当年的开山行脚道人是不是因为看上了那个小小山坳的风水。谭宝山具体纠结的是，如果把梅山殿编进《天龙大界山志》，它现在又只有一些断砖碎瓦，不明当年盛况，似乎没有更大价值；如果不把它编进去，在天龙大界，梅山殿又的确是一个最为重要的历史文物的存在，而且在天龙大界一带影响广泛。谭宝山两撇浓墨似的短眉下，那双单眼皮的眼睛犹疑着，思索着……

正在此时，窗外响起一个大嗓门："宝山！宝山！"谭宝山一听声音，知道是坝湾村的支部书记"廖天使"廖时富。

果然，廖时富的身影出现在谭宝山的眼前。廖时富一张南瓜脸，身材高大，他一进屋，木屋就显得窄小了，门外的光线被他遮拦了大半。

廖时富大大咧咧地往谭宝山身边的木床上一坐，木床发出"咯吱"的声音。

"书记怎么又有空上山来了？"谭宝山问。

"呵呵！来为你送个好消息呀！"廖时富笑声宏大，"我已跟县人大我那位铁哥说好了，下次县里开两会，住在祥天和红运大酒店，他们会前来采购我们天龙大界的黑山羊，让代表和委员们品尝后打出品牌去！这次来么，一是看看你们养羊基地的发展状况，二嘛，还有桩事想来当面与你探讨一下，你是个喝足了墨水的秀才……"

谭宝山听说县里同意来采购黑山羊，十分高兴，给廖时富倒了一杯桂叶茶，笑吟吟地说："感谢书记的推介，天龙大界除了我们的山羊，其实还有更多值得宣传的东西呢。怎么，书记你又有了新思路呀！"

"嗨！你还真说准了！确实有条新思路！"廖时富喝了一口茶，说，"你

没听说过西边的事吗？"

"西边，什么西边？"谭宝山有点莫名其妙。

"天龙大界西边，现在在搞风力发电项目开发了！路都快修到山上来了！"

谭宝山说："这个我当然是知道的，听说这是龙化县近期搞的一个大项目。"他想起前不久吴彩霞发给了他一条相关信息，他只是简单地回复了一下："已经听说了，有什么最新动态继续关注。"

"问题就是在咯里！"廖时富点燃了一支烟，深吸一口，然后吐出来。

廖时富接着说："人家搞风力发电可不只是搞风力发电呀！那个'马脑壳'，我早听说是个心思大得很的人！等风力发电一搞成功，他瞅准机会就会搞旅游开发，就会抢山上的资源，把'梅山蛮'的范围扩大到山这边来，这是十拿九稳的事。现在，南边梨花坪也在搞旅游开发，搞得火扯火。我最近想了好久，觉得我们坝湾村不能如此冒卵用，守着个金饭碗寻饭吃，我们也要搞旅游开发。这比你在这里搞养羊重要多了！要搞旅游开发，就要争取资源。我又想了三天三夜，觉得有个好宝贝应该拿在手里……"

"什么好宝贝？"谭宝山听得入了神。

"这个宝贝可不是你们这一两百只山羊所能相比的！你不记得山顶上过去有个梅山殿？"

谭宝山惊讶："梅山殿是有呀，怎么了？"

"说起来，天龙大界风景多多，但最值钱的我看还只有两个好宝贝，一个是雷公崖，一个就是梅山殿。雷公崖地盘属于山南山北交界地，又同属龙兴县，好说，我们是可以打个擦边球的，但梅山殿一向以来就没有说归属于哪个，如果我们抢先占住这个宝贝，提前申报上去，再慢慢开发属于自己地盘里的景点，就能稳稳占住主动权。这个想法，我跟你爷爷那位老书记也说过多次，他十分赞同呢！"

谭宝山望着眉飞色舞的廖时富，不禁暗暗佩服爷爷当年选人荐人时的眼力，这个"廖天使"还真是个很有冲劲的人，跟西边的"马脑壳"算是棋逢对手、将遇良才了。

"那你有什么具体想法？"谭宝山问。

"我想最关键的是要想办法抢占主动权！"廖时富点燃一支烟，把身子挪近谭宝山："想请你先以村里名义向县宗教局写份报告，由我到上面去疏通关系，一边跑关系，一边筹资金动工，让别人无法抢先！等修好了梅山殿，我们逐步着手开发旅游资源，头一步是修好上山的游道……"

谭宝山被廖时富鼓动得心潮澎湃，却又陷入了沉思。在他看来，天龙大界的一切都是宝贝，都是文化精品，这是一座名副其实的"宝山"。他隐隐感觉到，天龙大界这方土地上的人们也逐渐学会了"识宝"。但是，他又敏锐地感觉到，"识宝"又会导致"抢宝"。天龙大界从此将不会再是一座宁静美丽的大山，而会变成一座无比骚动甚至骚乱的大山。

"你是我们天龙山北面坝湾村的人，我向来佩服你的敢作敢为，人家说靠山吃山，这一回可要为自己坝湾村出大力气呀！"廖时富叮嘱了又叮嘱。

谭宝山突然感觉到，作为天龙大界人，他将会面临很多难以预料的抉择。不错，他是来这里养羊创业的，但他从来没有放弃对这座宝山的探索。这种探索也许就是为了某种准备。

谭宝山还从廖时富嘴里听到了"虎哥"的最新信息，"虎哥"什么事也没有，不久就会回到天龙大界来了！

"宝山，我们手里还有一个宝贝呢！"廖时富凑近谭宝山，神秘兮兮地说，"你可能还没有意识到吧？"

"什么宝贝？"

"'虎哥'就是个活宝贝……"

谭宝山一时没有明白廖时富的意思。

"……这个、这个谭宝山好端端的工作不去找，异想天开要养羊发财……鬼知道他们会落个什么下场！谭艳华自己做死怪不得什么人了，天龙山尽出些咯样的怪人。"不知是吴胖子还是"老棍"。

"虎哥"、吴胖子、"老棍"一行三人，离开"猴子石"，继续往山上攀走。

在"猴子石"下，吴胖子和"老棍"刚刚听说猴子给"虎哥"托了梦，却又不见"虎哥"接着把"梦"说下去。他们一边走，为了解除寂寞，说些闲话，不知为何，话题竟然又回到了谭宝山那个"天龙部落"上来了。

"养羊也不是坏事。依我看,谭宝山真是条龙呢。他看来是在养羊,实际上是在锻炼自己。人不可估量,海水不可斗量……""虎哥"说。

"胖子你莫发感慨,你当年是怎么走过来的?""老棍"跟了一句。

这是阳历五月底的一个上午,天空时阴时晴,一群不知藏在哪里的鸟儿从山峰上飞出,在有些灰暗的天幕下画下一些奇怪的轨迹,留下一串串高高低低、远远近近的鸣叫声。

山路越来越不像路,几乎只有一些关于"路"的记忆。"虎哥"对这种"路"的记忆显得执着而又有些迷惘。他依旧在前面"钻"路,可以说是钻出一条"血路",吴胖子和"老棍"被脚下这条似有还无的"路"折磨得有点心烦气躁,不时对荆棘和藤蔓发出粗鲁的"你娘偷人"的骂声。但是,他们又只得沿着山间的这条"路"义无反顾地走下去。

"你从前经常走、走、走这条路?"吴胖子在后面气喘吁吁地问前面的"虎哥"。

"虎哥"没有回答。

"呀,这里还有好多野兽的粪便!"吴胖子忽然惊叫了一声。

"是野猪。""虎哥"平静地回答着,然后说:"天龙大界上野猪多。"

"你捉过野猪吗?""老棍"在后面问。

"捉过。那时候没有管得这么严。那年秋天,我们在山上捉过野猪。十多个人围捕一头野猪,结果让它跑掉了!我那年也是头一次见到野猪。每年一入秋,天龙大界野猪就开始出现,下山偷吃即将成熟的苞谷,往往把篱笆也拱烂了,把庄稼踩得一塌糊涂。这些野猪一般是灰黑色,嘴巴又长又尖,适合用力。但是也很怕人,一见到生人,往往会先跑掉了。要是朝它放一铳,没有打死它,它就会掉头朝你扑来……"

"你是个专家啦!"吴胖子话还没说完,脚底下的一块石头松动了,吓了他一大跳,不禁大声骂道,"你娘偷人啰!"

"专家不算。都是他谭艳华告诉我的。他说,野猪的鼻子很灵的,几米之内能闻得到铁铳的味道,而且大部分都会转弯走路,如果是放夹子,野猪来到夹子前面两三米地方就不来了。他虽然晓得野猪的生活套路,但是他也吃过野猪的亏。我记得他的右腿小脚巴子上有一条很长的伤疤,就是捉野猪时受的伤……"

三个人一边往山上攀登，一边有一搭没一搭地聊着山里的趣事。

"他那次受伤，听他自己说，是为了保护那个已被野猪缠上的同伙。结果同伙没什么事，他却受伤了，他也不是被野猪所咬，而是划在一块岩石上，流了很多的血……""虎哥"继续着野猪的话题。

从"虎哥"聊话中，吴胖子和"老棍"知道，那个人是最懂天龙大界山性的年轻人。但是，这个年轻人最终没有被天龙大界留下来。他们想，眼下那个驻扎在天龙山上的谭宝山，也许会成为比那个人更懂天龙大界的年轻人！

相反，因为谭艳华，天龙大界从此多了一重山雾，这山雾里，一直飘曳在天龙大界人的心底，从来没有消散过。

突然，吴胖子和"老棍"听见有只鸟在什么地方叫："兰儿——孤——兰儿——孤——"

"虎哥"像是遭到了电击，突然立住了脚步，手搭凉棚，往山上有迷雾的地方眺望，那神情像是见到了久违的亲人似的……

第三十九章

在收到谭宝山回复的"已经听说了，有什么最新动态继续关注"的信息后，吴彩霞心里有点失落。她觉得谭宝山现在满眼是羊，满心是羊，一头扎进羊屁眼里去了！

她觉得，风力发电的事万万不可大意，想到这里，决心亲自上山再去观察一次。

此刻，她站在一堵山崖上望着那台挖掘机。陪同她来的，一个是曾向乡里极力推荐她参加振兴龙冈乡经济座谈会的梨花坪村支部书记，另外一个就是刘疤子。

她一直站在这里，很久了，几乎没有什么移动。

山脚下，是一丛一丛还有零星残花的红杜鹃紫杜鹃。在她的眼里，那台凶狠的蜈蚣一般的黄色挖掘机，正张牙舞爪地朝着天龙大界爬进。吴彩霞回想起不久前与潘进桂那段关于在天龙大界搞风力发电的对话，潘进桂对风力发电是比较乐观的。但眼下在吴彩霞看来，那耀武扬威的挖掘机令她一阵阵发怵。担忧有四个方面：一是造成植被破坏；二是破坏一些精品小景点；三是发电机雄踞山顶，现代化的机械气息对于神秘而奇特的天龙大界来说，会造成毁灭性的硬伤；四是风力发电机对本地人们的生活会造成不可预测的慢性影响。

"他们那条路，根据我的目测，很快就会伸延到桐子坑这边来……"支部书记忧心忡忡地对吴彩霞说。

桐子坑属于山南梨花坪村的山区。

据支部书记说，那里有好几个景点很有价值。一是有大片的自然生长的野生桐林，每年农作物下种时节，漫山遍野的桐子花雪白雪白，每一朵花中间有一小点红色，显得格外娇艳。有句山谚说："穷人莫听富人哄，桐子花开才下种。"比桐子花早一点的还有一沟野樱花、野葡萄花。桐子坑往北的岩石中间有一缕山泉，不大，却极其清澈。如果新修的风力发电机入场路从桐子坑经过，这些景物就可能全部没有了。如果新修山路再往上，在两县交界处的地方，有大片的"杜鹃花王"也会消失。

支部书记一边看，一边指点着给吴彩霞看。每指点到一处，吴彩霞的心口就要紧一下。吴彩霞眺望了一下观音山工区那边，多么希望谭宝山能感应到她此刻的心情。

支部书记紧接着说："我早听人说，'马脑壳'的野心大得很的。他的路修到哪里，手就要伸到哪里。"

支部书记的话刚落，吴彩霞的手机响了，竟是谭宝山的。

谭宝山说："彩霞，风力发电的事我已了解到一些新情况。我认为风力发电是桩好事，但对一座美丽大山的旅游开发来说确有一定的影响。我认为眼下要做的事可以概括为六个字：关注，反映，协调。说句实话，我们发展养羊，也许对于旅游开发有影响。但如果有一天大力开发旅游，需要我们作出抉择，我们也会毫不犹豫。尽管现在养羊市场十分看好，但也会这么做。因为我觉得，我们创业养羊只是一种方式，一个起点，旅游开发是创业的接力。"

吴彩霞看完这一段信息，马上觉得自己误会谭宝山了。他仿佛觉得谭宝山就站到了自己跟前，和她并肩指点江山……

对于"马脑壳"，吴彩霞自从见过那一次之后，已经留下了比较深的印象，他那部络腮胡子确实就像一匹烈性的野马。这匹野马不只是能够腾跃，关键是还能"识途"。那么，假设这匹马跃到了天龙大界山顶，他的目光又会盯住哪个目标呢？

吴彩霞的眼前，掠过一朵云，像是一匹烈马，朝前飞奔而去。

"山顶上真正三不管的地方，也只有个梅山殿……"刘疤子提醒着吴彩霞。

刘疤子的这一句话就像一块石头投入平静的湖水中，吴彩霞心中激起一层层涟漪。

"梅山殿？对了，那次我们考察过的，那里确实是个三不管的地方，人人

都可有份。"吴彩霞说。

"抓景点搞开发,'马脑壳'厉害得很的。说不定哪天就会把废弃的梅山殿建起来,纳入他们的管理,那对我们这边的开发就是等于抢走了半壁江山!"支部书记沉思着,说,"他们是有这种可能的!因为'马脑壳'他们根本不差钱!"

吴彩霞听着支部书记的话,感觉到远处的那台黄色的挖掘机已经隆隆地开了上来,毫无顾忌地践踏着天龙大界的大美秘境,并且像要从她身上跨过去。

吴彩霞感到一种从未有过的恐惧。这时候,她的眼前再次掠过谭宝山那两道短秀浓眉。她知道谭宝山当前面临的现实也十分严峻,但她仍然希望他那两道短秀浓眉能化作两道长城,耸立在她的身后……

"这种情况,龙冈乡政府和我们县里的文旅部门是完全没有掌握详细情况并予以重视的。我们必须马上将情况反映上去,采取措施!"吴彩霞果断地说。

"振兴经济,乡里喊是喊得凶,就是只打干雷,不见下雨。"支部书记说,"要钱没钱,要物没物……"

"乡里其实也在观望。再说,想让乡里直接拿多少钱出来给村里搞旅游开发,也是不现实的事……"

此时此刻的吴彩霞,凝望着莽莽苍苍的天龙大界,忽然涌起一种莫名的愁绪。

一只红色的蜻蜓,忽然站到了吴彩霞的肩头上。

谭宝山此时更愁。他的愁是多方面的。

近几天,又有羊只走失了,特别是那只外号"界主"的山羊丢失后,谭宝山心里极不是滋味。孙猴子也丢了魂一样闷闷不乐,加上他那"老哈"最近老是出问题,更加烦闷。晚上,谭宝山的梦中,总是闪过"界主"的黄白色的影子。谭宝山觉得这分明是"界主"不辞而别!

不仅如此,网上又出现了攻击"天龙部落"的声音。有一篇帖子,题目叫作《天龙大界,有几只披着羊皮的"狼"》,内容还是和从前的差不多……

孙猴子认为这是他们"天龙部落"得罪了太多的人的缘故,仍然坚持要走"圆融"之路。他甚至说首先应与"独眼龙"改善关系。他总认为"独眼龙"是有点真本事的人,谭宝山在这个问题上是否太固执了……

坪山镇的黄副镇长一直在催谭宝山那篇站在全镇角度发展养黑山羊的论证式文章。谭宝山觉得积累不够,颇感吃力……

但此刻,谭宝山最愁的还是那座只有几块断砖残瓦的梅山殿,在不久的将来它很可能会成为天龙大界很多人的一枚棋子,更可能成为天龙大界上的"风窝子"。他隐隐感觉到,这个"风窝子"已经出现"风头"。这些预感和忧愁堆积在谭宝山的短秀浓眉上,越发显得沉重。

孙猴子对谭宝山此时的心思是比较明白的。但是他什么也没说。

近段以来,孙猴子心情一直不怎么好。原因不是别的,主要是女友李小娜的那条信息让他几乎陷入了一种煎熬之中——"我知道你爱山,但你未必知道我比山更爱你。我觉得我们之间就是横着一座山。这座山登上去是极景,没有登上去就只能是仰望。吻你……"孙猴子读懂了信息的内涵。内涵就是,为了登山,他必须下山。下山做什么?李小娜的期望是孙猴子走入"正道",去机关稳稳当当地做一名正式的公务员,在公务员队伍里混出个人模人样来。为此,李小娜还告诉孙猴子,她有个亲戚在S市当官,将来在关键时候是可以帮上一把的!孙猴子现在是事业编制,必须先考上公务员才有机会利用她的"资源"。孙猴子最初给李小娜的回答是:"这就好像是沿着一条盘山道去攀寻一个目标,绕来绕去,最后又回到了原点。"对此,李小娜的回复是:"即便是你的原点,也绝不是最初的原点,而是一个新的起点。"几个回合下来,孙猴子也不知说什么好。

那个晚上,孙猴子第一次亲吻李小娜之后,他的青春仿佛已经觉醒了,晚上常常做着和李小娜在一起的"春梦"。他觉得自己很快要向李小娜"缴械投降"了。有时候他后悔自己是个经不住考验的人。

"哈哈,又画地图了吧!"谭宝山看到孙猴子在竹竿上晾着花短裤,打笑他。

孙猴子满不在乎:"这叫作喧哗与骚动。"

"猴子,我想现在按照廖书记的思路先起草一个关于恢复天龙大界梅山殿的报告。"谭宝山撷了一茎白茅衔在嘴里,轻嚼着。他与孙猴子面对面地坐在

坪边李树下的柴苑上，远处是起伏不断的天龙大界，远处有山羊的咩咩咩的叫声，近处有排山倒海般的蝉声。孙猴子没有响应谭宝山的说话。但他说出了另一番话，让谭宝山吃了一惊——

"宝哥，还记得你当初发给我的那副对联吗？山为虎世界，云是鹤家乡。现在想来，是不是我们当初的想法真的太冲动了一些。我们在这里养羊，总有磨难在等待着我们，我也不知道前面究竟还会有多少困难。如果错了，我们是不是还需要重新进行选择。举一个例子吧。我们了解到，几年前羊肉卖15元一斤都有困难，后来羊肉一年一个价往上蹿，特别是近3年来，基本每年保持10元一斤的价格往上涨。去年刚进入农历十一月就已经达50元一斤，真可谓天价了，以往一般只会在临近春节的时候才会如此大幅度地上涨……羊肉为什么会涨得如此之快？仔细分析起来，真正上涨的还是那些地道的山羊，人们已经发现放养的山羊，其营养价值与圈养的有天壤之别。越来越讲究养生和口味的人们，早就练就了一双锐利的眼睛。但我们如果完全依赖这种粗放式养羊，由于条件的限制，要想做出更大的发展，获得较多的利润，显然是有很高的难度的……"

"猴子，你所考虑的，我也都考虑过。但就目前来看，我们还只是起步。至于困难，严格来说，我们就是来接受磨难的！没有困难，第一课也就失去了意义。俗话说，'开弓没有回头箭'！"

孙猴子没有吱声。谭宝山知道孙猴子并没有完全接受他的观点。

"猴子，你倒是说说看，梅山殿的事。"谭宝山吐出白茅，盯着孙猴子。他总觉得孙猴子的小眉眼里闪耀着智慧。

"我认为，恢复梅山殿的事不是你一个报告能解决问题的。"孙猴子从刚才的思想中清醒过来，回答着谭宝山："天龙大界本身是座宝山，现在识宝的人也都盯住了宝山，可以说牵一发而动全身！"

"你莫卖关子了，直接谈谈你的想法。"

"我的想法是，报告可以先打一个，交上去，同时组织力量仔细勘察梅山殿旧址，立即做好恢复兴建的准备。对了，梅山殿是必须写进《天龙大界山志》的……"

谭宝山又折了一茎白茅嚼着："你是说有备无患，抢占先机？梅山殿不仅要载入《天龙大界山志》，而且必然是一个重中之重。"

孙猴子笑了。他一笑，那小眉小眼的样子就让人觉得活像只山老鼠。

"前几天下山，我也隐隐地听人说天龙大界上的梅山殿的事。"孙猴子说，"我当时就想，这天龙大界周围的精怪人还真是多呀！"孙猴子补充说。

谭宝山嘿嘿地笑起来："你以为只你这只山老鼠成了精呀！你还记得那首传唱了千年的山谣吗？上山九十九，下山九十九，金山九十九，银山九十九……"

忽然，一直卧着的"老豹"汪汪汪地叫起来，山下有人上来了！

第四十章

……后来，经过多方面搜集整理，谭宝山终于把那桩凄美的大山往事写进了《山课笔记》。他打算在适当的时候，以此作为素材创作一篇故事。

谭宝山完全以"故事"的笔法记载着——

一个弯又一个弯的铁锁河。锁住了山，锁住了水，锁住了人，锁住了岁月，却锁不住两朵花儿的开放。

梨花坪村是天龙大界脚下十里八里有名的美女村，"桃花盛开的地方"可不是浪得虚名的。人们说铁锁河只怕就是一位仙女变化而成的，不然哪有那么多风采？那弯就是仙女的腰肢。但是，梨花坪虽然出美女，也不是所有的院落出美女，主要有两个地方，一个是吴家墩，另一个则是桑树坳。这两个地方相比之下，桑树坳比吴家墩更有名气。

（谭宝山记到这里，忍不住用了个括号，括号里的文字是：难怪吴彩霞那么水灵，原来还是这方山水的缘故。）

桑树坳虽然叫作"坳"，并没有坐落在一个真正的山坳上，相反倒是坐落在一个山凹里。不过这个山凹，四周有好几座莲瓣似的小山峰，所以人们说，桑树坳院子坐在莲花之中，沾着莲花的灵气，是一块生长美女的宝地。这里有一句粗鄙的传遍十里八里的乡语说："梨花坪的花，桑树坳的胯。"桑树坳过去究竟生长过多少美女，已不得而知，但从20世纪至今，也只出过两个公认为长得整齐一点的"美女"，就是吴彩香和吴彩艳。吴彩香是吴丙生的女儿，吴彩艳是吴木生的女儿，吴丙生和吴木生是堂兄弟，所以，吴彩香和吴彩艳是堂姊妹。这一对堂姊妹竟是同年所生，只是一个出生在屋前菜花盛开的五月，一个出生在菊花盛开的九月。

（谭宝山再次用了括号：贾宝玉说女子都是水做的，我认为好的女子必然是花的精魂。如何？这是又一个证明。）

　　吴彩香生着一张鹅蛋脸，两个杏眼水汪汪的；吴彩艳一笑两酒窝，常常留着一条长辫子。小的时候，吴彩香和吴彩艳像两只飞翔在乡间的花蝴蝶，她们天真烂漫的笑声回响在油菜花的田垄里，回响在铁锁河的水声中，回响在牛羊叫唤的山坡上，格外惹人喜爱。院子里上了年纪的人说："我们院子里出了两朵金花！"这一句话，让吴丙生和吴木生的嘴角挂上骄傲而欣慰的笑容。

　　"老丙老木，那两个妹子是你们的钱坨坨呢！"有人奉迎着吴丙生和吴木生。

　　上学后，两朵金花居然成绩也都很优秀，老师们也赞不绝口，令那些同龄的同学羡慕嫉妒恨。彩香和彩艳，一同上学，一同走着田埂小路回家，很是亲密。

　　两朵金花在桑树坳院子里口碑很好。她们帮年老的背过柴禾，冒雨收过谷子，挑过水。吴彩香力气比吴彩艳大，挑柴担水踩碓，都要胜过吴彩艳一筹，如果看见吴彩艳在做这些事，吴彩香都会帮上吴彩艳一把；吴彩艳的针线功夫比吴彩香强，常常是在院子里那棵大榉树下，吴彩艳指点着吴彩香的针线，慢慢地，吴彩香在袜底上绣的花纹也不在吴彩艳之下了。

　　夏天，彩香和彩艳有时一起去铁锁河里捉螃蟹，摸小鱼，小河里不时响起她们银铃般的笑声。小河里有一块大石头，像是一只乌龟趴在那里，彩香和彩艳有时就坐在上面小憩，坐着坐着，后来干脆都仰躺下来，把一只脚跷在另一只脚上，并翘起脚趾头炫耀。小鱼篓搁在一边，蝴蝶从岸上的花丛里飞了过来，绕在他们的身边飞，她们没觉得，眼睛都望着蓝蓝的天空。天空上有几朵白云在飘，一会儿像牛，一会儿又像羊，一会又像狮子，一会儿牛羊狮子都不像了，像一块块头帕。两姐妹望着望着，忽然有了很多莫名其妙的遐想。

　　彩香说："做一朵云就好了！"
　　彩艳说："那我俩一人化作一朵云吧！"
　　彩香说："云好是好，就是没有一个落脚的地方。"
　　彩艳说："云彩不需要落脚呢！云飞着飞着就散了！散了又会聚拢来。"

姐妹俩只顾着说话，冷不防有人在远处喊："蛇来钻屁眼了！蛇来钻屁眼了！"她们起身一看，只见是烟竹冲的毛头小伙子"毛虎"。"毛虎"是外号，真名叫陈毛毛，是彩香彩艳的同班同学。

　　（这个地方，又有一个括号，补充在旁边，却是孙猴子后来阅看时留下的感想：正中了俗话说的"不是冤家不聚头"。）

　　陈毛毛是班上的体育委员，平时和彩香彩艳两姐妹接触得比较多。这一天，他腰系"凸"字形小鱼篓在田头捉泥鳅，从铁锁河下游的水田里一直捉上来，发现了躺在河中石板上的彩香彩艳，便高声大叫故意吓唬她们。彩香彩艳也知道"毛虎"是在恶作剧。但她们并不生气，反而咯咯咯地笑起来，彩香笑得比彩艳更灿烂。彩香之所以笑得更灿烂，是因为彩香在班上是学习委员，他们常常在一起开班干部会，无论是学习还是工作，两个人暗暗较着一股劲。因为互相较劲，彼此间就都有了另外一样好感，互相见了面都会不由自主地脸红起来。这些，彩艳早就看出来了，但彩艳经常只捂着嘴巴笑。彩香不怕彩艳笑，因为她知道彩艳也有一个特别相好的同学，是同年级隔壁班的，叫谭艳华。谭艳华是在读初三时从天龙大界北面山下的初中学校天源中学转学到龙冈中学来的，寄住在他的亲戚家里，每次放学，会和彩香彩艳同走一段路程。谭艳华是天龙大界的大竹林里走出来的，清亮亮的竹根水孕育了他那白里透红的水嫩皮肤和春笋般挺拔的身材，勾起了彩香彩艳两姐妹的爱慕。在最隐秘的地方最隐秘的时光，两姐妹终于"约定"：陈毛毛是彩香的，谭艳华是彩艳的，互相保密，互不"侵犯"。为了保险，姐妹俩拉了勾，设誓赌咒。

　　（谭宝山再次在文中用了个小括号：这样的设誓赌咒如此纯真，让人发笑，但又笑不出来。）

　　一转眼，初中毕业了。除了陈毛毛，谭艳华、吴彩香、吴彩艳都没有继续上高中，谭艳华回到天龙大界北面的老家湾里院子去了。就在这时候，吴彩香和吴彩艳，遇到了人生中第一桩最烦恼的大事，她们的父母很快为她们物色好了对象。

　　吴丙生为吴彩香物色好的对象是隔壁竹山冲姓田的老会计的二儿子。这位老会计的二儿子从小十分顽劣，不肯读书，还抽烟酗酒，行凶斗殴，无所不为。后来因为打架滋事，被人所伤，变成了瘸子，人称"田拐子"。吴彩香亲眼见过那"田拐子",一看到他那双邪眼,吴彩香心里就生出厌恶和恐惧。当听父亲说准备将她许配给"田拐子"时,她几乎是尖叫着说:"不——"但人家"田拐子"早就听说了吴彩香是桑树坳的一枝花,百般纠缠当过大队会计的父亲,一定要把吴彩香弄到手,否则就要自杀!当过会计的父亲被这个儿子折磨得毫无办法,只好以重礼作为条件,向吴丙生提亲,吴丙生竟然心动了……

(孙猴子在旁补白:唉,自古红颜薄命,真没说错啊!)

几乎在同一个时间,吴木生也为吴彩艳物色了一个对象,男方是远在云南的吴家远亲,那位远亲是结过婚的,因为女方患病去世,急需另娶。这位远亲家里有钱,开出的彩礼也是十分可观,吴木生的心竟然也动了……

但是,桑树坳这两枝金花却开始了抗争。

第四十一章

　　山道上,"虎哥"娓娓地述说着关于两朵金花的故事。
　　"晏甫,你说的这些都是谭艳华告诉你的?"吴胖子、"老棍"问"虎哥"。
　　"虎哥"说:"当然是,因为我和谭公子当得生死兄弟啊!"
　　三个人沉默了好久。好像有意要回避这个话题似的,他们不知怎么又提起了谭宝山养羊的事来。
　　其中一个声音说:"听说他们的羊销路不错……"
　　一个声音接茬:"那些长毛的家伙没有变成钱之前,都是算不得数的。"
　　"成则王侯败则寇。不过,趁年轻闯一闯,也是有好处的。我们年轻时走过的弯路比他们吃过的饭还多!哎哟,娘偷人的……那里有个、有个……好大的蜂窝!"

　　天龙大界时刻都有风。但是,眼下这阵风来得非同寻常。
　　傍晚,羊群开始从山上不同的方向归栏。
　　几只领头羊,各自率领自己的下属分别走进"一号羊庄"和"二号羊庄"。"天骄"和"龙种"率领的下属依旧坚守在"一号羊庄","大哥"率领的下属进入新家"二号羊庄"。新建的"二号羊庄",羊圈采用的是双列式,大部分是黑色的山羊,也有一些脊背黑色腹部褐黄色的羊,而且有老羊也有小羊。羊归栏后,有好几只在镂空铺架的檩条上躺了下来,更多的是你望着我我望着你,时而咩咩地叫上几声,像在互相交流,又像在回味它们一天优哉游哉的山野生活。夕阳从简陋的窗棂上照射进来,为整个羊圈洒下独特的温馨。

谭宝山和孙猴子如往常一样,先清点一下两个羊庄的山羊数,然后对每只山羊进行一次"目检",观看山羊是否有异常情况,主要是防止羊病发生。对于常见羊病以及防治,谭宝山和孙猴子已经获得了一些经验。比如"羊炭疽病",发病羊表现为短时期奔跑、跳跃几下,摇晃倒地,头向后仰,四肢作不随意的游泳动作,经几分钟后死亡;比如"羊螨虫病",这是一种较为常见的羊病,对羊产生的危害很大。这种病,寄生在羊体表面的有疥螨和痒螨两种。疥螨多寄生在羊的嘴皮、鼻子、眼睛周围、耳部、头部、腿内侧及尾根部处。治疗和预防这种羊病,需要进行药浴……

"天龙部落"办公室向来备有一个关于山羊的记录本,主要由孙猴子掌管。即使是李小娜那几句关于"我们之间横着一座山"的信息扰乱心思的时候,孙猴子也没有忘记把对山羊的记录记得工工整整。当然,后来,他也了解到,李小娜的心思主要是出于她父母的压力。但他也想到这种压力很可能就是他与李小娜之间真正的永远不可逾越的大山。

这时候,谭宝山突然接到吴彩霞的电话。

"宝……哥,你……好吗?"吴彩霞的"哥"的呼唤,在谭宝山听来,像是晴空里划过一道闪电,显得突然而又炫亮,而且有一种内在的不可抗拒的磁性。

"霞……霞妹……你好!近来很忙吧?"谭宝山本想喊一声"吴总",但一番短暂的纠结,终于勇敢地变成了"霞妹"。

"我们嘛,现在还是盲人点灯——瞎忙呀!"

"怎么是瞎忙呢?你们的主游道都快修到我们脚下了!"

"哎,宝哥,说到游道,我正有两个信息问问你知道么。"

"哪两个信息?"

"一个是'马脑壳'他们搞风力发电的事,已经越搞越大,你了解吧?"

"不是十分清楚。但我知道那是龙化县的一个大项目。"

"你没有注意到他们的新的进展吧?"

"确实没有细致关注。"

"你不关注,一不小心把风力发电机安装到你的羊庄来了!"

谭宝山在电话中轻笑了:"政府的事我哪能管得了呀。"但接下来又听到一个更使他震惊的信息。

"宝哥！你看到新闻了吗？进桂告诉我一个特别特别重大的信息！"

"说说看。"

"从上次'梅山论坛'之后，省里十分重视梅山文化区域的旅游开发。已经决定，将在湘中地区重点扶植开发一个梅山文化旅游区，初步确定将以天龙大界为中心展开！"

"啊？"谭宝山简直不敢相信自己的耳朵。

谭宝山不敢相信自己的耳朵，其实是因为他内心深处的那个情结被突然解开。他来到天龙大界的日日夜夜，尽管沉浸在他的山羊世界里，却也一直在思索着天龙大界的明天。而这突然加快步伐的"时机"，不正是他所期盼的吗？因为太突然，他又惶惑不已。此刻的天龙大界，仿佛在凝视着他，等待着一个让它满意的答案！

他不得不佩服起廖时富书记来。他觉得，廖时富交给他的那个起草恢复梅山殿报告的任务应该迅速完成。他感觉到，现在，至少有三个方向的目光在梅山殿位置聚焦了！

孙猴子有点闷闷不乐。自从"虎哥"下山，他好像还没有开心过一天。

谭宝山也知道孙猴子和李小娜之间的那些龃龉。但他没有了解到，在有些事情上孙猴子并没有真正接受他的观点……

"猴子，天龙大界的节日要来了！"谭宝山放下与吴彩霞的电话，立即将吴彩霞透露的重大信息告诉了孙猴子。

孙猴子却没有过度的兴奋。他说："宝山哥，这也是我意料之中的事。怕只怕天龙大界的时空从此会惊奇不断，故事不断，让你难以想象了！"

谭宝山望着孙猴子的小眉眼，觉得孙猴子有点"神经质"：一会儿无动于衷，一会儿神神鬼鬼，一会儿多愁善感……

"谈谈你的高见。"谭宝山说。

"以后有的是谈呢，宝哥！我也没理清个头绪来。"

"唉，要是'虎哥'在山上多好啊！"谭宝山叹息着。他总觉得，"虎哥"才是天龙大界的山魂。

"'虎哥'也许快回来了，也许不会再回来！"孙猴子望着远处燃烧未尽的晚霞，陷入了迷惘之中。

第四十二章

谭宝山在《山课笔记》中记载的那个故事，如此凄美……

在其中的一页纸上，甚至有隐隐的泪迹，不知是谭宝山的还是作为读者孙猴子的……

谭宝山如此记录着后面的内容——

吴彩艳了解到她那位云南远亲的另一面。原来那远亲外号叫"杨老板"，是个毒贩，进过几次监子。那位远亲虽然进过几次监子，贪婪凶狠的性情并没有改变。他的妻子是不明不白死亡的，有人说实际上是被那位远亲家暴虐待致死的。

吴丙生和吴木生，开始他们对女儿的催婚。

中秋节快到了。

桑树坳吴丙生和吴木生家里陆续有生人出进。他们都是来催亲的。

"田拐子"这天是自己亲自来的。

"田拐子"个子不高，四方脸，刀字眉，留着寸头，相貌倒也周正，只是满眼戾气。他来吴丙生家之前，已经在媒人陪同下，在龙冈乡政府前面的"山里口味"店子请吴丙生喝过一次酒。那次不仅喝过两瓶"S特曲"，临走时，"田拐子"还慷慨地赠给吴丙生两条上等烟和两瓶"S特曲"。吴丙生满心欢喜。"田拐子"私下认为，吴彩香和他的婚事已是"瓮中捉鳖"，手到便拿。便半开玩笑地对吴丙生说："下次我就来你家找彩香。"

（孙猴子旁补的文字："烂崽"在追美女这方面，总是有他们的过人之处。）

"田拐子"一进吴丙生家的门，就大声大气地喊"老伯老伯"，吴丙生吃了一惊，急忙从屋里出来迎住了他。他一看"田拐子"拎着好酒好烟，脸上

早堆下笑来:"快进屋,快进屋……"

吴丙生朝屋里喊:"彩香,彩香,烧茶啰!屋里有桂叶茶!"

但屋里没人应声。

吴丙生把"田拐子"安顿下来喝茶,自己到处去找彩香,连踪影儿也没找到。

"田拐子"满想与吴彩香见上面,没料吴彩香避而不见。

谭宝山记录至此,情不自禁用了个括号:无声的抗争!

其实吴彩香并没有走远,她就在自家屋后面的竹林里。她早已看见了一个"瘸子"朝她家走来,便背着个草篓出了门。在"田拐子"来家之前,她已经听父亲说过男方可能会自己来一次。

她把"田拐子"会亲自上门来这件事跟烟竹冲的陈毛毛说过一次。陈毛毛想了想之后,竟然对彩香说:"彩香,你就同意这门亲事算了吧!他爹现在是大队的老会计,人缘广,又有钱,我们家比不上!再说,我还要读书……"

彩香说:"毛毛,我们可以不管家里如何,只要我们自己相好就行!"

没想到陈毛毛又说:"我们逃不脱的!再说,那个田家的拐子听说很凶……"

"你怕'田拐子'?"吴彩香逼问了一句。

"我家拼不过他们家!"陈毛毛此时完全没有了在学校当体育委员的虎气。

"那你敢和'田拐子'搞架吗?"

"他太凶,我不敢……"

(孙猴子的旁批:好一个蠢男人啊!)

"那我等你,好吗?"吴彩香又紧跟一句。

陈毛毛低下头,没有回答。这时,吴彩香不顾一切地走上前,搂住了陈毛毛的脖子热吻起来……

陈毛毛却一把推开吴彩香:"莫这样,莫这样,我怕……"

吴彩香的眼神霎时凝滞了。

"田拐子"在吴丙生家没有见到吴彩香,知道这是吴彩香在故意回避他。后来他不知从哪里听说吴彩香早已有了相好,便放出狠话来:"哪个吃了豹子胆的要是坏了我的好事,我炸药有的是!"很多人相信他是敢作敢为的。

(谭宝山又情不自禁地插了个小括号,括号里写着:这样的霸道之事那个时候有，现在依然有。）

几乎是同时，吴彩艳的那位远亲杨老板也来到了桑树坳村。

"杨老板"是吴彩艳的一个表叔陪同来的，吴木生见到"杨老板"的第一印象是他那腰间裤带上横扣着的钱包。吴木生从吴彩艳表叔嘴中了解到，"杨老板"虽然还没有和彩艳见过面，但他从侧面听到了彩艳的"芳名"，表示十分满意。这次"杨老板"为吴木生带来了一笔可观的钱。前提是，吴彩艳必须在年底以前跟他去云南。

"杨老板"一见吴彩艳，全身都变得酥软了，一双"眯眯眼"总不离吴彩艳身上。吴木生不只是把"杨老板"当成未来女婿，更将"杨老板"当成了自己的"财神爷"。

（孙猴子旁批：世态炎凉，美女薄命！）

吴彩艳找到了谭艳华。他们是在坪山镇石拱桥下的沙滩上见面的。

两人就地坐在沙滩上。吴彩艳说："艳华，家里要我嫁人了，可是，我坚决不想去！"

谭艳华说："你不去是办不到的，这事得由你父亲说了算啊。"

吴彩艳说："我的心你还不清楚吗？我自己的事自己做主。"

潺潺的溪水从石拱桥下向石湾里流去，像是在诉说从大山里带来的心事。石湾里有一口清亮亮的水井，有人在唱着一支山歌。

"告诉我，艳华，你会答应我吗？"

"告诉我，艳华，你会答应我吗？"吴彩艳又追问一句。

"我不敢保证，我怕我父亲……我娘死得早，我父亲一个人把我拉扯大，很不容易。我得听他的话……我也不知道他会不会同意我们……"

吴彩艳有点沮丧地勾下了头。但她突然仰头："艳华，你要跟你父亲去说，你要娶我！"

"好、好吧！"谭艳华点了点头。

"你一定要娶我！不娶我我就会去死的！"吴彩艳又叮嘱了一句。

这时候，下游水井边那个唱山歌的忽然迸出一句："情哥哥哎，见了你哎，我死也不回头——"

第四十三章

这一年，从农历四月下旬开始，谭宝山和孙猴子就特别重视起天龙大界气候的变化情况。因为他们从电视上和其他渠道知道今年的天气出现异常，湘中一带夏季将会出现较多暴雨天气。暴雨天气对羊群是十分不利的，既影响放牧，又因湿气太重，羊圈空气不流畅，山羊容易生病……

有一天，谭宝山在屋内写《山课笔记》。谭宝山正写道："真是清者自清，浊者自浊。县林业派出所和坪山派出所又查获了一起猎捕野生动物案。这是一起跨县作案，为首的不法分子来自邻县龙回县，专门在天龙大界挖'冬茅老鼠'，捉石蚌，但本县也有人参与了这个团伙，'独眼龙'就是其中之一，被重罚……"

正写着，忽然听见孙猴子在外面喊："宝哥，快来看稀奇啦！"

谭宝山急忙走出屋外。孙猴子指着天空说："快看天上！"

谭宝山朝空中望去，只见明朗的天空中出现令人吃惊的一幕：太阳的周围，什么时候环绕着一个巨大的光环，色带排列由内而外是红橙黄绿青蓝紫七种颜色。在光环附近，还同时出现了很多彩色或白色的光点和光斑。这种现象谭宝山和孙猴子都是见过的，但他们没有见过这么完整而有气势的光环。谭宝山知道这种现象叫作"日晕"，是一种大气光学现象，由日光通过卷层云时受到冰晶的折射或反射而形成的，一般出现在春夏季，比较少见。但一旦出现，就意味天气将有大的变化。乡谚说"日晕三更雨，月晕午时风"讲的就是这个道理。

孙猴子很有些不安。他问谭宝山："宝哥，我听人说，出现这种现象不是好事……"

谭宝山肯定地说:"相信科学,这没有什么出奇的!"

孙猴子急忙去查阅了最近的有关气象资料。据气象方面专家分析,这年长江中下游地区降雨量将比往年大很多。县气象局已经连续发出气象分析,县里早已成立了防汛指挥部,将全县的重点水利设施各明确了一名县级领导牵头负责监管。

谭宝山和孙猴子将"一号羊庄"和"二号羊庄"进行了一次全面检查,修补了屋顶几处雨漏,又将羊庄四周的窗户进行了加固,而且在羊庄的四周,临时开挖了几条排水沟。这之中,谭仕玉和谭仁民父子也先后来到观音山工区场部,为两个羊庄顺利度过雨天进行了细致的把关,应该说,两处羊庄度过恶劣雨天已没有什么大问题了。

谭宝山顺便将廖时富的一些想法与爷爷做了沟通。没想到谭仕玉对谭宝山说:"廖天使早就跟我说了他的想法。我认为,他的想法是对的。天龙大界将来如果没有旅游业带头,很多想法也是空想。梅山殿确是龙头的龙头。"谭宝山将附有详细资料的关于申请重建梅山殿的报告交给谭仕玉审阅。没想到谭仕玉淡淡地说:"这个报告打上去,上面不一定会批,因为我平时看电视注意到现在对宗教寺庙建设是控制得比较严格的,除非名气大,又有较多的遗迹。再说,即使批,也会拖很长的时间。"

谭宝山说:"对天龙大界的旅游开发,省市已经有了重大动作,我们将密切关注并考虑与时俱进,尽量为天龙大界走向外面的世界做一些力所能及的工作。这也是我们的初心。所以,村里让我打个报告,我觉得也很有必要。照现在的态势,梅山殿的批复也不会拖得太久。"

谭仕玉吧嗒吧嗒吸着烟说:"宝山,你没有经历过啊。如果这样,也许你们的报告还没有批下来,人家梅山殿就修好了的。山下梨花坪村的步子走得很快,奉家镇'梅山蛮'公司的步子弄不好会走得更快……"

谭宝山和孙猴子连连点头,认为谭仕玉见解独到,姜还是老的辣。

"我认为,根据现在的情况,坝湾村真的要想围绕天龙大界搞旅游开发,必须把握时机,不妨抢先一步,首先把梅山殿拿下来,至少占住了地盘。我们可以对接梨花坪村联合行动,因为这毕竟是一个县的两个村。但是,梨花坪村和我们坝湾村过去是有过节的,那过节就是那次'雷公崖惨案'引起的,两村的人差点打大架了。梨花坪村那位吴老书记是个正直的人,我们很有交

情,可以起到很大作用。要重修梅山殿是没有那么容易的事,除了有打架的风险,还要花很多人力和经费的!"谭仕玉又说。

"真正要修,还应该请民俗专家研究才行,要修旧如旧才好……"谭宝山补充道。

谭仕玉为了把握情况,又让谭宝山和孙猴子陪着登上了雷公崖,看见了龙化县的风力发电项目的入场盘山路已经快修到了西面山顶下面。朝山南面望去,梨花坪村的消防兼旅游用道也在吃力地往山上爬……谭仕玉长长地叹了口气。

下山考公务员的事,谭仁民依旧向谭宝山提起。谭宝山说:"我还年轻,该考虑的时候,自然会考虑……"

谭仁民知道无能为力,从此也不再提。

就在谭仕玉和谭仁民下山后的第三天,从天龙大界东南面"娘娘洞"外的麻冲垅里,有三四个人一清早就沿着那上山的石板古道,往天龙大界顶端走去。带头的就是"独眼龙"何槐生。另外三个人就是桑树坳的吴丙生和吴木生,还有"仙女"。也就在这一天,县宗教局收到了两份报告,都是要求在天龙大界重建梅山殿的。两份报告来自天龙大界北麓的坝湾村和天龙大界南麓的梨花坪村。

"还叫什么'天龙部落',口气倒是蛮大的。"吴胖子说。

"我看那个养羊的谭宝山表面上倒也像个书生,只怕是个不安分的角色,早晚也会弄出故事。""老棍"接了一句。

"我可以作证,他们绝对是那种正经的年轻人!""虎哥"仿佛为了强调,不禁停下了脚步。

说话间,雷公洞到了。吴胖子、瘦高个"老棍"、"虎哥"三个人站在雷公洞前。

吴胖子和"老棍"凭着职业的敏感素质,掏出专用相机把洞口外景拍摄下来。

拍完,吴胖子问:"晏甫,你确定是在这个崖洞里?"

"虎哥"坚定地点点头。

"你说的那个瓶子就藏在里面？""老棍"也问。

"虎哥"更坚定地点了点头。

"那我们一起进洞去寻找那瓶子吧！晏甫，你走在前面。"吴胖子对"虎哥"说。

于是，"虎哥"在前，吴胖子第二，"老棍"第三，鱼贯而入。

光线渐渐暗淡。

"娘偷人的，这么黑暗……"不知谁咕嘟了一句。

走了不远，吴胖子和"老棍"发现，洞里有一个小房间宽的洞厅，可容纳十几个人，对着洞口的崖壁上有一个突出的石头，像只山鹰一样。

"虎哥"走到山鹰似的石头下面突然停住了脚步。吴胖子和"老棍"有点疑惑起来。

"晏甫，你记起来了？"吴胖子问。

"虎哥"没有回答。"老棍"盯住那个山鹰般的石头，眼睛放射着锐利的光芒。

忽然，"老棍"的目光攫住了一行有些模糊的文字：雷公爷，我不是坏人。

"吴胖子，你看，那里有一行文字。""老棍"提醒吴胖子。吴胖子揿燃气体打火机往崖壁上照了一下，果然看见了那行文字。

"那字就是他写的。""虎哥"说。打火机的光焰跳动着，映照着"虎哥"的矮额头、大嘴巴，使得"虎哥"的脸有了一种神秘的色彩。

"你那瓶子在哪里？"吴胖子问。

"就在那旁边。右边。""虎哥"回答。

"老棍"这时发现在那行文字的右边有一块巴掌宽的青苔，除了青苔，并没有发现什么。

这时，"虎哥"走上前去，用手掌一把扒开了那块巴掌大的青苔，立即，一个小小的洞口露出来了。"虎哥"刚要往洞口伸进手去，吴胖子忽然叫住了他："慢！"

"虎哥"便住了手。"老棍"立即上前对小小洞口进行观察，发现里面有一个东西，用白色薄膜纸裹着。他从衣袋里掏出一只专用手套戴上，轻轻地拉出了那个东西。他把裹着的薄膜纸一层一层地剥开，立即，一个有枯骨标志的农药瓶子现了出来。

尽管多年过去，这个农药瓶子依旧有着一股浓烈的药味。

吴胖子和"老棍"对视了一下。"老棍"用一只专用袋子将农药瓶子装了进去。

吴胖子用相机在洞内不停地拍摄着。

过了好一会儿，三个人才从雷公洞里钻出来。他们决定去另外一个地方看看。

于是，在"虎哥"的带领下，他们又来到了离雷公洞不远的一处草坪边。这块草坪只有两块晒簟宽，三面环崖，崖石上有一丛一丛粗壮繁盛的杜鹃，可以想象到春天时杜鹃花的烂漫景色。今年的杜鹃早已凋谢，但那横的竖的盘虬的杜鹃枝干仍然显现出蓬勃的生命张力。

"就是这个草坪吗？"吴胖子问。

"是的，就是这个草坪。"虎哥"说。

这个草坪眼下几乎看不出来是一个草坪，一个多人高的白茅，以及一蓬一蓬的荆棘，几乎占据了草坪的全部。其他的野草如盐麸木、一年蓬、野刺梨、葛藤等也纵横恣生，越发显现出几分荒凉。一群黄褐色的无名小鸟在草丛和荆棘蓬中上蹿下跳，叽叽喳喳，见有人来，忽儿扑地飞走了，草坪里显得更加寂寞。

"虎哥"望着眼前这块草坪，神情有些呆滞。在这天龙大界深处，他像一个沉默、忧郁、悲壮的岁月的音符。

吴胖子、"老棍"一边观察草坪及其草坪附近的地形，一边在小声地交流着一些看法。他们仿佛看到了当年那惊动整个天龙大界的一幕。在这一幕中，一会儿是火焰，一会儿是如血似霞的红红的杜鹃花。

第四十四章

"人"字形的天龙大界，东西长大约 80 公里，南北宽约 50 公里，所以又称"百里大界"。关于"百里大界"的风云变幻，除了"鬼嘈里""城墙冲""梅山殿""石将军""雷公崖""千年鸟道""犀牛寨"之类名字的折射，似乎还没有其他比这些更重大的事件。从某种意义上来说，在浩深的苍穹下，天龙大界静静卧伏着，总体上说是比较从容、祥和、稳定的。在这里，日升月落，百鸟自由自在地飞翔，岁月自由自在地流逝、轮回……

但是，"天龙大界"有一天突然醒了，躁了，怒了，做出了史上从未有过的一个动作……

谭宝山的《山课笔记》是这样记载 6 月 15 日那晚的暴雨的。

"天渐渐地暗了下来。按照阳历，正是今年 6 月中旬的一天，傍晚。暮色像一张无边的大网提前在天龙大界上铺张开了。山路开始变得朦胧而又诡秘。这样的景象虽然早已熟悉，但我们还是感觉到了一种特异的气氛。我们像往常一样，把两个羊庄全面清点检查了。我们看到'天骄''龙种''大哥'和后来由我另外任命的'界主'，在羊群中威风凛凛地站着，心里升起了一种对它们的敬意。

"下午本来下过雨，都是小雨，下了一阵后，就停了。我们披着一次性雨衣在山上观察羊群，后来又在屋后的菜地里和后来我们新垦的小菜园里拾掇菜地。我们的菜地里有长得高高的豆角，那些豆角呀，像是垂着的一把把的璎珞，也有青青亮亮的本地辣椒，有青黄色的壮实的南瓜，有开着金黄色小花的苦瓜。孙猴子还说，这样的雨洇进菜地里，对我们菜园来说就像是在铺一层肥料。

山霞

"我们吃过晚饭，就各自躺在床上忙自己的事。猴子抽烟，在看李小娜最新发给他的信息。猴子近来的烦恼没有减少，都是李小娜的信息带来的。他几次说要把李小娜这个联系人删除掉算了，但越是这么想他越是想看到李小娜的信息。我和姜明花已经好久没有联系了，我也很烦恼。不过，我也想好了，如果姜明花不能理解我和天龙大界，我也不必强求。在这个世界上，人都有自己选择的权力，谁也不能强迫谁，谁也不能肯定自己的路子就是最正确的。我认为，所谓路，首先就是一种状态。对一个人来说，这种选择的状态是必须具有的。

"后来，我又在思考着廖时富书记的关于开发天龙大界旅游资源的思路。天龙大界的旅游开发，看来是板上钉钉的事了。现在就是如何合理地开发的问题。梨花坪村吴彩霞的步伐比较快，好像也比较合理。奉家镇人'马脑壳'的手很快会通过风力发电伸过来，这也是已经可以感知的事。不错，我们是在这里养羊创业，但我们的初心也的确不止于此。我们是来上第一课的，主要是来实践一种信念，增长一种能力。实践使我们渐渐深入了这座大山。我明显感觉到，我们开始成为天龙大界的一部分。我们如果不认真思考眼前的崭新课题，认识机遇，在面对这座大山上，明显落伍了。当然，我始终认为，开发不是私人或者小集团的掠夺。这座山的开发，是对所有天龙大界人的一个严峻的心智考验。我思考很久之后，认为是不宜各自为政的，否则，开发只会是破坏甚至毁灭。

"大约8点多钟，窗外格外地阴暗起来。我们开始感觉大堆大堆的乌云全涌到天龙大界来了，全涌到我们的窗口来了。天龙大界好像已不是一座山而是一座云的山，一片云的海，那些云，像是一副无比巨大的磨盘，像是一排不可理喻的车轮，我们有了一种末日来临的恐惧感。从县气象站了解到，今晚天龙大界一带将有很大的降雨量。但对这些我们并不以为意。毕竟下大雨对一座大山来说太平凡了，没有什么值得大惊小怪的。

"后来，我和猴子又在他那房间里聊了很久，主要是聊一些关于羊庄下一步发展的事，也包括去购买香猪种试养……聊着聊着，我们就睡了。

"我们是被一声巨大的炸雷惊醒的。说实话，那天晚上的那个炸雷是我记忆里最大的一个炸雷。那个炸雷好像有一万吨炸药突然在半空引爆。我想，即使是原子弹爆炸也不过是如此大的威力吧！我们醒来后，第一个感觉是，可能是天龙大界的天龙飞腾起来了！我们居住的木房剧烈地抖动了一下，屋顶上有灰尘和草木纷纷飘落到我们脸上了。猛雷之后，闪电像一条条狂舞的小银蛇，仿佛要溜进屋子里来。一条闪电之后一道炸雷，一条闪电之后一道炸雷……倾盆大雨倾泻而至。霎时，整个天龙大界仿佛成了大海上飘摇的船。我们仿佛掉进了一个万丈深渊。我当时想，这也没什么，类似的雨也不是没有见过，但如此大的雨还是头一次见到，又是在天龙大界。我估计这雨下一阵也许就会减弱，夏天里下暴雨很正常的。

"但是，我们估计错了！下大雨的时候大约是晚上一点多钟。这场大雨居然一下就不肯消停，而且越下越大。天是黑的，山是黑的，满耳的雷声在肆虐在狂响，不时出现的闪电像是巨魔眨动的眼睛。我们听到大山的每一个角落都在颤栗。我们听到许多惊天动地的奇怪的东西在山上移动，哗哗哗，轰隆隆，哗哗哗，轰隆隆，嘎啦啦……好像山全部崩塌了，山上有巨大的洪流在奔腾，直泻而下！

"我和孙猴子被这一切吓呆了！孙猴子忽然大喊一声：'我们的羊！'话未说完，传来哗的一声巨响，不知是哪里轰然倒塌了，立即响起一阵无比怪异的叫声。孙猴子从床上一跃而下，去寻找雨衣。我问'猴子，你想干什么？'他说去羊庄！我厉声呵斥：'这个时候出去就是送死！'孙猴子几乎哭起来，一把抓住我：'我们的羊！我们的羊！完了！'他抓起灯具，去拉门，刚开一条缝，就被雨堵在了门口，瓢泼般的大雨霎时进到了屋里。过一会儿，我们听到木屋后面仿佛也有什么恐怖的滚动的声音。凭着我的判断，说不定是山体滑坡！我大喊一声：'不好！猴子，山体滑坡了！我们在这里已经很危险了！'话未说完，又一记重雷从山顶上滚落下来，震得整个房屋摇晃不已。我和孙猴子不由得紧紧地抱在一起！孙猴子大声哭喊：'宝哥，我怕！'我也大喊：'猴子，莫怕！！！有、有、有我、在、这、里！我们就是死，也、要、死、在、一、起！'这个时候，我们听到从羊庄的方向传来令人毛骨悚然的吱嘎声和羊的惨叫声，我的心里像被什么重重地冲击了一下：完了，我们的羊只怕全完了！啊，我们的羊完了！我们的羊完了！但是，我们一步也无法离开我们的住处，只能听任雷雨肆虐……我们在问，我们还在吗？

"后来，我们才明白，那天夜晚的那场暴雨是天龙大界遭遇的从未有过的一场大暴雨。那一次雨灾，被县里命名为'6·15'洪灾……"

山霞

　　关于这次洪灾的报道，最终走向了全国级的大报和电视台。洪灾摧毁山下良田五百多亩，造成房屋倒塌七栋，死亡2人……

　　在观音山工区，谭宝山和孙猴子新建的"二号羊庄"损失不大，"一号羊庄"被山体滑坡夷为平地。

　　天龙大界遍地狼藉。谭宝山和孙猴子的泪水亦如洪水般倾泻下来……

　　"天啊——"仿佛有撕肝裂肺的呼唤响彻在天龙大界上。像是谭宝山在喊，又像是孙猴子也在喊。他们泪水滂沱。哭吧，哭吧，天龙大界上的年轻人！你们是勇敢的，你们是天龙大界上骄傲的山霞！

　　雨后初晴。令谭宝山和孙猴子感到意外的是获得准确信息，"虎哥"马上要回天龙大界来了！

第四十五章

天龙大界"6·15"洪灾暴发的那天晚上。吴彩霞正在县城里,具体地说,她正在县城的时代宾馆里。她当然不知道天龙大界特别是观音山工区的"天龙部落"到底发生了什么。她记得在当天下午还收到过谭宝山发给她的信息:天龙山下雨了,据说还有大雨要下。吴彩霞回了一条信息:听说你们坝湾村有意向开发梅山殿?谭宝山的回答:我认为天龙大界的开发应该是一盘棋……

谭宝山说的"一盘棋"让吴彩霞深有触动。她觉得有着两道短秀浓眉的谭宝山每在关键时候总是那么有眼力。

吴彩霞是应蔡志明之邀来到县城的。此时的蔡志明已经传出将进县级班子的信息。蔡志明邀请吴彩霞之前,他已经了解到吴彩霞眼下除了面临资金链问题,还有一个更恼火的是关于争建梅山殿的问题。吴彩霞根据梨花坪村支部书记的想法,是想把梅山殿建在明显属于梨花坪村的地盘上,而且是"兵贵神速","边斩边奏"。蔡志明在电话中说,他已经协调了几个方面的人物,一起前来面谈。这对吴彩霞来说,简直是喜出望外。

吴彩霞出发前按照一贯的做法,向爷爷吴康生进行了请示。吴康生也没说什么,因为他也深知当前这两个难题的确很关键。但他望了望彩霞,觉得彩霞肩头上的担子很重,但是鹰就得让它自由翱翔,便意味深长地叮嘱了吴彩霞一句:"彩霞,我看你风风火火的,是个有恒心的人。不过,这世上从来没有无缘无故的爱,也从来没有无缘无故的恨,做一桩事不容易,需要贵人相助,但你作为一个姑娘要处处小心,步步谨慎,不要把自己掉进任何一个窟窿里去!"吴彩霞对爷爷的话似懂非懂,但她没有犹豫。

山霞

其实，她也很想和谭宝山静静地坐下来，一起探讨一下"一盘棋"的事。她每当想起谭宝山，那两道短秀浓眉就会像两座大山挺立在她的身后。她已经感觉到，她越来越离不开那两座"大山"……

有时候，她感到人与人之间真是奇妙，你想竭力去寻找一个人，那个人就是不会出现，而当你费尽周折之后，却发现那个人其实出现在你身边很久了。这时候她才真正领会到"众里寻他千百度，蓦然回首，那人却在、灯火阑珊处"的深沉意蕴。

谭宝山，好像就是她要千百度寻找的那个人。

她走进时代宾馆那间叫"听雨轩"的包厢时，窗外已淅淅沥沥地下起了雨。在包厢里，他见到了架着眼镜的蔡志明，蔡志明好像较以前更有了一种高深莫测的逼人的得意和冷傲之气，但不知为何左脸上有了一道淡淡的伤痕。"袁大头"和王总也在，另外有一个文化局的副局长，有一个宗教局的副局长，一个文物所的所长，还有一个县金融办的副主任。晚餐请客还是由"袁大头"请。

酒是S市酒厂的精品酒"S特曲"，在座的人都喝白酒。吴彩霞自然是该坐下首陪酒的，但在场的硬是把吴彩霞推到了蔡志明和"袁大头"之间的位置，这样倒是吴彩霞的位置比"袁大头"更显重要。不过，随着酒宴的开始，吴彩霞发现"袁大头"今晚的主要目标是"进攻"蔡志明和吴彩霞。

开始喝酒之前，是闲聊。蔡志明不知怎么就问了一句："天龙大界上那个养羊的什么……谭什么……现在搞得怎么样了呀？你们还常联系吗？"

"他们厉害得很呀！听说现在市场也特别看好，听说县里开两会时，将会考虑从他们那里采集山羊食材……"吴彩霞回答。

"这倒真是个打出山羊品牌的好办法，谭什么宝山看来是有点眼光……过去板竹山养羊基地也是这么做的，不过现在那基地有点店大欺客了……"蔡志明说。

在推杯换盏之中吴彩霞试探着问"袁大头"上次表示的投资什么时候能够付诸现实，"袁大头"晃着肥硕的脑壳说："我一切听老大的安排。"说完指了指蔡志明。蔡志明却不置可否地说："资金的事，可以暂时缓一下。因为关于天龙大界的旅游开发，在政府常务会上已经议过一两次，从省市目前的开发意图看，天龙大界的旅游开发可能县里有新的考虑……"

吴彩霞的心头不禁一紧。

接着，宗教局副局长谈到梅山殿的恢复问题，他说："目前的确控制很严，如果要修复，必须拿出得力的依据和政策支撑，否则是不行的。"副局长问吴彩霞："梅山殿现在还有什么重要文物没有？"吴彩霞说："那倒是没有发现，因为都早已被破坏了！"副局长说："如果什么文物也没有，就等于无中生有。"文物所长也跟着附和。文化局副局长是分管文物所的，也跟着说那是那是。金融办副主任坐在一旁没有插嘴。接着，大家就宗教文物问题讨论起来……

这时，蔡志明举了举杯说："各位各位！不急不急，先喝好酒！来，我先敬各位一杯！"

于是在座的人一起干了一杯。

吴彩霞的情绪明显有点低落。"袁大头"却说："吴总，话是这么说，但最后我们都唯蔡老大马首是瞻。他一声令下，也不是难事嘛！蔡老大省里市里有靠山，又有哥们。但你要敬好他的酒，倒是有点难度，近来，蔡老大正有点烦……""袁大头"说完朝吴彩霞怪怪地笑了一下。王总也神秘地笑了笑。吴彩霞此时似乎明白了"袁大头"的意思，当今的蔡志明可是县里的红人呀！她已听说蔡志明很快要进四大家领导班子了。吴彩霞忽然想起临走前爷爷说过的话："世上没有无缘无故的爱，也没有无缘无故的恨。"事到如今，她吴彩霞也只得拼一拼了，于是，她举起了酒杯……

但蔡志明挥了挥手，说："彩霞，先不急。我倒是先要说一句，现在天龙大界西边一边搞风力发电，一边瞄准天龙大界的旅游开发，这个事倒是一桩值得特别关注的事，过一会我要专门找你谈一谈……刚才我们不是也谈到了那个养羊的大学生谭宝山吗？他们的创业可能也要面临着选择呀！"

"对对对，过一下蔡大管家再给你面授机宜……吴总，先敬了蔡主任的酒再说！酒是粮食的精华，也是智慧的结晶呀！""袁大头"口若悬河起来……

吴彩霞对蔡志明的"专门找你谈一谈"又有了新的期望。她想：为了天龙大界，豁出去了！渐渐有了几分醉意。

这时，窗外划过一道炫目的闪电，接着响起一声炸雷。

"今夜据说会有大雨呀！"不知谁说了一声。

"今年出现过几次日晕，是不利的。"金融办副主任接了一句茬。

山霞

晚餐终于结束了。喝完了两瓶"S特曲",最后还各自来一瓶啤酒"漱口"。大家开始离开"听雨轩"。"袁大头"临行时结结巴巴地说:"吴、吴大美女,要要听蔡老、老、老大的指点,那资金才、才、才好到位……"

蔡志明和吴彩霞走在最后。这时,蔡志明对吴彩霞说:"走,就到你住的地方,再去喝杯茶。"吴彩霞本来有了几分醉意,想都没想:"好!这就走!"

于是,他们朝电梯间走去,电梯很快上到了12楼。

吴彩霞住在1208号房间,这房间也是蔡志明为她安排的。房间布置淡雅而精致,天蓝色的窗帘给人以温馨柔和而又富有浪漫气息的感觉,单人床,茶几上插着一枝素雅的栀子花,显得高档时尚而不俗气。人只要一走进这个房间,仿佛就有一种到家的感觉。

蔡志明进入房间入座后,吴彩霞尽管带着醉意,但马上用茶壶烧了一壶开水,为蔡志明沏了一杯茶。

"坐……么。"蔡志明对吴彩霞说。蔡志明抿了一口茶,望着吴彩霞。窗外,大雨一直没停。此时的吴彩霞穿着鱼白色短袖T恤和一条牛仔短裤,显得青春窈窕,活力十足。蔡志明半响没有说话。

吴彩霞坐在另一张坐椅上,举起茶杯提示蔡志明喝茶:"蔡主任,这里的茶比起我们天龙大界山脚下的桂叶茶差多了!上次您在我家喝过的。"

蔡志明这才从凝思中醒了过来,连忙说:"那是,那是。天龙大界,不仅有好茶,更有好人啊!彩霞,我想问你,你、你到底有没有胆量做一番大事业?"

吴彩霞一时有点丈二金刚摸不着头脑:"你是说开发天龙大界旅游资源?我不是正在做吗?"

"彩霞,你、你过来,让我来看看你掌中的事业线……"蔡志明朝吴彩霞勾了一勾手指。

吴彩霞犹豫了一下,还是走了过去,缓缓地伸出了自己白皙的纤细的左手。蔡志明说:"右手呢。"于是,吴彩霞伸出了右手。蔡志明看了看,示意吴彩霞附上耳来,吴彩霞又犹豫了一下,还是弯下腰凑近了蔡志明,蔡志明立时感到一股奇异的芳香不可阻挡地扑了过来。

"天龙大界西、西、西边现在已经在行动,要与这边争、争、争夺天龙大界资源。你们可以……可以……"蔡志明一直不肯把下文说出来。

吴彩霞忍不住又凑近了一点，说话有点结巴地说："请领导指点。"

蔡志明说："我听说过你有一个朋友喜欢文学和新闻？"

吴彩霞一惊，然后点点头："是我们附近潘家湾村的，姓潘，叫潘进桂。他在大学还是文学社的社长，发表过很多作品……"

"我、我不是这个意思。我是说，可以……可以……运用他的笔在网络上造一点那个什么风力发电的负面舆论，阻一阻他们的气势。然后你们抢占先机……明白了吗？"

吴彩霞茅塞顿开："嗯，嗯……只是……合适吗？"

蔡志明示意吴彩霞靠得更近一些："这世界上有什么是合适的？就看你敢不敢了……你还可以在开发中想办法多设一两个项目跟有关政策挂钩，项目做不做得起来是另外一回事，反正争取资金……明白吗？"

"你是说……利用项目……套……套取资金？"吴彩霞感觉到蔡志明嘴里的一股酒气喷到了脸上。本来有些醉意的吴彩霞更是摇晃起来。

窗外响过一击猛雷，雨更大了一点。

"我可没有这么说……其实，那个谭宝山……也可以这么做的，县里现在十分重视特色养殖业，但是……不会像你有人指点他的……我只跟你提一下……我有点醉了……"蔡志明忽然说。

"蔡主任，我……送你回家吧！"

"不，彩霞，我都快要离婚了，你看我的脸上……彩霞，彩霞，我好寂寞……"蔡志明说到这里，突然一把抱住了吴彩霞，呜咽起来……

吴彩霞吓了一大跳："不、不，蔡主任，你别、你别……"

蔡志明见吴彩霞没有十分抗拒，便飞起一脚关紧了门，然后像一头发怒的公牛，把吴彩霞紧紧抱起，灼热的嘴唇迫不及待地紧紧堵住了吴彩霞的鲜唇。

吴彩霞感到末日来临："不、不，蔡主任，蔡主任，你别、别、别……"

"这世上哪有什么合适不合适，存在的就是合适的……你就是合适的……"

伴着风声、雨声、炸雷声，吴彩霞此时不论怎么挣扎，渐渐浑身无力，身体海绵似的一下软下来了。

蔡志明三下两下扯掉了自己身上的衣服，一边脱，一边说："彩霞，你就

是、你就是天龙大界上的杜鹃花,你就是、你就是我心中的仙女,我就是上帝派来护花的,你放心,我会有办法的,我会帮你……"

吴彩霞倒在床上,蔡志明狠狠地压了上去。恰在此刻,有人不轻不重地敲门:笃笃,笃笃,笃笃……

蔡志明惊了一下,迅速从吴彩霞身上翻了下来。

这时候,吴彩霞的手机响了起来,吴彩霞拿过来一看,竟是潘进桂的电话,但她没有接听……

蔡志明慌慌张张穿好衣服,将门打开一条缝,却没有看见什么。他朝吴彩霞说了一句:"我还有点事,改个时间再谈。"便离开了房间。

此时,吴彩霞痴痴地坐在那里,眼前幻现出一幕幕奇特的景象,一会儿是天龙大界突然飞起来了,飞着飞着就朝她压下来了;一会儿是天龙大界上的杜鹃花开了,像一片红艳艳的彩霞;一会儿是潘进桂高高的额头;一会儿又是爷爷苍白的头发和那双凝望天龙大界的深沉的眼睛;一会儿又是谭宝山两撇浓墨似的短眉……

一个更大的炸雷响过,吴彩霞只觉得一阵无比的恐惧,雨更大了。

"宝山……宝山……你……还好吗……"吴彩霞的脸上慢慢流下两行泪水。

第四十六章

"6·15"洪灾,天龙大界元气大伤。

大山上空,天依旧是阴阴的,不时有破布条似的云片从山峰上飞过去。山体上,滑坡的痕迹像是伤疤,这里一块那里一块,格外刺眼。被摧折的树木或者扑在地上,或者斜在半空,就像战死或战伤的士兵。山谷里洪水訇訇的声音并未完全消逝,空气中散发出一种混合着泥土、草木、尸腐的异味。

一切还没有喘过气来,忽然又有一个恐怖的消息传了开来:这次洪灾中心点集中在天龙大界周围,雨量之大史无前例,是因为天龙发怒作孽。天龙之所以发怒,与这三个地方有关:西山的风力发电、南山的旅游开发、北山的养羊基地。而且,神仙已经给人送梦,想要镇住天龙,必须恢复山顶上的梅山殿。要恢复梅山殿必须找到那尊古老的失落在民间的倒立梅山神石像。否则,天龙作孽仍然不会停止……

与此消息相关的另一个消息是:只有那个找到倒立梅山神石像的人才是将来梅山殿的主持人。

"虎哥"回到了观音山林场工区。

在"虎哥"的带领下,谭宝山和孙猴子慢慢清理着"一号羊庄"经历浩劫后的废墟。谭宝山穿着那身已经陈旧的球服,袖子挽起,套着一双半旧的雨靴,本来有点卷曲的头发此时显得更加蓬乱,短秀粗眉下的单眼皮眼睛透露出疲惫和憔悴。孙猴子的两个眼睛是红的,满脸沮丧。谭宝山、孙猴子根据"虎哥"的指点,将断砖碎瓦和石头、淤泥用锄头、铁锹挖开整理分类,"虎哥"则用箢箕将淤泥一担一担地挑到一个低洼的坪地里去。谭宝山和孙猴子看到了山羊的尸体:一只,两只,三只……

谭宝山的脸色变得铁青，心一阵阵发紧，似乎在滴血……

稍一分心，谭宝山只觉得眼冒金星，人差点栽倒下去。

谭宝山几个人把那些死去的山羊进行了掩埋。掩埋的地址是谭宝山选定的，在"一号羊庄"西边的那几棵毛竹下。在谭宝山和孙猴子看来，眼下掩埋的不是山羊，而是他们羽翼未丰的希望和信念。

谭宝山的爷爷和父亲，在雨后第二天就来到了观音山工区。他们是费了很大劲才爬上山来的，因为上山的道路已被冲得有好几处崩塌。谭仕玉巡看了一下水毁羊庄现场，一直沉默。临走时才对谭宝山撂下一句话："孙子，只要人好好的，没什么大不了的事。有了青山在，不愁没柴烧……这样的事爷爷见得多！这也是老天爷在为你上课……"

谭宝山的心一阵痉挛。望着爷爷那张沧桑而坚毅的脸，谭宝山说："谢谢爷爷……"眼里就有泪水迸出来。

只有父亲谭仁民始终一言未发。

这天中午的时候，廖时富根据坪山镇的要求和村里几个人上观音山工区的羊庄来核实灾情。经核实，一号羊庄中冲走山羊四十六只，压死三十八只，幸存者大都受伤，只有十几只。羊圈倒塌，其他相关设施毁坏，共计各类损失在十万元以上！

廖时富安慰谭宝山和孙猴子："兄弟，没什么可怕的！大不了我们不养羊了！我们搞旅游开发，有新路子可走！"

谭宝山一听到"不养羊了"，心里顿时像被戳了一刀："难道我们就这样完了么？"

他无心听廖时富说话，只是望着眼前的一片废墟发呆。一场大雨，仿佛让谭宝山变成了一个木人。

廖时富这次上山来既是核实灾情向坪山镇和县里有关部门报告，也是来和谭宝山商量另一桩大事的。这桩大事不是别的，就是关于梅山殿的重建问题。

"宝山，你大概听说了吧，我是不信迷信的，但这一次我硬是有点信了。你说，这么大的雨，偏偏围着天龙大界打转转，只怕真的是要梅山神显灵才行呢！我们上次打的报告，县里说要有文物依据。这原始依据哪里去找？听人说有一尊梅山神石像就藏在天龙大界，我们宁肯信其有，不可信其无，也去找找，找到了更好，没找到，我们也要想办法。只要修好了梅山殿，我们在天龙大界的旅游就有了定风珠，就有可能搞得起来！"

"我来天龙大界这么久了，从前从没听说有什么梅山神石像呀！"孙猴子的小眉小眼分明有了不屑的神情。

"猴子，无风不起浪。依我感觉，梅山神石像可能是假，只怕有人想借此机会修殿抢资源才是真的！"谭宝山比孙猴子想得深了一层。

"虎哥"坐在一旁，吧哒吧哒地吸着烟，瓮声瓮气地接了一句："假的真不了，真的假不了么。"谭宝山不知"虎哥"是什么意思。

羊庄接下来还有很多事要做。最重要的是防疫，再就是要思考重整庄园的问题⋯⋯

谭宝山没有心思管那神像的事，面对毁灭性的损失，只是在反复问自己：我们该怎么办？

这是他上山以来还从未有过的苦恼，也是他万万没有预料到的困境。

谭宝山甚至想，自己在天龙大界的"第一课"是不是——该下课了？

"宝山，你说到点子上了！我们不能守株待兔，必须马上行动！我想就在近几天组织一支寻宝队上山找寻那尊梅山神石像，只要找到了，哪怕是一尊残缺的神像也行。一旦找到，我们就在梅山殿旧址开始动工建殿。上级部门那里由我去协调，反正在省里和市里，我都有铁哥们！我们村里搞天龙大界旅游开发，即使违点规，打个擦边球，也不是什么大事。反正我们是吃了秤砣铁了心了！"廖时富说话声洪亮，气势很足。

"要起步，先修路。把梅山殿的主动权抢到手之后，村里打算马上把从坝湾村到山上的林场便道加宽延伸，像梨花坪村一样，一步一步往山上拱。资金嘛，由村里出面，向村里在外发展的老乡去筹！先筹措修梅山殿的钱！"廖时富越说越激动，"我试着问了下村里一个在外地包工程的大老板，他一听说要修梅山殿，开口就赞助五万！我估计只要再动员动员一下，十万也不会有大问题。当然，他也有个条件，梅山殿开光后，他要烧第一炷香。"

"那要是有人出二十万呢？"孙猴子小眉小眼动了动。

"我多设几个第一就是，人是活的，卵子是晃的，先不管这个。到那个时候都好说！反正，我认为能不能争到梅山殿的主动权才是最关键的第一步！"

"虎哥"咳嗽了一声，说："那梅山神像只怕没有人找得到。"

"'虎哥'，你先莫讲丧气话！只要那像在天龙大界山上，总是有办法找到的！实在找不到……重新塑一尊就是了！"廖时富说。

"那只怕是两码事……人家会鉴定的。""虎哥"又瓮声瓮气地说。

谭宝山、孙猴子失去山羊和羊圈之痛，极大地影响了他们倾听廖时富高谈阔论的情绪。但他们意识到了，关于梅山殿，天龙大界上也许有比"6·15"更大的风雨即将到来。

谭宝山忽然想到，吴彩霞的损失如何呢？为什么一直没有听到她的信息？

谭宝山脑袋突然又昏沉起来，眼冒金星，有点站立不稳。"虎哥"发现了他的异常，一摸他的额头，吓了一大跳……

这天，谭宝山想看一下关于天龙大界的有关信息，却无意中看到了网络上贴出的一篇关于保护天龙大界的长篇文章。

这篇文章的标题是：一位天龙大界山民的愤怒！

文章无异于一声重雷，在天龙大界的上空轰然炸裂——

一位天龙大界山民的愤怒！

各位朋友，各位有识之士：

在重视环保、重视生活质量的时代，人们总是憧憬多于警惕。但理想是丰满的，而现实又是如此骨感，很多时候事与愿违。譬如这里要说的天龙大界的人为污染问题就格外让人触目惊心。

对于以下这些事实，首先我要声明，这些信息非我亲眼所见，却是通过多种可靠渠道得到的，其中包括许多乡友提供的信息。我有足够的理由相信他们的信息。因为这些丑陋的现象直接干扰了他们的日常生活。

才听到这些信息时，对于我这个曾是天龙大界脚下的山民来说，是万分震惊的。天龙大界西面目前正在建设风力发电场。我看到了那些照片，那些照片比较复杂。从这些照片中，我看到了什么？我看到原来属于火红杜鹃的山山岭岭被一条盘山而上的蛇一样的电机入场路替代，大块的山体裸露，砂石漫山都是。满目青翠突然变成了一个"癫痫头"，像是一块锦绣被无情撕裂，更像是被抹了一刀，留下一道道刺眼的疤痕。暴雨过后，砂石倾泻，茂盛的植被与丛林被掩埋，实在让人痛心疾首！

　　作为一个在天龙大界脚下长大的山民，毋庸置疑，对天龙大界有着太深的情结。平时我曾和一些社会观察家谈论环保问题，他们一致认为当下资本的巨大能量与老百姓的根本利益的冲突越来越突出。基于这些，我觉得自己完全有责任发表一些鼓与呼。这是良知和正义的担当，也是一种乡情的宣言。

　　我能说些什么呢？天龙大界一直是我心中的梦想。随着乡村旅游事业方兴未艾，近年来我也曾多次爬上天龙大界，深入到那些山林溪涧考察，越深入，越是发现天龙大界就是家乡的一块奇丽的瑰宝，只是目前尚被外边的青苔与石坯厚厚包裹着，就像一块璞玉，经过历史与自然的沉淀，只需假以雕琢，必定大放光华。

　　很多了解或者亲自考察过天龙大界的有识之士认为，天龙大界无论是在旅游还是在文化底蕴方面都蕴藏着巨大的价值。

　　从文化价值来看，已经确认的研究表明，天龙大界系宋以前"梅山峒蛮"三大核心居住区之一，即板苍诸峒的聚居地，也是宋将石曦大败"板苍诸峒"的千古战场。《宋史》中对此有明确记载。而天龙大界南侧的梨花坪村、同德村、连平村、凤凰村、高岩村、白石村、牛塘村及龙化县奉家镇一带均是宋军的前沿阵地。雷公崖、蛮园里、鬼槽里、城墙冲则是"板苍诸峒"的防守一线。在天龙大界周边各村，至今存在最为原始的傩戏表演与民间梅山师公职业，各类打醮、"庆娘娘"、指路碑无一不体现着梅山文化的色彩。可以断定的是，天龙大界是目前S市境内最具代表性的梅山文化名片，也是S市最后的一块没有开发的梅山秘境。很可惜，很多人并没有意识到这一点。此外，天龙大界东南有文仙山，正南有三国时期的古县场遗址，西边有凌云山、赐福寺、烟联峒，北面有神仙丞与千年鸟道，周边又有林则徐、曾国藩、魏源、谭人凤、魏光焘等历史名人的足迹与传说，此外还有许多散落民间的文化值得进一步挖掘、梳理与总结。可以说，天龙大界代表的并不只是这座山体，某种程度上，它已经是梅山文化及周边这些文化传承的最大、最集中、最形象的载体，具有极其丰富的历史文化价值。研究天龙大界，保护天龙大界，并不仅仅在于研究与保护这座山本身，而在保护一个地域的文化遗存，在于以点带面调动三县交界处的旅游文化事业发展。

有关资料表明，天龙大界地处三县交界处，层峦叠嶂，主峰海拔1100多米，多年来，由于人迹罕至，受外来干扰少，森林覆盖率已达96%以上，南面的龙冈乡连续多年被评为湖南省生态乡镇，在当今时代尤显珍贵。

在天龙大界，千亩杜鹃，危崖耸立，竹树成片，几乎步步皆景，处处有诗，自然景观十分独特……

风力发电对当地带来的破坏与影响是严重的。据内行人士分析，至少有四个方面的危害：第一是对风景形象的严重损害。秀丽的青山之上，突然架起"针刺"一样的风电机，让人从视觉上看着就心生厌恶。其次是电磁带来的污染。主要表现为电磁辐射和电磁信号干扰。电磁辐射主要集中于分散布置的风力发电设备、变压器、输电线路等。第三是光影的污染。这是一种比较隐蔽的污染。在有风和阳光的条件下，阳光照在旋转的叶片上产生晃动的阴影，能使人时常产生眩晕、心烦意乱等症状，更会严重干扰野生动物的生存习性。第四是生态污染。最直接的是表现为土方填坑、扬尘、土地和植被被压、生活污水、垃圾、固体废弃物等。此外还有施工过程中的油品、油脂污染，设备的拆卸、加油、更换油、清洗等，漏油、渗油等事故，均会对土壤产生永久的伤害。

以上风电的种种负面效益，不能不让人对天龙大界的风电项目产生深深的忧虑和愤怒。

我们强烈呼吁：尚未开发的天龙大界不可以被肆意破坏。天龙大界的保护可以无关政绩甚至无关旅游，却关系到天龙大界周边村落居民的健康与子孙后代的未来。因此，目前的施工必须无条件暂停！对于置若罔闻的个人和单位应该予以严惩！

谭宝山震惊了。因为震惊，几天来积郁在心中的沉痛突然消逝了一些。

文章在网上疯传着，激起的是批评、质疑、谩骂、解释、讽刺、忧虑、响应，也有对仗义执言者的赞叹，一浪高过一浪……

"山风呼啸"网站果然也再一次亢奋起来。只是这个网站并没有忘记"天龙部落"，又有了污蔑"天龙部落"的言论：天龙大界在呼吁！必须摘除"天龙部落"这个毒瘤……

一天天过去，关于风力发电的长篇文章一直没有官方回应。

于是，舆情进一步升级，舆论的矛头直接指向龙化县委县政府，直接指向省里的有关部门，从风力发电项目引发到腐败问题，由腐败问题引发到一些领导人的个人问题……

但是不久，官方开始发声，舆情开始反转……

第四十七章

"吴胖子,一个时代就有一个时代的故事。""老棍"说。

"是倒也是……"吴胖子瓮声瓮气。

"你看,那个当代大学生谭宝山疯疯癫癫来到山上养羊,你想得到吗?这尽管是两码事,但我的意思是说,谭艳华的事其实也不足为怪,你我办过这么多案子,见得多了吧……"

夕阳下,天龙大界颓然无语。

吴胖子和"老棍"坐在长满冬茅和杂草的山坡上,一直望着那只岩鹰飞进血红的夕辉里。

那边,晚霞如火一般地燃烧起来了。

吴胖子和"老棍"望着"虎哥",问:"这个,就是你的主要故事吗?"

"是的,主要就是这样的。后来,后来……""虎哥"欲言又止。

一时间,吴胖子、"老棍""虎哥",谁也没有说话。有几只山鸟在附近的柴草间啁啾跳跃,更为这里的气氛增添了一些沉滞和惶惑。

"世上的事硬是无奇不有哇!"吴胖子骂着,"啪"地拍了一下自己的脸,手掌上是一摊蚊子的血迹。

吴胖子想呕……

谭宝山《山课笔记》中记载的那个凄美的故事,最后的内容是这样的——

"田拐子"又来找吴彩香了。

吴彩香却再一次避而不见。吴丙生只得好酒好菜招待"田拐子"，要他不要"性急"。可"田拐子"偏要性急，他说只要见不到吴彩香，就会天天来桑树坳"探亲"。

吴丙生喝着"田拐子"送来的S特曲，抽着"田拐子"送来的好烟，两眼红红的向吴彩香摊牌："彩香，你的事就算是定了！莫看人家腿瘸，好男子自有异相，人家的家底子可不是我们家能比的，光他家那一栋大红砖房就盖过了十里八里。再说，我看那伢子话是粗了一点，心地还是实诚人。"

吴彩香低着头，不吱声。（孙猴子的旁批：此时无声胜有声。）

"你到底是愿意还是不愿意？人家催着定日子呢！"

"爹，我又不是七老八十的人了，你不用这么着急的……"

咚，吴丙生一拳砸在木桌上，两只小碗被弹得跳了起来："你莫跟我耍花招！崽女的事由父母做主！嫁也得嫁，不嫁也得嫁！"

"我就是不嫁！"

"不嫁你就去死！"

"死也不嫁！"

…………

与此同时，吴彩艳也在与她的父亲吴木生较劲。

"艳艳，杨老板也不是别人，都是亲戚。虽然是成过家的，但他远在云南，又么子要紧？这人哪，过日子还是要个'钱'字。你看我们桑树坳哪个家里又存了几个钱？你早点打定主意吧！"

吴彩艳满脸委屈，没有言语。

"你到底是同意还是不同意呀？"

"钱钱钱！你是拿我卖钱吗？我又不是一头猪一只羊！"吴彩艳气愤地拗过头去。

"你不是猪不是羊？那你那个躺在床上多年无钱吃药的娘又是什么？没钱治病，她活着连猪、羊都不如！反正人家的钱我也接了……"

吴彩艳霎时沉默了。确实，她娘一病多年，耗尽了家里的钱。但是，尽管如此，她仍然不肯就此甘心。（孙猴子的旁批：虽是无声却有泪！）

彩香悄悄来约她去扯猪草，她去了。

她们选择来到了竹山冲。

竹山冲山清水秀，有条小涧，涧水蜿蜒而来，汇入到了铁锁河里。她们各自很快扯满了一竹篮猪草，有嫩嫩的竹节草，有红秆绿叶的水麻叶，有辣蓼草，还有那种鲜绿的野芹菜……

接下来，两姐妹就一人摘了一张桐叶在溪涧边上坐下来谈心事。心事也没有更多的内容，主要是谈各自被逼婚的事。（谭宝山又用了个小括号：我觉得完全是逼婚。）

谈着谈着，两个就抹着眼泪，嘤嘤地哭起来。

哭了好久好久，连飞过的鸟儿都围着她们叽叽喳喳叫，像是同情。

"香姐，我真想——死！"

"艳妹，我早就想到了死！"

"如果没办法，我们还不如去死！"

"对！就是死也不能这么糊里糊涂地嫁人！"

于是，她们竟然策划起一次悲壮的"死"来。就她们所知道的死法，无非是喝药、跳河、上吊之类，最常见的是喝农药。她们说，就是死，也不愿意离开天龙大界，因为她们太喜欢天龙大界上的彩霞般的杜鹃花了。

"要死，我们就死到山上去！春天来了，那里的杜鹃花会把我们围起来，我们也就成了杜鹃花了！"吴彩香说。（孙猴子的旁批：如此凄美。）

"对，下辈子就做一朵杜鹃花！"吴彩艳说。

"你做一朵花，我就做一只山鸟，天天陪伴你！"吴彩香说。

"可是，人死了也不知到底有没有灵魂……"吴彩艳说。

"没有灵魂，那为什么人会做梦呢？"吴彩香肯定有灵魂。

"唉，我就是放不下他！前一段听说他父亲不同意我和谭艳华的事，已经帮谭艳华找了人了！"

"是啊！陈毛毛也太窝囊，根本靠不住，我已经不喜欢他了。其实，谭艳华我也很喜欢，干脆，我们想个办法把他叫来，先见一见，然后我们就……"吴彩香说。

"我们就什么……"

"我们就去做杜鹃花！"（谭宝山用小括号插了评论：一个疼痛得流血的幻想）

"好，是个办法！"吴彩艳十分赞同。

"我们先要吃他一顿！"吴彩香又说。

"吃他？怎么吃……"

"来，我告诉你……"

她们的脚下，水潺潺地流着。远处，天龙大界的影子有点朦胧，但始终十分巍峨。这种姿态体现出生命的庄严，更体现出比生命更重要的自由的伟大。

她们把日子商定在中秋节前一天。

谭艳华和吴彩艳的相见仍然是在坪山镇上石拱桥下的沙滩上。

从谭艳华的嘴里，吴彩艳再一次证实她的绝望：谭艳华的父亲已经帮儿子确定了一个姑娘，而且很快就会订婚。

"艳华，我和彩香都有一个心愿，想约你一起去天龙大界玩一次，看看天龙大界上最美的风景。然后我们就分手，你一定要答应……"吴彩艳对谭艳华说。

谭艳华犹豫了一下，但到底坚定地答应了。他是天龙大界北面山脚下的山民，十分喜欢大山上的风景，也去过那山上最高峰处的雷公崖。

中秋节的前一天，吴彩香、吴彩艳从天龙大界南面，谭艳华从天龙大界北面，一齐向约定的地点雷公崖附近的栗柴岭相会了。

谭艳华发现，这一天吴彩香和吴彩艳都打扮得格外漂亮，真像两朵盛开的杜鹃花。

吴彩香和吴彩艳见到谭艳华也都特别高兴。

吴彩香和吴彩艳从家里带来了她们亲手做的叶粑和红薯片，三个人先吃了很久。

接着，他们三人一齐爬上了雷公崖。

"哇！太美了！"谭艳华站在雷公崖顶上，兴奋得大叫起来。在他的眼里，天龙大界像是一幅彻底铺开的彩绣。天龙山脉在天幕下盘绕起伏着，显得雄伟壮丽。山下是青郁的森林和翠竹，是梯田和人家，层次分明。远处是苍茫的红丘陵群。红丘陵上空，有鸟儿自由自在地翱翔，有白云无忧无虑地游弋，像是一群一群漫步的山羊。谭艳华朝着天地间大喊一声："哎——"声音消逝得无影无踪。

吴彩香和吴彩艳望着谭艳华快乐的样子，心底里涌上一阵阵悲凉……

"雷公崖是神仙住的地方。很久以前有三个郭家兄弟在这里烧木炭，积善成德，后来都成了仙。"吴彩香说。

"听说是在一个风雨之夜。三兄弟被烧死了。他们即使死了，还紧紧地抱在一起……"吴彩艳说。

"那不是烧死，那是他们在仙人的指点下借着炭火升仙。人只有借着仙火才能升天……"吴彩香望着山峦重叠的天龙大界，语调有些凄凉。

吴彩艳沉默了。她也觉得，在这个世界上还不如借一把火升上天空，从而解除无穷无尽的烦恼。

后来，他们三人到了雷公洞里。

在雷公洞里，吴彩香和吴彩艳突然变得格外大胆，她们请求谭艳华先和她们一起做个游戏玩玩。

谭艳华问："做什么游戏呢？"

"做个结婚游戏……"吴彩香和吴彩艳说。

谭艳华有点莫名其妙。

吴彩香说："就是我们当新娘，你当新郎公，这雷公洞么，就是我们的洞房……"

谭艳华感到有点好笑，但他看到吴彩香和吴彩艳一脸认真，并没有开玩笑的样子，不禁感到奇怪。

这时吴彩香不知从哪里弄来了四支香，插在对着洞口的崖壁上的那个山鹰似的石头上，点燃了……

"来吧，艳华。"吴彩香挽住了谭艳华的一只手，要吴彩艳挽住谭艳华的另一只手。谭艳华觉得有点滑稽，但他还是很配合。

三个人，谭艳华站在中间，吴彩香和吴彩艳分站两边，吴彩香是姐姐，左为大，站左边，吴彩艳站右边。三个人转身向着洞外，吴彩香喊了一声："一拜天地——"

于是三人鞠了一躬。

之后转过身来朝向崖壁山鹰似的石头，吴彩香又喊了一声："二拜雷公——"

于是三人又鞠了一躬。

"错了！"谭艳华笑了起来，"是二拜高堂。"

"不！我们现在不拜高堂，只拜雷公。雷公雷公，你莫怪，我们真的是好人……"

"夫妻对拜！"吴彩香这一声喊得格外高亢。

吴彩香放下挽着的手，朝谭艳华深深鞠了一躬。吴彩艳也朝谭艳华深深鞠了一躬……

"三拜"完毕，吴彩香说："我们该圆房了！"

"什么圆房？"谭艳华云里雾里。

"就是陪我们姐妹睡觉……"

谭艳华大吃一惊，惶恐不已。（谭宝山用了小括号：我当初听说到这里，也是大吃一惊的！）

也不知什么时候，吴彩香和吴彩艳坐了起来。吴彩香望了一眼地上沾满血迹的纸张说："艳艳，我们吃也吃了，任务完成了！这一辈子——抵得了！"

吴彩艳也软软地坐了起来："是的，我们知足了！"

"那，我们该上路了！"吴彩香说。

"是，我们该上路了！"吴彩艳说。

"上路？你们想去哪里？"谭艳华问。

吴彩香和吴彩艳要谭艳华先到洞外去等她们一下。谭艳华犹疑着照做了。

这时候，吴彩香和吴彩艳从洞内取出早就准备好的一个大农药瓶来了。

吴彩香说："妹妹你真的想好了？你还可以后悔的！"

吴彩艳说："姐姐你后悔吗？"

吴彩香坚定地说："我想好了！不后悔！"

吴彩艳也坚定地说："我……也想好了，不后悔！"

"那现在就让雷公崖的仙人们接我们走吧！"吴彩香说。

吴彩香打开农药瓶，毫不犹豫地喝下了大半瓶子，然后将瓶子交给吴彩艳。

吴彩艳接过农药瓶时还是犹豫了一下。但最终一咬牙，接过瓶子也咕嘟咕嘟地将农药一饮而尽！

不一会，两人脸色大变。她们这才把谭艳华叫了进来。

谭艳华一进洞来，闻到了浓烈的农药味，陡地明白了什么。他大喊一声：

"怎么得了呀！你们怎么寻了绝路呀！你们这是害我呀！"

这时，吴彩香把他们的痛苦和计划原原本本地告诉给了谭艳华。

最后，吴彩香说："艳华，你如果不忘记我们姐妹俩对你的好，你就帮我们一个忙，等我们气绝了，就点一把火把我们烧个一干二净！这样我们就会跟郭家兄弟一样成仙了。要是我们转了世，做了杜鹃花，杜……鹃……鸟，我们、会、保佑……你的！"

吴彩香说着，扶着吴彩艳，颤巍巍地站了起来："我们到那边坪里去，那边有现成的干柴！"

那边的干柴是刘疤子的。

谭艳华脸色煞白，呆呆地跟着她们走出了洞口……

在离洞外不远的地方，两姐妹突然一个趔趄，各自抱着肚子，歪倒在了地上……

"艳华……华……华……你莫莫莫忘、忘了我们……"

"完了！完了！我的天啊！"谭艳华高喊着。

"艳华……你一定要……帮我们升天……"不知是吴彩香还是吴彩艳的声音。

谭艳华眼望着苦苦挣扎、气息渐微的姐妹俩，心里倒海翻江般难受。他想起他们在一起读书的日子，那是一段多么美好的时光啊！可是，眼下，这两朵杜鹃花一般的少女即将从这个世界消失，而且还将由他亲手点燃一把山火，把她们送上天空，送上另外一个永不相见的世界！

谭艳华突然嚎啕大哭！他在哭，山上的草和树木，山上的石头和鸟儿，仿佛都哭了……

他拜倒在吴彩香和吴彩艳身边……

吴彩香和吴彩艳在无比痛苦的呻吟中，声音渐渐消逝了。这时候，他看到令他无比悲伤的一幕：吴彩香和吴彩艳的手紧紧地拉在了一起……

（谭宝山用了小括号：这分明是凤凰涅槃！孙猴子加的旁批：多么悲壮的凤凰涅槃！）

第四十八章

黄昏的时候,"虎哥"的二胡又一次拉响了。

这二胡声是"6·15"暴灾之后在"天龙部落"最先响起的音乐。几乎每天清晨准时响起的 mp3 二十四式太极拳伴乐,以及不时响起的木叶声已经好些日子没有半点声息。谭宝山发了高烧之后,有一两天没精打采,幸亏"虎哥"采来草药,才使得谭宝山慢慢恢复了正常。

不知为何,此刻,那二胡声显得有格外滞重、落寞。在倾诉般的琴声里,夕阳一点一点地隐进西山垭口里。

累了一整天的谭宝山,跢蹴在"一号羊庄"旁,默然无语。他仍然是一遍遍问着自己:我该怎么办?

有时候,他用手捏成拳头,使劲捶着额头,向着天空,向着天龙大界,无声长啸——谭宝山,你不要倒下!

"一号羊庄"基本清理完毕。谭宝山的情绪一直还没有调节过来。他望着那支离破碎的废墟,望着那些消逝的可爱的山羊生灵,眼睛依旧湿湿的。

"猴子,来,我们也吹一曲吧!"这天,谭宝山看到孙猴子和他一样萎靡不振,"老哈"也随便倒在一边,便觉得自己不应该再如此颓废下去。于是,他们两个各自撷来一片青青的树叶,吹了起来。

他们首先选的是齐豫演唱的《橄榄树》——

不要问我从哪里来,

我的故乡在远方,

我的故乡在远方,

为什么流浪,流浪远方,

> 流浪，
> 为了天空飞翔的小鸟，
> 为了山间轻流的小溪，
> …………

吹完一支，又吹一支——

> 我家住在黄土高坡，
> 大风从坡上刮过。
> 不管是西北风还是东南风，
> 都是我的歌，我的歌……

这之中，板竹山山羊养殖场基地的朱鸿伟老总已经获得了天龙大界黑山羊养殖基地受到重创、山羊损失将近一半的消息，便与谭宝山联系，只要他和孙猴子需要，表示愿意向他们伸出援手，以最优惠的方式为他们输送羊群。朱鸿伟表示会派林总——也就是谭宝山和孙猴子见过一两次的林大美女和他们联系相关事宜。

但是，谭宝山没有直接答复。他觉得自己在这个时候更需要的是冷静思考。突发的山洪让他更加理智了很多。有时候，他站在那棵李树下，眺望着天龙大界上舒卷的云朵，愣神很久。他觉得云朵在远方飞翔，并不理解他此时复杂的心情。他发现自己一夜间变了……

几乎在同一个时刻，谭宝山忽然接到了梨花坪村吴彩霞的信息。他们已经有一段时间没有联系了。这信息也是对谭宝山进行安慰，显然，她是知道了谭宝山他们的窘境的。但是，谭宝山并不了解梨花坪村的具体情况。

吴彩霞的信息不是别的文字，而是专门转发了那首脍炙人口的普希金的诗《假如生活欺骗了你》：

> 假如生活欺骗了你，
> 不要悲伤，不要心急！
> 忧郁的日子里须要镇静：
> 相信吧！快乐的日子将会来临！
> 心儿永远向着未来；
> 现在却常是忧郁。

一切都是瞬息，一切都将会过去！
　　而那过去了的，就会成为亲切的怀恋。

　　这首诗谭宝山在大学时就能够背诵。有一段时间，他还把它写在笔记本的扉页上。在他看来，吴彩霞此时用这首诗来抚慰自己是格外温暖的。它好像一只春风般的小手拂拭着一片洪浪过后的伤痕累累的杂乱河滩，慢慢地，河滩上生长出春绿。于是，吴彩霞的身影又一次次地闪现在他的眼前……他已经很久没有了姜明花的信息，他给姜明花的信息也没有回复。天龙大界上发生的这一幕他也不愿意告诉给她。尽管他和姜明花都是大山的孩子。但是，他感到，这大山也许并不只孕育出忠诚自己的孩子，也许对大山的忠诚并不完全只是守望大山。不管怎么样，姜明花在他的心里开始朦胧起来。

　　李小娜是知道了孙猴子眼下的处境的。她仍然是一次次催孙猴子下山，去实施她的"成才计划"。李小娜真是个有韧劲的人。而孙猴子的沉默，使谭宝山感到他有了一种前所未有的隐隐的动摇。

　　忽然，谭宝山听到了清脆的久违的布谷声。

　　这布谷声不知起于山巅哪棵树上。两翅暗褐、翅缘白而杂以褐斑的布谷鸟，就像是守望大山的歌唱家。布谷声一会儿东，一会儿西，连绵不断，像是泉水在空中流淌。山下有很多刚插下中稻的田块。谭宝山知道，在山下的屋前房后，此刻有那石榴树在开着火红的花，结着葫芦状的果子，石榴树下有小娃子在唱着他们天真烂漫的童谣……

　　小时候，谭宝山最喜欢听那布谷鸟的叫声。

　　布谷鸟一般栖息在开阔林地，特别是在近水的地方，常在早晨鸣叫，连续鸣叫半小时方才稍作停息。它好像生性胆小，常常隐伏在树叶间，平时能听到鸣叫声，却很难见到。谭宝山每每被布谷鸟的声音唤醒，心头十分舒畅，觉得大山实在太神奇了。

　　不知为何，谭宝山不禁由此想起那种鹧鸪鸟。他喜欢读古典诗词，经常看到诗家提到鹧鸪，说那鹧鸪声就像人说话那样叫唤："行不得也哥哥——"，其中有多少游子的情怀，离乡的情愫，行者的离伤！他最喜欢的关于鹧鸪的诗句是辛弃疾的词句："青山遮不住，毕竟东流去。江晚正愁余，山深闻鹧鸪"……

　　"行不得也哥哥——"谭宝山浮想之中，却揭开了他的《山课笔记》……

这个时候，谭宝山还不知道梨花坪村旅游开发工程的损失。谭宝山当然更不知道，天龙大界暴灾当晚吴彩霞在县城时代宾馆遇到的一幕。

这之中，在梨花坪村，吴康生第一次看到了天龙大界山顶上的那一团光。

"6·15"洪灾，对于梨花坪村旅游开发工程的摧毁力是十分可怕的。刚刚开辟出来的消防通道兼游道的毛路，被冲成了好几段，保坎冲坍了三处，有20多米，路边新栽的红豆杉、桂花等树林损失200多株，损失建筑材料包括水泥、砂石等价值共达数万余元……

尤其是，在神仙岭那个山坡下，有一户姓彭的木匠，因为消防通道兼游道的塌方，家里用来圈羊和养猪的偏厦屋被滚下来的石头压垮了，向吴彩霞的旅游开发公司发起了索赔。

和谭宝山听到的一样，吴康生听到了村里传得很响的一个传闻：这次特大山洪暴发是天龙大界这条天龙发怒造成的。天龙之所以发怒，是因为三个地方触动：西山的风力发电，南山的旅游开发，北山的养羊基地。如果不立即恢复山顶上原有的梅山殿，天龙大界的灾难将会从此不断。有人断言：山上的梅山神度灾来了，会"显灵"的。于是，吴康生不时听到这样的零碎信息：有人看见一位乞丐妇女挎着竹篮在大街上走，人们给了她很多钱，她说一句"我要回天龙大界去"，倏然不见；有人梦见了梅山神，说是他有一尊石像落在天龙大界山上了；有人看见天龙大界的山顶上半夜里有莲花开放……

吴康生活到现在，从来就没信过奇奇怪怪的邪。但当有人把山洪和梨花坪村的旅游开发联系起来后，他又不得不警觉起来。特别是看到孙女吴彩霞从县城回来后一副惘然若失的忧郁神情，他更加感到事关重大。他觉得在这个时候，是事关旅游开发事业的关键时候，应该为孙女彩霞撑一撑腰。

几个时辰之前，刘疤子跑来神神鬼鬼地告诉吴康生："老、老……书记，我昨晚看见山上开莲花了！开在半夜子时！我当初不信，是吴丙生告诉我的。听说开了几个晚上了！"吴康生横了一眼刘疤子："少说鬼话！"但是，他转念一想："这些传闻尽管多是鬼话，但要是真有一些什么，不也正好可以用来宣传旅游开发吗？现在搞旅游开发什么名堂都想出来了，一个贵妃在哪里撒泡尿都成了旅游景点。"

于是，他决定，这个晚上，他要亲自守望一下天龙大界上到底有没有"莲花"。

这是六月下旬的一个晚上。天空中布满人眼般的星星，那轮弦月仿佛是那尊梅山神塑像上的一弯眉毛，仿佛是那尊梅山神的似有似无的笑意。

晚上十一点钟左右，吴康生坐在吴家墩院子外的"将军石"边，端着他的那根短短的竹根烟斗，静静地吸着烟。他眺望着高高的天龙大界山顶，山顶上一片阒寂。整个天龙大界在夜里安静得像是一个睡去的梦。

吴康生忽然想到：天龙大界上那个养羊的大学生谭宝山现在怎么样了？那也是个和孙女彩霞一样敢作敢为的人。

在吴康生身边，铁锁河潺潺地流淌着，稻田里的蛙鼓也一阵一阵地敲着，蟋蟀的曲调更为这个夏夜增添了宁静。远远近近不时传出几声狗吠。乡间小道上不时地闪过手电光和火把，那是照泥鳅捉黄鳝的人在活动。更远的地方，不时飘来为小孩"喊魂"的声音："回来哟！回来哟——！"这"喊魂"的习俗是梅山乡俗里的一个重要标记。哪家伢崽晚上做恶梦吵闹，主人便认为是伢崽在外面受了惊吓，丢了魂，晚上魂魄会在外面游荡，找不着家。伢崽母亲便会在临睡前站在自家堂屋门口"喊魂"："某伢子（孩子的乳名）回来了吗？"这时家里人就要应"回来啦！"母亲必须要喊三遍，家里人也要应三遍，然后母亲才能一边念叨"回来啦……回来啦……"一边关上大门，回家睡觉。这样连续喊上三个晚上，据说伢崽的魂就会随母亲回家。如果更严重一点，伢崽经母亲喊了魂，仍然晚上梦中哭闹，那么有人便认为是鬼神附了体，需要请师公来作法驱邪了。此刻，那一声声喊魂，既那么熟悉，又那么让人毛骨悚然，仿佛整个乡村陡然成了另外一个世界。

烟斗里的火光一明一灭。坐了个把时辰，吴康生并没有看到天龙大界山上有什么迹象。但他看到了雷公崖那黑魆魆的影子，便想起多年前在那里抓获谭艳华的往事。当谭艳华映入他的眼帘时，他的心确实颤栗了一下。这是一个多么年轻英俊的山里后生啊！到底是什么使他走到了这一步？他感觉到自己领头参与的这一次活动将是他人生中最为痛苦的一桩事。那时有个严打运动抓得很紧，由于谭艳华始终没有否认"强奸杀人"的事实，所以没有经过太多审讯就被执行了枪决。但吴康生的那颗心从此再没有安定下来。也正因为这桩事，天龙大界在他的眼里多少有一些伤心和冷酷。

这时，他又想起了谭宝山。虽然他觉得谭宝山与谭艳华没有什么联系，但他已经了解到谭宝山就是谭仕玉的孙子，而谭仕玉就是当初和吴康生为捉拿谭艳华密切配合的人……

吴康生正在回忆当中，忽然听到哪个角落里传来了"快看快看，山上又开莲花了！"吴康生仔细一听，那声音不是别人的，就是刘疤子的。吴康生猛地抬朝大山顶上望去，他终于看到了诡异的一幕。只见在雷公崖那边，什么时候有了一小团光亮，那光亮竟是如此绚丽灿烂。在光亮的映射下，深邃的暗蓝色的天幕上好像升腾起一小片彩霞。这时候，吴康生又渐渐看到彩霞之中似有花叶徐徐张开——那好像是一层一层的莲瓣呀！吴康生大吃一惊：世上真有这么奇特的事？

在刘疤子的呼喊引动下，梨花坪的深夜突然惊醒了，到处都有了"快看莲花呀"的叫声，这些叫声连成一片，像是天龙大界的呼喊的声音——

"莲花！莲花！"

"莲花！莲花！"

"山上的梅山神显灵了呀！"

…………

大约过了十来分钟，山顶上的光影、花影渐渐消逝，天龙大界又恢复了梦一般的状态。

吴康生完全被刚才的一幕迷住了。他生长在天龙大界脚下数十年了，从未见过如此神奇的情景！难道，一切真如传说中所说？一场特大洪灾，一幕莲花夜开，天龙大界到底发生了什么？天龙大界到底还会发生什么？他陷入了无边的深思之中。

吴彩霞是在吴康生看到"山顶莲花"后的第二天回到梨花坪村的。她听到爷爷的陈述后说："爷爷，那很可能不是真正的山神莲花，而是一个计谋，一个很深的计谋。所谓莲花不过是用现代电子手段耍的把戏。"接着，她谈起了山上风电开发的事情。她说："自从网络上出现潘进桂写的那篇《一位天龙大界山民的愤怒》的文章后，西边的'马脑壳'不仅没有停止施工，反而四处活动，请了些头面人物出面协调关系，平息了舆情，加快了进度。'马脑壳'确实太厉害了，他的目标可不只是简单的风电项目，他的最后目的还是把旅游开发的手伸到天龙大界来，我们要是能找到那尊梅山神倒立石像就好了。"

"'马脑壳'呀,'马脑壳'……"吴彩霞不知是赞叹还是发恨。

吴彩霞忽然想起:"山顶莲花"的事,谭宝山也许知道什么。

吴彩霞告诉爷爷,她最近的资金协调已经有了一些眉目。吴康生问是不是那个蔡主任在帮忙。吴彩霞不置可否。

"彭木匠索赔的事,已经在县里上访了。蔡主任……蔡主任说包在他身上……"吴彩霞说得有些含混。

这时,吴康生叫住吴彩霞:"彩霞,爷爷活过这么多年了,人也见得多了。我总觉得,蔡主任这个人……"

吴彩霞心头像是被什么戳了一下,没有回答,转身进了自己的屋子。这时,她收到了谭宝山发来的信息:彩霞,什么时候有空来观音山工区走走?

第四十九章

廖时富果然是个活泛人。他在网络上看到那篇《一位天龙大界山民的愤怒》之后，迅速出手的具体行动就是寻宝。他根本没想到在这个时候，网络上会拱出这么一篇文章来，刀刀见血，简直是雪中送炭！他估计西边的风电开发迟早会栽在这篇文章手里。这千载难逢的大好时刻，正好迅速寻找到那尊梅山神倒立石像。

廖时富还真的组织了一支寻宝队。

这支寻宝队队长是廖时富，但廖时富却请来了一尊山神：谭仕玉。另外就是谭宝山，谭宝山被当成"谋士"，还有村里的两个"大力士"。

谭宝山并不想当"谋士"，他推荐"虎哥"当廖时富的"谋士"。但"虎哥"说："那像肯定是找不到的！也不必要去找。梅山神是山神，梅山神像出现，要靠真诚，靠缘分。缘分不到，他不会降世。"大家望着"虎哥"，觉得他的话像是有道理，又像是古怪得很，总觉得他有点冷冷的、懒懒的。听他这么说着，大家也没有更多在意，更没有勉强他。

他们瞄准的第一个目标就是梅山殿旧址。但是，当赶到梅山殿旧址时，他们万万没想到，这里已经一片狼藉，显然早已被人翻过了……

廖时富一脸沮丧。

谭宝山说："天龙大界这么宽，也许那尊宝贝根本不在这里！"谭仕玉赞同谭宝山的分析。

廖时富问："山顶上据说有人看见夜开莲花了，你没有见过吗？"

谭宝山说："我们也确实看到过晚上山顶放过光彩……"

吴彩霞又去县城了。这次她一是去县信访局回复彭木匠的上访询问，二是接到"袁大头"的电话前去具体落实旅游建设资金的。所以，吴彩霞这次心情有点不一样。

自从"6·15"那个雨夜之后，吴彩霞陡地少了几分青葱气息，多了几分沉默和稳重。她的步子里少了那种蓬勃且有公主般骄傲的弹性。她说话的语速也明显慢了一点。这些变化像是突然失去了一个什么宝贝，是她自己从来也没有想到过的。她的眼前不时晃过蔡志明的那张留有伤痕的脸……

这之中，她收到过两个人的诗。

一个是潘进桂的，潘进桂的诗是这么写的：

啊，杜鹃花
—— 致心中的你

山有一张红唇

风亲吻过

雨滋润过

云凝视过

只有鸟儿还没有

真正接近过

山有一张红唇

红唇上有一颗颗露珠

露珠里

有风的影子

有雨的影子

有云的影子

也有我和鸟儿的忧伤

吴彩霞读着潘进桂的诗，先是沉默，继而感动，最后竟生出些自卑与惆怅。她蓦然觉得自己已不再是潘进桂笔下的那枝花朵，更没有"一颗颗露珠"。一想到那个雨夜，若不是那及时的敲门声，她觉得自己差点就要掉进一个无边的窟窿里去。尽管最终没有掉进去，但她觉得自己已没有资格接受潘进桂的"露珠"的诗句，毕竟，蔡志明成了第一个吻她的男人……

吴彩霞同时收到了谭宝山的诗句，谭宝山的诗句显然是针对上次她发给

他的普希金的诗句而回赠的，是当代一位著名诗人的：

……

我如果爱你——
绝不学痴情的鸟儿，
为绿荫重复单调的歌曲；
也不止像泉源，
常年送来清凉的慰藉；
也不止像险峰，
增加你的高度，衬托你的威仪。
甚至日光，
甚至春雨。
不，这些都还不够，
我必须是你近旁的一株木棉，
作为树的形象和你站在一起。
根，紧握在地下；
叶，相触在云里。
每一阵风过，
我们都互相致意，
但没有人，
听懂我们的言语。

……

　　这首诗，吴彩霞早年不仅读过，而且背诵过，在学校组织的一次文艺节目比赛活动上，她朗诵了这首诗，夺得了金奖。现在读到这首诗，她觉得特别的适合她眼前的处境。她觉得，她不是木棉，但她是一枝杜鹃。那么，谁是橡树呢？她觉得有棵橡树在她眼前幻现，而且是不断地幻现着，一会儿是潘进桂，一会儿是另外一个人……但是，渐渐地，一株株橡树都随风而去，眼前只有它们——永远矗立于云天之间的天龙大界，以及天龙大界上那两道短秀浓眉！

　　"袁大头"先是约吴彩霞在县城的时代宾馆见面，等吴彩霞上车时，"袁大头"告诉她，因为蔡志明主任临时要去S市办事，见面地点改在S市的荣华宾馆。

吴彩霞按照线路找到荣华宾馆时，已经到了正午。"袁大头"坐在那间商务包厢里等她。

合作协议并不复杂，"袁大头"决定为吴彩霞的旅游开发公司首期投入一百万元，分三期投入，以后每期视开发情况增加投入。

"袁大头"说，蔡志明主任因为下午还要去市政府对接一个项目，所以中午不过来一起吃饭。

"走，我请你去南湖桥下吃鱼！新开的一家柴火鱼馆生意红火得很！""袁大头"挥手就站了起来，那架势是没有选择余地的。"袁大头"今天的慷慨使吴彩霞另眼相看，觉得他那肥硕的块头就像天龙大界一样厚实可靠。

吴彩霞只得跟着"袁大头"走下楼，钻进他那辆保时捷里。汽车在市区左弯右拐，二十几分钟之后，他们来到了南湖桥下的柴火鱼馆。

"蔡主任反复交代我，要我一定陪好你。吴小姐，你喜欢吃哪种鱼，随便点！""袁大头"仿佛格外兴奋。

因为有了手中的协议，吴彩霞心情很好，但她并没有随便点。于是"袁大头"亲自点了一条鳜鱼，两斤沙鳖……

中午喝了酒。酒是那种高档红葡萄酒。喝酒时那位多次见过的王总被邀请过来了，陪吴彩霞喝，"袁大头"说自己要开车，只能以茶代酒了……

午饭后，"袁大头"说下午蔡主任会来找吴彩霞，先送她去荣华宾馆休息。

于是，"袁大头"和吴彩霞又回到了荣华宾馆。吴彩霞进了一个房间，酒意难抵，关上门很快就倒在床上蒙眬睡去……

也不知过了多久，吴彩霞觉得身上有什么重物压着，睁开眼睛一看，竟然是"袁大头"赤身裸体趴在她的身上！吴彩霞顿时觉得天旋地转，泪水溢出了眼眶……

突然，有人敲门：笃笃，笃笃，笃笃……

第五十章

Mp3 播放的二十四式简化太极拳的伴乐慢慢地停下来了。接着响起了呼呼的舞棍声……

清晨的阳光洒满天龙大界的每一寸山地。木叶声什么时候泼辣地响起，无数的山鸟啁啾着，新的一天又从容地开始了。

崭新大气、棕色封皮的《山课笔记》打开……

谭宝山觉得最近有太多的东西需要记录下来，但一时不知从何记起。于是，他先草拟了个提纲：1. 坪山镇交待撰写的在全镇高寒山区发展黑山羊养殖设想；2. 寻宝之事；3. 坝湾村准备成立旅游开发公司之事；4. 与姜明花的联络之事；5. 孙猴子日渐焦躁动摇需要安抚军心……

有点卷曲的蓬发。两道短秀的眉毛下，一双放射着锐光的眼睛。

谭宝山在思索。在他的印象里，天龙大界上的风雨声和花树鸟影以及日出日落，一切依旧那么原汁原味地存在着。在这种安静里，谭宝山有时觉得自己的胸中渐渐充实着山野之气，这是他初来时所不具备的；有时也难以沉住气。好几次，他对着天龙大界，用足中气大喊："哦嗬嗬嗬嗬——"喊声在空谷间回荡，仿佛有了力量的回应……

《关于在坪山镇发展黑山羊养殖分析》提纲已经拟出，共分六个部分——

1. 前言；2. 概况；3. 市场分析；4. 风险分析；5. 技术介绍；6. 设想与建议。

不知为何，谭宝山什么分析还没下笔，却先写下了以下这些文字——

"我们同在一座山，却很少相见。我已不知不觉地很想念她。她那么关注着我，以致我在每一个地方，仿佛都能看到她那一双清澈的眼睛。

"从某种意义上来说，我们都是天龙大界的虔诚朝圣者。但我发现，她比我们读得更为执着，也比我们读得更加明白透彻。

"'6·15'过去后，我感觉到自己必须正式启动另一种解读的模式。但这是需要勇气和智慧的。下一步，不仅要把养羊坚持并发展下去，还打算把试养香猪做起来，同时，我决定考虑兼任坝湾村准备成立的旅游开发公司常务副经理，决心和彩霞赛跑，让我们最终在天龙大界上的最高峰相聚事业和人生……"

谭宝山刚写到这里，孙猴子忽然走了进来。他急匆匆地对谭宝山说："找到了！找到了！"谭宝山望着孙猴子舞动的小眉眼，感到莫名其妙："什么找到了？"

"那尊梅山神呀！"孙猴子说。"哪个找到的？在哪里找到的？"谭宝山觉得蹊跷。孙猴子说了一个人的名字和一个地名。谭宝山却疑惑起来。

"看看，说着说着，又谈论那个什么鸟谭宝山了。养羊关我们卵事，也没么子卵意思，晏甫，还是说说谭艳华……那后面的事吧。""老棍"说。

"我赶到那里的时候，火差不多已经熄灭了。"吴胖子，"老棍"、"虎哥"三人坐在小草坪里。刚刚还湛蓝的天空，忽然移来一朵硕大的云，罩在山顶上，一动不动。

"我早年在奉家镇当'上门郎'的时候，主要是靠自己的砌匠手艺寻饭吃。不瞒你们说，我的砌匠手艺在十里八里算是一绝的，我砌过人住的砖瓦房，也砌过牛栏、猪栏和塘坝水库的保坎，我砌的保坎，每一块圆的、方的、尖的石头都是一点不差地安排得恰如其位，人家说我砌的保坎是在绣花呢。我也到城里砌过高楼大厦。他们请我做工头，总是先把我请去，好酒好菜招待一顿，送了红包后我才动手。立大门、上梁更是少不了我，我常常和那些老木匠被安排在上席，主人敬酒敬茶，蛮谦恭的。

"那年，我到下潭也就是湾里院子里做工夫，认识了'谭梅山'谭青安，那个谭公子谭艳华就是他的儿子。'谭梅山'第一个老婆死得早，第二个老婆在生了谭艳华之后不久，也去世了。所以'谭梅山'总是怀疑他那老屋有问题，要改动改动方向。老房子拆除后，我按照他的意思帮他重新放了线。房子砌成后，我又帮他家立好了神龛。'谭梅山'对我的手艺赞不绝口，并且发心发意

让我把他的宝贝儿子谭艳华收为徒弟，将来弄碗饭吃，并要谭艳华叫我叔。从此，我与谭艳华有了交往。谭艳华是个聪明勤快的小伙子。他那山上的功夫算是一绝：挖冬笋，捉野物，寻草药，在山坡上滑竹子，伶俐得很。我住的奉家冲与他们家只隔一道大山岭，平时我们互相走动。于是，我常常跟谭艳华到山上去，两个感情当得亲兄弟。我不准他叫我叔，常喊他作老弟的。这天，他跟我说，过两天他要上山，问我去不去。我说去做什么，他说去寻野猪踪迹。但这次我们并不是一同去的，而是各自从一条山路上山，约好在雷公崖会面。那天，我偏偏因为有人来家商谈砌房子的事，耽搁了一些时间。当我赶到雷公崖时，已经是中午时分了。我远远地看见那里袅着一蓬余烟……

"我见到谭艳华时，他正呆呆地坐在那边坡上。我闻到了一股浓烈的异味，后来才看到了两具早已烧焦的骨架……

"我吓坏了，全身都在打颤……

"谭艳华一见到我，也没有叫我叔叔，只是像木头一样坐在那里。在我的追问下，他定神好久才跟我说起了刚刚发生的'坏事'……

"他说自己做了坏事，人饶过他，天也不会放过他。他说自己会马上被抓起来枪毙的，可能也有人发现报案去了，他亲耳听到有人惊叫一声，扔下挑柴的扦担走下山去了。他要我赶忙下山。并让我千万千万要瞒住事情真相，因为人虽然不是他杀死的，但他的确做了不该做的丑事，坏了彩香和彩艳的清白，罪不可恕。他说他知足了，宁肯陪着彩香和彩艳去死，也不会透露半句真相！谭艳华说着把那农药瓶交给了我，让我把它埋在雷公洞里，永远不要告诉任何人，让天龙大界永远留下这个秘密。

"我因为心里十分害怕，也顾不得什么，就按照谭艳华的吩咐埋好瓶子，便飞快下山了。

"多年来，我一直在这天龙大界转悠，就是因为放不下已经死去的谭艳华。我觉得我对不住他，对不住天龙大界。因为我没有站出来为谭艳华申冤，我当时实在太害怕……

"谭艳华被从快枪决后，'谭梅山'不到两年也死了。临死前，他托人把我叫过去，只说了几句话，郑重地交给我一样东西，然后就闭上了眼睛……

"我是一个身上背着债的人……"

第五十一章

《关于在坪山镇发展黑山羊养殖分析》。谭宝山的笔在倾吐着——

……二、消费市场分析。有一份资料显示：当今社会，随着生活水平不断提高，健康意识的增强，人们越来越注意膳食结构的改善，特别是科学型和健康型的膳食结构越来越为人们接受。羊肉越来越受到城乡居民喜爱，消费量与日俱增。围绕羊的美食，花样迭出，如吃羊肉串、涮羊肉火锅、烤羊排等。1996年至2000年中，山羊肉消费的年均增幅达18.9%。2002年，全国山羊肉产量达到211万吨……

"羊肉由于蛋白质含量高于猪肉和牛肉，脂肪、胆固醇含量则相对较低，逐渐成为消费者理想的肉食品之一。此外由于近几年来病猪事件频繁发生，也从某种程度上促使了人们的消费习惯向羊肉倾斜，使羊肉的消费需求量迅猛增长。

"我在另一份资料上看到，我国目前人均羊肉年消费量为1.2千克，仅占肉类年消费总量的1.5%。国内羊肉的消费潜力巨大……

"国际市场对羊肉的需求也在不断增加。近年来中东地区对羊肉的进口量明显增加……

谭宝山什么时候停下笔，陷入了沉思……

天龙大界梅山殿的梅山神石像被找到的消息像长了翅膀飞向大山四周。

这个找到梅山神石像的人不是别人，正是麻冲垅里的"独眼龙"何槐生。

人们纷纷传说，他是在天龙大界西面奉家镇管辖区域内的鹞子崖山洞里找到的。据何槐生说，他是在梦中受到梅山神指点后才知道位置的。

紧跟而来的消息是，"马脑壳"已经向龙化县宗教局和文物所报告，得到

批准，即将组织人马考察梅山殿旧址现状，为重修梅山殿打下基础。具体主持修建工作的不是别人，就是"马脑壳"，"马脑壳"请来具体负责此项工程的人又不是别人，就是何槐生。协助何槐生的人，正是吴丙生和吴木生，还有"仙女"……

吴丙生和吴木生之所以要积极参加修复，据何槐生向人家传布，就是为了超度当年的吴彩香和吴彩艳姐妹的冤魂……

这一条一条信息，不，这一声一声从天龙大界上滚落的惊雷，强烈撼击着人们的心灵。

谭仕玉就是一个被这惊雷震得不安的人，他很快找到了廖时富。

"廖天使，你还坐在咯里唱凉快歌呀！天龙大界上的火烧到眉毛上了！"谭仕玉来到坝湾村村部，看见廖时富正悠闲地喝茶，说话就有点急陡起来。

"老书记，我在谋划天龙大界的旅游开发呢！省里市里都那么看好我们天龙大界……来来来，先喝杯茶么，铁观音呢。"廖时富对老书记向来谦恭有加。

"喝个屁茶！人家要把宝贝抢走了！"谭仕玉坐在廖时富的对面，自己点燃了一支烟。

"老书记，你是说什么宝贝呀？"廖时富立即凑了过来。

"你是真不晓得还是假不晓得？"

廖时富望着谭仕玉，有点疑惑不解。

"人家'马脑壳'要在山顶上修梅山殿了！"

廖时富"哦"了一声："这个我早就知道了！你看我这是什么？"廖时富把自己刚才正在划拉的一页纸递给谭仕玉看，谭仕玉一看，吓了一大跳：《护殿行动方案》。方案里，顾问是谭仕玉，组长是廖时富，常务副组长是谭宝山，另有十二个成员，成员中包括本地几个混得不错的包工头和公司经理，还有几个会使梅山武术的乡间武术家也就是"把式"，组成了"尖刀组"，专门负责打架……

谭仕玉狠狠地将方案丢在桌子上，几乎是吼了一声："廖天使，你是想找死吗？"

廖时富见谭仕玉发怒，急忙解释："我这只是个应急方案，并不一定使用……"

"你应么子鸟急？"谭仕玉问。

"如果'马脑壳'他们动土修建梅山殿，我们必须去阻工；阻工如果他们想打架，我们也得有所准备呀！"廖时富两手一摊，振振有词。

"我的想法是如果他们行动，干预必然要干预，但最后还是以协商为主！再说，你把我和宝山拉进去做什么？统统给我划了！"

"老书记，你也莫老眼光看新问题。现在很多事，只要牵涉到利益，不动动拳头是不行的。你过去不是经常告诫我，做大事要有冲劲吗？到时候，老书记也不用你上阵，我廖时富带头冲！反正不可能让西边的'马脑壳'一个人得逞占了便宜！宝山去见见世面好呢。他上山养羊，照他自己的说法是去上课的，学习社会经验，他并不见得就要把羊养下去。学经验这才是最好的时候！"

"谭宝山参加一下可以，你不要给他封什么官。作为支部书记，你凡是做大事都要三思而行！"

"师傅放心！我廖时富是什么人您老不晓得吗？"廖时富笑了笑。

潘进桂这天下午从长沙回到了Ｓ市。

他与吴彩霞电话联系后，吴彩霞说她正在市里找人，可能没时间见他。潘进桂不死心，说那你先忙，我一定在市里等你。吴彩霞犹豫一会后，便让他在资江边上临江步行街的魏源塑像边等他。

吴彩霞独自下了资江上的林峰大桥，往临江的步行街走去。

这条步行街是近些年城市建设热潮中修建的，有两千余米长，街上绿树成荫，铺着青石，砌着城堞，也有造型古朴的小亭。在步行街中段，以Ｓ市著名历史人物和典型风俗为素材的地方人物群塑，吸引着在这里休闲的人们。站在这里的人物像有魏源、魏光焘、刘坤一、蔡锷、贺绿汀……

吴彩霞走在这条街道上，心情无比悒郁。接到潘进桂的电话时，先是感到意外，因为此前并没有收到过他从长沙回Ｓ市的相关信息。她虽然身体走出了那个魔鬼般的荣华宾馆，但心还沉埋在那个沉重的阴影里。她接到潘进桂的电话时，蒙了很久，内心深处有一种刀割般的沉沦的疼痛。随着魏源塑像愈来愈近，这种沉沦的疼痛变成一种可怕的杂糅着无奈、怨恨、失望、羞愧、空虚的迷惘……

她想起了天龙大界上那两道英气勃勃的短秀浓眉……

自从"6·15"那个让她感觉到宁肯跳崖的晚上之后，吴彩霞的心头，仿

佛压着另一座"天龙大界"。她从来没有感觉到自己突然如此的脆弱无助，那条新修的挂在山腰上的毛坯游道，像是她惊悸颤动的心弦。她开始有了无数纷乱的梦。

这之中，蔡志明打了电话给她，说是彭木匠上访的事他已让人去协调，只管放心。并叮嘱："晚上，晚上……请你吃饭……"

"去，还是不去？"她不知道是自己在问自己，还是另外有人在问自己，也好像是天龙大界在问自己。

显然，蔡志明对那次没有达到目的并不肯罢休。

吴彩霞知道不肯罢休的还会有"袁大头"。

终于远远地看到了潘进桂的影了，看到了他那光亮宽阔的额头、那闪射着才华智睿和幽默的眼镜。不知为何，吴彩霞突然觉得眼前的潘进桂成了她意念中的极大的恐惧……

几次见到谭宝山后，吴彩霞觉得他身上有一种天然的天龙大界人的气质，大胆沉着，心胸宽阔，思想充满活力。这些气质随着他与日俱增的历练，将来是可以做出一番大事业的。谭宝山的很多东西是潘进桂所不具备的。她隐隐觉得，自己与谭宝山……更为融合。可是，潘进桂对天龙大界、对吴彩霞的追求有着一股锲而不舍的韧劲，这又是令吴彩霞感到自豪而满足的，何况，潘进桂的才华也的确令吴彩霞从内心里佩服。

"彩霞！"前方传来潘进桂的呼叫声。

吴彩霞心内一阵慌张，一阵激动："大才子……"

吴彩霞发现潘进桂略胖了一点，那种风华正茂的才子气质更显锋芒。

"彩霞你看，我和老前辈魏源刚刚探讨了天龙大界梅山文化的开发问题，你猜他是怎么说的？"潘进桂捋捋身边的魏源铜像的胡子，笑吟吟的。

吴彩霞想笑，却无法笑起来。她宁肯去哭。她说，你听他是怎么说的呢？

"他说，天龙大界这两条龙应该是属于世界的！"潘进桂像是在宣言。

吴彩霞浅浅地笑了笑。

"走，我们散散心去！"潘进桂说。

他们沿着步行街漫步。一棵一棵桂花树和香樟树从他们身旁往后退去。两条身影在夕阳的映照下拉得长长的，像是两行抒情的诗句。

"彩霞，我马上毕业了，你说我该干什么去？"走了好一阵，他们在一处城堞下停住了脚步。

吴彩霞有点慌乱，侧过脸望望身边的资江。

"你看那一条石级路，就是当年毛板船去益阳、武汉时的起点。"吴彩霞在奉家镇与谭宝山散步时，听谭宝山谈论过毛板船。潘进桂感慨万分地对吴彩霞说："我们Ｓ市人都是有血性的人，生活中没有任何困难可以阻挡他们的步伐。自古以来有多少人，在高风急浪中丧失了生命，但他们也从没有退缩……"

听着潘进桂这一席话，吴彩霞凝视着资江边的石级路，胸中突然涌起一种沸热的力量。她的眼前再一次浮现出那两道短秀浓眉……

但这种力量却又化成下面这一段话："进桂，我明白你的想法。你爱天龙大界，也一直在为天龙大界出力。但我知道，天龙大界不是要留下所有的雄鹰，它也无法留下所有的雄鹰。我觉得你也应该有自己更高的飞翔空间。你本来是天龙大界的精英，你飞得越远，天龙大界也就越为你骄傲！"

潘进桂的眼神突然凝住了："彩霞……我好像听到了弦外之音？"

吴彩霞叹口气，有点心不在焉地说："我说的话也是一个天龙大界人说的实话。"

"不瞒你说，省里已有几家文化单位向我伸出了橄榄枝。但因为你，我想回Ｓ市或者县里工作。我当然更想让你跟我一起去远方……"

"那……不必因小失大了……真的……"吴彩霞的话不轻也不重，但好像与眼前一切不太协调。

潘进桂悄悄地去拉吴彩霞的手，吴彩霞却早有感觉似的，触电一般将手收了回来。

潘进桂眼镜的镜片后面闪烁着极其困惑的光亮："彩霞……到底怎么了？难道是因为他——谭宝山……"

"晚上一起吃饭？Ｓ市我知道有一家新开的海鲜馆……"潘进桂说。

"不了吧……我晚上还有个应酬……"

也就在这天下午，吴彩霞和潘进桂同时得到信息，过两天，是梅山神下凡之日，奉家镇将组织人马在天龙大界启动梅山殿复建工程。

第五十二章

　　几乎在廖时富制订天龙大界《护殿行动方案》的同时，谭宝山的《山课笔记》又翻开了新的一页——

　　"近来心情十分不佳。一是板竹山山羊养殖基地的朱总告诉我们，考虑到天龙大界山洪之后可能发生疫情，暂缓联系送羊事宜。我知道朱总说的其实只是一个方面，还有两个方面，就是我们眼前面临资金严重短缺和旅游开发后养羊基地到底何去何从的问题。那我们先守望好这近两百来只羊吧！二是孙猴子已经同意女朋友李小娜的意见，将随时下山去参加全县的选拔考试。尽管他信誓旦旦说只是应付一下李小娜，但这对我来说，是一个极其痛苦的问题，又不得不面对；三是姜明花已经考上北方一所大学的历史系研究生，即将离开Ｓ市北上……

　　"一次又一次，我在天龙大界上徘徊。我发现，那羊牯垴，那野猪坑，那枫木冲，那鸡公岭……仿佛都有了另外一种情愫，那就是淡淡的忧伤……仿佛为了回应我的忧伤，那些仅剩的山羊咩咩地叫唤着，撩起我更加深厚的惆怅。

　　"说实话，我从来没有如此感到孤独……

　　"更令我担忧的是，'虎哥'近段时期心情也十分烦恼。他每天除了完成巡林，就是密切关注我们的羊群，已经有山羊生病了！看到山羊生病了，'虎哥'自己也好像生了病。有一天，他从二号羊庄出来对我说：'宝山，大雨毁了那么多山羊，我们再也不能输了。'我说那该怎么办？他摸出一支烟，吧嗒了很久没有说话。看到他那神情，我有时生出一种是不是已经走到了绝境的想法。没想到'虎哥'却对我说：'宝山，你说这个人呀，到底怎样才能真正算个人呀？'乍听'虎哥'这么一说，我还真不知该怎么回答。怎样才能算个人呢？我问'虎哥'。'虎哥'说，咯座天龙大界如果是个人，他就可以算个人。我说这座山本来就像个'人'字一样布置着呢。'虎哥'说，那不是。大山怪事见得多了，苦难受得多了，可从来一声不吭，要继续见，继续受，这山才真正算得上是个'人'。'虎哥'又说，宝山，你当初选择到山上来，说是来锻炼，照你的文雅说法是来继续上课的，我当时也不理解你，后来才发现你的确是个有主见的人。有主见的人才是个'人'呢！人哪，不经几沉、几浮，是算不上人的！'虎哥'说完，就去拉他的二胡了。

"我一直在琢磨着'虎哥'的话：有主见的人才算得上一个真正的人。我想，这与自己曾经为之感动过的那句话多么相似：一个人要真正强大起来，就必须在清水里洗三次，在碱水里煮三次，在盐水里腌三次。是不是应该与天龙大界进行一次心灵的更深层次的交流……"

"我想，我应该准备好了吧！

"是的，我必须准备好一切！"

廖时富几个人上山来了。因为他们早已掌握那个信息："马脑壳"将组织人马上山为复建梅山殿选址。

一场比"6·15"特大山雨更猛烈的暴雨即将降临在天龙大界！

姜明花给谭宝山的"绝情信息"，连续发了五条。

"宝山：你好！收到我这条信息时，你也许正在和你的'天骄''龙种''大哥''界主'们对话吧；你也许正站在山顶上一棵虽不是很高却很倔犟的松树下吹你的木叶吧？对了，我隐隐知道了你们遭到的巨大损失。我好像听到了你的木叶声。听到你的木叶声，深为你的那份执着感动。总之，我知道你肯定会很快愉快起来，至少会很快趋于平静吧。

"我当初就不明白，作为S大学历史系的一等一的高材生为什么会放弃那么多诱惑而跑到山上去了，把自己走向社会的'第一课'放到了天龙大界上，而且我发现只怕还不仅仅是'第一课'。我承认，你内心深处有一个大山的情结，而且也知道很多有大山情结的人和你一样的执着甚至疯狂，但在我看来，你这一步多少有点自虐。这种自虐有必要吗？你可以成为一名博学多才风采

翩然的年轻教授，你也可以成为一位埋头做学问的研究者，你甚至可以做很多的角色：记者、作家、官员……难道这些角色不足以发挥你的潜能吗？难道这些角色所能造就的社会贡献会低于一个守在一座大山以养羊为事业的成果吗？

"我去过了天龙大界，的确，那确实是一座有些神奇的大山，我们的胡宗同教授的系列观点我也很赞同。但这又能说明什么呢？你从放羊开始，用自己万分宝贵的青春时间去与大山消磨，我认为无论如何是有点得不偿失的！就是天龙大界这座父亲母亲般的大山也不会理解你。这一点，李小娜的看法也与我相同。我估计不久孙猴子会觉醒过来。我估计他最后会选择李小娜而不是天龙大界。

"的确，当我第一次见到你的时候，我被你的才华和气质深深折服了，就是现在，我依旧痴迷着你。每当夜深人静，我的眼前会出现一弯山月，山月映照着你有着两道短秀浓眉的年轻的面孔，显得那么有朝气，请你相信我说的都是真话。

"我也是从大山里走出来的，但有两点我与你不同。一是我觉得既然走出了大山，就应该走得更远一点，只有这样才算不负大山；二是在衡量事业和生活时，我会考虑得更周全，力求取其最大值。

"好的，说了这么多，你也许会烦我的。你不必生烦。我很快就要北上了。我们有过一段美好的过去，但并不意味着会有一段更加美好的未来，我们都有自己选择的权利。

"从实质上来说，我们其实什么都没有拥有过，连起码的初吻都只是一个念想。这一点，我们团支部的书记比你实在勇敢多了，当然说这些我并没别的意思……

"不管怎么样，我们至少永远是朋友。秋天的时候，当你在天龙大界的大山上看到一只鸿雁的时候，你也许会听到我捎给你的声声问候和祝福……"

第五十三章

虽然有山羊生病,但整体上看,眼下没有发现令人可怕的疫情。这使谭宝山如磐的心透了一口气。但他没有放松警惕。

他望着那些从容走出"二号羊庄"的近两百只山羊,越发感觉到它们的"劫后余生",是多么的可贵。

这两天,谭宝山和孙猴子在上次来过的坪山镇防疫站的那位兽医的指导下,对剩下的近两百只山羊及时进行了疫苗接种。

接种用的是"三联四防"疫苗。这种疫苗对预防羊快疫、羊猝狙、羊黑疫和羊肠毒血病效果是十分明显的。谭宝山在学习中渐渐上了手。他没有采取颈部肌肉注射。因为肌肉注射不仅要选皮肤较为紧致、肌肉较为丰满的地方,而且注射部位需要剪毛消毒。他反复实践的是颈部皮下注射。在羊的颈部皮肤不紧致比较疏松的地方,把注射部位提起来成一个"三角形",然后右手直接用针头将疫苗注射进去,动作准确利索,令兽医赞叹不已。

兽医临下山时对谭宝山说:"以后你们自己可以操作了。记得打这种疫苗前,发现拉稀和不吃食的羊不要打这种疫苗。虽然接种了疫苗,但平时仍然要密切观察,一是发现山羊对疫苗有不良反应时,必须采取断然措施,防止产生不必要的损失。二是到了这个时候,各种羊病也容易发生……"

谭宝山一一牢记在心。他看见兽医的身影转过几道山坡,然后融入了山影之中……

这天阳历7月31,正是农历六月二十日。天龙大界是阴天,一大早还下了点小雨。

在天龙大界一带,相传梅山神有三个"开眼日":一个是农历二月十三,

第二个是农历六月二十,第三个是农历十月初九。

根据山里人的说法,梅山神的开眼日,是大山最难得的好日子。山谣自古以来就是这么说的——

上山九十九,

下山九十九。

金山九十九,

银山九十九。

梅山神开眼,

想有样样有。

据说开眼之日,梅山神最灵。小雨后的天龙大界,天空中虽然没有多少灰暗的云朵,但也没有露出哪怕一小片的晴蓝。远远近近的山梁山洼里,游弋着梦幻般的烟岚,像是一绺一绺愁绪。没有风,鸟儿飞得慢而低矮,好像翅膀上驮着很重的东西。蝉在林子里叫起来,声音有点含混嘶哑,令人心情烦躁。整体上看,整个天龙大界有着很重的压抑的气氛。过一会儿,天才似乎撩开了一点面纱,但马上又拉上了。

上午的时候,天空有点变化,有人突然看到天空上出现一幅恐怖的场面,原来一些云朵聚集在一起,竟然极像一张巨大的"鬼脸","鬼脸"不仅轮廓分明,毛发森然,而且两只"眼睛"深凹下去,十分瘆人。有人怀疑是不是梅山神显灵。

就是在这样的一种多少有点诡谲的氛围里,谁也不知道天龙大界上此时至少有三支队伍向大界顶上的雷公崖梅山殿旧址开进着。

第一支是从西面上来的,领头的就是"马脑壳"。

这一行人中有一个人穿着杏黄色袈裟,另有几个有的挑着筅箕,有的扛着锄头,有的拿着撬棍和削尖的梭镖似的禾扛,他们身上大多系着柴刀,从西面山上新开的风电入场便道上上来了;第二支是从山南梨花坪村那边上来的,领头的不是别人,是梨花坪村支部书记,他后面跟着三四个人,其中有一个是吴彩霞,殿后的是吴康生。这一行人没有什么特殊装备,像是一些来山上巡山的山民;第三支是从大界北面的千年鸟道茶亭界上来的,领头羊是"廖天使"廖时富。这一行人有六七个,到观音山工区时,谭宝山被喊去加入了进去。他们本想把孙猴子和"虎哥"一起叫去,但考虑到他们都是林场的人，便让他们作后应。谭仕玉没有来，谭宝山父亲谭仁民也没有来，但他们都对廖时富说了一句要紧的话："不准宝山参与吵事。"这支队伍的人有的扛着锄头，但更多的是拿着梭镖似的禾杠。

在工区场部，廖时富进行"战前动员"——

"各位兄弟，俗话说靠山吃山。我们要想在天龙大界搞旅游，就必须先把梅山殿拿在手里。西边人大搞风电，你们看了网上那篇《一位天龙大界山民的愤怒》的文章吗？那风电对我们是有害的，风电附近会寸草不生。他们搞了风电，又要来抢梅山殿。古殿址明明是落在我们这边的坪凹里，就等于是抢我们的饭碗！我们不能够容忍！到了山上，你们都要看我的眼色行事！搞赢了，我们就杀头猪打牙祭，今天来的人还有补助！"

"要得，老大！跟你干！"那个叫"偏脑壳"的大声附和。

谭宝山觉得有点不对头，便对廖时富说："书记，我们不论怎么样，不能蛮干，天龙大界是大家共同的财富，有什么事应该由政府处理。"

"宝山，什么时候了你还书生气！这跟你们在这里养羊不一样。养羊只是眼前利益。人家可是架了势的，我听说西边今天来选址动工是专门请了有梅山功夫的打手的！要打？我们也有盖了卦、吃了铁的拳脚把式！好说呢，他们就滚回去，不好说么，用拳头说话！兄弟们说对不对？"

"对！"一片附和。

"好汉不吃眼前亏，我们让他们见识见识！""偏脑壳"气势汹汹。

"后退的是缩头乌龟！"

这时候，谭宝山的手机响了起来，他一看是爷爷谭仕玉的。

爷爷显然听到了这边的说话声，便告诉谭宝山，制止西边奉家镇的人独占梅山殿是应该的，但万万不可动武！谭宝山连连保证绝对不会参与动手。

谭仕玉声色俱厉地说："坚决不能动手！'廖天使'向我保证绝不动手我才同意他们行动的。一旦有情况就告诉我，我会报公安上山！"谭宝山说爷爷只管放心。

"走吧！"廖时富一挥手，一行人向雷公崖梅山殿旧址走去。"老豹"追赶着谭宝山，似有阻止之意。

"虎哥"对孙猴子说："今天这事，宝山他们只怕凶多吉少，我们得做点准备……"

"我也劝过宝哥不要参与此事的,但他说多经历些事,也是山课的重要内容。"

"灵虚大师,旧址就在这里了!""马脑壳"在梅山殿旧址查看了一番之后,对那个穿着杏黄色袈裟的和尚说。

被称为"灵虚大师"的人,站在一块凸起在白茅中的石头上,环顾了一下四周后说:"唉,这里果然是块风水宝地!古人硬是有眼光呀!如果把梅山殿恢复起来,这里的香火比贫僧那小寺会兴旺得多!"接着,他从身上掏出一个罗盘似的东西摆弄起来。

"马脑壳"一边看灵虚大师测量,一边在旁边补充:"我听'独眼龙'何槐生说,古殿址落在山北坪山镇的坪凹里,但取水的地方又在山南的一座滴水崖下,上殿的正路却在我们西边。你看能不能想点办法,尽量避开南边和北边?"

灵虚大师的眼睛是一对三角眼,显得十分的精明:"我明白你的意思。何槐生和他那几个人早已跟我沟通过。在我看来,这座古殿的位置根本不能移改;路仍然只能从西边上来,反正你们那边修了风电路;水源嘛,如果没有其他供水的办法,也只能再去老地方滴水崖。再说,一旦修成了殿,那滴水崖的水嘛,就有大用场了,是仙水……"

"老师傅真是有远见!"人群中不知谁嘀咕了一句。

"他们是哪里来的人?"突然,灵虚大师指了指山北的一条山路。

"这边也有。"另一个人指了指山南的一条山路。

"好家伙,他们果然来跟我们抢地盘了!"有人情绪亢奋起来。

"我们准备抄家伙!"几个人纷纷叫嚷起来。

"马脑壳"想了想,说:"先莫急,看他们来了怎么说。"

南面支部书记的队伍上来了。

"你们在这里转来转去,到底想打么子主意呀?吔?"梨花坪村支部书记和"马脑壳"他们一见面就毫不客气地问。

"马脑壳"毕竟是"马脑壳",见惯了江湖,呵呵笑着过来发烟,烟是好烟。

但是，支部书记不接烟："谢谢阔老板，我晓得你有的是钱，我不会抽烟。"支部书记不接烟，其他人也不接。"马脑壳"想了想，走到吴康生身边说："咯位老伯，一看就是位见过大场面的，威望高。来，给晚辈一个面子。"说着，再一次递上烟。吴康生不为所动："不必客气。我们还是先说说眼前的事……"

"马总，你还是说说眼前的事吧。"吴彩霞说。

"马脑壳"当然一眼就认出了吴彩霞，记起他和吴彩霞在奉家镇梅山文化节上的交流，心里便有了一些把握。

山坪里忽然寂静下来。

"马脑壳"到底先发了话："各位，是这么回事：这里不是原来有座梅山殿么？是个好景致！可惜全毁了！有座神殿在这山上多好呀，可以镇山。今年天龙大界发山洪，就是因为没有镇山之神引起的。也是缘分到了，最近有人在我们山下的岸洞里找到了当年殿里的梅山神像。梅山神在山垴上一次次现了莲花，又送了梦。我们找到龙化县宗教局，局里也同意我们恢复梅山殿，所以我们合理合法……"

"那是你们县宗教局，与我们无关呀！山是大家的，没有我们地盘上的水，你们能修殿吗？"支部书记咄咄逼人。

"山是大家的，但这殿也是在三不管的地方。再说，梅山神像是在我们这边找到的，这也是梅山神的旨意！梅山神托梦说，哪个找到了神像，哪个就是殿的主人。"西边队伍中有个刀条脸的人分辩，口气有点硬。

"晓得山是大家的，那你们还想来独吞做什么？为什么不先和我们商量！"说此话的正是已经上山来的廖时富。他个子高大，声音洪亮。

山坪四周，三支队伍的人马齐聚了拢来。

吴彩霞看见了谭宝山，心头霎时稳重了很多。

"我们是来保护文物的，又不是来抢什么地盘。""马脑壳"见廖时富脸色难看，急忙说明。

"你们来保护文物？嘿嘿，那要这么鬼鬼祟祟的来做什么？"廖时富并没有买账。

"你说说，这殿总要恢复吧？找到的梅山神像总要归位吧？修了殿总能让天龙大界四周的人有个修心拜神的地方吧？这也是为大家造福呀！""马脑壳"

掰着指头数着。不想惹起一片争论——

"只怕是口是心非吧！"

"分明是想独占地盘为你们西边谋好处！你们搞风力发电，害我们不浅！"

"要想修建一个拜神的地方，那也要靠大家商量齐心协力呀！你找我们商量过没有？"

"马脑壳"那部络腮胡子好像被那句"靠大家商量齐心协力"触怒了。他顿了顿，说："大家齐心协力？修这梅山殿容易吗？是想修就修得起的？没有上百万的钱也想修梅山殿？"

"马总，良辰吉时就要到了，动不动土呀？"灵虚大师提醒"马脑壳"。

"不准动土！"梨花坪村支部书记站到了"马脑壳"面前。

"没有商量好，你们最好莫要动。"吴康生加了一句。

"阿弥陀佛！这是为何？"灵虚大师扫了一眼梨花坪村支部书记和吴康生。

"谁敢动土？要看它肯不肯！"廖时富捋起袖子也站到了"马脑壳"面前。

"你们想干么子？哎？想打架是吧？"西边的人中跳出个两眼凶光的"鹰鼻"中年汉子。

刀条脸也恨恨地捋起了袖子。

"谁也不能打架！"一个声音仿佛一声炸雷，在半空中炸响。人们发现，这是一个头发粗黑挺拔、有两道浓墨般短眉的小伙子，年纪只有二十几岁。这人就是谭宝山。

"怎么？你是想来动手吗？你算老几？""鹰鼻"中年汉子对谭宝山鹰视眈眈。

刀条脸阴阴地笑了："我认得，好像是山下那个养羊的。大学毕业没找到什么事做。"

"养羊就只管看羊屁股去，到这里来掺和什么？"

"马总，吉时就到了！阿弥陀佛！"灵虚大师又催"马脑壳"。

"不准动工！"

"动工就打！"

随着一阵一阵吆喝声，几路来的人们越聚越拢……

"谁也不准动手！动手就是犯罪！"谭宝山高喊，站到了廖时富和"鹰鼻"、刀条脸中间。

"哪个要打架，我就报公安抓人了！"谭宝山再一次声明。

"宝山，你不能到那边去！"吴彩霞惊呼了一声。

"不能动手！有话摆在这里明说！"吴康生这时也大喊一声。

"吉时已到！"灵虚大师叫了一声。

这时，"鹰鼻"一把揪住谭宝山，恶狠狠地一推："你一个看羊的杂种，有什么卵用！给老子滚开！"谭宝山一个趔趄，差点摔倒，但他站稳了："只能商量，不准动手！梅山殿是大家的！"

"鹰鼻"顺势抓住了廖时富，扬起钵子粗的拳头。谭宝山见了，奋不顾身地挡了过去，"鹰鼻"的拳头很快就砸在谭宝山头上，谭宝山只觉得脑袋"嗡"地响了一下，眼前一片金星。这时节，梨花坪村支部书记见西边的人真动了手，有了一些慌张，但廖时富带来的"偏脑壳"几个人不干了，一个一个扑了过来，西边的人也拥了过来，两边的人霎时扭做了一团。

"打架就是犯罪！打架就是犯罪！过一会儿公安就会上山来的！"谭宝山稍一清醒，再次奋不顾身地冲了过来挡在两边的人中间……

"宝山，你小心！宝山……"吴彩霞见状大喊一声。

喊声未落，一根棒子朝谭宝山的后脑上扫来……

谭宝山应声倒地。接着，吴康生也被人撞翻在地，霎时天旋地转……

"出人命了！出人命了！"有人大喊起来。

这时，"马脑壳"声嘶力竭："不准再打了！停下！停下！"

随着"啊——"的一声惨叫，又有人倒在了地上……

廖时富发了疯似的朝"马脑壳"扑去，但被刀条脸推倒在地，用膝盖压在他的背上……

吴彩霞尖声哭了起来，找人拨通了龙冈乡派出所的电话……

半空中，滚过阵阵雷声。

第五十四章

"……我不知道自己为什么会如此烦恼。自从那次在魏源塑像前相见后,感觉到自己像突然掉进了一个深不见底的峡谷。

"不错,初次相见,我就被她那美丽的身影吸引。我们都是生长在天龙大界脚下,但我觉得,她是集灵秀智慧于一身的美丽姑娘。天龙大界上的红杜鹃漫山遍野,她就是那百花丛中最艳的一朵。我爱她的山泉般明亮的眼睛,我爱她瀑布般的长发,我爱她鲜红的唇……可是,为什么她突然会如此冷漠?

"那天,我凝视着她的眼睛,发现她的眼睛里没有往常那么明亮迷人,甚至好像还有几许令人费解的迷乱。她到底怎么了?是不是她真有了自己心仪的朋友?如果有,那必然是那个'天龙部落'里养羊的谭宝山。看到她提起谭宝山时那种掩饰不住的佩服眼神,我在心里就有点难受。谭宝山的确是个了不起的年轻人,我也从内心里佩服,但我也隐隐听说他是有朋友的。谭宝山虽有他独特的地方,我也有我潘进桂的风格呀!我不可能是谭宝山。谭宝山的起点那么低,即使当了山大王也还只是个山民呀!何况我认为谭宝山的行为是盲目的,带有很大风险的。如果不是他,那彩霞心仪之人又会是谁呢?

"作为一个闯荡事业的女孩子,她的人生路上会有多少不可预测的遇见:真诚,善良,美好,虚假,诱惑,深渊,罪恶……人生谁都有故事。

"我们一起走过了多少美好时光。我们一起在校园散步,在山上考察,在信息交流中描绘天龙大界希望的明天……我每每闻到她身上散发出来的那一缕芬芳的体香,就有一种迷醉。我真想拥住她,在一个空中弥漫着花香的月夜，轻轻地、轻轻地吻她……

"难道，是她在有意考验我的真诚？或许是。那么，我该怎么办？我知道自己该怎么办了！我必须义无反顾地追赶下去。我绝不愿意让这份珍珠般的感情轻而易举地流逝。对，我要写诗，每天写一首诗给她！我把自己的诗当成我的歌声，唱给她！古代有一首歌词说：'上邪！我欲与君相知！山无陵，江水为竭，冬雷震震，夏雨雪，乃敢与君绝！'"

……云在翻腾，天空和大山在翻腾……长满青嫩山草的陡坡上，黑的、褐灰色的、白色的山羊在缓缓游动，像是一个个大山的精灵……

一会儿是太阳在闪亮，一会儿太阳隐没了，露出一张张凶恶的脸孔……

有雷声从身边滚过，接着是一处万丈深渊呈现在眼前……

忽然有万重杜鹃花开，像是无边的灿烂云霞，有一个人从大边袅袅而来，鹅蛋脸，一条纤秀而又有些鹰气的鼻子。他忍不住喏嚅着一个名字："彩……彩……霞……"

几天后。龙兴县人民医院住院部，1203病室。

正在输液的谭宝山颤抖着手，翻阅着自己那本已经全面完成并打印装订好的《天龙大界山志》。不过这只是文字稿，孙猴子拍摄的相关图片暂时都存在U盘里。

谭宝山的目光落在"梅山殿"和"6·15"特大山洪的条目上。

在"梅山殿"这个条目下，已经有了较为详细的描述它的文字，包括大概位置和搜集到的民间传说，但他准备补充一些文字：此殿因其独特的地理位置，关系到天龙大界四周人们的情怀感受，因而有着非同一般的复杂的社会因素。近日为重修梅山殿一事，山南、山北、山西几个方面的争执斗殴不是偶然的。如果不能协调好，梅山殿就是天龙大界最大的不稳定因素，对于开发天龙大界的旅游资源将有百害而无一利。

这次特大山洪，虽然猝不及防，造成惨重损失，但也使我们对天龙大界的气候变化有了崭新的了解，使我们认识到天龙大界烈性的一面。不论是在天龙大界搞旅游开发还是发展山羊养殖，把握这次山洪的教训，都有十分重要的借鉴意义。

"还有那个谭公子谭艳华的故事，不论最后的真相如何，必定是令整个天龙大界痛思的往事，也是我们走进天龙大界最为隐秘的时光隧道之一……"

几天来，前来探望谭宝山的人，已有好几拨，包括孙猴子、"虎哥"……

谭宝山忽然想起什么，对坐在身边的爷爷谭仕玉说："爷爷，把笔给我。"

几天来陡然苍老不少的谭仕玉，一直陪伴着谭宝山。他怜爱地望着谭宝山："宝山，你还是用心静养吧！"

"我已经好多了！医生不是说过两天就可以出院了吗？"谭宝山嘴角努力漾出一丝笑。

"你这次是差点伤了性命。宝山，以后……你不能太执着。"谭仕玉边说边将一支一次性水笔递给谭宝山。

"爷爷，你过去不是经常为我讲'疾风知劲草，板荡识忠臣'吗？做事要有正义，要有一种拼劲吗？我最喜欢那句'爱拼才会赢'！还有一句'从哪里跌倒，就从哪里站起！'不知道我们的羊，'虎哥'和孙猴子照料得怎么样了，那些羊不仅仅是羊，也是我们的战友了！朱总到底有没有诚意在困难中帮我们一把？"谭宝山一边说，一边往《天龙大界山志》的纸页上匆匆记录着什么。

记录完毕，他翻到封面上，郑重地写下一行字：谨呈龙兴县委县政府参考。落款："天龙部落"谭宝山。

正在这时，门"吱"地开了。

吴彩霞和她的爷爷吴康生出现在谭宝山的眼前，吴康生额头上还蒙着一块纱布……

"彩霞……你们怎么来了？"谭宝山放下笔，想下床站起来，被吴彩霞制止了："宝山，我和我爷爷来看看你，你别动！"

吴彩霞背着一款坤包，捧着一束鲜花，提着一摞礼品，来到了谭宝山的床前。

"谢谢彩霞，谢谢吴爷爷……"谭宝山的声音没有往日那样的中气。吴彩霞望着那两道短秀浓眉，心头一阵阵疼痛。

"我早就听彩霞说起过你，我佩服你这个年轻人的勇气！"吴康生对有着两道短秀浓眉的谭宝山说。

谭仕玉见到吴康生，立即站起来，握住了吴康生的手："老吴，我们从那年……谭公子事件之后好久没见了！"说完，两个人寒暄起来。

谭宝山见吴彩霞两眼有点红肿，但因此而显得更加俏丽了，不禁凝视起来。吴彩霞忽然不好意思。这时候谭宝山发现她的眼睛里似乎少了一点以前有过的那种特别的清亮，倒是游弋着一缕半缕的忧郁。但正是这一丝半缕的忧郁，使得吴彩霞似乎一夜间多了几分成熟。

吴彩霞见谭宝山脸上瘦了一大圈，而且有几分苍白，不禁问他伤情恢复得如何，现在感觉怎么样，谭宝山抬起右手臂上下挥动几下，又抬起左手臂上下挥动几下，说："早已做过了CT和磁共振，医生说问题不大，还算好。你看，不是灵活自如了吗？过些日子上山我又要恢复我的太极和棍术功课了！"

"那些行凶的人不知怎么处理了？"吴彩霞问。

"彩霞，不管他！自有法律制裁他们。我只是想问一下，你们山南的旅游开发现在进展怎么样了？"

吴彩霞的眼神里闪过一丝不易察觉的有点惶惑的光："一切还好，还好……吧。"

这时，谭仕玉对吴康生说了一句话："老吴，我最近隐隐听说，多年前那桩放火杀人案可能是桩天大的冤案……"

吴康生一惊："老谭，你是从哪里听说的？"

谭仕玉淡淡地说："天龙大界，我们活了这么多年，也许从来没有看清过它的真实面目啊！"话音里有几许苍凉、无奈和无尽的感慨！

"如果真是这样，我们太有愧了……"吴康生说。

第五十五章

  墙上的石英钟响过了。已是零点。胡宗同教授毫无睡意。
  这天上午，作为专家组重要成员，他应邀在市里参加了Ｓ市关于开发打造"天龙大界梅山文化旅游区"的工作会议，在会上收到了龙兴县的几份资料，其中有两份资料他十分看重，一份是谭宝山为主编写的《天龙大界山志》，一份是他从前见过初稿的由吴彩霞和潘进桂组织编写的《神奇的天龙大界》。他仔细比较了一下，觉得这两份资料都注意了天龙大界东西南北的整体性，又各有侧重，《天龙大界山志》侧重于人文和自然景观形成的探微索隐，而《神奇的天龙大界》侧重于人文和自然的精品景观的客观介绍和渲染。如果综合这两份资料，再辅以对湘中地区的人文历史和自然条件的分析，形成一册《话说天龙大界》，对于开发这座宝山是大有裨益的。
  胡教授知道了谭宝山在梅山殿冲突事件中为坚持正义而受了伤，更加佩服谭宝山这位年轻人的胆识和毅力，觉得他以养羊创业作为自己楔入社会的"第一课"是达到了较高境界的，不愧是"天龙大界"的真正的守护神。
  两桩大事引发了他对天龙大界的深度思考：一是"6·15"特大山洪，一是梅山殿打架事件。
  现在，他越来越觉得，要走进这座大山和开发这座大山不是那么轻而易举的事。因此，他决定向市政府起草一个建议，要从天龙大界当地选拔一些有志向、有文化功底、有旅游专业知识和市场意识的年轻人才以及有威望又熟悉天龙大界风情的乡贤人士作为领军人物，开发天龙大界，让天龙大界以美丽、和谐、厚重、前景远大的形象走出Ｓ市，走出湖南，走向全国。

龙兴县县委常委的专题会议，从上午8点30分开始，开了将近4个小时，依然没有休会的意思。

新任县委书记吩咐办公室，中午所有参会成员都在会议室吃盒饭，不休息，吃完饭接着开。

这是一次常委扩大会议。除了11个县委常委，参会的还有县人大、政协一把手，县两办、公安、检察、法院、宣传、文旅、司法、建设、财政、交通以及坪山镇、龙冈乡主要负责人全部列席。县内报纸、电视台记者参加采访。

会议的主要内容除了部署有关反腐工作，就是讨论《关于打造"天龙大界"梅山旅游文化基地的方案》。方案是县文旅局起草的，由政府办把关，具体地说，由政府办主任蔡志明把关。市里相同内容的会议汇报也是由政府办主任蔡志明汇报的。

发言的基本顺序是这样的，先由文旅局局长汇报方案，然后依次是：龙冈乡和坪山镇党委书记、宗教局和建设局等县直单位负责人发言。原龙冈乡党委书记现在是分管农业农村和文化旅游的副县长了，他在现任龙冈乡党委书记刘梅发言的基础上发表了自己的看法。他认为：对于天龙大界的开发，首先想到的应该是发现和保护性开发。在发现、保护和开发方面，龙冈乡梨花坪村是做了很多探索工作的，而且也有一定成果。目前面临的严峻问题是，并没有专家级的研究和规划，并没有走入市以上有关开发的笼子，这是经济上难以支撑的。坪山镇党委书记插话："在天龙大界上，我们有两个年轻人为研究和保护天龙大界做出了很大贡献。特别是这一次天龙大界群众打架斗殴事件……"

县委书记插话问："你说的是那个叫什么……谭宝山的吗？"

"对。就是那个谭宝山。"

"就是那个大学毕业后毅然选择在天龙大界养羊创业，在这次天龙大界打架事件中为制止打架而受轻伤的年轻大学生。"县公安局局长补充。

"年轻人现在怎么样了？"县委书记问。

"没有什么危险了。我们准备对这种见义勇为的精神进行报道，正在核实有关事实……"县委常委、宣传部部长说。

"谭宝山不错，他们还专门搞了本《天龙大界山志》，为政府决策提供了很好的参考资料。"新上任的县长插言，"他还专门向政府写了一封信，表达了自己立足家乡创业的感受，以及对于天龙大界的热爱和盼望天龙大界开发的愿望。我们认为这是一个有胆有识、对家乡有一片热心的年轻大学生……"

县委书记点点头，示意发言继续。

已经担任县委常委、常务副县长的龙腾云认为：应该在县级层面上成立一个开发天龙大界的工作小组，由县委书记当顾问，县长担任组长，各相关部门主要负责人任成员；同时成立"天龙大界梅山文化旅游基地开发公司"，打破乡镇界限，撤销其他村级公司，全山开发一盘棋，力争从当地选出一个热爱天龙大界、年轻有为、有市场意识、有协调能力和有一定文化功底的人，解决副科级实职进入公务员队伍，担任公司的重要负责人，同时把当地熟悉山情又有威望的山民组织起来专门成立一个协调小组。

"我看谭宝山就是最合适的人选。"坪山镇党委书记插言。

"他不过是养了一群羊，而且现在看来养羊并没有成点什么气候，另外就是编了一点资料，具体搞开发我看还是梨花坪村的吴老书记的孙女吴彩霞合适。"龙冈乡刘梅书记立即发言。

"现在不谈这些，先定大纲，那些是一些细节问题，有很多程序的。"县长说。

"还有一个因素我们可能忽略了。我们应该考虑到大山西边龙化县的奉家镇……这次天龙大界上的斗殴事件就是他们引发的。他们那位外号叫'马脑壳'的，是个搞旅游开发的精灵。他现在又承揽了风电工程，还想抢先一步修复梅山殿，心思大得很！"龙腾云又补充发言。

大家顿时议论开来。

"'马脑壳'鬼点子多呢！据说他们找到了山顶上原梅山殿流失在民间的镇殿文物梅山神石像，还有什么夜见莲花，我看都是计谋！"龙冈乡党委书记刘梅愤愤不平。

"天龙大界上风云变幻，很多事情终究会水落石出。"一直默默坐着的公安局分管刑事的副局长魏副局长说，也不知他说的"很多事情"到底包括哪些，或许就包括当年的谭艳华"雷公崖惨案"。

"我们不能只看到'马脑壳'精明的一面，我们更应该学习人家那种前卫思维和干事的扎实精神。我们龙兴县这几年的旅游开发明显慢了节拍的。这应该引起我们的反思。"县委书记咳了一声。

会场上出现一阵沉默。

中午吃过盒饭，会议继续进行。一直到四点多钟，县委书记说："今天就到这里吧！重点做好三件事：一，把今天大家讨论的要点进行梳理，然后由政府负责融入方案中去，在近一个月内，再次召开常委会专题研究决定；二，领导小组尽快成立，开发公司尽快组织，需要选拔的人才秉着公开公平的原则进行竞选，当然，大家可以推荐；三，近日由腾云同志对天龙大界组织专家团队去天龙大界实地考察。"

政府办负责修改方案的牵头人当然还是蔡志明。

但这次会议后不到一个星期，在全县深入开展的反腐行动中，蔡志明就被纪检会叫了过去，不见出来。

县委机关大院里议论蜂起。蔡志明作为一个科级干部，并不是大院里的什么重量级大人物，却能引起如此波澜，是因为他的老婆吵得太厉害，他老婆抓住了蔡志明很多风流把柄。也有人说，这是明争暗斗引起的，蔡志明在上面有人，本来是瞄准进县级班子的，但因为触及了另外几个人的算盘，现在可能要泡汤了。

第五十六章

谭宝山的《关于在坪山镇发展黑山羊养殖分析》的论证性文章,进入紧张的撰写冲刺。

撰写完关键的一节后,他深深地吁了一口气,觉得有两点感想:一是一年多来的养羊经历使他变得格外充实;二是对黄副镇长、对坪山镇毕竟有了一个交代。

谭宝山隐隐预感到,除了养羊,另一种考验正在临近……

龙兴县制定的对天龙大界旅游资源进行全面考察评估专家考察团的名单中,谭宝山和吴彩霞的名字赫然列于其上。

令谭宝山惊讶的是,在后来修改后的特邀名单中,龙化县政府有关人员一块,奉家镇的"马脑壳"也在其中。原来,省里文旅厅对这次专家评估十分重视,要求S市和龙兴县务必站在全省的高度看待天龙大界的开发。省里要求把天龙大界开发成充满祥和、充满地域文化魅力的梅山文化旅游区。发生在天龙大界上的群殴事件,不仅龙兴县、龙回县、龙化县、S市知晓,省里也已知道,引起了重视。

谭宝山在专家团中的主要任务是根据他的《天龙大界山志》中的内容,随时回答考察团成员的相关问题,而吴彩霞的主要任务则是根据她和潘进桂共同完成的《神奇的天龙大界》,随机进行讲解、导游。

谭宝山觉得吴彩霞是完全胜任她的工作的。这一次对她来说应该是一个难得的展示机会。他为她暗暗高兴,专门发了信息为她鼓劲。

随着考察日期的逼近,谭宝山主动与吴彩霞进行联系,但是,一连几天都没能联系上。手机不是在通话中就是老是关机,难道是故意作了什么设置？谭宝山十分纳闷——这到底是怎么了？

谭宝山也没有作更多的想法，他继续完善着那篇《关于在坪山镇发展黑山羊养殖分析》的文章。现在已经写到了"疫情风险及其规避"一节——

"众所周知，动物疫情可以造成养殖业毁灭性的损失，疫情风险也是影响养殖业发展的最大最可怕的风险，疫情风险远大于市场风险。近年来，世界动物疫情形势异常复杂而严峻。以高致病性禽流感、口蹄疫为代表的重大动物疫情频发，给养殖业造成了重大经济损失，疫情一直处于高压态势……

"通过走访我县及周边地区一些成功的养羊企业，普遍反映，较之于其他畜禽，羊的发病率较低，每年春秋季打防疫针就能基本上对一些常见的疾病起到抵抗的作用……"

…………

谭宝山不时吹起他的木叶。他在想，"虎哥"教给他的吹木叶的本领将来也许会在开发天龙大界中发挥一点作用，甚至可以成为一个小小的保留节目呢。

在谭宝山住院的日子里，孙猴子骑着他的"老哈"下山报名参加选调考试去了。山上只有"虎哥"和谭仁民在照看他们的羊群。再一次看到自己的羊群时，谭宝山不禁感慨万千！他在内心深处感谢着这些黄色的、黑色的、黄黑色的、黑白色的、褐黄色的山羊，看到它们在山间不畏荆棘寻觅着青草，看到它们悠闲地小憩，看到它们淡定从容地繁衍生息，觉得它们给了他人生的许多启迪和力量。

孙猴子参加的这次选调考试是县政府办需要进几个年轻人。严格地说，孙猴子是被李小娜"逼"下天龙大界的。

谭仁民见了儿子谭宝山，表情更加复杂。谭宝山知道父亲的心思。但他觉得，和父亲的沟通，将来也只会是依靠天龙大界这座大山。

"虎哥"和谭仁民把"羊庄二号"管理得井井有条。"6·15"之后，"二号羊庄"的羊很少有损失。

朱总仍然没有兑现他的诺言，没有联系羊的事。

眼下的工作，谭宝山认为有以下几桩事要做：一是迅速重建"一号羊庄"，尽快治疗山洪创伤，逐渐恢复元气；二是为专家团开展考察做好充分的准备。

自从县委常委专题会议研究之后，梨花坪村的旅游开发已经按下了暂停

键，坝湾村的计划也只能静观其变。

此前坪山镇党委书记和那位黄副镇长带领几个人专程来了一次坝湾村，传达了有关天龙大界开发的最新消息，而且向谭宝山透露了一些重要信息，谭宝山听后十分平静，最后他对坪山镇党委书记说了一句："我早已感觉到天龙大界迟早会有这么美好的一天。大山为我走向社会上了内涵丰富的第一课，让我受益不浅，自己也正是奔着这一天而来的！不管天龙大界将来是否需要我做些什么，我将永远是天龙大界的护山人……"

谭宝山趴在宿舍里的书桌上，继续他的《山课笔记》——

"从选择上山到草创羊庄，从初遇瘟疫攻击到突遭山洪，再到各种意想不到的事件，特别是梅山殿之争，现在又回到天龙大界来了。有时候，我想到这些艰难历程真如天龙大界上的山岚，如梦似幻。尽管如此，我分明感觉到我的体内渐渐有了天龙大界的骨质和血液……

"好消息一个接一个传来，简直让我亢奋。我感觉到天龙大界真正的春天就要到了！

"我在思忖：天龙大界的明天到底该如何展现？作为一个天龙大界的铁杆粉丝，这是我应该倾力思考的问题。我的能力虽然有限，但天龙大界的风景就是由无数的平凡的花朵和野草、无数的风缕和云彩组成的！只要能为天龙大界尽点力，不管以后如何，我都会无怨无悔……

"以下是我的一些设想：一，天龙大界是不可分割的一个整体，对于它的开发，是东西南北四面山民的共同责任；二，基于第一条，接下来应该是整体规划这座山，包括经典景观的提炼、游道的设计、基础设施的建设等等。最难的是梅山殿，但最具潜力的景观无疑也是梅山殿。我认为，梅山殿是整个天龙大界的点睛之笔……

"那天，'独眼龙'上山来了。他的手臂用纱布吊着，原来是在山下水潭里炸鱼时受伤的，真是报应。他说梅山神最近又到处托梦说：梅山神倒立石像一出现，就应该马上建殿。只有那个找到的人才是与梅山神有大缘之人，将来就是坐殿之主。我终于明白了他的意思，那个坐殿之主非他莫属。他还说，梅山神既然是在西边山洞发现的，就应该由西边的人为主建殿，否则就是违背了神的意旨。而且说，上次的斗殴事件以后还有可能再次发生……

"吴彩霞还是联系不上。她到底怎么了？她去了哪里？我有一种感觉，我们之间已经有了一种深深的默契，更有了一种深深的牵挂——

　　我愿意是急流，

　　是山里的小河，

　　在崎岖的路上、岩石上经过……

　　只要我的爱人，

　　是一条小鱼，

　　在我的浪花中，

　　快乐地游来游去。

　　我愿意是荒林，

　　…………

"孙猴子下山还没有回来……明天正式启动'一号羊庄'重建工程……"

谭宝山觉得应该让"虎哥"带领请来的工匠重建一号羊庄，自己下山去槁板竹山山羊养殖基地。

在下山后的一两天里，他突然听到孙猴子传来的关于吴彩霞的一点信息，这信息不啻晴天里一个霹雳：因为牵涉到蔡志明案件，她被纪检会叫去做调查了。

社会上已经到处传说，她是蔡志明和"诈骗团伙头目""袁大头"共同的情妇……

这是蔡志明老婆主动向县纪委举报的。

谭宝山无论如何不敢相信自己的耳朵：这……这……可能吗？

他仿佛看见，一个山里的窈窕女子朝他莞尔一笑，然后慢慢地有着无限遗憾地转过了身去……

孙猴子一直牵挂着已经出院而且已经上山的谭宝山……

下午，孙猴子从县城紫云中学的选调考场走了出来。李小娜接住了他。

"猴哥，考得怎么样？"李小娜一把挽住孙猴子的手，一边笑眯眯地问。

"唉，准备得太迟，有一两道难题根本没有答完！"孙猴子叹着气。

"其他人觉得难吗？"

"他们早就看了复习资料……"

"我早就让你下山来准备,你总是固执己见。错过了这个机会,以后还要到什么时候才有机会。"李小娜一脸扫兴,噘起了小嘴。

看着从他们身边走过的考生一个个兴高采烈交谈的情景,李小娜圆圆的娃娃脸上流露出十分失落的神情。

这次选调,较好的位置共有六个,算是涨了一次"大水"。

"考上了就考上了,没考上我反正再回天龙大界去!宝哥已经在那里等我了!"孙猴子坚定地说。

李小娜鄙夷地"哼"了一声:"怎么,谭宝山还没有汲取教训,还在做梦?"

"你不要这么说宝哥!他没有你们想象的那么简单!对了,你父母为什么那么一根筋呢?非要我进机关才同意我们相处?"

"不是我父母一根筋,是我自己的想法!"李小娜气鼓鼓地。

他们沿着河堤走着,走着……

这河堤是县城新整修的一道河堤,堤外有一棵一棵的柳树,行人道上则是玉兰和茶树。

在一张漆得黄亮的木椅上,孙猴子和李小娜坐了下来。

"喂,我问你:那个女大学生姜明花与你那位山大王、'天龙部落'酋长谭宝山现在关系怎么样了?"李小娜侧着她那张娇嫩的圆圆的娃娃脸问孙猴子。

"他们……可能不会继续下去了。"

"你怎么知道的?"

"道不同不足与谋……"

"知道这是为什么吗?"

"为什么呢?"

"那次我们一起上天龙大界,我听姜明花说了一句:'一个从山里走出来的伢子,偏偏又要钻回到大山里去,这简直是一种不正常的返祖现象!'"

"怎么就是返祖现象?简直、简直就是乱弹琴!"

"怎么就是乱弹琴了?养羊能养出个理想出来?"

"能不能养出个理想来也说不定。作为大山的儿女,走出大山并不是为了忘记大山,而是为了有一天能更好地认识大山,建设大山。大山无言,但它的内涵却是无穷无尽的!天龙大界其实是一座我们并没有认识清楚的风景名山、人文名山，它是我们湘中的一块璞玉，未经琢磨，一般人看不到它蕴藏的光辉！在它面前，我们只是一个学生、一个懵懂天真的孩子而已！它赋予了我们青春的美好一课！"

"山外的世界不是更加广阔精彩吗？"

"我觉得，我们的根在大山里，我们的起点也在大山里，当然有一天，我们希望和大山一起走出去！小娜，你知道吗？省市县已经开始对天龙大界搞开发了！"

李小娜忽然记起什么似的说："对了！最近，听人说县政府办主任蔡某某被抓了，有一个人正与天龙大界开发有关……"

"哪个？"

"是一个姓吴的女的，我听你们提起过的，蛮漂亮呀！从大学毕业不久，在家乡搞旅游开发，结果……为了资金上当受骗成了人家几个人的情妇……"

"吴……彩霞？"

"对对对……我可只是听说而已。"

孙猴子像是被顶头浇了一桶冰水，全身激灵之后沉默下来。

"据说，吴彩霞的事，那蔡主任死也不肯承认与她发生了什么关系，反复说是有人在陷害他。但是又承认了和机关里其他几个女人的事。倒是那个什么'袁大头'一下子就交代出与吴彩霞的韵事，说是和她发生了多次关系。姓袁的和一个姓王的女人是一个诈骗团伙！"

"不知道内幕的事我们不要乱说。"

孙猴子显得心事重重起来。

"走，我们去那边公园里走走吧！"李小娜挽住孙猴子的臂膊。

"算了吧！我还是坐末班车回到天龙大界去！小娜，我这次真的考得不太好，选调是完全没有希望的，你仔细考虑吧……如果你有其他想法，我也会尊重你的意见！"

"你以为我不敢吗？"李小娜有点愤怒。

孙猴子望了李小娜一眼："我什么时候说过你不敢？我不能耽误了你的人生！"

孙猴子说出这句话时，他觉得自己霎时像一个倒空了的瓶子。

李小娜嘟着嘴巴，一语不发，那张脸霎时成了经霜的茄子。

第五十七章

　　吴彩霞的确在回避着谭宝山。不仅仅是在回避着谭宝山，更是在回避身边的时空。

　　这天，也就是专家考察团进入天龙大界的前一天，吴彩霞从县城里回到了梨花坪村。

　　在龙冈乡乡政府门前下了车，她没有停留一会儿，而是直接往吴家墩院子走。

　　过了水东石拱桥，转过枫树湾，再走过一段石板路，然后踏上去梨花坪村的机耕道。这条村道只有一条扁担横下来那么宽，却突然如此漫长。在她的记忆里，这条村道从来没有如此漫长过。

　　在这条路上，她摇摇晃晃走过了自己的童年，蹦蹦跳跳走过了自己的少年，现在，却跌跌撞撞走着自己的青年。将来某一天，她还会从这里走向自己更加坎坷的人生。这种感觉，她在经历过风起云涌的梅山殿事件之后，更加强烈了。她的眼前一次次浮现出谭宝山那两道英气勃勃的浓眉……

　　现在，如果不是那两道英气勃勃的浓眉像天龙大界一样矗立在她的身后，她感觉到自己马上要垮塌下去……

　　她深深地牵挂着谭宝山。她知道谭宝山依旧在坚韧地坚持着自己"耕山读山"的初心，不会因挫折而改变，便更加为谭宝山骄傲，祝福……

　　走在机耕道上，小时候的一次经历，她至今记得。新学期开学了，她去龙冈中学报到读初一。这天早晨一大早起了床，穿上了新衣服，母亲又特意帮她梳好了头，还扎了一根小小的红头绳。吴彩霞心里美滋滋的。出门前，母亲将学费交给了她，帮她掖在里衣的口袋里，叮嘱她千万要小心，别弄丢了，这可是父亲挑脚卖瓦柴寻来的血汗钱！吴彩霞和几位同院子的同学欢欢喜喜来到了学校。可是，当她掏取学费时，收得好好的学费竟然不翼而飞！当时她就气得哭起来。老师让她报了名，但学校总务处没有将新书发给她。

那天下午，她故意没有和同村的朋友们一起回家，而是独自一人磨磨蹭蹭地走在回家的路上。她一遍一遍地回忆早上上学的情景：走出家门，跨过小桥，转过"将军石"时还朝"将军石"望了几眼，后来走过一片田野，拐上机耕道，走过石板路，越过水东石拱桥，穿过龙冈乡乡政府门前的集市……在大街集市上，她还特意按了按藏钱的口袋，硬邦邦的都在。后来她在一个卖红薯打糖的摊担前站了站，摊主是一个慈祥的老婆婆，朝她笑了笑，和她说了几句话；后来又在一个架着小喇叭的专卖女孩服装的小货棚面前踌躇了一会儿……但总是想不起到底在哪里丢了学费。她越往回走，越感觉到两条腿像灌了铅一般重。

她在路上捱着时间。暮色苍茫，群鸟归窝，天渐渐地暗下来了，她还在村路上徘徊。远远地，她看到了天龙大界脚下的梨花坪村，看见了吴家墩院子。她看见了那棵大白果树，那一堵"将军石"，但她就是不愿意再往前走一步……

天完全黑下来了，吴家墩院子里亮起了灯光。她坐在路边的一块石头上，心头升起一股股寒意……就在这时，她突然听见了远远的呼唤："彩霞——彩霞——"那是母亲的声音。她本能地用双手抱住肩膀，缩紧了身子，不敢答应。不一会儿，她又听见了父亲的声音："彩霞——彩霞——"她如临大敌，把身子缩得更紧。过了好一阵，她终于听见了一个更加苍老的声音："彩霞——彩霞——"哦，那是爷爷的声音！她陡地感受到一种莫名的温暖。爷爷在她幼小时就把她当作掌上的宝贝，含在嘴里怕融化了；捧在手心怕摔碎了，常带她下田抓泥鳅，下河摸鱼，上山摘那嫩茶叶骨朵。当爷爷的呼喊一点点过来了，她突然眼眶一热，两颗泪珠掉了下来。她终于忍不住大喊一声："爷爷，我在这里！"爷爷听到了，看到了她，快步走了过来，把她紧紧地搂在怀里……

"你怕是发癫了！"前面传来一声叱骂。是院子里的一位老人在骂他那头牯牛。老人在翻一块旱地，牯牛不听他的指挥，还朝前面的一头母牛长长地哞叫，于是老人叱骂得更加难听了："我看你硬是发骚了！看我怎么整

死你！"

老人骂者无心，吴彩霞却听者有意，因为她知道村里肯定传遍了她是某某情妇，是只"烂草鞋"的声音。有的人还有眉有眼地随意编着故事：怎样攀官，怎样勾引大老板，怎样上床，一夜对付两三个男人……

"不要脸的臭婊子，看我撕了你的腿！"远处那口古井边，一位婶婶在追赶着她那个不听话的小闺女。这话在吴彩霞听来格外刺耳，像是婶婶在骂她。

忽然，她看见"将军石"边，趵蹴着一个人，那身影如此熟悉。是爷爷吴康生！

爷爷在吸着烟。他的身影和那高高的"将军石"几乎融为一体。

此刻，吴彩霞步履迟疑起来。

从她懂事时起，记得爷爷一直在呵护自己。爷爷有时去外走亲戚，总要带着她走，每次回来，她的衣袋里总是胀鼓鼓的，那是鸡蛋、糖果、瓜子和花生。爷爷不仅生活上关心她，更是经常教育她怎样做人。

爷爷对她说："彩霞，这世界上没有无缘无故的爱，也没有无缘无故的恨，做人永远要记得'清白'二字！"爷爷又对她说："妹仔，人在世界上，要学会做点事，做点有益的事，不然，就是枉活一生！"爷爷更对她说："妹仔，人在世上要经历几沉几浮才算个人呢。所以不论做什么事，跌倒了就要自己爬起来！"自从在天龙大界南麓开始搞旅游开发，如果不是爷爷一直在背后指导她、帮助她，她就会寸步难行！可是，今天，她铩羽而归了。她的事业和梦想，一夜之间将要成为泡影，爷爷会理解她吗？父母会理解她吗？吴家墩院子会理解她吗？梨花坪村会理解她吗？天龙大界会理解她吗？想到这里，蔡志明和"袁大头"的丑陋的魔鬼般的面影又一次浮现在她的眼前……

爷爷已经看见了吴彩霞。他缓缓地站起身来，对吴彩霞说："彩霞，回来了？"

"嗯，回来了，爷爷。"

"回来了好！我每天在这里等你！"

"爷爷，我……"

"不用说什么了！跟我回家！家里已经做好了你最爱吃的鸭仔粑！还有米粉肉，那肉还是去年里我用坛子封好的，淡红色，又软又香。"

"爷爷，我……"

"你什么？你辛苦了！应该慰劳慰劳你！"

吴彩霞的眼睛霎时湿润起来。

就在这天晚上，吴彩霞收到了潘进桂的信息。信息只有两句话。一句是："我现在终于明白了那天你为什么放开了我的手……现在我才知道，你那手上也许刚刚有过一个男人的体温。"另一句是："天龙大界那云霞般的杜鹃在我的诗歌里从此消逝了！"

吴彩霞的心像是被钢刀扎了一把，霎时滴下血来。

这使她想起，上午的时候，谭宝山发给她一条信息：山为虎世界，云是鹤家乡。立足大界，春暖花开……

夜，深了，深了，更深了。

吴彩霞披衣起床，推开后窗。满耳蛙鸣虫唱像是一支大自然的无尽的乐曲。半轮弯月，斜挂在天龙大界的山峰上，像是一抹深沉的笑靥，又像是一道闪亮的岁月的伤痕，沧桑而又痛楚。

她恍惚想起一段话，像是谭宝山那次在龙化县奉家镇"天龙梅山文化节"时对她说的，那时他们俩走在资江边上："一个人进步最快的时候，往往是他或她失去所有依靠的时候。那么他或她必须战胜所有依赖、恐惧和失望，长出属于自己的铠甲，丰满自己的羽毛。只有伤口，才是阳光进入并抵达内心深处的通道……"

铁锁河里，流水潺潺，就像此刻吴彩霞心中无限的心事。

第五十八章

　　这之中，谭宝山发现，又有三只山羊有喜了。这三只山羊，一只是黑色的，但腹部和左后腿有一半雪白；一只是棕黄色的，个子稍大，脖子上和背部有一掠长长的黑色；还有一只是纯白色的，显得小巧玲珑。谭宝山惊喜了，他情不自禁地吹响了木叶……

　　县里专家团的考察进程略作修改后，有所选择地进行了两天。天龙大界北面一天，南面一天。

　　考察北面时，向导和解说员是谭宝山，开路先锋是"虎哥"和他率领的"老豹"；考察南面时，吴彩霞没有当向导和解说，也不是潘进桂，而是吴康生，开路先锋用的是刘疤子。

　　考察完之后，龙兴县政府及时召开情况综合会。

　　这次会议放在坪山镇新修的政府大楼五楼会议室。会议室装饰一新，也很宽敞，中间一张长桌，长桌中间摆着几盆花草，桌子周围摆着两列坐椅。电子屏幕上赫然打着"龙兴县天龙大界考察情况汇报会"字样。

　　主持会议的县委常委、常务副县长龙腾云先就这次专家团的考察调研进行引导叙述。他头发稀疏，腆着"将军肚"，是这次考察团的团长。两天的考察虽然翻山越岭，对他来说也不算什么，而且由于登山活动了筋骨，显得更加神清气爽了。

　　"各位领导，各位专家，各位朋友，大家辛苦了！为配合省市部署，推动县域旅游，挖掘整理、保护和开发天龙大界梅山文化遗产，我们选择了两天好天气进行了调研，天公作美呀！行程虽然紧凑，也很劳累，但我们大开眼界，收获满满。今天我们在这里举行汇报会，参加人员除了本考察团成员，还特意邀请了龙回和龙化两县部分企业家和民间文化人士，目的是加强对天龙大界的了解，集思广益，寻找一条开发这座宝山的好路子。下面请大家畅所欲言，县委、县政府将积极听取各方面的建议，出台相关政策，把开发工作落到实处。"

县文旅局局长首先进行了考察情况汇报。他说，我们对天龙大界旅游资源的调查已经进行了一段时间。通过调查准备、调查实施和整理分析几个阶段，采用文案、询问、观察、野外综合考察等办法，已经取得了较大成果。接着，他详细介绍了相关具体内容……

"下面请各位专家畅所欲言。"龙腾云在县文旅局局长汇报完后，提示在座的人。

大家不知谁先发言为好，沉默了一会儿，不约而同地把目光投到了白发皤然的胡教授身上。胡教授谦逊几句后，干咳两声，开始讲话——

"各位！看来万事开头难这句话一点不假。我就先来抛砖引玉吧。首先我十分感谢龙兴县给我这次学习梅山文化的机会。虽然年老力衰，但在各位的扶持之下总算走完了天龙大界的几条主要线路。其次，我觉得这次搞调研不是有必要而是十分有必要。搞完调研再来开这个汇报综合会更是极有必要。好，现在我就言归正传。

"通过两天的野外综合考察，我们对天龙大界旅游资源分布的范围、变化规律、数量、特色、类型、结构、功能、价值等都有了一定的了解和认识。我觉得天龙大界不仅是一座好山，更是一座超出我们想象的丰富的文化宝库。"

胡教授侃侃而谈，这使在场的谭宝山仿佛又回到了大学课堂上。

"天龙大界山脉走向并不复杂，大致像一个'人'字形布置。这个'人'字，好像是天地间一位书法家在潇洒运笔：逆锋起笔，藏而不露；中锋用笔，不偏不倚；停滞迂回，缓缓出头。之所以叫作'大界'，是因为它坐落在三县接壤处。站在天龙大界上，西见望云山，东有大明山、莲花山、板竹山，甚至还可以望见七子山，北望狮子山，南探九龙山。此山的自然风景可圈可点，我们了解到的就有重峦叠翠、杜鹃红霞、嶙峋古崖、雾凇砌玉、千年鸟道、蚩尤脸谱、红日跃巅；在人文风景中，有古亭和茶马古道，有残存的战壕、瑶寨遗址，有山寺古殿。在这一带，更有独特的饮食习俗和傩戏、山歌

等传统文化。经过实地考察，我觉得至少可以开辟四条风景线，东边为娘娘洞大峡谷线，西边为紫云岭线，南边有蛮园里线，北边为千年鸟道线，四条线归结于雷公崖结点，至少有二十多个如'将军石'、风打庙、神仙泉、蛮园里、城墙冲、高旻寺、瑶寨遗址、鬼槽里、婆婆恼、野猪坑、枫木冲、鸡公岭、狗爬岩、百步蹬等精品景点。这些景点，几乎没有一个不富含丰厚的人文元素。只要我们进一步探究，就会对湘中梅山文化的特点和变迁有一个比较清晰的认识。而这些文化历史元素，正是天龙大界作为一个旅游开发的潜力所在。

"我一向认为，对于一个人文自然景观丰富、旅游开发价值很大的地方来说，保护是开发的前提。所以在以后的开发中，与其说开发，不如说是提升保护水平。在这一点上，我听现在正在会场的年轻大学生'山里通'谭宝山说，他们是关注到了这一点的。他一直迷恋这座故乡的大山，决心从这座大山上走出创业的第一步，悟出人生的道理，为开发这座大山做出自己的贡献。大学毕业后，他放弃条件优越的地方不去，一头扎进天龙大界深处，扎扎实实耕耘、倾读、保护、推介这座大山。就我看来，他养羊只是一个尝试，一个突破口，只是很小的一个方面。他不在体制之内，却凭着对大山的一腔赤诚和景仰为保护天龙大界付出了很多，受过委屈甚至流过鲜血。天龙大界就应该有这样的守护人！关于这座山的具体开发建议，我还需要思考、整理，但我一定会有一个答案。"

胡教授的话赢得一片掌声。马上又有几个人发言。

"我完全赞同胡教授这句话：开发的前提是保护，只有保护好才能开发好。但恕我在这里放一炮，保护者不可能是几个乳臭未干却又自命不凡的大学生所能胜任的。他们与其说是在耕山读山、保护和推介这座大山，不如说是在糟蹋这座大山。这次我们在考察中，发现天龙大界上的养殖基地就是大煞风景的一笔。在那样的地方，养羊是对一座宝山植被和水源的践踏和摧毁，无意之中也成为了天龙大界的罪人。我还听说他们的所谓'天龙部落'，存在其他负面反映。当然，说是罪人的确夸大了一点，但事情的性质的确如此。关于天龙大界上的'天龙部落'，曾经在网络上多次引发过舆情，只是处置及时才没有酿成更大后果。想必这是在座的各位都十分清楚的。"这个说话的，谭宝山是在考察时认识的，据说是个策划专家，也是龙兴县的。在登山考察中总是铁青着脸，但不知为何多次提起"独眼龙"何槐生。

策划专家的话一落，坪山镇黄副镇长立即反驳说："老总的这些话并不完全属实，而且说得有点过分了。在山上利用山地发展养羊基地，为当地人们寻找一条致富之路，本来就是对天龙大界的开发。当然，这种开发只是一种初期的探索，以后也可以改弦易辙。我们作为当地政府十分清楚，谭宝山他们不仅养羊，同时在认识和保护这里的自然和人文景观，为推介这座大山积累经验，怎么说也是探索者和有功之臣！至于所谓的网络舆情，纯粹是别有用心之人在栽赃他们。公安曾经几次搞过突击检查，没有发现他们的任何蛛丝马迹。倒是谭宝山他们发现了一些不法分子的违法行为，及时进行了反映……"

"这个，这个……我也是一家之言嘛。"策划专家一时语塞。

"放炮未必受欢迎，但我还要放一炮。我们在调研中，看到梨花坪村对大山的旅游开发，首先不得不佩服他们那种踏踏实实、敢为人先的勇气。但必须看到，他们的开发仍然只是那种粗放式的，粗放式的规划，粗放式的投入，当然收不到应有的效果。据了解他们已为此付出了沉重的代价。我也十分赞同胡教授的观点：开发的前提是保护。因此，像这种粗莽的开发必须立即停止。"策划专家按捺不住，又发言了。

座谈会上大家交头接耳起来。

"各位，你们也看到了大山之西的风电项目。我认为，天龙大界是一个完美无比的整体，如果说保护是开发的前提，那么我们对这个省里敲定的项目表示强烈质疑。"说这个话的是梨花坪村支部书记。支部书记停了一下，直接问策划专家，"老总您以为如何？"

策划专家清了清嗓子，扬了扬刀条脸："这个得一分为二。风电项目是造福于民生的事业，它不仅可发电，也可以成为天龙大界最新的风景。这个事业是需要我们加以了解和关注的。"

不待别人发言，策划专家又补充起来："我早听说风电项目的有关工程是龙化县奉家镇马总中标搞的，马总我了解一点，是个很有头脑的企业家。据说这个风电项目最初还是他将天龙大界的风力情况上报上去的，引起了上级的重视。他看山是山，看山是效益，终于又看到整座天龙大界的潜在的旅游后劲了。不久前他又历尽千辛万苦专门搜寻到了梅山殿失去多年的梅山神倒

立石像，准备恢复梅山殿。实际上，重建梅山殿就是开发天龙大界的点睛之笔。梅山神意味着什么？梅山神意味着智慧、实力、效益，而不是一些虚无缥缈的东西。"策划专家振振有词。

"不可否认，老总的观点有他的思路和现实意义。但我们不能忽视相关的潜在的希望。这可能需要我们放开眼光。毛主席说过：'莫道昆明池水浅，观鱼胜过富春江。'"

会场上的议论声更凶了。主持会议的龙腾云敲敲桌子："各位各位，先不争论，一个一个说。今天就是请大家来说的，有的是时间。"

"关于梅山殿的问题，"沉默多时的胡教授又开始讲话，"说它是天龙大界的点睛之笔也不为过。我也听说过前段时期天龙大界上有什么金莲现身，神光闪现，后来又听说梅山神石像找到了，这是好事，但我总觉得有一些疑问。文物部门的同志今天也来了，请问你们做过鉴定吗？"

"龙化县文物部门已经做过了鉴定，是真实的。"特邀来的奉家镇代表回应。

"那就好！在我看来，这不仅仅是文物问题，这是反映天龙大界这座大山的文化要素的至关重要的方面。"胡教授又谈起了文物，话题更宽了。

这时，在座谈会的一个角落上有人轻轻咳了一声。谭宝山回头一看，是他特意邀请来的"虎哥"。他发现"虎哥"有什么话急着想说，于是走了过去鼓励他发言。

"虎哥"终于站了起来："我……可以说一句话吗？我有句话要说！"

整个会场一惊，目光全投向了其貌不扬的"虎哥"。"虎哥"不慌不忙地说："我姓晏。各位！真正的梅山神石像从来就没有丢失过！一直收藏在那里！"

"收藏在哪里？""虎哥"的话霎时激起轩然大波。

主持会议的龙腾云问："那位老、老……晏，你说说真正的梅山神石像到底在哪里？"

"你们想要也不难，但要看各位的诚心了！看各位是真想开发还是假想开发……"

"这不是废话么！你说说，那尊神像在哪里？"龙腾云问。

"就在我手中！""虎哥"斩钉截铁地说。

谭宝山陡然想起了他那个从未打开过的小布口袋，难道……

"不可能。"特邀来的奉家镇代表有点生气。

"你们如果想看到这尊真正的梅山神石像,应该先听我讲另外一个相关的故事。"

于是,在谭宝山的坚定支持下,他开始讲那桩曾经让天龙大界震荡的"雷公崖惨案"的始末……

第五十九章

《山课笔记》——

"在'天龙部落',每天早上,那柔韧的二十四式太极拳配乐依旧响彻山野,而且更加从容、坚韧。这是我们的快乐,更是我们的宣言。为我们伴奏的,就是那一声声出圈山羊的叫唤的韵律……

"有时候,我也会坐在那棵李树下吹起木叶。当我吹起自己的木叶的时候,我终于理解了'虎哥'拉二胡那种陶醉感。木叶一响,我觉得整座天龙大界都跟着我唱了……

"我还真是一点准备也没有,林美女几次跟我提起她好想好想天龙大界,她想来天龙大界做一个山民——她怎么会有那些想法呢?

"但是她后来的那一席话让我深思。她说,我们作为年轻人,如果只有年轻的身体还不能叫作年轻,更重要的是要有年轻的梦想。她说她一直是个做梦的人,从梦里到梦外,都有自己的足迹。这些足迹尽管歪歪扭扭,但毕竟是真实而又执着的。然后神情深邃地总结:人只要还有梦,就必然是一个大写着的人!

"我和彩霞终于又联系上了。她没有参加大调研,更没有参加情况汇报会。我问:你去哪了?难道你要远离天龙大界了吗?

"彩霞说,她没有远离天龙大界。但她现在只是一朵天龙大界上的孤独的云,在飘……

"我知道她此刻的心情。蔡志明一案和梨花坪村的旅游开发公司按下停工键,使她一时无法安定下那颗心。我说:彩霞,你还记得那首诗吗?'假如生活欺骗了你,不要悲伤,不要心急,忧郁的日子里需要镇静;相信吧,快乐的日子将会来临……'我说：彩霞，你为什么不能来一趟观音山工区呢？我现在心里也很苦啊！你知道吗？在考察后的情况汇报会上，我也受到了指责。事实上，自从来到天龙大界，我的内心从来就没有平静过。白手创业就不说了，一开始就遇到了致命一击。后来因为保护生态，也得罪了人，被人反诬破坏生态，再后来一场洪灾又使我损失惨重，在梅山殿被人打成轻伤，眼下我很快面临做出一个特别重要的抉择：放弃山羊养殖基地……

"彩霞，说实话，我比你更难过。有时我在想：自己当初为什么就着了魔似的把青春押在了这天龙大界呢？

"我望着天龙大界思考着：选择了这座大山的并不只有我。于是，心下坦然。渐渐地，我觉得天龙大界的雄峻不只是'人'字形山脉的外形的雄峻，更是它那内在的不屈不挠、沉稳镇定的性格内涵。譬如雷公崖上那几株松树，它们那么矮小，却枝干遒劲，姿态如龙盘虎踞，可以想见它们那种经风历雨、傲视冰雪的大无畏气概；譬如那条山涧，它叮叮咚咚，不求闻达，却始终与大山不离不弃，表现出一种真切的情愫和坚贞。又譬如那灿烂若云霞的漫山杜鹃，它们是天龙大界最迷人的风景，也是天龙大界最让人难以忘怀的精灵。它们用那火焰般的生命装点着这座大山，使这座大山的一切打上了蓬勃顽强的烙印……"

"我和我的战友，包括孙猴子、'虎哥'，甚至还包括我的爷爷，还有'老豹'，朝夕相处，彼此温暖，让我的青春获得了莫大的勇气和力量！

"那两位经常上山采药的'吴鹞子'和'申老头'，知道我在梅山殿事件中受了伤，都为我寻找了草药，让我尽快恢复身体，他们同样是山的精灵……

"彩霞，我现在直白地说：我很想你！不，应该说，我很爱你！！！

"我说出这句话的时候，是有底气的。我觉得天龙大界就是我的最坚实的人生背景！不论你能否接受，你有你的选择，但我不会放弃这种爱的权利。我在这里接受走向社会的'第一课'，是完全有必要的。彩霞，我再说一次，我不会在乎那些风言风语。即使风言风语是真的，那又怎么样？我也根本不会在乎你的过去，我只知道，你在我心目中，是至今我遇到的真正令我无法放下的选择。彩霞，写下这段纪实时，夜已经很深了，窗外一片虫声。真好啊，这才是大自然的天籁之声啊！

山霞

"彩霞，天龙大界的大开发即将开始了！我虽然不知道大山最终会不会选择我，但你会看到，我仍然是那个初上天龙大界的我！富有朝气，同时也带有莽撞；富有理想，同时也带有几分幼稚，我相信天龙大界不仅会真正地接纳我，更会让我领悟人生与爱情的美好和真谛。我是读过《愚公移山》的……

"彩霞，你会支持我吗？你……也会爱我吗？"

二胡声在这个黄昏里缓缓响起来了。

这是一个特别的黄昏。观音山工区场部的小坪里，谭宝山、孙猴子、"虎哥""老豹"都守候这个时空里。

经历了一次又一次的挫折，谭宝山那两道标志性的短秀浓眉更加坚毅而睿智。

琴声悠悠地升起，先是那支《正月子飘》。

"虎哥"拉着这支曲子的时候，他的神情既是轻松的，也是温馨的，像是初春里一株小草弱弱地却又是抑制不住地从湿润的泥土里舒展开嫩嫩的叶片；又像是红丘陵上一条默默的乡间小溪，在略有寒意的季节里潺潺流淌；又像是夏夜里山间草丛里的蟋蟀的琴声；更像是秋冬时节灿红的枫叶悄然飘落。

后来，二胡声转为那支《相送》——

> 送郎送到竹子山，
> 抱住竹子哭一场。
> 别人问我哭什么，
> 我哭竹子冒心肝。
>
> 送郎送到竹子山，
> 抱住竹子哭一场。
> 竹子听了泪水流，
> 情郎莫把我来忘。
>
> 送妹送到竹子山，

抱住竹子哭一场。
　　竹子听了眼泪流，
　　情妹莫把我来忘
　　…………

当旋律响起，整个大山立即变得静穆而苍凉起来。圆圆的夕阳似坠非坠地停在山垭口，像是一滴晶莹的带着淡淡血痕的泪珠。一只孤鸟在远远的山峦上徘徊。山谷里，似有阵阵松涛在回响……

谭宝山和孙猴子不禁想起了"虎哥"讲过的他和堂嫂的故事……

谭宝山和孙猴子一齐吹着木叶，为"虎哥"伴奏。

在缕缕的琴声和木叶声中，几个人各想心事。

谭宝山对孙猴子的心事是十分了解的。孙猴子最近已经得到通知，他的选调考试成绩竟然出乎意料地排在前三名。谭宝山心底里为他高兴，几次祝贺他；李小娜一次次催他下山准备面试，并说只要面试成功，她的父亲会全力以赴出面帮他疏通关系。但孙猴子这回并没有激动。他觉得自己已离不开天龙大界。从最初来到天龙大界观音山工区起，他深感有一种缘分在召唤他，而且这种缘分还仅仅是开始。作为守林护林人，后来兼作养羊人，与谭宝山并肩战斗，他觉得自己的青春元素已然一点点地融入大山。所以，当李小娜又一次相催的时候，他回了一段话："小娜，最近我一直在思考。我不认为这次选调考试意外入局是一件多么令人高兴的事。我在当初选择天龙大界的时候，就想到过我能不能坚持下去。从我的盟友谭宝山上山那天起，我感觉到我不是孤独的。后来的时间证明，不仅不孤独，而且至少这是我人生的第一块奠基石。大山是有性格的，我也是有性格的，这一次你或许不会理解，至少眼下不会理解。现在，下一步到底该怎么走，不仅我面临着抉择，天龙大界同样面临着抉择，你也许同样面临着选择。我会有自己的思考……关于爱，我以为首先应该是一种心灵的共鸣……当然，我也许会义无反顾地下山。但这必须是我思考以后的事。"

对于孙猴子，谭宝山常常觉得他们之间沟通得最深的一次，就是那个噩梦般的掠着电闪滚着炸雷的"6·15"晚上……

二胡声忽然又变了一支曲子。

谭宝山问"虎哥"："这是什么曲子？"

"虎哥"一边拉,一边说:"这曲子我也不知道是什么曲子。过去在外面做工夫,远远听见人家拉这支曲子,我就默默地记,渐渐地也拉熟了。"这支曲子节奏十分缓慢,有一种依依难舍的感觉。这种节奏让谭宝山想起什么。想起什么呢?是那著名的"长亭外,古道边,芳草碧连天"?

谭宝山已和孙猴子、"虎哥"商量过山羊养殖基地的事。

谭宝山说:"那次板竹山养羊基地朱总说我们这里的基地未必能够长久,现在看起来他还是有眼光的。但将来即使我们的基地必须消失,我们也已为坪山镇发展黑山羊养殖探索了路子。"对这一点,孙猴子活动着他的小眉小眼说:"我看这山羊养殖基地还是可以坚持下去的。至少可以坚持一段时间。虽然有人对我们的山羊基地有不同看法,但更多的人也看到了它的另外的意义。"谭宝山征求"虎哥"的看法,"虎哥"吧嗒着烟,沉默了好一阵才说:"先不必急,走一步看一步。"

远处传来咩咩咩的羊叫声。这声音如此亲切动情。谭宝山仿佛看到了山羊们艰辛而又矫健的身影。谭宝山觉得,自己不仅把山羊们当作了自己最好的"战友",而且还建立了"战友情"。在"6·15"特大山洪中,好些山羊被夺走了生命,那是谭宝山最不愿意回首的一幕。但谭宝山想,真有哪一天,他们的养羊基地立即撤离,他虽然有百般不舍,但为了天龙大界,也不会有什么遗憾。那咩咩的羊叫声会长期回荡在他的梦里的。

二胡声忽然嘎地停止了。

"虎哥"说:"宝山,猴子,我想跟你们说桩事。"

谭宝山问:"'虎哥',你想说什么?"

"我想请你们看那边。""虎哥"说完就站起来,指了指远处。

"那边怎么了?"孙猴子问。

"你们看,那边有山吗?"

"有呀!"

"山那边还有山吗?"

"山那边还有很多很多的山。"

"正是,山是没有穷尽的。你们看,山的上面有什么?"

谭宝山说有云,孙猴子说有鸟。

"云也有,鸟也有。""虎哥"说。

"虎哥"接着说："我可能要到山那边去了。"

谭宝山和孙猴子大吃一惊："那是为什么？"

"我本来就是从山那边过来的呀！"

谭宝山和孙猴子立即明白他的心依旧萦系着他那无法忘怀的往事，特别是他与他那堂嫂的往事……

"天龙大界我也待了很久了。这里的人和事，该说的我也说了，梅山神真像也上交了。我已经没有什么牵挂了……"

谭宝山和孙猴子的心里霎时像这黄昏的山谷，笼上一层游弋的雾岚，空虚得令人发慌。

"'虎哥'，你是担心山的西边人报复你吗？"谭宝山问。

"我赤条条来，赤条条去，我才不怕他们报复呢！"

"宝山哥，我已隐隐听到人说，何槐生会唆使人在中间作梗，所以，那梅山殿的事还悬得很呢！"

他们正说着话，远远的天边传来一声雷响。

这时候，"老豹"忽然狂吠起来。

谭宝山听见廖时富的大嗓门："宝山，宝山！"

苍苍的暮色中，谭宝山看到几个人影：廖时富，坪山镇黄副镇长，还有他的爷爷谭仕玉和他的父亲谭仁民。

就在这时，谭宝山和孙猴子的手机几乎同时响了起来。谭宝山发现来电人是吴彩霞。

只有"虎哥"又静静地坐下来，拿起他那把二胡，轻轻地拉了起来……

第六十章

　　龙兴县开发天龙大界的工作小组很快成立了。

　　龙兴县县委、县政府在广泛征求意见后，正式做出一个决定，将从天龙大界所在的地方选拔得力的年轻人，全力以赴进行梅山文化旅游开发。其中明确要选拔一个做具体事的领头人作为开发公司的常务副经理，这个人必须年轻、有志向、有较高文化素养、有一定组织能力、有一些实践经验，一旦选定，将会出台一些宽松的政策，包括为这个领头人直接解决副科级实职，吸收到公务员队伍来。经多方面推荐和遴选，谭宝山成了目前唯一的候选人。

　　县委组织部决定走程序搞一场面试，面试只搞一次相关演讲，时间定在这年的9月上旬，和一场汇报会打捆。

　　面试的地点，选在县政府六楼会议室。这间会议室装有电子屏幕和各种相关设备，可以容纳近百人。县委十分重视这次会议，县委书记亲自到场，也请来了相关部门的领导和专家。议程有三项：一是由上次在坪山镇主持汇报会的龙腾云汇报对天龙大界的考察和调研情况；二是由谭宝山演讲，畅谈自己的想法；三是县委书记发表讲话。

　　谭宝山这天特意穿了一身正装，结着领带，他那略有卷曲的头发和短秀浓眉下那双锐利的单眼皮眼睛显得格外富有青春的蓬勃气息。谭宝山在大学时就是活跃分子，见识过许多大场面的，但像这样的有很多"官"的场面他还是第一次见到。他将站在聚光点上接受一次人生的挑选，心里也难免有了一点紧张。

　　第二个议程很快开始了。

　　会议主持人宣布："下面进行第二个议程，请龙兴县天龙大界开发有限公司常务副经理候选人谭宝山发表演说!"

谭宝山从后排的座位上站起来。这时他发现自己的心跳突然加快了一些,于是,暗暗地深呼吸了两次,效果比较好。当他站到那个聚光点上时,有瞬间的晕眩。他的眼前浮现出那片令他魂牵梦绕的大山——

春天来了。天龙大界上时晴时雨,云雾缭绕,变幻莫测。北迁的鸟群纷纷经过大界。山上的杜鹃花开了。先是那一丛丛一簇簇的紫色杜鹃,以及东一树、西一树的粉白色的野樱花开了。过不久,火红色的杜鹃花竞相怒放。红色杜鹃像一块灿烂的云霞铺向山野,把天龙大界的时空映红了。那是一种人间的猛烈的力量,排山倒海,无可阻挡。在那如锦的云霞中,一群一群的山羊在游动,像是写在云霞之上的诗行……

谭宝山的心情渐渐平静,他清了清嗓子,开始了他的叙述——

各位领导、各位专家、各位朋友:大家好!看到你们关切的目光,我首先想真诚地说一声:多谢了!

今天,当我站在这里的时候,我不禁记起儿时的情景。那时候,我像山里的所有孩子一样,每天早早乘着日出,赶着牛羊走进天龙大界下的山林,沐浴在金色的晨光里。看着那一朵朵含苞绽放的山花,听着牛羊的叫唤,我的心里会涌上无比的喜悦。傍晚,夕阳西下,我背着柴草从山上归来,远远听见母亲的呼唤,心里充满了人间的温馨。我熟悉那里的山花、山民、山鸟,熟悉那里的歌谣,熟悉那里的喜怒哀乐。

我是坐在妈妈的小背篓里长大的,那温情的摇篮曲让我终生难忘。我听过那里无数的故事,那些故事教会我认识人生。从那时候开始,我深刻感觉到天龙大界的深沉、美丽。后来走出大山,上了大学,当我再次回首大山,突然感觉到自己以往对大山的认识又是多么的肤浅!我在这里可以说,那时候,对故乡大山天龙大界的认识仅仅只是一个懵懂的阶段!

天龙大界是一座无比神奇的大山,但她一直默默苦守闺中,这不是天龙大界的错。作为大山的儿女,是有着不可推卸的责任的!天龙大界的神奇不只是她那苍茫陡峻的山势,不只是她那诡谲多变的风云,不只是她那深邃莫测的古崖奇洞,不只是她那清幽狭长的山涧,也不只是她那烂漫似锦的千亩杜鹃以及苍翠挺拔的松林,秀丽摇曳的毛竹,迎风微笑的野樱花,洁白无瑕的山百合,也不只是风雨千年的鸟道,盘旋如梦的鹰隼,歌喉悦耳的百灵,

还有更多更丰厚的内涵。它们是沧桑古老的茶马古道，伤痕累累的战壕断堑，深藏巅峰的古寺，是葱郁成片的人工林场……是的，我深深地爱着这座山。那山上的云海雾海有多深，我这份爱就有多深!

大学毕业后，面对无数的诱惑，我总感觉到天龙大界在冥冥之中执着地默默地召唤。我是揣着这份对大山的爱毅然走上天龙大界的，把那里当作自己人生的最紧要的第一步。我仿佛回到了母亲的怀抱。从走上天龙大界那天起，我就暗暗立下志向，做一名辛勤的耕山者，做一名大山的解读者、守护者、开发者。在一年多的时间里，我从养羊创业开始，一直是这么朝着自己的目标奋进。可以说，我的理想在其他人看来，简直不可思议。我为此被怀疑过，被指责过，被诬陷过，被抛弃过，被损坏过，流过汗，流过眼泪，甚至流过血，但是，我没有倒下。我感觉到大山始终在给我以无尽的勇气和力量。记得著名作家阿·托尔斯泰在他的作品《苦难的历程》中说过这么几句话："在清水里泡三次，在血水里浴三次，在碱水里煮三次。"这些日子里，我也真切地感受到了磨炼，感受到了亲情、友情和来自四面八方的关心，正是这些原因，使我从来没有想到过放弃。现在，更好的机遇很可能会降临到我的头上，这既是机遇，更是对我的挑选与考验。

面对这座大山，我思考过很久。我认为，如果开发这座大山的梅山文化旅游资源，我认为首先是全面保护，然后是研究和规划，而规划必须起点要高，特别是基础设施起点要高。对于精品景点，一定要融入和表现出本土文化元素。二是强化宣传，不断创新手段，进行推介。古人说："江山也要文人捧"，说的就是这个道理。我认为，这个宣传应该是立体的，全面的。从内容上看，这里的自然和人文景观大至天文地理，小至奇花异草，古至传说故事，今至各种新的理念，无所不有；从宣传的方式上看，可以入诗入画入曲入影入牌，无有不适。只要我们敢于创新方式，必会收到较好的效益。

当起开发大山的领头雁，我有这种理想，也就有多种准备。但丁说过，路只管走过去，鲜花自然会开放。即使这个机遇不会降临到我的头上，天龙大界在我的心中永远也不会消逝。在这里，我要说一声，如果机遇选择了我，我决不有负青山！请在座的各位领导、专家、老师放心！我是大山的儿子，就有大山一样的坚韧，就有大山一样的胸襟和无往而不胜的勇气！我相信天龙大界在县委、县政府的重视下，在龙兴县人民的辛勤开发下，必将成为龙兴县乃至湘中的一个文化旅游亮点，走出龙兴，走出湘中，走出全省，走向全国！

掌声，暴雨般地响了起来。谭宝山这时看到了戴着眼镜的县委书记，县委书记正看着他露出欣慰的笑容。

但是，谭宝山还没有离开聚光点。他用征询的目光扫了一下整个会场，突然说："各位领导、各位专家、各位老师，我想在此刻，让我最好的两位朋友一起来展示一下他们的风采。我们是朋友更是战友。他们是天龙大界的比我优秀得多的大山的儿女！"

大家面面相觑。县委书记很快明白过来，点头同意。

这时，谭宝山叫了一声："彩霞！志侯！请你们一起上来向大家亮个相吧！"

人们一齐回过头去，只见吴彩霞、孙志侯两个人从后面不起眼的角落里站了起来。

暴雨般的掌声再一次响起……

在掌声中，吴彩霞和孙志侯走向谭宝山。所有的"长枪短炮"对准了这三位属于天龙大界的年轻人。所有的灯光织成了一片无比宽广的漫天云霞……

第六十一章

秋天的时候，山羊开始肥了起来。谭宝山注意到，又有几只山羊的肚子明显大了起来，而且有些慵懒，很像是吃得过饱的缘故。谭宝山凭着经验发现，除了这几只，还有好几只山羊会跟着"有喜"。谭宝山准备给它们开点小灶，"虎哥"却说，不行啊，太喂好了，肚子里的小羊就会太胖，将来容易造成难产，危及母羊的性命！于是谭宝山取消了开小灶的打算。不久，那几只山羊各自产下了两只三只不等的山羊。不到十天，羊庄就增加了十二只小羊。

这是"6·15"以来谭宝山最为开心的时刻！

谭宝山望着那些娇嫩活泼的黑的、灰黑的、褐黄色的、白色的小山羊，突然对着大山长声呼喊起来："哦嗬嗬——"

孙猴子也跟着喊起来：哦嗬嗬嗬……

这天，谭宝山郑重告诉"虎哥"文物鉴定结果的时候，"虎哥"正坐在他的房间里拉着二胡。"虎哥"听到消息，不禁大吃一惊。

谭宝山说，"虎哥"上交的那尊倒立梅山神石像竟然是北宋时期的文物，文物价值极大。这个结论是省文物局做出的。省里打算将它留下来。县文物部门知道这个情况后，强烈请求将梅山神石像收为镇馆之宝，收藏到县工商银行的保险专柜去。但是，县宗教局认为，梅山神石像最应该回到它应去的地方——天龙大界。县文旅部门十分赞同宗教部门的意见。认为只有神归其位才能体现和发挥它的价值。但如果将文物送到天龙大界去，就必然要先恢复梅山殿，并将文物在公安部门备案，由梅山殿的主持人负责看护。这就从另外一个方面表明，梅山殿的管理人员必须是十分信得过靠得住的人。

谁是梅山神的护法？谭宝山很明白，解铃还须系铃人，那人最好就是

"虎哥"！

头一个想到这一点的，其实还是另外一个人，他就是"独眼龙"何槐生。

不可否认，何槐生是天龙大界的另一类"精灵"。

"老哥，好兴致呀！"何槐生不知什么时候来到了"天龙部落"。他是从娘娘洞那条小路上山来的。

"虎哥"抬头一看，见是"独眼龙"，心里咯噔了一下，便只管拉他的二胡。

何槐生似笑非笑地递上一支烟，"虎哥"犹豫了一下，只得接了。何槐生帮他"咔"上火。何槐生自己也叼上一支。于是，两蓬烟在空中弥漫开来……

"你是来报复我的吧？""虎哥"停下二胡，瞥了一眼何槐生，直言不讳地问。

"误会，误会，你是有功之臣啊……"何槐生似笑非笑。

"那今天来有何贵干呢？"

"这不，一来二去，大家都熟了，不常来走动走动，还真是挂着……"

两人吧嗒吸着烟，彼此仿佛听得见心跳的声音。

"老哥，说实话，我们找到的那个梅山神像也是人家收了好久的，虽然不是梅山殿那一尊真家伙，也算是个宝物呢。"何槐生尽量与"虎哥"搭讪。

"虎哥"不禁又瞥了何槐生一眼。一时不明白何槐生的用意。

"真梅山神像那么值钱，政府肯定不会再放到山上来，不如把我们的放在那殿上供着，过几百年不就也是真的了吗？老哥反正也不会去哪里，不如等梅山殿修好，由我们两兄弟一起守殿，也当得做神仙逍遥咧！"

"虎哥"终于听出了何槐生的弦外之音。

"你想怎么办啰？""虎哥"瓮声瓮气地问。

"嗨，老哥，这还不好办！将来这天龙大界就要由宝山挂帅做具体事了，我们又都是本山人，总得让我们也寻个事做做吧？我们就去守护梅山殿，帮他们收收门票，再开发一些斋食，不是就有了个养老之处吗？我们把那个吴丙生和吴木生也请来，把'仙女'也请来，人手足够了！"何槐生一边说，眼睛眨个不停，"老兄，宝山和你关系非同一般，这桩事你完全能够摆平！"

"虎哥"沉默了，烟头什么时候从他夹着的指头间落到了地上。

见"虎哥"不说话，何槐生连忙又递过一支烟，"虎哥"却不接，而是拉起了二胡。不一会儿，幽幽的琴声就流淌出来……

何槐生见"虎哥"不再搭理他，自觉没趣，便起身来，去找谭宝山，迎面撞见了孙猴子。

"你来这里做什么？"孙猴子问。

"怎么，都是老伙计了，不肯相认了？我还用法术帮你治过脚呢！"何槐生似笑非笑地眨了眨眼睛，同样递过去一支烟。

孙猴子只得接了，也回敬了何槐生一支。

"你们咯（这）个部落喜事一桩接一桩啊——"何槐生没话找话。

这时候，谭宝山正在房内进一步整理完善《天龙大界山志》和《山课笔记》两种资料，咳了一声。何槐生立即叫了一声："老侄，老侄，在屋里玩命呀？"一边说着，一边往木屋里跨。

谭宝山伏在案头写着什么，一回头，见是何槐生，只得打了个招呼。

何槐生毫不客气地一屁股坐在孙猴子的木床上，然后递上一支烟，谭宝山不吸烟，他只得讪讪地自己叼上。

谭宝山只得停下手中的活，和何槐生搭话。

"老侄，我晓得你忙，也不太喜欢老叔，但是我还是要来拜访你。听人说，你都快升官了，要当天龙大界的'界长'了！呵呵，老叔也为你高兴呀！"何槐生望着谭宝山那张有棱角的脸和那两道短秀浓眉、那双放着精光的单眼皮眼睛，心里有点不太自然，但他没有放弃。

他把对"虎哥"说的意思又重复了一遍。未等谭宝山说话，何槐生又立即补充了两句话，一句是"我也是天龙大界的坐山虎呢"，另一句是"我老婆有个表侄在省里搞旅游管理，将来是可以为天龙大界帮上忙的"。

"老叔，说实话，梅山殿的事我现在心里还没有底呢。以后要是最后定了由我来负责管点事，我还要重新调查一下，作个规划。用得着你的地方，先报告政府，我会来拜访你的！"

"好好好，我看过你手上的事业线，老侄虽然年轻，但是个有作为的人，又爽快，老叔将来一定为你效劳！"

"梅山殿的事是离不开山西面'马脑壳'他们的。这个事很有意义，但是合作肯定会有很多困难。"谭宝山又说。

"老侄莫怕，莫怕。'马脑壳'也是我老婆的一个远亲呢！我有办法帮忙！"谭宝山不禁笑了一声。

"其实，关于那个梅山神像，我一直听说过一个传说的……"

"那你快说说。"谭宝山立即要记录。

"以后再说，以后再说。我会告诉你的……"

第六十二章

  谭宝山找孙猴子认真谈了一次话，孙猴子终于动心下山去办理新进公务员手续。
  谭宝山说："我们当初选择养羊是对的，现在准备做新的工作更加必要。我们虽然有了一定的收获，但我们在天龙大界的第一课并没有结束。以后的人生和事业之路肯定会走得更加艰难一些……"
  孙猴子没想到会在县人事局碰到潘进桂。
  孙猴子被顺利地选调入县机关。但不等他去报到，就被借调到了县天龙大界开发领导小组办公室，常驻"县天龙大界开发公司"，和谭宝山并肩战斗。这当然是谭宝山的恳切建议，也是县委、县政府用人的妙招，同时也是孙猴子的主动要求。这天，他来县人事局办理有关手续，刚从人事局出来就碰到了一个人，抬头一看，这不是潘进桂吗？
  "大才子，你这是——"
  "我是来报名考公务员的。"
  "我们好久不见了……"
  "是啊，你和宝山都还好吗？"
  孙猴子想，潘进桂怎么来这里了呢？早就听潘进桂谈过志向，难道，潘进桂放弃了在省市单位工作的机会，决定回家乡吗？
  孙猴子发现，潘进桂瘦了黑了不少。
  "大才子，怎么突然想到回家乡了呢？"在临江路上，孙猴子到底忍不住问潘进桂。
  潘进桂望了望静静流淌的资江，叹了一口气。交谈几句后，潘进桂随口吟出辛弃疾的那首词："少年不识愁滋味，爱上层楼，爱上层楼，为赋新词强说愁。而今识尽愁滋味，欲说还休，欲说还休，却道天凉好个秋！"

孙猴子看到潘进桂一脸忧郁，觉得有些蹊跷，便问端详。原来，潘进桂在省市几家文化单位应聘，成绩都是出类拔萃，最后，全因为人情关系被刷下来了。由于应聘失败，他最新认识的那个城里女友当机立断与他分了手……

潘进桂在茫茫红尘之中忽然想到了天龙大界，经过几个夜晚的辗转反侧，终于决定回到家乡去。他在龙兴县人事局报名参加公务员考试，选择的是乡镇公务员，决心走出自己另一条人生之路……

"你们的山羊还多吗？宝山的伤没关系吧？"潘进桂推推眼镜架问。

"我们的山羊虽然受过重大损失，但现在又增加了不少新的生命。宝山的伤已经没什么关系了。他现在被县里招进公务员队伍，成了天龙大界开发公司的常务副经理了，即将走马上任！"孙猴子告诉他。

"这个我早已经在网络上注意到了这方面的信息。"潘进桂一边走，一边说，"天龙大界真的是一座宝山呢！但是，真正要开发好，也不是一桩易事。宝山这叫作'山为虎世界，云是鹤家乡'！"

这时候，他想起了吴彩霞。

"吴彩霞现在做些什么呢？我们好久没有联系了。"潘进桂又问。

"梨花坪的开发暂停了，将纳入天龙大界开发的一盘棋。对了，你们……不是……那个吗？"

潘进桂苦笑起来："唉，别说了！人生就是这么不可预料……"

临江路新装了一些大理石花栏，布置了一些路边花圃和树林。孙猴子和潘进桂走进小石拱桥边的一处林荫地小憩。

"你呢？你的打算是什么呢？还是坚定地守护天龙大界吗？"潘进桂问孙猴子。

"我已经选调进了县机关。但我还是决定回天龙大界去。县里开发天龙大界，正需要愿意扎根大山的年轻人，所以也满足了我的请求。"孙猴子平静而坚定地回答。

"你真的想当一辈子山大王？"

"一辈子还很长。但开始我就是这么想的。"

"你说，那里真的可以生长出理想和爱情吗？"

"我现在没有过多地想过这些事。我的思考是，理想从实，爱情随缘！"

潘进桂陷入了深思，不禁回忆起那次在天龙大界他和吴彩霞与谭宝山、孙猴子、"虎哥"初次相会的情景。他感觉到那是青春和热血的沸腾，是大山和生命的交响！

"谭宝山真的是个人才！其实，我也很想重新投入天龙大界的怀抱。我从前所做的那些资料都一直珍藏着。"

"我倒是很想看到我们在天龙大界的再一次聚会！"孙猴子的小眉眼儿飞舞着灿烂的笑意。

"可是，我自己也不知道到底还有没有底气重新回到天龙大界去……"

"你编了不少资料，也写了不少宣传文章，是天龙大界的有功之臣啊！"

"兄弟，不堪回首，不堪回首……"

孙猴子看到潘进桂那有点颓废的神情，不禁想起了自己与李小娜之间的曲折。当他决定再回天龙大界以后，李小娜终于做出了自己的选择：拜拜。这一切，虽然早在孙猴子的预料之中，但他毕竟有了许多惆怅。

"起势，野马分鬃，白鹤亮翅……"

清晨，二十四式简化太极拳的配乐依旧响彻山野。

悠悠的二胡声也又一次流淌出朴实的旋律……

在这二胡声中，咩咩的羊叫声也融入其中，这使缕缕的二胡声有了几分大山的宽阔和温馨。

谭宝山接到县天龙大界梅山旅游文化开发领导小组的通知，下山去省里参加一个全省文旅工作的会议去了，观音山工区只有孙猴子、"虎哥"和那群山羊。

根据要求，准备重建的一号羊庄已经停工，但是地方已经平整。这块地方将来到底用来做什么，现在也不得而知。

大山是寂静的。大山的黄昏因为寂静而更显肃穆。而这肃穆又在二胡声中变得有了几分忧伤。

孙猴子摘下一片青青的树叶，吹了起来。不知为何，孙猴子吹着吹着，眼里渐渐蓄满了泪水……

昨天，县林业局分管政工的主任到观音山工区来了一趟，通知"虎哥"临时工聘用期限快到，问他是否愿意继续在山上搞生态护林，"虎哥"想了想说："我还有桩事没有做完，到时候会有个明确答复。"

一晃，中秋节快到了。这是中秋节的前一天。是阴天。

谭宝山又下山去市里开会去了。因为"天龙大界梅山旅游文化开发公司"即将挂牌，什么时候回天龙大界都很难预料。

这天一清早，"虎哥"就起了床，先去羊庄转悠了一下，将羊放出羊庄，然后开始做早饭。除了做出两碗面条，又煮了一小块五花肉。他等孙猴子吃完面条，就对他说："我今天要上山走走。"孙猴子按照谭宝山的吩咐，正好需要整理有关资料，就各自去忙自己的事。

"虎哥"大约在十点钟来到了雷公崖。

雷公崖静静的。它那黝黑的岩体寂冷、高峻，矗立在山峰之上，像是支书写大山故事的巨笔。

在雷公崖下的洞口，"虎哥"停了下来，他从身上摸出三根蜡烛和三支短香插好，然后将一直掖着的用薄膜纸裹着的五花肉、米饭摆在一块石头上，又用三个一次性杯子倒了一点酒，摆好。

"虎哥"等一切就绪，便站起身子，后退一步，然后默默地连作了几个揖。

山下什么地方传来了表演傩戏做法事的牛角声，呜哇呜哇，呜哇呜哇，像是人在哭泣。不一会，又响起一阵猛烈的爆竹声……

天空很暗。很多云朵推推搡搡，似乎在朝下观望着什么。

"老侄艳华，你在那边还好吗？我知道你虽然不是死在这里，但你的灵魂一定会和那两个妹子回到天龙大界，回到雷公崖来的。因为你们舍不得天龙大界。

"老侄，天龙大界好咧！咯座山是两条天龙，灵气得很呢！你的魂魄要是到了这里，就会乘着天龙到天界去。

"老侄，你是冤枉而死的，但是你宁肯背着冤枉也决不说出真相。你是个有情有义的男子汉，是条梅山汉子！

"老侄，我已经老了，也就要下山去了。这是我最后一次来这里祭你了。我知道我应该到哪里去。我也有个人在那边等着我。她是个有情有义的好女

人。我一生只喜欢过她。我相信，我一定会找到她，不论她在天上还是在地下……

"老侄，以后你安心住在天龙大界吧！政府有慧眼，看上了这天龙大界的风光。再说，这山上来了两个很有作为的年轻人，一个是谭宝山，一个是孙猴子。以后的天龙大界只会越来越好看，越来越好看……以后，你就做一只天龙大界上的鸟吧，做只鸟好，每天飞来飞去，没有烦恼，没有苦难，还有满山的红花陪着你，陪着你的灵魂……"

不知不觉，"虎哥"泪流满面。

"虎哥"不知在洞口前坐了多久。直到一阵风从树林里飒飒地吹过来，他才从回忆中清醒过来。

"虎哥"又来到当年两位女子焚身的地方，撒下了一些酒和米饭，祷告了几声。

就在他离开雷公洞不远时，忽然看到了一个身影。那身影不是别人，竟是梨花坪村的吴康生……

后来，在下山的路上，"虎哥"又看见一个人影也朝雷公崖走去，那人不是别人，却是谭宝山的爷爷谭仕玉。

"虎哥"怔住了。他觉得，他应该把关于谭艳华的一切告诉谭仕玉了，是时候了……

"虎哥"没有犹豫，转身下了山。远处依旧传来傩戏的呜哇呜哇声……

第六十三章

就在这天傍晚，谭宝山检查完入圈的山羊之后，终于静静地坐下来，把梅山神石像的故事写进了他的《山课笔记》里——

那是北宋初年。

宋太祖赵匡胤在陈桥驿黄袍加身后，开始平定天下。平定南唐之后，立即调兵遣将南下攻打梅山峒蛮。

这次挂帅的主将就是大名赫赫的石曦将军。

汴梁城外，有一座无名小山寺。山寺里只有一个老僧和一个小沙弥。

老僧不知从何而来，也不知是什么时候来的。这个小沙弥是老僧在荒郊拾养的野孩子。野孩子不知道姓什么，更不知叫什么名字。老僧从收养他那天起，随口叫他"狗儿"。

也许是缘分使然，狗儿特别听话，在老僧的怀里整天不哭不闹，而且很早就会咧开小嘴朝着老僧笑。

光阴易过。弹指之间，狗儿被老僧一把屎一把尿养大了。狗儿生得虎头虎脑，聪明伶俐，老僧有意培养他成为僧才。在老僧指点下，狗儿对经忏之类很快就通晓不少，老僧暗喜老年得徒。

但是，老僧失算了。

有一天，老僧带领狗儿去山下一户人家超度亡魂，狗儿与这户人家的小女儿兰儿一见钟情。当时老僧还不知晓，后来才看出一些端倪。

最先，狗儿每天做功课总是魂不守舍，不是听不见师傅指点，就是将日

诵功课背得乱七八糟。老僧十分生气，不断地处罚他。

有一次，狗儿正跪在佛像前诵经咒，忽然声音渐渐小了下来，坐在一旁敲磬的师傅感到纳闷。狗儿对师傅说："我肚子痛，想出去一下。"老僧没办法，只得应允。狗儿一出了门，飞也似的没了影子。老僧悄悄地追过去一看，只见在密密的竹林深处，狗儿和兰儿紧紧地拥抱在一起……

老僧没有惊动他们，默默地转回身去。

这天晚上，夜色很深了。

狗儿正睡在床上。忽然门吱呀一声打开，老僧走了过来。

"狗儿，你快起来，师傅有句话对你说。"老僧对狗儿说。

狗儿心虚，但只得坐起来听师傅说。

"狗儿，你和兰儿的事我都知道了。我想，你这两天还是离开这里吧！"

狗儿一听，吓得从床上一跃而起，扑通一声跪在老僧面前，磕头如捣蒜一般："师傅，我知错了！你饶了我吧！"

"阿弥陀佛！善哉善哉！"

"师傅，我再不敢了！"

"狗儿，师傅让你走，不是处罚你，而是为了你好！你年纪轻，六根未净，不去人世间走走，也难以了却因缘，得个结果。我看现在天下有了新主，太平日子已经来了。现在宋主南征，你生得体魄雄壮，不如去投军，也许能立点战功，将来挣个小小前途，成家立业，也好让我当师傅的真正放心，有个依靠，不枉收养你一场！"

狗儿把头磕出了血，一边哭，一边请师傅开恩不要赶他走。

但老僧已经铁定了心。

第二天，老僧帮狗儿准备好了一个褡裢，装下了一些生活必需品，最后又拿出个用黄缎子裹了一层又一层的小物件交给狗儿说："孩子，这是一尊梅山神石像，玉石做的，是几代祖师传下来的。这寺里的祖师是从南边来的，也是梅山神的弟子。后来祖师爷入了佛门，就把这梅山神石像藏了起来，吩咐等将来缘分到了，让神像回到南边去，自有一番造化。梅山神俗称张五郎，神像是倒立的，救苦救难，十分灵验。我很快要去西方了，这个宝贝就交给你了，你要是去了南边，就将它随身带着，或许会真有它的造化。我已经为神像重新开了光，你一定要用自己的性命去保护好！梅山神会保佑你一生平安的！"

狗儿接过神像，只见神像不大，是用玉石雕刻的，头在下，两脚向上，十分玲珑剔透，便含着眼泪点了点头。

老僧接着说："孩子，我有两句话是说这尊梅山神的。你要牢记！"接着老僧吟道："遇兰而笑，遇龙而坐。"

狗儿走了。

几天后，老僧在山寺坐化。

狗儿离开山寺，直接去了兰儿家。兰儿一家见到狗儿和梅山神像，立即将梅山神像珍藏起来。

狗儿与兰儿成婚后不久就投了军。他随石曦大军南下进军梅山板仓诸峒"蛮寇"。狗儿在战场上屡立战功，当上了一个小头目。可是，在天龙大界南面鬼嶂里一战中，狗儿被"蛮寇"从山上滚下来的大石头砸伤，后来死去。

石曦大军得胜班师，狗儿却长眠在鬼嶂里了。

从此，鬼嶂里常常听到凄凉的鬼叫声，那鬼叫声像是在呼唤一个名字："兰儿——孤——兰儿——孤——……"

"可怜无定河边骨，犹是春闺梦里人。"一年一年过去了，兰儿没有盼到狗儿归来。当她与狗儿的儿子栓宝长大成家后，兰儿立下誓言，要带上那尊梅山神像一路南下寻找狗儿的尸骨，找不到也就不再回来。

三年后，在天龙大界北面的一个小村庄里，出现了一个女乞丐，女乞丐满头白发，说着北方话，见人就问石将军打仗的事。当地人恨透了石曦，当知道女乞丐是来寻找男人尸骨的北方人时，一个个怒目相加，有的甚至揎拳就打。兰儿只得栖身于一座古庵里，庵里的老尼姑收留了她。后来老尼姑才告诉了狗儿死亡的几个大致位置。

兰儿当然没有找到尸骨。

她只是在一个个阴雨天，听到那一声声让人肝肠寸断的"兰儿——孤——兰儿——孤——"的山鸟的叫声。她也再没有回北方去，而是随老尼姑出家。最后她们看中了天龙大界上废弃已久的梅山殿旧址，便在此结茅而居，四方化缘重建神殿，日日念经拜忏，超度狗儿，直至坐化……

第六十四章

春天，又一次姗姗而来，飘落到天龙大界。

观音山工区的"天龙部落"，那几间木屋依旧存在。但是，根据总体开发计划，"二号羊庄"和刚动工恢复的"一号羊庄"正在进行彻底拆除之中。

大大小小两百多只山羊已经分批全部转移下山了。

谭宝山在《山课笔记》里记录了转移最后一批山羊中的一幕——

"我们的山羊全部转送到板竹山养羊基地去。说实话，每次看到那些拖儿带女的山羊们离我而去，我心里十分难受。那些山羊，仿佛也通了人性。特别是有一幕我将终生难忘。

"那天，朱总派来的小四轮运羊车开到了'天龙部落'前的坪里。最后一批山羊即将离开这里。二十来只黑山羊赶上了车子。我发现，那只一向沉默而威严的黄色的'天骄'怎么也赶不上小四轮，老是徘徊着，在山坪里叫唤不已。我只得走了过去，它也不害怕，而是温柔地把它的头埋在我的臂弯里，这使我内心里突然淌过一道暖流。我抚摸着它的弯角，抚摸着它的胡须，它一边反刍着，一边咩咩叫唤着，像是有什么话要跟我说……我不觉哽咽了，好久才说：'天骄'……高、高、高兴地去吧！新的地方……在召唤你！它抬起头，眨着眼睛，咩咩地叫着，仿佛听懂了我的话。终于，它顺从地转身朝车上走去……我养了这么久的羊，真的还从来没有想到一只山羊会如此通人性。小四轮开动的时候，'天骄'始终站在最尾端的栏杆边，朝着我们的'天龙部落'在咩咩地叫唤……'老豹'仿佛也突然意识到了什么，追赶着小四轮，追了很远……我发现，在送走最后一批山羊时，孙猴子的眼睛也一直红着，也许是不忍见到这一幕，他独自悄悄地走进房间去了……"

天龙大界上，日月如梭。

现在，请做一只雄鹰吧，俯视并且倾听一下天龙大界。

花儿开了。这些人间的花儿，是一层一层地开放的。先是溪边、地头、井口、篱畔的桃花、李花、梨花和大片大片的油菜花，桃花粉红，李花和梨花雪白，油菜花金黄。在梨花坪，在坝湾，在麻冲垅，这些民间的花朵以生命的最热烈的绽放点亮了山野旮旮旯旯的时光。接下来是山里的野樱花，这些野樱花散落在天龙大界的山脊、悬崖、土坡，或藏身竹树间，或倚于危石，粉白灿烂，像是从天外忽然飞来了许多仙女。紫色的山柴花也是这个时候开放的，一丛丛、一簇簇、一片片，远望如一群山里的朴素的女子，近看则含露娇艳，奔放热烈。这些山柴花一般开在山腰的上方区域。阳历四月中旬的时候，桐子花开了，那些美丽素雅的桐子花呀，白蕊红心，像一盏盏点亮的灯笼。乡谣唱道："穷人莫听富人哄，桐子花开才下种。"这个时候，天龙大界周围的田野里开始忙碌起来，种瓜种豆，耕田育秧，一年之计在于春。也就在这个时候，天龙大界上盛大的节日终于到来了，那漫山遍野的千亩红杜鹃迎风绽放！那不是杜鹃花，那分明是一天云霞飘落在大界上。这些杜鹃花高低参差，摇曳多姿，仿佛把这座天龙大界都重重地压住了！在这片花的世界里，粉蝶儿扇着粉色的翅膀，黄莺儿画眉儿及其他各种鸟儿也展开了歌喉……

这天，一群人在山道上行走。

他们是谭宝山、孙猴子以及团队其他人员，好几个年轻人。领头的正是走上新的岗位并且第二次递交了入党申请书的谭宝山。

这些戴着眼镜和太阳帽的年轻人，有的挎着相机，有的扛着摄像机，有的挂着望远镜，有的载着航拍机，个个全副武装，个个精神抖擞。他们一边在花丛中说笑，一边利用遥感技术观测着景点，做着详细的纪录。

这是一支考察小分队。他们需要进一步核实天龙大界的旅游资源，包括崖、泉、瀑、雾、杜鹃花、古迹等等，包括这些景物的位置、源头、高差、时间、形态、数量、艺术价值……他们要在天龙大界寻找几条最佳旅游线路。

这些人中，有的是研究植物的，有的是研究水土保持的，有的是研究气象的，有的是研究文物的。天龙大界上的每一片树叶，每一枝山柴花都会唤起他们无尽的遐想。这是一支朝气蓬勃的队伍。他们仿佛是天龙大界的客人，

又仿佛是天龙大界的精灵，大山属于他们，大山的希望也属于他们。

就在他们即将登上山顶雷公崖之际，天地间蓦地荡起了石工号子。

这些石工号子开始很细，继而高亢敞亮起来："依啰哟嗬嗨，呀啰哟嗬嗨，嘿咗嘿咗嘿咗；依啰哟嗬嗨，呀啰哟嗬嗨，嘿咗嘿咗嗨……"

这是石马江上流传了很久的石工撬石的号子。

石马江是天龙大界下多条溪流汇聚而成的江流。

沿着石马江，带着天龙大界的大山气息，走出了不少有名的石工，他们中有的还参加了人民大会堂的建设，并且获得了印有红色字迹的汗巾和搪瓷杯子。石工号子梦幻一般，雄浑而粗犷，如春雷翻滚着从天地之间掠过，又像一条醒来的天龙，呼啸盘旋，直上云霄。天地间霎时变得无比的宽阔、邃远、生动而昂扬起来……

尾声

仍然是古老驿道边那片乡间酒店。仍然是那几个"酒鬼"。仍然是喝得醉醺醺的……

但这次他们的话题变了，主要是围绕这条古驿道和这片酒店本身展开的。原来，这条古道和这片酒店因其独特的位置和风情被开发公司纳入了天龙大界旅游开发的内容……

"老板娘，梅山神开眼，你也要发发发了！"

"老板娘，今天的酒钱没得数的了……"

有几分风致的老板娘依旧只是倚着柜台，嗑着瓜子，朝"酒鬼"们浅笑。好像这一切与她毫无关系，或者这一切早在她的预料之中……

高铁启动了，从S市开往北京，S市是起点站。

这是一列满载着梦想和力量的列车，这是掠过当代时空里的一道闪电。

"当高铁启动的那一刹那，天龙大界的影子就飞到了我的眼前。哦，对了，天龙大界此时多像两条腾飞起来的巨龙，那么矫健，那么雄劲有力。我深深感觉到，天龙大界的崭新时代已经开始……

"我没有想到我终会担负起开发天龙大界的重责。尽管在此之前，我已预感到自己的青春会和这座非凡的大山联系在一起，但我没有想到一切会来得如此之快。公司很快就要挂牌了，我觉得一切都还没有准备好，真的没有准备好！

"有两桩大事是大大影响了我的情绪的，一桩是'虎哥'到底还是离开了

天龙大界。他是悄然离开的,我连送都没送一下。作为长辈,'虎哥'一直那么关心我,以致我觉得自己离不开他。他到底会去哪呢?他肯定是去他的那个最为向往的地方,他的故乡,那里有他的梦想,有他的爱情和生命中许多无法言说的庄严。但也不一定。因为'虎哥'是个怎么也读不透的人。我虽然无法挽留他,但我相信,有一天,他也许会重新回到天龙大界来的……

"另外一桩事,就是吴彩霞。吴彩霞,我发现她现在就像天龙大界上空的迷雾……

"我一次次邀请她,呼唤她,但是,她始终没有回应。

"没有回应,我也不会放弃。何况,风雨已过,清者自清,污泥无法掩埋她……"

高铁风驰电掣。

"其实我不是迷雾。在这列从S市开往北京的高铁上,我居然有一种云里雾里的感觉,但我吴彩霞深知自己不是迷雾。我只是在行走。我在行走,我更在飞翔!

"我没有料及到自己的这一次人生旅行。

"是的,我的确对天龙大界依依不舍,但我仍然决定要离开。

"天龙大界留下了我几行青春的足迹,但这只是一个简单的起步。

"我最感痛苦的是爷爷因为中风并突发心肌梗塞走了,走得太匆忙了。他离开了令他牵肠挂肚的天龙大界,离开了天龙大界下的铁锁河。爷爷临走前嘱咐我:'铁锁河,是锁不住天龙大界的……'他的言语含糊不清,但我听得懂。他的心愿将化作一朵杜鹃开在天龙大界的春天里。

"宝山力邀我加入天龙大界的开发团队,我理解他,我更感谢他。为什么最终选择谢绝?因为爱,因为恨,因为眼泪与梦想……

"宝山,我真的祝福你……

"我渐渐感觉到我已不是从前的吴彩霞,我是一个新我,不属于任何人,只属于我自己。我,不配宝山……"

高铁一往无前。

"彩霞,在这飞驰的高铁上,我突然感觉到自己多么离不开你!我爱你,很爱很爱……你。尽管我明白你还没有完全走出自己的迷惘。

"彩霞,我这次去北京深造半个月,多想和你一起去参加啊!那里有文旅专家，有很多高素质的团队，我多想与你一起去看香山，去颐和园，去故宫，去毛主席纪念堂，最后去天安门广场拍一张合影，我会感觉到正与我们的伟大时代并列。

"彩霞，我多想……亲吻你……因为此刻我很孤单，很孤单……"

高铁节奏铿锵。

"孤单是不可怕的。这次和我那位家在奉家镇的大学同学应北方一个AAAAA级景区之邀，开启新的旅程。我没想到同学会如此坚定地辞职走出体制。她已先去了那里。这新的旅程开始肯定是孤单的，但我不怕。我去那里，因为那里必将有生活的另一个篇章。

"我当然会获得自己真正的爱。尽管在这漫长的路上，我像一只飞鸟折过翅翼，但我是清白的，我的爱依旧真诚，依旧无畏。

"宝山，我是爱你的。从见到你的第一天起，我就看到了你那两道短秀浓眉，看到了你眼中的那一点闪烁的火星。你那么坚切，又那么睿智，那么百折不挠。你才是天龙大界的骄子啊！

"宝山，我想……我多想……深情地吻你一次。但是，我明白，我已经不配……

"宝山，我的确是清白的，相信你也知道。但是，我的名声已经不再属于我……"

高铁长鸣一声——

"假如生活欺骗了你，不要悲伤，不要心急！忧郁的日子里需要镇静；相信吧，快乐的日子将会来临。心儿永远向往着未来；现在却常是忧郁。彩霞，你听见了吗？"

"一切都是瞬息，一切都将会过去；而那过去了的，就会成为亲切的怀恋。宝山，你听见了吗？"

高铁又长鸣一声。随着这一声长鸣，高铁冲出了隧道——

"宝山，你可能想象不到吧，此刻，一双温暖有力的人手正揽住我的双肩。他不是别人，就是那位刚刚走出一段婚姻的马永豪老总，对，马德鑫，'马脑壳'……他在我的耳边深情地呢喃着……

"他年纪的确很大了，但请不要怀疑我是否缺乏父爱，你曾经跟我说起过板竹山基地林美女的故事，你会理解我的。马总说，他小时候佩戴的遗失在

梨花坪的玉石观音就已经注定了我们的缘分。不知为什么，我竟然如此相信。

"宝山，祝福我们吧……

"宝山，请不要忘记我……当然，我也会深深地祝福你们的……

"宝山，真的，一切来得如此之快，难道这真的就是缘分？连我自己都感到有点不可思议……"